pulp master

Die 1971 in Detroit geborene Abbott studierte an der University of Michigan, promovierte an der New York University in angloamerikanischer Literatur und lehrte sowohl an der State University of New York als auch an der New School University. Abbott ist Autorin von nunmehr elf Romanen; ihre Texte erschienen in der New York Times, im Guardian, im Wall Street Journal und im Los Angeles Times Magazine. Sie wurde für zahlreiche Preise nominiert und ausgezeichnet.

Megan Abbott

Wage es nur!

Übersetzt aus dem amerikanischen
Englisch von Karen Gerwig

pulp master

pulp master
Band 60

Erschienen bei PULP MASTER, Berlin

Deutsche Erstausgabe
Erste Auflage 2024

Titel der amerikanischen Originalausgabe: DARE ME

Herausgegeben von Frank Nowatzki
Übersetzt aus dem amerikanischen Englisch
von Karen Gerwig
Redaktion:
Ute Nowatzki, Robert Schekulin, Prof. Dr. Tonio Klein
Cover: 4000
Umschlaggestaltung und Layout: MM-Grafomat
Druck und Verarbeitung: NØRHAVEN, DK-Viborg
Veröffentlicht als
PULP MASTER Paperback 978-3-946582-18-2

This work was negotiated through
Agency Thomas Schlück GmbH, 30827 Garbsen

Bibliografische Information Der Deutschen Bibliothek:
Die Deutsche Bibliothek verzeichnet diese Publikation in der Deutschen Nationalbibliografie; detaillierte bibliografische Daten sind im Internet über http://dnb.ddb.de abrufbar.

www.pulpmaster.de

Für meine Eltern, die mich gelehrt haben,
ehrgeizig zu sein.

Der Höllenfluch verdammt den glatten Stenz
Und gibt dem Kapitän den letzten Rest,
Zerfleischt das Herz, zerstört die Existenz,
Und Geier wetzen Schnäbel im Geäst.

John Crowe Ransom

Prolog

»Es ist was passiert, Addy. Ich glaube, du kommst besser her.«

Die Luft ist schwer, feucht, schön. Es ist fast zwei Uhr morgens, und ich stehe oben auf dem Hügel, drücke den Daumen fest auf den silbernen Knopf: Nr. 27-G.

»Beeil dich bitte!«

Die Gegensprechanlage surrt, die Tür klackt, und ich bin drin.
Während ich die Lobby durchquere, summt es immer noch, die Glaswände vibrieren.
Wie bei der Tornado-Übung in der Grundschule, Beth und ich eng zusammengedrängt, die Beine aneinandergepresst, in enge Jeans gezwängt. Das Geräusch unseres eigenen Atems. Als wir noch alle glaubten, kein Tornado oder sonst irgendwas könnte uns jemals etwas anhaben.

»Ich kann nicht hinschauen. Wenn du herkommst, zwing mich bitte nicht, hinzuschauen.«

Im Aufzug nach oben schwanken meine Beine, 1-2-3-4, die Zahlen leuchten, glühen.

In der Wohnung ist es dunkel, eine Bodenlampe wirft in der hinteren Ecke einen Lichtkegel an die Decke.

»Zieh die Schuhe aus«, sagt sie leise, ihre dürren Arme schwingen hin und her.
Wir stehen in der Diele, die in einen Essbereich über-

geht, der Lacktisch sieht aus wie eine Tintenpfütze.
Direkt dahinter sehe ich das Wohnzimmer, beherrscht von einer Couchgarnitur aus Leder, eine schwarze Klammer, die den Raum zusammendrückt wie meine Brust.
Ihre Haare sind feucht, das Gesicht bleich. Ihr Kopf schwankt wie lose auf den Hals gesetzt, sie meidet meinen Blick, ich soll ihre Augen nicht sehen.
Ich will ihre Augen auch gar nicht sehen, glaube ich.

»Es ist was passiert, Addy. Was Schlimmes.«

»Was ist da drüben?«, frage ich schließlich, den Blick fest auf das Sofa gerichtet. Ich habe das Gefühl, dass es lebt und sich sein schwarzes Leder bewegt wie der Panzer eines Käfers.
»Was ist das?« Ich werde lauter. »Ist dahinter irgendwas?«
Sie kann nicht hinschauen, deshalb weiß ich es.

Zuerst fällt mein Blick auf den Boden, ich sehe Haare im Fadenlauf des Teppichs schimmern.
Als ich einen Schritt nach vorn mache, sehe ich noch mehr.
»Addy«, flüstert sie. »*Addy* … ist es so, wie ich denke?«

1
VIER MONATE ZUVOR

Nach einem Spiel dauert es unter der Dusche eine halbe Stunde, bis das ganze Haarspray raus ist. Bis die Pailletten abgepellt sind. Die letzte Haarnadel herausgepult, die sich tief in deinen Haaren vergraben hat.

Manchmal stehst du sehr lange unter dem heißen Wasserstrahl, schaust deinen Körper an, zählst jeden blauen Fleck. Betastest jede schmerzende Stelle. Beobachtest den Wirbel zu deinen Füßen, in dem der Glitter strudelt. Wie eine Meerjungfrau, die ihre Schuppen abwirft.

Eigentlich versuchst du nur, deinen Herzschlag zu beruhigen.

Du denkst: *Das ist mein Körper, er macht, was ich will. Ich kann ihn drehen, wirbeln, fliegen lassen.*

Danach stehst du vor dem beschlagenen Spiegel, die pinken Streifen sind weg, die Wimpern ohne Glitzer. Und du bist hier ganz allein und erkennst dich selbst nicht wieder.

Du siehst völlig unscheinbar aus.

Anfangs war das Cheerleading für mich, für uns alle, ein Zeitvertreib.

Zwischen vierzehn und achtzehn müssen Mädchen schließlich mit irgendwas die viele Zeit totschlagen: das endlose kribbelige Warten, jede Stunde, jeden Tag, das Warten darauf, dass irgendetwas – egal, was – beginnt.

»Langeweile bei Teenagermädchen hat etwas Gefährliches an sich.« Das hat die Trainerin mal gesagt, eines Nachmittags im Herbst vor langer Zeit, als raschelnde Blätter um unsere Füße wirbelten.

Aber sie sagte es nicht wie eine Mutter, eine Lehrerin oder die Rektorin, oder am schlimmsten: wie ein Vertrauenslehrer. Sie sagte es, als ob sie es *kennen* und verstehen würde.

All diese nebelhaften Bilder von fröhlichen Mädchen in Umkleidekabinen, von Pompons vor nackten, knospenden Brüsten. All diese endlosen Fantasien und schmutzigen Jungenträume, in gewisser Weise sind sie alle wahr.

Hauptsächlich ist es hart, es ist Schweiß, es ist die Rohheit zerschrammter, lädierter Mädchenkörper, mit vom Aufstampfen auf dem Hallenboden schmerzenden Füßen, die Ellbogen rot und aufgeschürft.

Aber es hat auch etwas sehr, sehr Schönes: Wir alle in diesem stickigen, nassen Raum, wo es sicherer ist als überall sonst auf der Welt.

Je länger ich es machte, desto mehr vereinnahmte es mich. Bestimmte Dinge wurden wichtig. Es verlieh meinem richtungslosen Leben ein Rückgrat, und dieses Rückgrat wurde kräftiger, wurde zu Wirbelsäule, Rippen, Schlüsselbein, einem hochgereckten Hals.

Es hatte Bedeutung. Und jetzt sagt nicht, dass das nicht stimmt.

Die Trainerin hat uns das alles vermittelt. Bevor sie kam, hatten wir das nicht. Kann man mir also einen Vorwurf machen, dass ich es erhalten wollte? Dass ich bis zum Ende dafür kämpfen wollte?

Sie war diejenige, die mir all die düsteren Wunder des Lebens gezeigt hat, des wahren Lebens. Des Lebens, das ich nur am Rande meines Sichtfelds hatte aufblitzen sehen. Habe ich überhaupt je etwas gefühlt, bevor sie mir zeigte, was Gefühle sind? Sie schlug mit geballten

Fäusten auf die Ecken ihrer beengten Welt ein und zeigte mir, was es bedeutet, zu leben.

Das bin ich: Addy Hanlon, sechzehn Jahre alt. Haare wie ein langer Strang Toffee. Haut, so straff wie ein Gummiband. Hier auf dem Turnhallenboden, meine beste Freundin Beth neben mir. Kirschrotes Lächeln, mit Selbstbräuner besprühte Beine, unsere Pferdeschwänze wippen im Takt.

Seht mal, wie ich immer wieder die Augen schließe, als wäre alles einfach zu viel.

Ich habe nie zu diesen Teenagern mit den maskenhaften Gesichtern gehört, mit Kaugummi im Mundwinkel, rollenden Augen und langen Seufzern. So ein Mädchen war ich nicht. Aber ich kannte diese Mädchen. Und als die Trainerin kam, konnte ich zuschauen, wie all ihre Masken in sich zusammenfielen.

Oberflächlich betrachtet sind wir alle gleich, nicht wahr? Wir alle wollen Dinge, die wir nicht verstehen. Dinge, die wir nicht einmal benennen können. Tiefe Sehnsucht, als hätten unsere Herzen Schwungfedern.

Also seht mich an, in der Umkleide vor dem Spiel.

Ich bürste den Ritzenstaub, die Teppichfusseln von meinen strahlend weißen Tennisschuhen. Selbst gebleicht mit Gummihandschuhen und zugekniffener Nase; sie riechen schwindelerregend nach Chlorbleiche, und ich liebe sie. In ihnen fühle ich mich mächtig. Diese Schuhe habe ich an dem Tag gekauft, als ich ins Team aufgenommen wurde.

2

FOOTBALL-SAISON

Ihr erster Tag. Wir mustern sie sehr genau, die Köpfe zur Seite geneigt. Ein paar von uns, ich vielleicht auch, verschränken sogar die Arme vor der Brust.

Die neue Trainerin.

Es gibt so viel aufzunehmen, zu bedenken und abzuwägen, immer knapp vor der Verachtung. Ihre Körpergröße, gerade mal eins sechzig, Füße wie eine Tänzerin, die Haltung sehr gerade, das goldfarbene Schlüsselbein steht vor, hohe Stirn.

Die scharfen Kanten ihres glatten Bobs: Wenn man genau genug hinschaut, sieht man die Schnitte der Schere. (Hat sie ihn an diesem Morgen schneiden lassen, vor der Schule? Das war ihr anscheinend sehr wichtig.) Die Art, wie sie ihr Kinn reckt, als wäre es ein Zeigestab, wie sie sich hierhin und dorthin dreht, uns beobachtet. Vor allem aber ist sie auffallend hübsch, eine klare, klingende Schönheit, wie eine Glocke. Das trifft uns hart. Aber wir werden uns davon nicht erschüttern lassen.

Wir alle fläzen lässig herum, in den Taschen piepst es, die Hände wischen – *Was glaubt ihr, wie alt?, die Trillerpfeife, WTF* –, die Texte fliegen zwischen den piepsenden Handys hin und her. Sie bekommt nur glasige Blicke und hängende Köpfe zu sehen, wir haben wichtige Dinge zu erledigen auf dem Handy.

Wie schwer das für sie sein muss.

Aber sie steht da, mit geradem Rücken wie ein Drill Sergeant, ihr Blick könnte nicht härter sein.

Ihre Augen scannen unsere ungleichmäßige Reihe, sie

schätzt uns ab. Sie schätzt jede Einzelne von uns ab. Ich spüre, wie ihr Blick mich zerpflückt – meine krummen Beine, die losen Härchen in meinem Nacken, oder wie schlecht mein BH sitzt, wie ich mich winde und von einem Bein aufs andere trete und nie so still stehe wie ich möchte. So still wie sie.

»Die würde Fish zum Frühstück verputzen«, murmelt Beth. »Von der würden sogar zwei in Fish reinpassen.«

Fish war unser Spitzname für Coach Templeton, die vorherige Trainerin. Schon deutlich im späten mittleren Alter, mit dem stämmigen, stabilen Körper eines semiaktiven Schweinswals, rund und glatt, mit immer denselben goldenen Ohrsteckern und dem Polohemd mit dem weichen Kragen, dazu hässliche Turnschuhe mit dicken Sohlen. Fest in den Händen immer diesen zerfledderten Spiralblock mit den Übungen, in Schönschrift aufgeschrieben, der seit den Zeiten herhalten musste, als Cheerleaderinnen einfach nur mit Pompons wedelten und die Beine hoch und immer noch höher schleuderten. Sis-boom-bah und so.

In ihrem verhärmten Mund hing schlaff die Trillerpfeife. So verbrachte Fish die meisten ihrer Stunden am Schreibtisch und spielte Spider Solitär. Durch das Bürofenster mit den heruntergelassenen Jalousien erspähten wir immer das Flattern der Karten, wenn sie sich drehten. Mir tat sie fast leid.

Sie hatte schon lange kapituliert. Vor der zunehmenden Arroganz jeder neuen Mädchenklasse, jede noch frecher, noch vorlauter, noch unverschämter als die vorige.

Wir Mädchen, wir gaben ihr den Rest.

Vor allem Beth. Beth Cassidy, unser Captain.

Ich, ihre ewige Stellvertreterin seit wir neun und bei den Kleinsten waren, den *Peewees*, sozusagen Baby-Cheerleader. Ihre rechte Hand, ihr *treuer Achates*. So nennt sie mich, das bin ich. Alle kuschen vor Beth und damit auch vor mir.

Und Beth macht, was sie will.

Wir brauchten eigentlich gar keine Trainerin.

Aber jetzt das. Das.

Fish war plötzlich in den Everglades von Florida unentbehrlich, weil sie sich um das ungeplante Neugeborene ihrer Teenie-Enkelin kümmern musste – und da ist sie nun.

Die Neue.

Die Trillerpfeife baumelt zwischen ihren Fingern wie ein Talisman, ein Amulett. Mit ihr wird nicht zu spaßen sein.

Wenn man sie ansieht, weiß man es sofort.

»Hallo«, sagt sie mit leiser, aber fester Stimme. Kein Grund, die Stimme zu erheben. Im Gegenteil, alle beugen sich vor. »Ich bin Coach French.«

Und ihr seid meine Bitches, leuchtet auf dem Bildschirm meines Handys auf, das ich in meiner Handfläche versteckt halte. Beth.

»Ich sehe schon, wir haben viel zu tun«, sagt sie und richtet den Blick auf mich. Mein Handy ist eine Sirene, das Bull's Eye der Zielscheibe.

Ich spüre noch, wie es in meiner Hand vibriert, aber ich schaue nicht hin.

Vor ihren Füßen steht ein Plastikkorb. Sie hakt anmutig den Fuß unter den Rand und kippt ihn um, sodass die Hockey-Pucks darin über den glänzenden Boden schlittern.

»Hier rein«, sagt sie und schiebt den Korb mit dem Fuß zu uns herüber.

Wir sehen ihn an.

»Ich glaube nicht, dass wir da alle reinpassen«, sagt Beth.

Coach schaut Beth mit einem Blick an, so leer wie das Basketballbrett über ihr.

Der Moment dauert lange, und Beths Finger quietschen auf der Klappe ihres Handys.

Coach zuckt nicht mit der Wimper.

Die Handys fallen, ausnahmslos. RiRis, Emilys, Brinnie Cox', der Rest. Das von Beth als letztes. Ein bonbonfarbenes Handy nach dem anderen landet im Korb. Klick, klack, klapper, ein bimmelndes Durcheinander von Piepstönen, Vogelstimmen, Disco-Rhythmen, die schließlich von selbst verstummen.

Hinterher zieht Beth ein Gesicht. Ich sehe jetzt schon, wie es für sie laufen wird.

»Colette French«, grinst sie. »Klingt wie ein Pornostar, aber mit Niveau, Anal macht sie nicht.«

»Von der hab ich gehört«, sagt Emily, immer noch atemlos von der letzten Runde Grundfigurentraining. Uns allen zittern die Knie. »Den Squad in Fall Wood hat sie bis ins Halbfinale gebracht.«

»Halbfinale, Halbfinale. Ist ja der Wahnsinn«, höhnt Beth. »Lebe deinen Traum.«

Emily lässt die Schultern hängen.

Keine von uns macht wegen des Ruhms, der Pokale, der Turniere Cheerleading. Vielleicht weiß keine von uns so genau, warum wir das alles machen, außer dass es ein Schutzschild gegen die Gewohnheit und die fürchterliche

Langeweile des Schulalltags ist. Die Jacke, die Spieltage, die wehenden Röcke sind deine Rüstung. Wer könnte dir etwas anhaben? Niemand.

Meine Frage ist die:

Die neue Trainerin. Hat sie in dieser ersten Woche mehr gesehen als die gestylten Haare und glänzenden Beine, den Glitter auf unseren Augenbrauen und das Gehabe? Konnte sie hinter all das blicken: all unsere Nöte, wie sehr wir uns selbst hassten, alle anderen aber noch viel mehr? Konnte sie hinter alledem etwas anderes erkennen, etwas Loderndes und Aufrichtiges, etwas, das verändert, herausgestellt, erschaffen werden wollte? Sah sie, dass sie uns neu erschaffen konnte, dass sie ihre Hände in unser glitzerbestäubtes Inneres stecken und uns zu glorreichen Teenie-Gladiatorinnen formen konnte?

3
WOCHE EINS

Es passiert nicht sofort. Keine krasse Veränderung, die alles über den Haufen wirft.

Aber mit jedem Tag dieser Woche schafft es die neue Trainerin, dass wir ganz bei der Sache bleiben – eine echte Leistung.

Wir lassen uns von ihr drillen, wir spulen Tumblings ab. Wir zeigen ihr alle unsere Tanznummern, wir klatschen perfekt im Takt und unsere Radwenden sind flüssig.

Dann zeigen wir ihr unsere berühmteste Nummer, mit der wir die letzte Basketball-Saison beendet haben, eine Menge Chorus-Line-Flips und Toe Touches und ein großes Finale, wo wir alle Beth im Spagat in die Luft heben und sie die Arme V-förmig über den Kopf reckt.

Coach sieht aus, als würde sie nur halb zuschauen, den Fuß hat sie auf den wummernden Ghettoblaster gestützt.

Dann fragt sie uns, was wir noch können.

»Aber die Nummer lieben alle!«, piepst Brinnie Cox. »Wir mussten sie zur Abschlussfeier extra noch mal machen.«

Wir wollen, dass Brinnie den Mund hält.

Coach ist einfach strenger, schneller, als wir erwartet haben, und in dieser ersten Woche fällt uns das auf. Sie steht vor uns, die Körperhaltung so lässig, aber auch selbstsicher.

Wir können sie nicht aus dem Konzept bringen, und das überrascht uns.

Wir können jeden aus dem Konzept bringen, nicht nur Fish, sondern auch die endlose, traurige Parade der Aushilfslehrer-Marionetten, Mathelehrer mit eingestaubten Schultern und Schulpsychologinnen mit trocken-faltiger Haut.

Seien wir ehrlich, wir sind der einzige Spaß in dieser ganzen Gruft von einer Schule mit ihren niedrigen Decken und den Glasbausteinen. Wir sind die einzigen lebenden, atmenden Wesen, außer uns gibt es nichts zu sehen.

Und das wissen wir. Man spürt, dass wir es wissen.

Schau sie dir an, hören wir sie – ausnahmslos alle – sagen, wenn wir am Game Day durch die Flure streifen wie ein Rudel, mit wippenden Pferdeschwänzen und Röcken wie Diamanten.

Was glauben die, wer sie sind?

Aber wir wissen genau, wer wir sind.

Genau wie die Trainerin weiß, wer sie ist. Man erkennt es daran, wie unnahbar und ungerührt sie gleichzeitig ist. Unser Quatsch ist ihr völlig gleichgültig. Es *langweilt* sie. Eine Langeweile, die wir sehr gut kennen.

Damit hat sie von Anfang an etwas gewonnen, obwohl – oder weil – sie nicht darum gebeten hat und es ihr egal war. Nicht weil sie gelangweilt ist, sondern weil wir nicht *interessant genug für sie sind.*

Jedenfalls noch nicht.

Am zweiten Tag kneift sie Emily in den Speck. Die elfenäugige, apfelbrüstige Emily streckt die Arme träge über den Kopf und gähnt demonstrativ. Oh, wir kennen diese Angewohnheit, die Mrs. Dieterle immer so provoziert und bei der Mr. Callahan rot wird und die Beine überkreuzt. Coachs Hand taucht aus dem Nichts auf und landet an der nackten Stelle, die Emilys hochgerutschtes Tanktop freigelegt hat. Sie kneift in den Babyspeck und dreht ihn einmal kräftig zwischen den Fingern. So fest, dass Emily der Mund offenstehen bleibt. Sie schnappt nach Luft, klingt dabei wie ein Quietschspielzeug.

»Das muss weg«, sagt Coach und hebt den Blick von der Haut zwischen ihren Fingern zu Emilys erschrockenen Augen.

Das muss weg. Einfach so.

Das muss weg? Das muss weg? Hinterher in der Umkleidekabine weint Emily, und Beth verdreht die Augen, lässt entnervt den Kopf auf den Schultern kreisen.

»So was darf sie doch gar nicht sagen, oder?«, heult Emily.

Emily, deren Ballonbrüste und Hüftkaskaden eine derartige Freude für alle Jungs sind, die ihre verblödeten Hälse recken, wenn sie vorbeigeht, und die um Korridorecken schielen, nur um ihren Cheerleader-Rock tanzen zu sehen.

All die Poster, Fernsehbeiträge und Gesundheitskurse über Körperbilder und wie Blutgefäße im Gesicht platzen und die Speiseröhre reißen kann, wenn man jeden Abend massenweise Süßkram in sich reinstopft, wohl wissend, dass er wieder raus muss, du schwaches kleines Mädchen.

Aber deshalb kann Coach doch einem sensiblen, figurbewussten Teeniemädchen unmöglich sagen, dass es den weichen kleinen Ring um seine Hüften loswerden soll, oder?

Doch, kann sie.

Coach kann alles sagen.

Und Emily kniet nach dem Training über der Kloschüssel und fleht mich an, sie in den Magen zu treten, damit der Rest herauskommt, der Plätzchenteig und die Taco-Chips, vom Geruch dieser Mischung wird mir schlecht. Emily besteht komplett aus Keksen, Chips und Haribo.

Ich trete zu, ich tu's.

Sie würde dasselbe für mich tun.

Am Mittwoch sagt Brinnie Cox, sie wolle vielleicht aufhören. »Ich kann das nicht«, jammert sie bei Beth und mir. »Habt ihr gehört, wie mein Kopf beim Runterkommen auf die Matte geknallt ist? Ich glaube, Mindy hat das mit Absicht gemacht. Für eine Base ist das einfach. Ihr Körper ist wie ein riesiger Gummiklotz. Stunts trainieren wir nicht.«

»Genau deshalb *trainieren* wir ja jetzt Stunts«, sage ich. Ich weiß, Brinnie würde in der Halbzeitpause, ja, eigentlich immer, lieber mit Pompons wedeln, mit den Hüften kreisen und sich auf den Arsch klatschen.

Brinnie schikanieren Beth und ich immer am meisten, weil sie uns nervt. »Ich kann ihre großen Zähne und ihre Storchenbeine nicht leiden«, sagt Beth immer. »Schaff sie mir weg.«

Einmal gaben Beth und ich beim Double-Hook-Üben so lange quer durch die Sporthalle Kommentare über Brinnies nuttige Schwester ab, die dabei erwischt wurde, wie sie mit dem Aushilfshausmeister rummachte, dass Brinnie in die Dusche rannte und heulte.

»Also, ich weiß nur«, lispelt Brinnie jetzt mit ihren großen Zähnen, »dass ich unerträgliche Kopfschmerzen habe.«

»Wenn dir ein Blutgefäß geplatzt ist«, erwidert Beth, »dann könnte es sein, dass du langsam in deinen Kopf ausblutest.«

»Du hast wahrscheinlich schon einen Hirnschaden«, füge ich hinzu und beäuge sie genau. »Tut mir leid, aber ist so.«

»Das Blut drückt dir vielleicht das Gehirn an den Schädelknochen«, sagt Beth, »und das bringt dich dann schließlich um.«

Brinnies weit aufgerissene Augen schwimmen in Tränen, und ich weiß, wir haben unser Ziel erreicht.

Am letzten Tag der ersten Woche beruft Coach ein Sondertreffen ein. Es wird nervös gechattet und telefoniert. Gerüchte, dass der Squad verkleinert wird, und wer fliegt dann wohl raus?

Doch als sie dann vor uns steht, kommt eine einfache Ansage.

»Es wird keinen Team-Captain mehr geben«, sagt sie.

Alle schauen Beth an.

Ich kenne Beth seit der zweiten Klasse, seit wir uns im Mädchenzeltlager in unseren Schlafsäcken zusammengekuschelt haben, seit wir Blutsbrüderschaft geschlossen haben. Ich kenne Beth und kann jede hochgezogene Augenbraue, jede Zehenbewegung lesen. Sie lehnt gewisse Dinge – Infinitesimalrechnung, aufs Klo gehen während des Unterrichts, ihre Mutter, Stoppschilder – beinhart ab, und das macht sie selbst hart.

Einmal hat sie die Zahnbürste ihrer Mutter in die Toilette getunkt, und sie nennt ihren Vater den »Maulwurf«, auch wenn keine von uns mehr weiß, warum, und irgendwann hat sie unsere Sportlehrerin eine Fotze genannt, auch wenn es ihr niemand nachweisen konnte.

Aber es gibt auch noch andere Seiten an ihr, die niemand kennt.

Sie reitet, hat eine geheime Bibliothek mit erotischer Literatur, ist gerade mal eins zweiundfünfzig groß und hat doch die stärksten Beine, die ich je gesehen habe.

Und das kann ich eigentlich auch noch erzählen: In der achten Klasse, nein, im Sommer danach, hat Beth bei einer Bierparty ihren spöttischen Kleinmädchenmund bei Ben Trammel zur Anwendung gebracht, ihr wisst schon, wo. Ich erinnere mich an den Anblick. Er hielt grinsend ihren Kopf unten, die Hand in ihren Haaren, als hätte er mit bloßen Händen eine Forelle gefangen. Und alle wussten davon. Ich hab's nicht verraten. Trotzdem reden die Leute immer noch darüber. Ich nicht.

Ich habe nie erfahren, warum sie das gemacht hat oder was sie seitdem sonst noch so gemacht hat. Ich habe nie gefragt, so sind wir nicht.

Wir werten nicht.

Die Hauptsache an Beth ist aber: Sie war schon immer unser Captain, mein Captain, sogar damals bei den Kleinen, in der Junior High, dann Junior Varsity, und jetzt in der Big League.

Beth war immer der Captain, und ich ihr cooler Lieutenant, und zwar seit dem Tag, als sie und ich, nachdem wir drei Wochen lang zusammen Radwenden geübt hatten, gemeinsam in den Squad aufgenommen wurden.

Sie war wie geboren dafür, und wir konnten uns Cheerleading anders einfach nicht vorstellen.

Manchmal denke ich, Captain zu sein ist für Beth der einzige Grund, überhaupt zur Schule zu kommen, sich mit uns abzugeben, für irgendwas im Leben.

»Ich sehe einfach keinen Bedarf für einen Captain. Ich verstehe nicht, warum du es geworden bist«, sagt Coach mit einem flüchtigen Blick auf Beth. »Aber danke für deinen Einsatz, Cassidy.«

Geben Sie mir Ihre Marke und Ihre Waffe.

Alle tappen nervös mit ihren Turnschuhen, und RiRi späht theatralisch mit durchgedrücktem Rücken zu Beth hinüber, um ihre Reaktion zu sehen.

Aber Beth reagiert nicht. Beth scheint es komplett egal zu sein. Nicht einmal ein Gähnen ist es ihr wert.

»Ich wusste, dass es schlimm würde«, flüstert Emily mir später in der Umkleide zu. »Wie damals, als sie sauer auf den Mathe-Aushilfslehrer war und sein Auto zerkratzt hat.«

Aber da ich Beth kenne, denke ich, es wird noch eine Weile dauern, bis wir ihre wahre Reaktion sehen.

»Wie das Cheerleading wohl jetzt wird?«, sinniert Emily, macht schwer atmend eine Kniebeuge. Bleibt unten. »Was heißt das jetzt?«

Was es heißt, sehen wir bald: keine vertrödelten Stunden mehr, in denen wir über die Limonadendiät reden und wer in den Sommerferien eine Abtreibung hatte.

Die Trainerin hat daran natürlich kein Interesse. Sie sagt, wir sollen uns zusammenreißen.

Am Ende der ersten Woche unter dem neuen Regime sind unsere Beine wacklig und weich, unsere Körper schlapp. Unsere Bewegungen alles andere als im Takt. Sie sagt, wir sehen schlaff und kindisch aus, wie junge Disney-Teenies auf einem Festwagen. Sie hat recht.

Das bedeutet Treppensprints für uns.

Oh, dieser Schmerz. Im Takt ihrer ewigen Trillerpfeife rennen wir die Tribünentreppen rauf und runter. Einundzwanzig Doppelstufen, dreiundvierzig einzelne. Wieder und wieder und wieder.

Wir spüren es am nächsten Tag in unseren Schienbeinen.

In unseren Wirbelsäulen.

Wir spüren es überall.

Stairway to hell nennen wir es, aber Beth findet, das sei ein schlechter Ausdruck.

Beim Samstagstraining freuen wir uns aber schon fast auf den Schmerz – ein paar von uns zumindest –, denn er fühlt sich echt an. Und wir wissen, wir werden sehr schnell viel besser werden, und das ganz ohne Verletzungen, denn wir folgen einem straffen Trainingsplan.

4
WOCHE ZWEI

Die Treppensprints sind anstrengend, und ich spüre, wie mein ganzer Körper zittert – *bumm-bumm-bumm* –, meine Zähne klappern, es ist fast schon ekstatisch – *bumm-bumm-bumm, bumm-bumm-bumm* –, fast kommt es mir vor, als könnte ich von den hämmernden Schmerzen sterben – *bumm* –, ich habe das Gefühl, mein Körper explodiert gleich, und wir machen weiter und immer noch weiter. Ich will, dass es niemals aufhört.

Es ist sehr anders als früher, als wir unsere Zeit mit Nägellackieren und Klebetattoos verbracht und immer auf Captain Beth gewartet haben, die dann, nachdem sie mit Todd Grinnell noch einen Joint geraucht oder hinter ihrer Spindtür mit Pfefferminzschnaps gegurgelt hatte, erst zehn Minuten vor dem Spiel auftauchte und uns trotzdem alle verblüffte, wenn sie auf Mindys und Coris Schultern schnellte und sich zur Arabesque streckte.

Damals kümmerte uns kaum etwas, unsere Bewegungen waren schlampig und ohne Energie. Wir malten uns einfach Glitzerstreifen auf, machten Straddle Jumps und wackelten zu Kanye mit dem Hintern. Alle liebten uns. Sie wussten, wir waren sexy Bitches. Das genügte.

Cheerutantes, Anfängerinnen, so nannten uns die Lehrer.

Cheerlebrities, Stars, so nannten wir uns selbst.

Wir streunten die ganze Saison lang herum, ein umschwärmter Schwarm, die Pferdeschwänze gleich lang, in den gleichen Nfinity-Turnschuhen, alles synchron, die Augenlider goldgesprenkelt, und niemand konnte uns etwas anhaben.

Aber es lag eine Trägheit darin, das sehe ich jetzt. Ein

eigenartiger Kitzel, und manchmal schaute sogar ich die anderen in den Klassenzimmern an, die Debattierclub-Mädchen und die Jahrbuchfotografinnen, die Leichtathletinnen mit den dicken Beinen und die Girls vom Schulorchester, die ihre zerbeulten Geigenkästen schwangen, und fragte mich, wie es sich wohl anfühlte, wenn einem alles so gar nicht egal war.

Jetzt ist alles anders.

Beth saugt an ihrem Strohhalm, das Quietschen geht mir auf die Nerven.

Ich müsste zu Hause sein, Parabeln zeichnen, stattdessen sitze ich hier in Beths Auto, weil Beth aus dem Haus musste, um nicht ständig den Seidenmorgenmantel ihrer Mutter auf dem Flur rascheln zu hören.

Beth und ihre Mutter, zwei Impalas mit ineinander verkeilten Hörnern, seit Beth sprechen kann und ihre erste coole Antwort gab.

»Meine Tochter ist seit ihrer Geburt eine Kriminelle«, hat Mrs. Cassidy einmal verächtlich zu mir gesagt, während sie ihren Hals mit Crème de la Mer einschmierte.

Also steige ich in Beths Auto, weil ich denke, eine Rundfahrt könnte vielleicht eine beruhigende Wirkung auf sie haben, wie bei einem Baby mit Koliken.

»Morgen ist der Test«, sage ich und knete mein Mathebuch zwischen den Fingern.

»Sie wohnt an der Fairhurst«, sagte sie, ohne darauf einzugehen.

»Wer?«

»French. Die Trainerin.«

»Woher weißt du das?«

Beth zuckt nicht mal mit den Schultern, sie hat noch

nie im Leben eine Frage beantwortet, wenn ihr nicht danach war.

»Willst du's sehen? Ist echt uninteressant.«

»Ich will's nicht sehen«, sage ich, aber es stimmt nicht. Natürlich will ich.

»Hier geht's nicht um die Captain-Sache, oder?«, frage ich sehr leise, nicht ganz sicher, ob ich es laut sagen will.

»Was für eine Captain-Sache?«, fragt Beth, ohne mich anzusehen.

Das Haus an der Fairhurst Street ist nicht klein. Ein niedriges Haus mit zwei versetzten Ebenen. Es ist ein Haus, was soll ich dazu sagen? Aber es hat schon was. Zu wissen, dass Coach da drin ist, hinter dem großen Panoramafenster, in dem weichen, warmen Licht, das macht es irgendwie bedeutender.

In der Einfahrt steht ein Dreirad, mit rosa Bändern geschmückt, die in der Nachtluft flattern.

»Ein kleines Mädchen«, sagt Beth gespielt cool. »Sie hat ein kleines Mädchen.«

»Denkt euch die Pyramide nicht als festes Gebilde«, erklärt uns die Trainerin. »Denkt sie euch überhaupt nicht als Gebilde. Sie ist ein lebendiges Wesen.«

Bei Coach Fish stellten wir uns bei Pyramiden immer vor, dass wir uns stapelten. Sie Schicht um Schicht aufbauten.

Jetzt lernen wir, dass es bei der Pyramide nicht darum geht, dass Mädchen aufeinanderklettern und still stehen. Es geht darum, einer Sache Leben einzuhauchen. Gemeinsam. Jede von uns ein einzelnes Organ, das die anderen Organe nährt, etwas Größeres schafft.

Wir lernen, dass unsere Körper uns gehören und dem Team, mehr nicht.

Wir lernen, dass wir auf der Bühne die Einzigen auf der Welt sind. Wir werden unser Lächeln als Maske tragen, starr und ausdruckslos, aber im Inneren ist für uns nur der Stunt von Bedeutung. Der Stunt ist alles.

Ganz unten unsere Hardcore-Bases Mindy und Cori, meine Füße auf Mindys Schultern, die Vibration ihres Körpers überträgt sich auf mich, meine auf Emily über mir.

Wenn die mittlere Ebene steht, steigt der Flyer auf. Nicht durch Klettern, nicht, indem wir sie hochheben, es ist keine Treppe, keine Reihe mühsamer Stufen. Nein, wir federn und schwingen und bringen so alle nach oben, beim Schwung begreifst du, dass du Teil von etwas bist. Etwas Echtem.

»Eine Pyramide ist ein Körper, sie braucht Blut, Herzschlag und Wärme. EINS, ZWEI, DREI. Was sie aufrecht hält, was sie am Leben erhält, ist das Federn eurer Körper, der Rhythmus, den ihr gemeinsam aufbaut. Mit jedem Takt werdet ihr zur Einheit, ihr schafft Leben. VIER, FÜNF, SECHS.«

Und ich spüre Mindy unter mir, ihre Kraft, wir bewegen uns, als wären wir eine Person. Wir heben Beth nach oben, und sie ist genauso ein Teil von uns, ihr Blut rauscht durch mich, ihr Herz schlägt mit meinem. Dasselbe Herz.

»Die Pyramide steht nur still, wenn ihr sie stillstehen lasst«, sagt Coach. »Eure Körper sind eins, und ihr RÜHRT EUCH NICHT. Ihr seid Marmor. Ihr seid Stein.

Und ihr bewegt euch nicht, weil ihr es nicht könnt,

denn ihr seid nicht das sexy Chick, das durch die Schulflure hüpft, kein plapperndes, pferdeschwanzschwingendes Mädchen. Ihr seid nicht niedlich, ihr seid nicht hübsch, ihr seid überhaupt kein Mädchen, nicht einmal ein Mensch. Ihr seid der wichtigste Teil einer Sache, die Perfektion. Und dann, SIEBEN, ACHT, …

… reißen wir ab.«

Hinterher, mit erschöpften Körpern und schweißglitschigen Gliedern, fragen wir sie aus.

Vollkommen trocken und hoch aufgerichtet schaut sie auf unsere abgemagerten Mitten herab, während wir uns kühle Wasserflaschen über Brust und Stirn rollen.

»Coach, auf welcher Highschool waren Sie?«, fragt eine von uns.

»Coach, wie ist Ihr Mann so?«

»Coach, ist das Ihr Auto auf dem Lehrerparkplatz, oder gehört das Ihrem Mann?«

Wir versuchen es jeden Tag, die meisten von uns. Die Informationen tröpfeln langsam, wir müssen ihr alles aus der Nase ziehen. Sie ist drüben in Stony Creek zur Schule gegangen; ihr Mann arbeitet in einem verspiegelten Büroturm in Downtown, und er hat ihr das Auto gekauft. Es sind sehr spärliche Informationen. So wenig sie eben sagen kann, ohne gar nichts zu sagen.

Sie ist so konzentriert, so aufmerksam, und sie beantwortet nur dann Fragen, wenn wir unsere Sprints absolviert haben, unsere Brücken, Hunderte von ätzenden Bauchpressen, bei denen wir mit dem Rücken quietschend über den Boden rutschen.

Diese Schönheit, diese strahlende Schönheit, die sie fast wie etwas Schändliches trägt, wie einen Rüschenvolant, den sie per-

manent glattstreicht, ein klingelndes Bettelarmband, das sie ruhig hält.

Erst als sie geht, als sie das Training beendet und uns entlassen hat, ruft RiRi ihr nach: »Hey Coach, hey Co-o-ach! Was ist das an Ihrem Knöchel?«

Das Tattoo zieht sich unter ihren Laufsocken nach oben, ein violetter, verwaschener Fleck.

Sie dreht nicht mal den Kopf, man hätte nicht sagen können, ob sie es gehört hat.

»Coach, was *ist* das?«

»Ein Fehler«, sagt sie. Diese harte, leise Stimme. *Ein Fehler.*

Ah, eine stahlbesaitete Trainerin mit einer verwegenen Vergangenheit, einer unzüchtigen Vergangenheit.

»Ich wette, wir finden sie in einer uralten Folge von *Girls Gone Wild* aus der Zeit, als es noch Dinosaurier gab.« Das ist natürlich Beth. An Emilys Laptop. Wie sie den Namen der Trainerin bei YouTube eintippt, um im Netz schleppfischen zu gehen.

Sie findet nichts. Irgendwie wusste ich das. Bei jemandem, der so stählern ist, kann man nichts finden.

Nach dem Training liegt die immer weniger werdende Emily auf dem Linoleum der Umkleide und macht in ihrem Kampf, noch straffer zu werden, sich noch weiter an Coachs Bauchmuskeln heranzuarbeiten, immer noch einen Bauchaufzug mehr. Ich bleibe mit ihr zurück, halte ihre Beine unten, damit sich ihre moppeligen Knöchel nicht drehen.

Und wie sich herausstellt, ist Coach gar nicht gegangen. Sie telefoniert in ihrem Büro. Wir sehen sie durch die Scheibe, wie sie mit der Hand am Plastikstab die Jalousie öffnet und schließt. Wie sie durchs Fenster auf den Parkplatz hinausstarrt. Auf, zu, auf, zu.

Dann legt sie auf und öffnet die Bürotür. Der Luftzug der Tür, und dann fängt es an.

Sie öffnet die Tür und sieht uns, ein Nicken als Erlaubnis zum Eintreten.

Das Büro riecht nach Rauch, nach dem Sofa im Lehrerzimmer mit diesem verkrusteten Fleck in der durchgesessenen Mitte. Alle haben zu diesem Fleck ihre eigene Geschichte.

Auf ihrem Schreibtisch steht das Foto eines kleinen Mädchens. Coach sagt, ihr Name sei Caitlin; sie ist vier Jahre alt, hat einen verschlafenen Mund und gerötete Haut und Augen, die so dümmlich glasig aussehen, dass ich mich frage, warum irgendwer Kinder bekommt.

»Sie ist so süß!«, platzt Emily heraus. »Wie eine Puppe oder sowas.«

Wie eine Puppe. Oder sowas.

Coach schaut das Foto an, als hätte sie es noch nie gesehen. Sie blinzelt.

»Langsam sind sie in der Kita sauer auf mich«, sagt sie, als dächte sie darüber nach. »Ich bin immer die Letzte, die zum Abholen kommt. Zumindest die letzte Mom.«

Sie stellt das Foto wieder hin und sieht uns an.

»An die erinnere ich mich«, sagt sie mit einem Nicken zu den stylischen Armbändern, die wir an den Handgelenken tragen.

Sie erzählt uns, dass sie selbst welche gemacht hat, als sie jung war, und nicht fassen kann, dass sie jetzt wieder in Mode sind. Freundschaftsbändchen nennt sie sie. Wir würden sie natürlich nie so nennen.

»Das sind nur Armbänder«, sage ich.

Sie schaut mich an, zündet sich mit einem dürren alten Streichholz eine Zigarette an, wie der Mann, der uns am Hintereingang seines Geschäfts in der Shelter Road Wein in Krügen verkauft.

»Das Muster haben wir ›Schlange am Stab‹ genannt«, sagt sie und hakt den Finger unter das an Emilys Handgelenk. Ihre Zigarette glüht auf.

»Das ist eine Strickleiter«, sage ich. Keine Ahnung, warum ich sie unbedingt korrigieren muss.

»Und was ist das da?«, fragt sie und zeigt auf mein Handgelenk, der Zigarettenfilter berührt meine Haut.

Ich starre die Zigarette und Coachs kühlen, gebräunten Finger an.

»Ein Liebesknoten.« Emily grinst. »Das ist der einfache. Ich weiß, wer dir den gemacht hat.«

Ich sage nichts.

Coach sieht mich an. »Jungs machen sowas nicht.«

»Das stimmt allerdings«, bestätigt Emily, und man kann ihre Zunge fast herausschnellen sehen.

»Ich weiß nicht mal, woher ich das habe«, sage ich.

Doch dann fällt mir wieder ein, dass Casey Jaye es mir geschenkt hat, das Mädchen, mit dem ich letzten Sommer im Cheer-Camp Bodenturnen trainiert habe, aber Beth mochte sie nicht, und dann war das Camp sowieso zu Ende. Lustig, wie nahe dir Leute sein können, die du in einem Camp kennenlernst, und dann ist der Sommer vorbei und du siehst sie nie wieder.

Coach sieht mich an, und in ihrem Mundwinkel ist die Andeutung eines Grübchens zu sehen.

»Zeig es mir«, sagt sie und deutet mit ihrer Zigarette darauf. »Zeig mir, wie man einen Liebesknoten macht.«

Ich sage, ich hätte kein Garn dabei, aber Emily hat welches, ganz unten in ihrer Beuteltasche.

Wir zeigen ihr, wie man es macht, dann schauen wir zu, wie sie die Fäden knüpft, hin und her. Sie lernt schnell, ihre Finger fliegen. Ich frage mich, ob es irgendetwas gibt, das sie nicht kann.

»Ich weiß es wieder«, sagt sie. »Schaut mal, hier.«

Sie zeigt uns, wie man ein Muster namens Katzenzunge knüpft, das so ähnlich ist wie eine unterbrochene Strickleiter, gekreuzt mit einem einfachen Flechtmuster, und dann noch eines, das sie »Böser Wolf« nennt, dem ich überhaupt nicht folgen kann.

Als sie mit dem bösen Wolf fertig ist, wirbelt sie das Armband um den Finger und schnippt es nach mir. Ich sehe, wie auf Emilys Gesicht die Eifersucht aufflackert.

»Mehr macht ihr in eurer Freizeit nicht, Leute?«, fragt sie.

Doch, tun wir.

»Man hätte meinen können, sie interessiert sich wirklich für unser Leben«, sagt Emily allen hinterher und streicht über mein neues Armband.

»Erbärmlich«, sagt Beth. »Nicht mal mich interessiert unser Leben.« Sie schiebt den Finger unter das Armband und zieht und zieht, bis es von meinem Handgelenk abreißt.

Am nächsten Tag nach der Schule sehe ich Coach über den Parkplatz zu ihrer lustigen kleinen silbernen Raupe von einem Auto gehen.

Mit meiner Flasche Cola Light in der Hand trödle ich herum und warte auf Beth, die mich mitnimmt und es ab und zu gut findet, mich warten zu lassen, während sie mit Mr. Feck plaudert, der ihr jede Menge flattrige rosa Entschuldigungsformulare aus seiner Schreibtischschublade gibt.

Mir ist nicht einmal bewusst, dass Coach mich gesehen hat, bis sie eine Kopfbewegung zu ihrer offenen Autotür macht.

»Na, komm schon«, sagt sie. »Steig ein.«

Als wüsste sie, dass ich auf die Einladung gewartet habe.

Unterwegs schüttelt Coach einen dieser seltsamen, schlammig aussehenden Säfte, die sie ständig trinkt und von denen man pelzige Zähne bekommt. Ich glaube nicht, dass irgendeine von uns sie je hat essen sehen.

»Ihr Mädchen habt eine Menge schlechte Angewohnheiten«, sagt sie mit einem Seitenblick auf meine Limo.

»Die ist light«, sage ich, aber sie schüttelt nur weiter den Kopf.

»Wir bekommen euch schon hin. Die Zeiten der Zwiebelringe zum Mittagessen und der Sonnenbänke – die sind vorbei, Mädchen.«

»Okay«, sage ich, aber wohl nicht unbedingt überzeugend. Und überhaupt habe ich in meinem ganzen Leben noch keinen Zwiebelring gegessen.

»Du wirst sehen«, sagt sie. Hals und Rücken absolut gerade, die Augenbrauen zu makellosen Bögen gezupft. Das golden schimmernde Tennisarmband und die glatten, glänzenden Haare. Blendend weiße Zähne, die tatsächlich blenden. Coach ist so perfekt.

»Also, welcher von den Footballern ist dein Typ?«, fragt Coach mit Blick aus dem Fenster.

»Was? Keiner von denen.«

»Keinen Freund?« Sie wirkt etwas interessierter, setzt sich ein wenig aufrechter hin. »Warum nicht?«

»Es gibt an der Sutton Grove High nicht viel, was mich interessiert«, erwidere ich, wie Beth es wahrscheinlich ausdrücken würde. Ich beäuge die Zigarettenschachtel auf der Konsole zwischen uns, stelle mir vor, wie ich eine herauszupfe und mir in den Mund stecke. Würde sie mich aufhalten?

»Sag mir«, fragt sie weiter. »Wer ist der Junge mit den vielen Locken?« Sie tippt sich an die Stirn. »Und der krummen Nase?«

»Im Team?«

»Nein«, sagt sie und beugt sich ein bisschen zum Lenkrad vor. »Ich sehe ihn auf der Laufstrecke immer in diesen Basketballstiefeln mit den silbernen Totenköpfen.«

»Jordy Brennan?«

Es gab da eine Gruppe: zehn, zwölf Jungs, mit denen man vielleicht abhängen, auf deren Schoß man auf Partys vielleicht mit Bier-Atem sitzen, deren Teamjacke man vielleicht eine Woche oder einen Monat tragen könnte.

Jordy Brennan gehörte nicht dazu. Er war einfach irgendwie da. Kaum mehr als ein Punkt auf dem Radarschirm meiner Schule.

»Ich hab nie über ihn nachgedacht«, sage ich.

»Er ist süß«, meint sie. An der Art, wie sie einatmet, das Lenkrad dreht, spürt man, dass sie gerade nur an Jordy Brennan denkt, genau in dieser Sekunde.

Und dann denke ich auch an ihn.

Mein Rock schiebt sich hinten hoch, Jordys nervöse, schwitzige Hände darunter, und bevor ich weiß, wie mir geschieht, dreht sich der Cheerleader-Rock um meine Taille, arbeitet sich den Bauch hinauf, seine Hände auch, und meine sind zu kleinen, nervösen Fäusten geballt: Tue ich es jetzt?

Diese Gedanken habe ich im Kopf, als ich an diesem Abend mit meiner waldgrünen Bettdecke herumnestle. So ist mir das bisher noch nicht passiert, ein scharfes Ziehen da unten, genau da, und ein Pulsieren, so atemlos.

Jordy Brennan, dem ich nie einen zweiten Blick geschenkt habe.

Nachher will ich noch Beth wegen unserer nächtlichen Manöverkritik anrufen, aber dann beschließe ich, es nicht zu tun.

Ich glaube, sie wird sauer sein, weil ich nach der Schule nicht auf sie gewartet habe. Oder wegen etwas anderem. Sie ist oft sauer auf mich, vor allem seit dem letzten Sommer im Cheerleading-Camp, als es plötzlich irgendwie anders zwischen uns wurde. Ich hatte langsam genug von meinen Stellvertreterpflichten und ihrer Art, keine Gefangenen zu machen, und fing an, mit anderen Mädchen im Camp zu trainieren. Die Sache mit Beth und mir reicht tief in die Vergangenheit. Wir sind schon sehr lange sehr eng verbunden.

Also rufe ich stattdessen Emily an und rede mit ihr eine Stunde oder länger über Basket Tosses und ihre Schienbeinschmerzen und das spezielle Regenwald-Wachs, das Brinnie Cox auf Bermuda gekauft hat, um sich ihre Mädchenbehaarung zu epilieren.

Alles, nur nicht Jungs und Coach. Mein Kopf ist heiß und knackt. Ich will ihn beruhigen. Ich will ihn zum Schweigen bringen, kneife die Beine zusammen, fest wie eine Pinzette, kralle in meinen Bauch. Ich höre endlos Emilys Quiekstimme zu, wie sie plappert und flötet, leichtfüßig tänzelt und niemals wirklich etwas sagt.

5
WOCHE DREI

Wir werden ständig besser.

Wir üben Stunts, sind konzentriert. Emily kann jetzt den Flickflack aus dem Stand, das hätten wir bei den weichen Brüsten, die sie mal hatte, nie gedacht. Wir sind stärker und haben langsam ein Gefühl für den Körper der anderen, lernen, zu spüren, wann wir nicht herunterfallen werden.

Nachts im Bett höre ich die dumpfen Schläge auf den Hallenboden, spüre es in den Knochen, in meiner Mitte.

Schon jetzt kann ich fühlen, wie meine Muskeln unter der Haut arbeiten. Ich fange sogar an zu essen, denn wenn ich es nicht tue, wird mir schwummrig. In der ersten Woche werde ich in Mathe zweimal ohnmächtig, beim zweiten Mal schlage ich mir den Kopf – RUMMS – an der Tischkante an.

Das darf nicht passieren, sagt Coach.

»Du kannst nicht vor der Schule aufs Laufband gehen und dann erwarten, dass du nur mit Cola Light bis zum Mittagessen durchhältst«, sagt Coach, als sie im Schulkrankenzimmer nach mir sehen kommt. Sie stürmt mit solcher Entschlossenheit herein, dass sogar Schwester Vance, mit einer Brust wie ein Holzfäller und doppelt so groß wie sie, einen Satz rückwärts macht.

Sie durchwühlt meine Tasche, knallt mir die Tüte zuckerfreie Jolly Ranchers vor den Latz.

Ich soll sie wegwerfen, was ich auch ganz schnell tue.

»Keine Sorge«, sagt Coach. »Bei mir wird niemand fett.«

Also fange ich mit dem Eiweiß, den Mandeln und dem Spinat an, welke Seerosenblätter zwischen meinen Zähnen. Es ist so langweilig, gar nicht wie Essen, denn du spürst nicht Tag und Nacht die körnige Süße auf der Zunge, das Knirschen zwischen den Zähnen.

Doch mein Körper wird fest, fest, fester. Hart und glatt wie ihrer, meine Taille auf ein Nichts zusammengeschrumpft, wie ihre.

Der Gang, ihr Gang, die Füße nach außen gedreht wie bei einer Ballerina. Ich frage mich, ob Coach früher mal Ballerina war, mit einem strengen dunklen Haarknoten und vorstehenden Schlüsselbeinen.

Wir übernehmen alle diesen Gang.

Nur nicht Beth und ein paar der anderen Mädchen, wie Tacy Slaussen, die mehr für Beths finsteren Blick übrig haben, die Art, wie sie ihren Cheerleaderrock tief herunterzieht, zu der Truppe von Freshmen schleicht, die auf der Tribüne sitzt, um uns zuzusehen. Wie sie sich nach oben streckt, den Puschel von der Socke eines der Mädchen abreißt und ihn demonstrativ in ihrem Plastikbecher Coke versenkt.

So etwas tut Beth, während wir anderen uns hart und schön machen.

Jordy Brennan, leichtfüßig auf der Laufbahn, von seinen Kopfhörern hängt Kabelgewirr herunter.

Ich beobachte ihn vier Tage hintereinander, von unterhalb der Tribüne, das Handgelenk an einen der Pfosten gestützt, balle rhythmisch die Fäuste.

»Hast du ’ne Schwäche für schiefe Nasen, Addy-Faddy?«, will Beth wissen.

»Keine Ahnung«, antworte ich und kratze mich an den Handflächen.

»Was soll das überhaupt?«, hakt Beth nach. »Der ist so langweilig wie ein Holzpfosten.« Sie klopft gegen den Tribünenpfosten, der in Wirklichkeit aus Aluminium ist.

»Er sieht aus, als würde er sich Gedanken machen«, sage ich, wippe ein bisschen auf den Zehen, fühle mich wie eine dumme kleine Cheerleaderin. »Vielleicht denkt er ja wirklich über vieles nach.«

»Tiefschürfende Gedanken«, sagt Beth und zieht ihren Pferdeschwanz fester, »über Laufschuhmarken.«

Ich habe ihr nicht erzählt, was Coach gesagt hat. Irgendwie wollte ich ihr nicht verraten, dass Coach mich sogar nach Hause gefahren hat.

Beth bewegt sich unter dem Tribünenskelett nach vorn und bleibt am Rand der Laufstrecke stehen.

Er kommt auf uns zugerannt, sein Schnaufen bringt mich ganz durcheinander, zuckt zwischen meinen Hüften.

»Jordy Brennan«, ruft Beth mit tiefer, klarer Stimme. »Komm mal her.«

Irgendetwas tobt in meiner Brust, als er, gerade an uns vorbei, langsamer wird, um anzuhalten, dann eine Kehrtwendung macht und lässig zu uns herüberschlendert.

»Ja?« Aus der Nähe sind seine Augen grün und ausdruckslos wie eine Pokermatte.

»Jordy Brennan«, sagt Beth und wirft ihre Zigarette zu Boden. »Heute ist dein Glückstag.«

Eine Viertelstunde später fahren wir in seinem Spielzeug-Malibu herum. Beth lenkt Jordy zum Supermarkt auf der Royston Road, wo die Footballspieler alle bei dem Mann mit dem grimmigen Gesicht hinterm Tresen ihr Bier kaufen, fünf Dollar extra nur für die Plastiktüte.

Wir nehmen die Literflaschen, die ich nicht mag, weil sie nach der Hälfte warm und sauer sind, und wir drei fahren zum Sutton Ridge, wo letztes Frühjahr das Mädchen gesprungen ist.

Siebzehn und ein gebrochenes Herz, da ist sie gesprungen.

RiRi hat das Ganze von Blake Barnetts Auto aus gesehen.

Direkt davor sah RiRi hinter dem Wassertank eine Kreischeule auffliegen.

Blake und sie schauten ihr nach bis zu dem zerfurchten Felsgrat. Ein Ort, an dem verzweifelte Indianerinnen herumspuken, das hatte man uns als Kinder an Halloween immer erzählt. Apache-Jungfrauen, die aus Liebeskummer über weiße Männer, die sie verlassen hatten, kopfüber vom Felsen sprangen.

Gemeinsam sahen RiRi und Blake hin.

Blake kannte das Mädchen vom St. Reggie's und hätte sie fast gerufen, tat es dann aber nicht.

Mit weit ausgestreckten Armen, die Hände merkwürdig wirbelnd, ging sie sehr schnell rückwärts.

RiRi schaute zu, sah alles.

Sie sagte, es war schrecklich, aber auch irgendwie schön.

Das kann ich mir gut vorstellen, wenn man von so weit oben in die alles verschlingende Dunkelheit dieser Trauerschlucht springt.

Wir Mädchen schauen wahrscheinlich in manchen Nächten, versunken in den Schmerz des Frauseins, alle in diese Schlucht. Ich selbst hatte dieses Bedürfnis nie, aber wenn ich es mir jetzt recht überlegte, dachte ich, das könnte noch kommen.

Beth marschiert besonders weit hinauf, schwingt ihre Literflasche mit überraschender Eleganz, und Jordy senkt seinen großen Jungenkopf zu mir herab und küsst mich schmierig eine halbe Stunde oder länger.

Er erzählt mir, das sei ein besonderer Ort für ihn.

Nachts renne er manchmal hier rauf, spiele seine Musik und vergesse alles andere.

»Vielleicht«, sagt er, »ist das für dich beim Cheerleading auch so.«

Dann streicht er mit seinen Händen sanft an meinem Körper rauf und runter, die großen, leeren Augen fest geschlossen, seine Wimpern so lang wie die eines Mädchens. Ist schon komisch, seine leicht nach rechts gebogene Nase, wie die eines Boxers.

»Ist sie nicht hübsch, Jordy?«, höre ich Beths Stimme von irgendwo murmeln. »Wenn sie dir in die Augen sieht?«

Ich lege die Lippen an seine Wangenknochen, neben dem Knick in seiner Nase, und er bebt.

Wie seine Wimpern kitzeln, seine harten, schweren Jungenhände, ernsthaft und unruhig: Ich kann spüren, wie ihn Staunen und Überraschung durchströmen.

Das alles berührt mich auf machtvolle Weise. Der Tag erscheint mir außergewöhnlich, die Dämmerung sinkt lila herab, und ich muss betrunken sein, denn ich meine, von weit her Beths Stimme zu hören, die verrückte Sachen sagt, die mich fragt, ob ich mich anders fühle. Geliebt.

In dieser Nacht taucht Jordy Brennans Name auf meinem Handybildschirm auf, ein dürrer Text mit lauter Abkürzungen und vorsichtig staunenden Fragen. Aber das, was da war, das Gefühl dort mit ihm in der Schlucht, ist schon wieder weg.

Sein Begehren, so leicht zu gewinnen – na ja, es langweilt mich. Ich kenne jede Wende und Kehre, denn es hat keine Wenden und Kehren.

Stattdessen möchte ich Coach wiedersehen, ihr davon erzählen. Ich frage mich, was sie sagen wird.

Hinterher ruft Beth mich an und wir führen ein ausuferndes Gespräch; die Wirkung des Biers hat noch nicht nachgelassen.

Sie fragt mich, ob ich mich noch erinnere, wie wir früher am Klettergerüst gehangen haben, die Beine miteinander verhakt, und wie stark uns das machte. Dass niemand das besser konnte als wir und wir gleich gut darin waren, aber wir machten immer aus, bei drei gleichzeitig loszulassen. Doch sie schummelte immer, und ich ließ sie machen, stand unten und sah mit meinem zahnlückigen, prä-kieferorthopädischen Grinsen zu ihr hoch.

Nostalgie sieht Beth nicht ähnlich, aber sie ist betrunken, womöglich trinkt sie auch noch weiter, den teuren Weinbrand ihrer Mutter. Unser Ausflug in die Schlucht scheint etwas bei ihr ausgelöst zu haben, vielleicht sind da auch noch andere Themen.

»Ich finde es schrecklich, wie sich immer alles ändert«, sagt sie. »Nur du änderst dich nicht.«

Auf dem Parkplatz am nächsten Tag legt Coach den Kopf schief und lächelt mir fast unmerklich zu.

Ich will es ihr erzählen und bin auf merkwürdige Art stolz. Als hätte sie mich gebeten, einen Stunt für sie zu machen: »Zeig mir deinen Pop Cradle, Addy. Los, rauf, rauf …«. Und ich springe mit ausgestreckten, hochgezogenen Beinen herunter, spüre, wie meine Füße auf dem harten Boden landen, das beängstigende Beben in meinen Knöcheln, Beinen, Hüften.

Also erzähle ich es ihr, mit der Hand vor dem Mund, als könnte ich es kaum aussprechen. *Hab nur ein bisschen rumgemacht. Jordy Brennan. Jordy Brennan. Wie Sie gesagt haben.*

»Welcher ist das?«

Ich merke, wie sich in meinem Inneren etwas losrüttelt. Wie, welcher?

»Sie haben ihn auf der Laufbahn gesehen«, erinnere ich sie. »Sie haben über ihn gesprochen. Sie haben mit mir über ihn und seine Turnschuhe gesprochen. Über den Knick in seiner Nase.«

Sie sieht mich irgendwie ruhig an. »Und, küsst er gut?«, fragt sie, und ich weiß immer noch nicht, ob sie sich an ihn erinnert. Ich sage nichts.

»Hat er sofort den Mund geöffnet?«, fragt sie.

Im ersten Moment glaube ich, mich verhört zu haben.

»Oder hast du ihn dafür arbeiten lassen?«, fährt sie mit einem verschlagenen Grinsen fort.

»So war das nicht«, sage ich. Macht sie sich über mich lustig?

»Also«, sagt sie jetzt leiser, direkter, »wie *war* es?«

»Ich weiß nicht«, antworte ich, meide ihren Blick, mein Gesicht brennt. Irgendwie kommt es mir vor, als spräche ich mit einem Jungen, einem Typ, einem Älteren oder jemandem von einer anderen Schule.

»Ich glaube nicht, dass ich mehr draus machen will.«

Sie sieht mich an und nickt, als hätte ich etwas Schlaues gesagt.

»Du bist ein kluges Mädchen, Addy«, sagt sie. Eine kurze Pause, dann fügt sie hinzu: »Du kannst viele Fehler machen, wenn du nur Jungs im Kopf hast.«

Ich erwidere das Nicken, denke über das Wort nach, das sie benutzt, das Wort »Jungs«. Denn das ist Jordy Brennan: ein Junge. Ein Junge. Nicht mal ein Kerl.

Coach ist schließlich mit einem Mann verheiratet. Coach kennt schließlich die Welt der Männer. Wer weiß, wie viele oder welche Arten.

Ihr Schlüsselbund klimpert, als sie den Schlüssel ins Schloss steckt.

Sie sieht mich durchs Fenster an, zwinkert, aber das geht nur uns beide an. Wir haben etwas gemeinsam.

Und das bringt sie mir näher.

6

WOCHE VIER

»Wo ist sie?«, flüstert RiRi, ihre honigblonden Locken wippen hin und her.

Beth ist zu spät fürs Training, und ich frage mich, ob sie überhaupt auftauchen wird.

Irgendetwas verschiebt sich in ihr, und ich glaube, es ist so was wie, als wäre sie immer noch Team-Captain, nur ohne Team, wie das Jucken in einer amputierten Gliedmaße. Letzte Woche hat sie zweimal unser spätnächtliches Telefonat ausfallen lassen, in dem wir sonst den Tag rekapitulieren, lang und breit besprechen, wer sich lächerlich gemacht hat, wessen BH schäbig ist und wessen fetter

Arsch das ganze Team fetter macht. Das machen wir schon immer. Aber Dienstag habe ich vergessen, sie anzurufen, und Donnerstag ist sie nicht rangegangen. Trotzdem spürte ich irgendwie ihren Atem, spürte, wie sie auf ihr Handy schaute, auf das blinkende *Addy, Addy.*

Coach rollt den Medienwagen in die Halle, die Fernbedienung fest in der Hand.

»Es hat Fortschritte gegeben«, sagt sie. »Nicht schlecht.«

Wir sehen uns selbst zu. Hüpfende gelbe Rüschen auf dem Bildschirm. Malibu-Bräune und peitschende Pferdeschwänze, wie immer. Aber kein Hüftschwingen und Hinterngewackel mehr. Wir springen in perfektem Einklang, marschieren in ein dreireihiges V, springen mit präziser Gleichzeitigkeit in den Toe Touch. Bei der Transition kann ich es nicht so ganz fassen, dass wir tatsächlich wie ein langer Tausendfüßler aussehen.

Wir sind synchron. Wir sind tight.

Wir sind martialisch und präzise.

»Wo ist Cassidy?«, fragt Coach, und wir wenden alle die Köpfe vom Bildschirm ab.

Wenn du auch nur zehn Sekunden zu spät kommst – Sekunden, die sie mit den Fußspitzen tippt wie unsere Turnlehrerin in der dritten Klasse –, darfst du nicht trainieren. Emily kam mal reingeschlittert, als Coach schon bei fünf war, Blut lief ihr über die Stirn, sie hatte sich so beeilt, dass sie sich den Kopf angeschlagen hatte, als sie ihre eigene Spindtür zuknallte.

»Ich glaube, sie …«, fange ich eine Entschuldigung an.

Wie aufs Stichwort sehe ich Tacys Hoodie-Tasche, durch deren Naht es rot blinkt. Ein Bass setzt ein, der Refrain dieses Songs über den Club, die Hitze dort, und du weißt schon, da geht noch was, *at da club.*

Sie hat vergessen, dass ihr Handy noch an ist, und jetzt sitzt sie in der Falle.

Und ich weiß, das Klingeln ist von Beth.

Jedes Jahr gibt es welche wie Tacy Slaussen, die verrückt sind nach Beth, die die vierte Stunde schwänzen, um Monster Energy für sie zu besorgen, oder Mutproben machen, wie durch die Sutton Grove Mall zu rennen, vor den Sicherheitsleuten die Jeans runterzuziehen und ihnen den Tanga zu zeigen. Beth lässt diese Mädchen gern rennen.

Ich werfe ihr einen finsteren Blick zu, sie soll sich zusammenreißen, aber in ihrem Gesicht herrscht Panik.

Blitzschnell ist Coach bei ihr und hat die Hand in Tacys Tasche.

Das Handy schlittert über den Boden, wirbelt wild bis zu der Falttür, hinter der das Junior-Team fröhlich skandiert:

We do it like stomp-stomp-clap-clap, we do it like stomp-stomp-clap-clap.

Tacys Kinn zittert.

Da wir noch nie ein Machtwort von Coach erlebt haben, weiß ich nicht, warum wir alle so ein Gefühl haben, als würde gleich der Hammer auf uns niedergehen. Aber es ist so.

Coach allerdings sagt gar nichts. Zehn, zwanzig Sekunden lang.

Sie sieht nicht direkt wütend aus.

Eigentlich nur gelangweilt.

Es ist Herablassung.

»Ihr Mädchen mit euren Handys und eurem lächerlichen Gechatte«, sagt sie kopfschüttelnd. »Vor zehn, zwölf Jahren hat man noch Briefchen gefaltet und im

Unterricht herumgegeben. Genauso lächerlich. Nein, das hier ist lächerlicher.«

Innerhalb von Sekunden haben wir das Gefühl, unsere ganze harte Arbeit, immer noch als Standbild auf dem Fernsehbildschirm zu sehen, wäre weggewischt worden.

Und ich fühle mich so dumm mit meinem eigenen dummen Handy, mit den Mädchenhüllen, die ich dafür habe – Pink, mit Schmetterlingen, mit Leopardenmuster –, und weil ich es niemals aus der Hand lege, ein lebendiges Ding, das, wie ich mir jetzt vorstelle, anstelle meines Herzens schlägt.

Und wir wissen alle, wessen Schuld das ist.

Tacys Kopf zittert, schlimmer, viel schlimmer als damals, als Beth sie am Black Ash Ridge aus dem Auto geworfen hat, weil sie Pfirsichlikör über Beths neue Lederstiefel verschüttet hat, lakritzschimmernd, wunderschön und seitdem knittrig ruiniert.

»Es tut mir leid, Coach«, platzt Tacy heraus. »Es tut mir leid.«

Coach sieht sie nur an, und ihr Blick erinnert mich an das Ventil eines Bunsenbrenners, wenn man ihn zudreht. Abstellt.

Später steht Coach rauchend am offenen Fenster ihres Büros, sinniert über die arme Tacy und ihre strähnigen Spaghettilocken und ewig staunend hochgezogenen Augenbrauen.

»Sie ist ein Schaf«, seufzt Coach.

Ich bin erleichtert, dass ich nicht eines der lächerlichen Mädchen mit ihren lächerlichen Handys bin.

»Ein Team braucht Schafe«, sagt sie. »Ist also okay.«

Ich nicke, drücke die Schläfe an die kühle Scheibe, die Beine immer noch zittrig vom Training.

»Aber ich verschwende meine Zeit nicht mit Schafen«, sagt sie. »Das bringt nichts.«

Ich nicke, diesmal langsamer, meine Stirn quietscht an der Scheibe.

»Aber du, Hanlon. Du überlegst dir, was du willst«, sagt sie und schaut dabei ihre Zigarette an, als könnte sie ihr etwas sagen. »Genau das solltest du tun.«

Ich nicke weiter, stelle mich aufrechter hin, richte mich für sie auf.

Sie sieht immer noch ihre Zigarette an, ihr Gesichtsausdruck wird langsam weicher, jünger, furchtsam und erstaunt.

Das habe ich noch nie bei ihr gesehen, und es ist, als drehten sich die Jahre zurück. Jetzt stehen zwei Mädchen in der Toilettenkabine, verstecken sich gemeinsam vor den Schrecken der Welt, verbrennen sich die Kehlen, die Lungen, um den primitiven Mut aufzubringen, sich diesen Schrecken mit strahlendem Lächeln und weißen Schuhen zu stellen.

Beth taucht am nächsten Tag zum Training wieder auf. Ein Briefchen von See-Yu im Living Heart Medical Spa bescheinigt Coach, dass Beth am Vortag an schweren Periodenkrämpfen litt und unbedingt eine Acutonic-Sitzung brauchte.

»Coach, ohne Witz, die klingeln mit diesen großen Gabeln, solche wie die, mit denen man Steaks auf dem Grill umdreht«, sagt Beth, und keine von uns kann sie ansehen, »und das Geräusch geht durch dich hindurch und entspannt direkt die Eierstöcke.«

Beth streicht sich mit der Hand über die Hüften, als wollte sie uns zeigen, wie ruhig und gebändigt ihre Eierstöcke jetzt sind. Dass sie sie bezwungen hat.

»Es ist nicht leicht, ein Mädchen zu sein«, fügt Beth hinzu und schüttelt kunstvoll ermattet den Kopf.

Coach sieht sie an, die Hände leicht um ihr Klemmbrett gelegt. Mit unbewegtem Gesicht.

Sie wird nicht spielen.

Stattdessen schaut sie direkt durch Beth hindurch.

»Das Timing bei den Hocksprüngen stimmt überhaupt nicht«, sagt sie und wendet sich von Beth ab.

Das war's?

»Und ich weiß auch, warum«, fährt Coach fort. »Ich kann den Zucker überall an euch sehen, Mädchen. Ihr glänzt richtig vor schlechter Ernährung.«

Plötzlich habe ich Beth komplett vergessen und spüre nur noch die ganze Schmiere an mir. So sehr ich mir auch Mühe gebe, es gibt Ausrutscher, und ich habe das Gefühl, Coach schaut mich direkt an und sieht die Zimtflips, die ich morgens heimlich gegessen habe. Ich spüre sie noch an den Zähnen. Mein Magen ist aufgedunsen davon. Ich fühle mich schwach und entweiht.

»Wir gehen heute richtig hart ran«, sagt Coach. »Das trifft euch an Stellen, die keine Gabel erreicht. Stellt euch auf!«

Da wissen wir es: Wir bezahlen für Beths Sünden.

Erst kommen die Sprungübungen, dann die High Kicks, dann die Bauchaufzüge, und dann rennen wir im Kreis, bis RiRi in die Ecke kotzt, eine schwappende Mischung aus Slim Fast und zuckerfrei bepuderten Donuts.

Beth allerdings liefert. Das muss ich ihr lassen. Wenigstens macht sie das Ganze nicht noch schlimmer für uns.

Sie glänzt vor Schweiß, er sprenkelt ihre Wimpern, aber sie zieht es durch.

Hinterher, als wir alle auf den Matten zusammenbrechen und mit schweißnassen Gliedern kreuz und quer herumliegen, setzt sie sich nicht einmal hin. Sie setzt sich nicht, und ihre Schultern bleiben stählern.

Sie besitzt so viel Stolz, dass ich, obwohl ich langsam genug von ihr habe, von ihrer kämpferischen Art und ihrem ewigen Fehdehandschuh-Werfen, einfach nicht behaupten kann, dass da in mir nicht noch etwas anderes strahlt. Eine alte Glut, die zu neuem Feuer aufgeflammt ist. Beth, die alte Beth, vor der Highschool, vor Ben Trammel, all den Jungs und dem Selbstmitleid, vor der Scheidung und dem Ritalin und den Verweisen.

Die Beth auf den Radrennstrecken, in der dritten Klasse, mit baumelnden Zöpfen, das Kinn gereckt, die Fäuste um eine stumpfe Schere geschlossen, mit der sie sich über Brady Carrs Reifen hermacht. Brady Carr, der mich vom Drehteller geschubst und mir damit einen langen Hautstreifen vom Knöchel bis zum Knie abgezogen hatte.

Sie zerrte den Gummischlauch von seinem Reifen, die Fingernägel rot eingerissen, sah zu mir hoch, grinste breit, mit Lücken zwischen den Vorderzähnen und wilder Heldenhaftigkeit.

Wie könnte man das je vergessen?

Wir wollen alle »auf die nächste Stufe« – so nennen wir es. Für uns bedeutet die nächste Stufe, einen echten Basket Toss zu schaffen, bei dem drei oder vier von uns einen Flyer drei, fünf, sieben Meter in die Luft schleudern, und dieser Flyer wirbelt und dreht sich auf dem

Weg nach unten in unsere Arme. Nicht einmal Beth hat je so einen Stunt gemacht, nicht so hoch, nicht ohne eine Matte. So ein Team waren wir nie, wir waren kein Turnier-Squad. Kein ernsthafter Squad.

Wenn wir erst einmal einen Basket Toss schaffen, können wir richtige Stunts machen, richtige Pyramiden, denn die Pyramiden enden mit den wahren Flügen, mit Mädchen, die angehoben und in die Luft geschleudert werden. Die atemlose Begeisterung des Publikums, von der wir immer geträumt haben.

Wir haben den ganzen Tag Basket Tosses auf YouTube geschaut, ein lebhaftes Mädchen nach dem anderen dabei beobachtet, wie es von seinen kräftigeren Teamkameradinnen in die Luft geschleudert wird und dann versucht, es so weit wie nur möglich auszureizen. Die Arme ausgestreckt, mit kerzengeradem Rücken, streckt sie sich nach etwas und hört erst auf, wenn sie muss.

Hauptsächlich aber sehen wir Mädchen fallen.

»Ein Mädchen drüben am St. Reggie's ist letztes Jahr bei so einem hohen Basket Toss gestorben«, sagt Emily mit Grabesstimme, als hielte sie eine Pressekonferenz im Fernsehen. »Sie ist mit der Brust voraus in den Armen der anderen gelandet, und da ist ihre Milz geplatzt wie ein Ballon.«

»Eine Milz platzt nicht«, erklärt Beth, auch wenn nicht klar ist, woher sie das weiß.

»Aber ich hab gehört, sie hatte Pfeiffersches Drüsenfieber«, sagt jemand.

»Was hat das damit zu tun?«

»Davon schwillt die Milz an.«

»Hier hat niemand Pfeiffersches Drüsenfieber.«

»Das kann man nicht immer wissen.«

»An der Schule meiner Cousine haben sie es verboten«, sagt jemand.

»Du kannst Pfeiffersches Drüsenfieber nicht verbieten«, sagt Beth.

»Man darf so einen Basket Toss nicht mal auf federnden Böden machen.«

»Wer bekommt denn so weit die Hacken über den Kopf?«, überlegt RiRi mit den Kringellocken und hebt ein Bein.

»Du«, sagt Beth. »Jeden Samstagabend.«

»Also bist du bereit, Beth?« Emily grinst.

»Bereit wofür?«, will Beth wissen.

Tacy verdreht die Augen. »Natürlich machst du das und niemand sonst, Beth. Du bist Top Girl.«

Beth lächelt fast unmerklich.

Es ist eine Erleichterung zu sehen, wie sie kurz den Blick abwendet, was mir zeigt, wie sehr sie es will. Wenn Coach sie einteilt, wird alles besser. *Vielleicht*, denke ich, high vor Hunger, *werden sie sogar Freundinnen.*

Natürlich wollen wir es alle machen. (Sogar ich, fünfzehn Zentimeter größer als Beth, eine Tragödie von Geburt an.) Es ist die Starposition, und wir spüren, wie sich unsere Körper anspannen, unser Puls schneller geht, das Blut durch unsere Adern rauscht.

Tosses, zweieinhalbfache Pyramiden, Table Tops, Thigh Stands, Split Stands, Wolf Walls – das, sagt Coach, unterscheidet uns von irgendwelchen anderen, mit dem Hintern wackelnden Pep-Squads.

»Dann sind wir also nicht nur ein mit dem Hintern wackelndes Pep-Squad?«, murmelt Beth mit rauchiger Stimme, die Augen blutunterlaufen und gelangweilt.

»Hätte ich Athletin werden wollen«, sagt sie, »hätte

ich bei den anderen Lesben vom Feldhockey mitgemacht.«

Sieben nach drei, und Coach kommt in die Halle spaziert, die Haare weich zu einem Pferdeschwanz gebunden.

»Fangen wir mit dem Toss an«, sagt sie. »Wir brauchen vier für den Cradle unten – zwei Bases – und einen Back und einen Front Spot, damit wir genug Power haben.«

Sie macht eine Pause. »Aber wer wird unser Flyer?«

Unsere beiden Killer-Bases, Mindy und Cory Brisky, die Beine haben wie Titanpfosten, schlendern herüber und beäugen uns nacheinander. Überlegen, welches unserer beider Leben nun von der Stärke ihrer Schlüsselbeine, Vorderladern gleich, abhängen soll, wenn wir auf ihnen stehen, weit da oben.

Einen kurzen Moment denke ich, vielleicht werde ich es.

Und warum auch nicht? Hochgeschraubt, gen Himmel geschleudert, alle Blicke atemlos auf mich gerichtet, mein Körper hart wie ein Geschoss, prachtvoll.

Aber natürlich muss es Beth werden. Das wissen wir alle. Beth tritt praktisch vor, mit ihren ganzen eins fünfzig und fünfundvierzig Kilo, der Bauch fest wie bei jemandem, der sich ausschließlich von Teer und Batteriesäure ernährt.

Sie ist unser Flyer. Geschwänztes Training, Unverschämtheiten, aber sie ist trotzdem unser Flyer. Natürlich ist sie das.

(Bis auf die Stimme in mir, die sagt: ich, ich, ich. Ich sollte es sein. Aber wenn nicht ich, dann eben Beth.)

»Slaussen«, sagt Coach und wendet sich Tacy dem Schaf zu.

Ich spüre, dass ich untergehe wie ein Stein.

»Bereit zu fliegen?«, fragt sie Tacy.

Alles wird ganz still, eine Anspannung liegt in der Luft.

Nicht Beth.

Aber dafür *Tacy*?

Tacy Slaussen, dieses kleine, rosaäugige Nichts, das Beth früher immer »Kaninchen« genannt hat?

Doch dann erkenne ich es. Coach legt Tacy – Tacy mit dem nervenden Handy, Tacy, Beths Babybitch – auf die Guillotine.

In meinem Kopf höre ich das ohrenbetäubende Knacken, einen Kopf, der auf den Hallenboden knallt. Eine geplatzte Milz. So vieles kann schiefgehen, kaputtgehen. Deine Beine wie verbogene Haarspangen, dein Körper geknickt wie ein Streichholz.

Eine hübsche Welt, du bist schön, und in einer Sekunde ist alles vorbei.

Und das habe ich mir eben noch insgeheim gewünscht?

Ja, das wollte ich. Will es immer noch. Diese fünfzehn Zentimeter sind schuld, dass niemand mich je fragen wird.

Keine von uns wagt es, Beth anzusehen, aber wir beobachten alle Tacy, wie sie rot wird. Man kann praktisch von außen ihr Herzklopfen sehen.

Als ich Beth doch einen heimlichen Blick zuwerfe, sehe ich, dass sie nicht einmal hochschaut und die Kordeln ihres Hoodies zu einer Zuckerstange zusammendreht.

»Coughlin«, sagt Coach zu Mindy, deren felsartige Schultern das ganze Jahr über voller blauer Flecke sind.

»Sie gehört ganz dir. Was denkst du?«

Mindy hält kurz inne und mustert Tacy.

»Das kann ich auf jeden Fall«, antwortet sie mit Blick auf Coach, als würde sie mit einem buschigen Schwanz wedeln.

Coach nickt. »Versucht mal einen Elevator, mal sehen, was sie kann. *Eins, zwei.*«

Mindy und Cori Brisky halten sich an den Handgelenken, bilden ein Viereck.

»Drei, vier«, zählt Coach.

Tacy, die Gliedmaßen wie schlaffe Ranken, stellt ihren Fuß in den Korb aus Handgelenken. Eine Hand flach an Tacys Rücken, die andere direkt unter ihrem Hintern. Paige Shepherd, die von hinten sichert, verlädt sie.

»Fünf, sechs.« Mindy und Cori heben Tacy von Taille zu Schulter, Tacy kraxelt hektisch hinauf, Paige hält sie eilig von hinten fest.

Und auf geht es.

»Sieben, acht!«

Und mit schnippenden Fingern und schwankenden Beinen schleudern die Mädchen sie in die Luft.

Tacy bleibt erschrocken der Mund offen stehen.

In der Luft.

Ihr ganzer Körper bebt wie eine angeschlagene Saite.

Zu viel Angst für einen Tuck, Pike, Toe Touch, irgendwas.

»Runterlassen!«, ruft Coach.

Tacy sinkt wieder herab, alle drei Mädchen versuchen, sie zu halten, eines von Tacys Beinen kracht auf Mindys Schlüsselbein.

Aber sie fangen sie auf, lassen sie nicht auf den Boden knallen.

Tacy lässt es mit sich machen und heult wie ein kleines Hündchen.

Eine Stunde lang fällt und fällt Tacy, immer wieder.

Fuß im Gesicht. Schienbein auf der Schulter. Gesicht auf der Matte.

Mindy und Cori immer wütender. Je mehr Treffer sie abbekommen, desto mehr hieven sie sie mit wachsender Kraft hinauf.

Nach einer halben Stunde fängt Tacy an zu schluchzen und hört nicht wieder auf.

Coach geht zum Telefonieren in ihr Büro und überträgt es Beth, in ihrer Abwesenheit zu zählen.

Beth sieht sie an, den Mund zu einem Strich zusammengepresst, und sagt nichts. Doch als sich Coachs Bürotür schließt, fängt sie an zu zählen.

Eins, zwei, drei, vier,

streck dich, Slaussen, Scheiße noch mal!

Wer kann leugnen, dass es ein meisterhafter Schachzug ist? Der Prinzessin die Krone abnehmen und sie der Hofdame aufsetzen. Der Zofe. Der Dienerin.

Nie in all meinen Jahren als Stellvertreterin habe ich erlebt, dass jemand Beth direkt die Stirn bot. Niemand, der nicht durch ein fehlgeleitetes Facebook-Gerücht zu Fall gebracht werden konnte, durch ein mit Photoshop manipuliertes Bild (*RiRi lässt beim Spring Break die Sau raus*) oder eine kopierte Textnachricht, die an die ganze Schule verschickt wird. Das hier war anders.

Anders, weil niemand sie je herausgefordert hat, und auch anders, weil niemand es je für uns hätte tun wollen. Coach hat es für uns getan.

Und ihr Wille war vielleicht genauso stark wie Beths.

Vielleicht.

Als wir Tacy mit ihren roten Streifen an den Schienbeinen und einer langsam aufblühenden Prellung am Unterarmknochen ansehen, wissen wir alle, was passiert ist.

Wir wissen alle, warum Tacy an diesem Samstag mit schrecklicher und präziser Geschwindigkeit in unseren mageren Armen landen wird – Arme, die schwach sind von zehn Stunden Entschlackungstee und geschnippeltem Sellerie. Wir wissen alle, warum.

Weil Coach Beth als das erkennt, was sie ist, und weiß, dass sie sie stürzen muss.

Und Tacy?

Eine Schachfigur.

Zwei Tage vor dem Spiel trainieren wir, als hinge Tacys Leben davon ab. Denn so ist es auch.

Ich bin der Front Spotter, denn Coach sagt, ich besitze an Konzentration, was mir an Muskelkraft fehlt.

Wir fangen mit einem Straight Ride an, keine Twists oder Toe Touches oder Kick Arches. Wir haben die ganze Woche trainiert und nicht einmal gepatzt, die Hände um die Handgelenke der anderen, mit stählernen Armen, fest verschraubt, ein sicherer kleiner Mädchenkorb für Tacys zitternde Beine.

Dann machen wir unsere Arme zu Gummibändern, schleudern ihren bebenden Körper in die Luft, alle Blicke auf Tacy gerichtet, geben ihr ein Versprechen, der Schreck eines Vögelchens auf ihrem Gesicht, als sie fliegt, fliegt, fliegt.

Doch wären wir abgerutscht, irgendeine von uns, wären unsere Arme schwach geworden, hätte sich ihr

Bein in die falsche Richtung gebogen, ihr Körper ein Stück gedreht, wäre sie auf den Hallenboden geknallt.

Als wir versuchen, sie höher zu werfen, werden Tacys Landungen härter. Es gibt Zwischenfälle: Ellbogen im Auge, zurückgebogener Zeigefinger, Tacys zupackende Hand wie eine Kralle in meinem Gesicht.

Doch ich konzentriere mich auf Tacy, und ich zeige meine Angst nicht. Das sagt mir Coach: »Sie darf es dir nicht ansehen, sonst macht es sie kaputt.«

Coach sagt uns, man kann aus über drei Metern fallen und immer noch sicher auf dem Federboden landen, unserem Trainingsboden.

Sie sagt das, obwohl sie weiß, dass Tacy beim Spiel nicht hoch über einem Federboden fliegen wird, sondern über dem gnadenlosen Boden des Footballfelds der Mohawks.

»Slaussen«, sagt Coach, »du musst es wollen. Tu es nicht, wenn du es nicht willst.«

Und Tacy streckt den Rücken, mit klareren Augen, das Kinn höher, als wir es je an diesem sanften und schwachen Mädchen gesehen haben, und antwortet: »Ich will es, Coach. Ich will es.«

Tacy, die Bekehrte, die ihren Kopf riskieren würde.

Ich spüre, wie Beth die Augen verdreht, ich muss es nicht einmal sehen.

»Ich wusste, die verschwendet unsere Zeit«, sagt Beth.

Aber ich sage nichts. Ich sehe Tacys eifrigen Blick.

Als wir am Freitagabend das Spielfeld der Mohawks betreten, unter uns der gefrorene Boden, wie können wir uns da nicht vorstellen, wie Tacys Schädel anmutig aufplatzt?

Und zwei Bitches aus dem Squad der Mohawks, die langbeinigsten von ihnen, umkreisen uns vor dem Spiel und versuchen, uns mit blutigen Geschichten aus dem Konzept zu bringen. Eine Mischung aus wilden Übertreibungen, Trashtalk und Kameraderie.

»In der Unterstufe hat eine ’nen neuen Flyer gesichert, der eine neue Drehung geübt hat«, sagt die Blonde von den Mohawks kaugummischmatzend, »und der Flyer hat bei der Drehung die Beine gespreizt und beide Bases ausgeknockt. Eine hatte eine geplatzte Lippe, und bei der anderen musste man eine Platzwunde im Gesicht klammern. Die Trainerin hat’s auf Video und zeigt es bei allen unseren After-Show-Partys.«

»Ich hab meinen Flickflack geübt«, sagt die struppige Rothaarige, »und dabei Heather getreten und ihr die Zähne eingeschlagen. Es war irre. Überall flogen Zähne und Blut herum. Es hat mir soooo leidgetan.«

Das Ganze hat eine atemlose Dynamik. Ich weiß, wie das geht. Es macht Spaß, es ist, als würde man eine Geistergeschichte anhören.

In einer Dreiviertelstunde wird es für Tacy allerdings nicht mehr lustig sein, wenn sie in viereinhalb Metern Höhe steht und von zwei spindeldürren Mädchen gehalten wird, die sie gleich in die Luft schleudern werden.

Tacy ist grau im Gesicht, mit leichtem Grünton.

Beth kommt herangeschlendert. Sie wirft mir einen vielsagenden Blick zu, ich kenne ihn aus ihren Zeiten als Captain. Ich nicke.

»Das reicht«, unterbreche ich die anderen. »Keine Ahnung, wie es euch Hardcore-Bitches geht, aber wir machen uns vor dem Spiel lieber hübsch.«

Doch die blonde Mohawk, den Blick gnadenlos auf

Tacy gerichtet, hört nicht auf. »Die eine, die hatte genauso einen Körper wie du. Und die ist gegen die Stange geknallt, aber heftig. Sie hat *richtig* am Kopf geblutet und musste in die Notaufnahme. Sie hatte so eine Platzwunde, dass man das rosa Zeug darunter sehen konnte. Die mussten sie mit Klammern zusammenflicken. Wir haben sie nicht dazu bringen können, wieder mitzumachen, egal, wie oft wir es auch versucht haben. Jetzt macht sie gar nichts mehr.«

»Slaussen«, ruft Beth, die jetzt über uns aufragt. »Coach will dich sprechen.«

Wie ein Karnickel flitzt Tacy davon.

Einen Moment lang denke ich, es ist vorbei. Ist es aber nicht.

Beth mustert die Mohawk-Mädchen.

»Einmal«, fängt Beth an, und ich weiß, was sie vorhat; genau deshalb war sie Captain.

»Einmal stand ich auf den Schultern dieser anderen und bin abgerutscht und voll auf den Rücken geknallt.«

Alle schnappen höflich nach Luft.

»Das Knacken war so laut, dass man es sogar auf dem Parkplatz gehört hat«, füge ich hinzu.

»Mein erster Gedanke war«, fährt Beth kopfschüttelnd fort, »wie sage ich es meiner Mom?«

Alle nicken anerkennend.

»Ich hatte Glück«, sagt sie, den Blick kühl auf die Mohawks gerichtet, die jetzt auf ihren langen Stelzen ein bisschen zittern. »Ich war nur sechs Wochen gelähmt. Die haben einen Metallring in meinen Schädel gedübelt, mit Bolzen, um meinen Kopf und Hals ruhigzuhalten. Das nennt sich Halofixateur, wenn ihr es genau wissen wollt.«

Wir zwei, so gut aufeinander eingespielt wie in alten Zeiten, vor Coach, vor dem letzten Sommer.

Ich berühre leicht Beths Haare mit den Fingerspitzen. »Die Ärzte haben gesagt, wenn es nur ein paar Zentimeter weiter links oder rechts gewesen wäre«, sage ich, »dann wäre sie gestorben.«

»Bin ich aber nicht«, sagt Beth, »und mich würde sowieso nichts vom Cheerleading abhalten. Ich hatte einen total coolen lila Gips. Und Coach sagt, ich bin der beste Flyer, den sie je hatte.«

Unter den Stadionscheinwerfern glüht Tacys klatschmohnrotes Gesicht eifrig und manisch, wir heben sie in die Luft, ihre Hände lassen unsere zitternden Schultern los und sie schleudert sich selbst, wirft die Beine in beide Richtungen, die Arme an die Ohren gepresst, und sie fliegt höher, als ich es je gesehen habe.

So hoch, dass uns alle ein wilder Schauder überläuft, unsere miteinander verbundenen Arme vibrieren vor Ehrfurcht und Staunen.

Die Vibration ist so stark, dass es mir wirklich durch und durch geht, und ich merke, wie mein linker Arm ein kleines bisschen schlaffer wird, ein Schauder überläuft mich, und hätte nicht RiRi neben mir gestanden, mein Zittern gespürt, und hätte ich nicht ihr Entsetzen aufblitzen sehen, ein Sternenregen von Panik vor meinen Augen, dann hätte ich mein Blut, meine Muskeln, mein Alles nicht wieder unter Kontrolle und stählern bekommen.

Dann wäre ich nicht wieder fest und eisern auf Tacy vorbereitet gewesen, die scheinbar minutenlang, stundenlang in der Luft schwebte, ein leuchtendes Wesen mit weißblonden Haaren, ausgebreitet wie Flügel, das schließlich sicher und ekstatisch in unsere Arme zurücksank.

Stunden später sitzen wir im Auto von Emilys Dad und trinken heimlich Brombeerlikör, aus RiRis Garage geklaut, wo ihr Bruder ihn versteckt.

Wir warten auf dem Parkplatz des Electric Crayon, dessen Neonschild Sex und Chaos ausstrahlt, der Likör kribbelt fast unerträglich in unseren Mündern und Bäuchen.

Wir waren vorher noch nie auf der Haber Road, nur das eine Mal, als wir mit RiRis Schwester in der Modern Women's Clinic waren, um Ofloxacin zu besorgen, und sie uns hinterher erzählte, wie sie fast gewürgt hätte, als sie ihr diesen dicken Tupfer in den Hals schoben, dass es aber immer noch besser gewesen sei als das, was Tim Martinson ihr in den Hals geschoben habe.

Wir lachten alle, obwohl es sich eigentlich nicht lustig anhörte, und keine von uns wollte je in der Modern Women's Clinic mit dem verfilzten Teppichboden und den summenden Neonröhren und dem Mädchen an der Rezeption enden, das leise vor sich hinsang: »*Boys trying to touch my junk-junk-junk. Gonna get me some crunk-crunk-crunk.*«

Eine Stunde vergeht, bis Tacy endlich aus dem Electric Crayon kommt und ihre Jeans herunterzieht, sodass wir den Adler der Sutton Grove fliegen sehen können, und ich beneide sie dermaßen, dass ich fast platze.

Coach wollte nicht mitkommen, so sehr wir auch bettelten. Aber sie steckte Tacy vierzig Dollar dafür zu. Zwei glatte Zwanziger in den zitternden Händen unseres neuen Flyers.

Wir haben noch nie von einer Trainerin gehört, die so etwas macht. Noch nie.

Ich schiebe meine Finger unter das Klebeband an ihrem unteren Rücken und berühre den rotwunden Adler, worauf Tacy vor schmerzlichem Vergnügen zuckt.

Ich, ich, ich hätte es werden sollen.

7
WOCHE FÜNF

»Ich habe das eine oder andere über Ms. Colette French gehört«, erzählt mir Beth. »Ich habe Kontakte.«

»Beth«, sage ich. Ich kenne diesen Ton, ich weiß, wie es anfängt.

»Ich habe noch nichts zu berichten«, sagt sie, »aber sei darauf gefasst.«

Wie Bambus, der langsam unter Fingernägel geschoben wird. Sie hat angefangen.

Aber Beth langweilt sich auch schnell. Das darf ich nicht vergessen.

Ich bin froh, als Beth dann etwas anderes – jemand anderen – findet.

Am Montagmorgen wird der Werbetisch im Erdgeschoss, im Flur bei den Sprachlaboren, in Angriff genommen.

Die Poster sind grellrot, die Flagge weht.

Finde deinen Weg zur Ehre.

Werber, die auf frisches, unzufriedenes Teenie-Blut aus sind.

»Wer braucht schon Cheerleading?«, fragt Beth. »Ich schreibe mich ein.«

Letztes Jahr waren sie auch schon da, und sie schicken immer die breitschultrigsten, blauäugigsten Nationalgardisten, mit Armen wie knorrige Eichen und dröhnenden Stimmen, die im Korridor widerhallen.

Dieses Jahr haben sie allerdings Sergeant Will, der völlig anders ist. Der mit seinem kantigen Kinn und den glatten, sauber gescheitelten Haaren auf eine Art gut aussieht, die uns fremd ist. Ein erwachsener Mann, ein Mann aus dem echten Leben. Sarge Will macht uns schwindlig, diese Mischung aus hart und weich, das Profil aus zerklüftetem Granit, verwischt durch wahnsinnig zarte Wimpern, die knittrige Wärme um seine Augen. Und er spricht leise, ruhig, mit einem leicht gerollten R. Seine Augen scheinen weit weg im Neonlicht flackernde Dinge zu sehen. Er scheint Dinge zu sehen, die wir nicht sehen können, und mit großer Sorgfalt darüber nachzudenken.

Er ist älter, vielleicht sogar schon zweiunddreißig, und er ist auf eine Weise ein Mann, wie kein anderer oder zumindest kein anderer, den wir kennen, Mann ist.

Vor dem Training oder während der Mittagspause hängen viele Mädchen gern dort ab und befingern die Prospekte. *Breite deine Flügel aus* steht darauf.

Frisch getrennt vom katholischen Patrick, drückt sich RiRi in der Pause an dem Tisch herum, beugt sich darüber, die Arme seitlich eng an die Brüste gedrückt, damit sie ein V bilden, und zieht einen Fuß an ihrem anderen Bein hoch, wie Männer es mögen, sagt sie.

»Ich persönlich habe festgestellt, dass sie es mögen, wenn ich meinen Cheerleader-Rock über den Kopf hochziehe«, sagt Beth, die neben mir auf dem Boden vor ihrem Spind sitzt. »Das könntest du vielleicht nächstes Mal versuchen.«

»Vielleicht brauchst du ein paar neue Tricks«, gähnt RiRi, ohne Sarge Will aus den Augen zu lassen. »Was bei deinem Turnlehrer an der Junior High funktioniert hat, klappt bei Kerlen wie dem da vielleicht nicht unbedingt.«

So fängt es an. Beth steht auf, als wäre das eine Herausforderung gewesen, und fragt RiRi, ob sie es interessanter machen will.

An RiRis Gesicht kann ich ablesen, dass sie darauf überhaupt keine Lust hat, aber es ist wie im Wilden Westen, High Noon an der guten alten Sutton Grove High. Man kann praktisch Beths Blechstern an ihrer Brust scheppern hören.

Es ist so viel besser, dass sich Beth mit Partygirl RiRi anlegt als mit Coach.

Nicht dass sich Beth so schnell mit jemandem anlegen würde, aber wenn sie es tut, dann ist es spektakulär, die Titelstory. Zum Beispiel mit Ben Trammel, oder damals, als alle sie und Teddy LaSalle, Ebenholz und Elfenbein, nach dem Spiel an der St. Mary in der Stechpalmenhecke gesehen haben. All die verästelten Nesseln überall an seiner Collegejacke, an den filzigen Ärmeln hinauf, und sein Hals ganz rot.

Alle redeten darüber, aber ich war diejenige, die sie hinterher gesehen hat. Der rohe Schmerz in ihrem Gesicht, als wüsste sie nicht, warum sie es getan hat, der Schrecken in ihrem Blick, die Sprachlosigkeit.

Wir fischen alle im Trüben, ich auch. Coach, wie sieht es bei Ihnen zu Hause aus? Coach, wir wollen auch die kleine Caitlin kennenlernen, ehrlich.

Coach, zeigen Sie mal, zeigen Sie mal, lassen Sie uns rein.

Keine von uns glaubt, dass sie es wirklich tun wird. Wir versuchen es schon seit fünf Wochen. Ich träume davon, fahre an ihrem Haus vorbei wie ein verliebter Junge.

Am nächsten Sonntag beim Heimspiel zieht Tacy den Basket Toss durch, als hätte sie ihr ganzes Leben nichts anderes gemacht, danach einen Toe Touch, und wir bilden eine hängende Pyramide: Emily und Tacy baumeln wie Schwingtüren von RiRis Armen, was die Zuschauer in einen wilden Taumel versetzt.

Es ist so einfach. Hinterher auf dem Parkplatz fühlen wir uns so gut, als könnten wir eine angreifende Armee auslöschen oder zu den regionalen oder landesweiten Meisterschaften antreten.

Beth hält eine schmale Flasche Rum von irgendeinem Jungen aus dem Norsemen-Team zwischen den Fingern. Er will mit uns feiern und verspricht Aufregendes in der Wohnung seines Onkels oben auf dem Hügel.

Genau die wilde Nacht, wie wir alle sie unaufhörlich planen, uns gegenseitig versprechen, für die wir uns sorgfältig Lügen ausdenken, eine Reihe von Anrufen zu Hause, um eine Flut von Alibis zu fabrizieren, die kein Elternteil durchschauen kann.

Beth ist die finstere Herrin solcher Nächte und scheint immer zu wissen, wo die heimliche Hausparty zu finden ist, oder die Bar mit dem Türsteher, der ihren Bruder kennt, oder das Stammlokal der Jungs vom College am Freeway, wo niemand jemals einen Ausweis sehen will, wo der Boden vom Bier klebt und die College-Jungs so dankbar für Mädchen wie uns sind, die ihnen keine einzige Frage stellen.

Doch während wir an Beths Auto Pläne schmieden, während ich die geliehene Flasche streichle, der Mund trocken von Nelkenzigaretten, das Gesicht gerötet vom Rum, kommt Coach mit laut klapperndem Schlüsselbund an uns vorbei.

»Auf dem Heimweg, Coach?«, fragt Emily, die ihre diätpulver-abgemagerten Hüften wild zur Musik aus den Autoboxen schwingt. »Wollen Sie nicht stattdessen mit uns mitkommen?«

Wir alle reißen über Emilys piratenhafte Kühnheit die Augen auf, Tacy hat den Kopf fröhlich auf Emilys Schulter aufgestützt, wie ein Papagei.

Coach lächelt leicht, ihr jetzt nachdenklicher Blick wandert an uns vorbei zu dem dunklen Wäldchen um den Parkplatz.

»Wie wäre es, wenn ihr alle stattdessen zu mir nach Hause kommt?«, fragt sie einfach so. »Kommt doch einfach rüber.«

»Dieser Geruch von Verzweiflung ist furchtbar«, sagt Beth.

Beth möchte nicht mit zu Coach nach Hause.

»Es ist nicht mein Job, ihr das Gefühl zu geben, sie wäre wichtig«, fügt sie hinzu, als wir sie verblüfft anstarren.

Wir stehen im Eingangsbereich und warten, während sie die Babysitterin wegschickt, eine ältere Frau namens Barbara in einem pfirsichfarbenen Chenille-Pulli, der bis zu ihren Knien herunterhängt.

Coach lässt uns den Kopf zur Tür hereinstecken und die kleine Caitlin fest schlafen sehen. Das Zimmer ist hellrosa, mit einer dieser rotierenden Laternen, die flackernd hübsche Ballerinas an die Wände werfen.

Caitlin, rotblond, kuschelt sich in rosa Karomuster mit Spitzenborte, in die sie einen rosigen Daumen eingehakt hat.

Sie atmet leise und schnell, und wir können es selbst draußen, zusammengedrängt im Flur, hören. Emily und ich, wir sind diejenigen, die es sehen wollen. Wir schauen sie an, die weichen Löckchen und das friedliche, gerötete Gesichtchen, und fragen uns, wie dieser Friede wohl ist und ob wir ihn jemals gekannt haben.

Wir setzen uns nach draußen auf die hintere Veranda – ich und RiRi und Emily und die neuerdings mutige Tacy, das kleine Kaninchen, das wir früher immer ignoriert haben, das wir uns aber jetzt stolz an die Brust heften, unsere frischgebackene Rekrutin, unsere fliegende Rakete.

Unsere kalten Arme in unsere College-Jacken vergraben, sitzen wir anfangs sehr formell, mit gekreuzten Beinen und geradem Rücken, sprechen gedämpft, stellen Fragen zum Haus, zu Caitlin, zu Coachs Mann Matt.

Wir sitzen in der kühler werdenden Luft, auf langen Bänken links und rechts der Veranda. Und da ist Coach auf einem Liegestuhl und lässt sich langsam nach hinten sinken, die Hände in den Jackentaschen. Ihre Haare breiten sich über die Teakholz-Latten, aus ihrem Gesicht weichen langsam der Druck des Schultages, die Härte und die Disziplin.

Schon während es passiert, haben wir das Gefühl, dieser Abend ist wichtig.

Einmal hatten Beth und ich so einen Abend, in der Nacht, bevor wir an der Highschool anfingen. Wie die kleinen Kinder schnitten wir uns mit dem Taschenmesser ihres Bruders in die Handflächen und drückten sie fest aneinander, und später sagte Beth, sie habe meinen Herzschlag in meiner Hand, in ihrer Hand gespürt. Sie schwor, dass es so war. Wir wussten, das bedeutete etwas. Etwas war zwischen uns passiert und würde bleiben. Wir reden nicht mehr darüber, und es ist hundert Jahre her, seit damals haben wir viele Kriege gewonnen und verloren.

Und Beth, du bist jetzt noch nicht einmal *hier.*

Auf Coachs Veranda reden wir alle in der vielstimmigen Nacht, zuerst schüchtern, unbeholfen, über Nichtigkeiten – den Stürmer der Mohawks mit den krummen Beinen, dass Rektor Folger auf dem Absatz herumwirbelt wie eine feine Dame, wenn er sich im Flur umdreht, die teigigen Chocolate Chip Cookies in der Cafeteria, die rohen Eier und das Backnatron in unseren Mägen, von dem einem schlecht wird.

Langsam, langsam spüren wir aber, wie sich die dunkle Nacht unter uns, zwischen uns öffnet, und RiRi erzählt von ihrem Dad, der letzten Monat ausgezogen ist und jedes Mal am Telefon weint, wenn sie miteinander reden, und Emily zeigt uns den allerersten Ballettschritt, den sie je gelernt hat, und Tacy sagt, sie habe sich nie so vollkommen gefühlt wie in dem Moment, als sie durch die Luft flog.

Ob sie sich bei einem Jungen wohl jemals so fühlen würde, fragt sie. Oder bei einem *Mann*?

Wir alle sehen Coach an, die lächelt, sogar beinah lacht, wie sie da auf ihrem Liegestuhl lümmelt und ein Bein übers andere wirft.

»Mädchen«, sagt sie fröhlich und leichthin, wie man sie selten hört, »du hast keine Ahnung, welche wundervollen Dinge Männer dich fühlen lassen.«

Tacy lächelt, wir alle lächeln.

»Und auch schreckliche Dinge«, fügt Coach hinzu, jetzt mit leiserer Stimme. »Aber die schrecklichen Dinge sind … die sind auch irgendwie wundervoll, denke ich.«

Tacy legt die Beine am Fußende von Coachs Liege ab. »Wie kann etwas Schreckliches jemals wundervoll sein?«, fragt sie, und ich zucke ein bisschen zusammen. *Ich weiß, wie,* möchte ich sagen. *Ich weiß, dass alles Wundervolle auch schrecklich sein kann.* Ich weiß nicht, woher ich es weiß, aber es ist so.

»Du weißt noch nicht genug über das Wundervolle«, sagt Coach jetzt noch leiser, ihr Gesicht wird ernster, bedeutsamer. »Oder das Schreckliche.« In diesem Moment sind wir uns so nahe, dass es sich wie ein summender Draht zwischen uns anfühlt, und niemand will ein Wort sagen, aus Angst, dass er reißen, verstummen könnte.

Es ist sehr spät, als RiRi die Flasche aus ihrer Filzjacke zieht. Smirnoff-Wodka, Penner-Glück.

RiRis Aktion ist kühn, aber jetzt, wo Beth nicht da ist, muss es eine andere machen.

»Wie wär's, wenn wir alle einen Shot trinken?«, fragt sie, steht auf, breitet die Arme aus, als wollte sie auf die Bedeutung des Augenblicks hinweisen, »auf das Team und vor allem auf Coach, die uns …«

Sie zögert, dann sieht sie sich um, wir alle beobachten sie nervös, eifrig. Beobachten sie und beobachten Coach, die sich auf ihrer Liege nicht aus ihrer schwelgerischen Pose gerührt hat, die RiRi fest in die Augen schaut, als wollte sie eine Entscheidung treffen.

»Auf Coach«, stammelt RiRi, dann wird ihre Stimme wieder fester, »die uns zu Frauen gemacht hat.«

Die uns zu Frauen gemacht hat.

Und das von RiRi, die noch nie im Leben etwas Bedeutsames gesagt hat.

Plötzlich bin ich auf den Beinen, sogar auf den Zehenspitzen, und recke meinen Arm ebenfalls hoch in die Luft, als hielte ich ein Sektglas, eine ganze, frostige Magnumflasche in der Hand.

Emily und Tacy folgen meinem Beispiel, jetzt stehen wir alle und blicken auf Coach herunter, die mit königlicher Geste das Kinn zur Audienz hebt.

RiRi nimmt einen kleinen Schluck aus der Flasche und legt kurz den Kopf in den Nacken wegen des Kicks. Wegen des rohen, obszönen Geschmacks von Wodka. Reihum tun wir es ihr nach. Ich spüre, wie er mich von innen wärmt, meinen ganzen Körper in Brand setzt.

Dann biete ich die Flasche Coach an, meine Hand zittert ein bisschen, ich weiß nicht, was sie tun wird, ob wir hier etwas angestellt haben, sie in irgendetwas hineingezogen haben, etwas, das wir alle wollen.

Sie hebt gelassen den Arm und nimmt die Flasche, ohne zu zögern.

Und trinkt.

Hand in Hand, mit wärmer werdenden Fingern, geben wir die Flasche herum, bis sie leer ist. Meine Augen tränen, mein Körper fühlt sich glühend und stark an.

Emily und Tacy gehen nach Hause, und RiRi schreibt betrunkene Nachrichten an einen neuen Jungen, der genau so zu sein scheint wie der letzte und vielleicht sogar der Bruder des letzten ist, also verlagern Coach und ich uns ins Haus.

»Hanlon – *Addy*«, sagt sie, und wir nehmen uns im Vorbeigehen Obst aus der großen Holzschale auf ihrer Kücheninsel. »Und du kannst mich Colette nennen. Das sind die Smirnoff-Regeln.«

Sie schnappt sich ein Bündel Trauben, und wir stecken sie uns eine nach der anderen in den Mund, während sie die Schlossführung mit mir macht.

Coachs Augen schwimmen ein bisschen, wir haben einfach einen kleinen Schwips. Ich lasse eine Traube auf den Teppich fallen und verschmiere sie unter meiner Socke, entschuldige mich viermal.

»Scheiß drauf«, sagt Coach – Colette. »Glaubst du, mich interessiert dieser Teppich?«

Und kurz darauf knien wir beide auf dem Teppich, gewebte Wolle in tiefstem Waldgrün.

»Es geht um die Polnoppen«, sagt sie. »Das zählt. Matt sagt, du brauchst vierzigtausend Polnoppen pro Quadratmeter. Dann ist es ein guter Teppich. Er hat's im Internet gelesen.«

»Der ist schön«, sage ich, obwohl ich vorher noch nie einen Teppich angeschaut habe. Aber jetzt bekomme ich irgendwie gar nicht genug davon, wie er sich unter meinen Knien anfühlt, zwischen meinen Fingern, die ich tief darin vergraben habe.

»Addy«, sagt sie und zieht mich hoch, schleppt mich von Zimmer zu Zimmer, »du hättest unsere Hochzeit sehen sollen. Wir hatten einen Pool voller Rosenblütenblätter. Eine Harfenspielerin. Kleine Lampen auf jedem Tisch.«

Sie erzählt mir, sie konnten sich das alles überhaupt nicht leisten, aber Matt arbeitete mehr, bis sie es dann konnten.

Fünf, sechs Tage die Woche ging er morgens um fünf zur Arbeit und kam abends um zehn nach Hause. Er wollte ihr Geschenke machen. Sie konnte haben, was sie wollte. Sie wusste nicht, was sie wollen sollte, und schnitt Bilder aus Zeitschriften aus. Sammelte sie in einem Buch. *Meine Hochzeit*, hieß es.

»Ich war gerade mal einundzwanzig«, sagt sie, »was wusste ich schon?«

Ich nicke und nicke und nicke.

»Er hat das Haus gefunden«, sagt sie, sieht sich blinzelnd um, als wäre ihr alles neu. Als hätte sie das alles noch nie vorher gesehen.

Und so hatte sie mit zweiundzwanzig Jahren dieses Haus. Und musste es füllen.

Er sagte, *alles, was du willst.* Also schnitt sie noch mehr Bilder aus Zeitschriften aus. Sie gestaltete eine große Pinnwand und nannte sie *Mein Haus.* Er sah, was sie wollte, und machte es möglich – soviel davon, wie er konnte.

»Er arbeitet sehr hart«, sagt sie. »Er schaut den ganzen Tag auf Zahlen. Und zu Hause ist der Laptop immer offen, diese langen blinkenden, blitzenden Zahlenreihen. Die nie aufhören zu blinken.«

Sie streicht mit der Hand über den gefältelten Schirm einer bernsteinfarbenen Lampe.

»Er tut es für mich, Addy«, sagt sie. Doch so wie sie es sagt, passt es nicht zu dem, was sie sagt. Wie sie es sagt, ist es schwer wie Blei.

Ich kann nicht klar denken, der Wodka arbeitet immer noch in mir.

Aber ich bin nicht so betrunken, dass ich nicht verstehe, dass das Haus genauso ist wie alle unsere Häuser.

Nicht so schön wie das von Emily, wo alles weiß ist und man nirgends sitzen kann, aber schöner als das von RiRi, das braune Flecken an den Decken hat und Teppichboden.

Aber so, wie Coach – Colette – durchs Haus geht, mit gedämpfter Stimme, und ganz weich auftritt, kommt es mir langsam vor, als leuchtete das ganze Haus wie die Drehlampe im Zimmer der kleinen Caitlin, die alles verzaubert.

»Schön«, sage ich noch einmal und lasse die Finger um den Handgriff eines Vorhangs gleiten. »Schön.« Das Wort rutscht mir immer wieder heraus.

»Schön, schön«, sagt sie leiernd, während wir an allem vorbeigehen, während ich meine Finger mit allem verwebe.

»Und jetzt sind wir durch«, sagt sie, und meine Füße graben sich in den Schlafzimmerteppich, der luxuriös ist und in dem man versinkt. Es ist ein ruhiger, karamelliger Raum, wie ein schönes Hotelzimmer, wo alles beruhigend und austauschbar wirkt.

Doch dann denke ich daran, dass sie das alles ausgesucht hat, Coach – Colette – mit Stoffmustern, Fliesenproben, dass sie endlos diese dicken Zeitschriften durchgeblättert hat, die man in Boutiquen mit weißen Wänden am Honeycutt Drive aufgefächert sieht.

Von dem schmiedeeisernen Kronleuchter mit den nach oben gebogenen Armen, die fast die Decke streifen, bis zu den hauchzarten Vorhängen, die sich geschmeidig gewunden um eine herabhängende Grünlilie ranken. Alles berührt irgendetwas anderes.

Sie hat es sich ausgedacht, und er machte es für sie wahr.

Langsam wirkt es für mich wie so viel mehr, dehnt sich vor meinen Augen aus. Als pulsierte alles leicht, und wenn man die Stirn daran ruhen ließe, könnte man den Herzschlag spüren.

»Diesen Raum mag ich am liebsten«, sage ich.

Sie sieht mich an, dann schaut sie sich um, als hätte sie alles schon vergessen. Als hätte sie das alles seit Jahren nicht bemerkt, seit sie es an ihrer Pinnwand zusammengeheftet hat. *Mein Haus.*

Unsere Blicke wandern zu dem Windbeutel von einem Bett, dessen Laken hoch aufgeschlagen sind. Die Prinzessin auf der Erbse.

Erschöpft lässt sie sich darauf sinken, und alles scheint sich aufzubauschen, winzige cremefarbene Kissen verteilen sich in den Ecken auf dem Teppichboden.

»Diese ganzen Kissen«, sagt sie. »Jeden Morgen lege ich sie alle wieder an ihren Platz. Er ist um sechs schon im Büro, und ich bin hier und lege all diese kleinen Kissen, diese Hunderte von Kissen, aufs Bett zurück.«

Ich spüre, wie mein Fuß in einem davon versinkt, als ich auf sie zustolpere. Ich habe noch nie so viele Kissen gesehen, alle Braunschattierungen, von blassem Honig bis zu etwas in der Farbe von Zichorie, wie die Französischlehrerin es jeden Tag in der Mittagspause trinkt.

Sie nimmt meine Hand und legt sie auf die Decke, weich wie gesponnene Luft. Ihre Berührung, die Berührung einer Trainerin. Spür das. Jetzt.

»Leg dich hin«, sagt sie. »Schlüpf drunter.«

Mit den nackten Füßen unter der hauchzarten Decke, möchte ich am liebsten im Kreis treten.

Das Bett ist ein riesiges, sahnegefülltes Kissen, nein,

luftgefüllte Sahne, das Kribbeln in meinem Bauch unerträglich.

»Tu so, als wärst du ich«, sagt sie. Ich kann sie über dem duftigen Hügel kaum sehen.

Und es passiert einfach so.

Ein Gefühl wie Sinken, ein tiefes Hineinfallen.

Und ich bin sie.

Und das ist mein Haus, und Matt French ist mein Ehemann, der den ganzen Tag Zahlenkolonnen zählt und bis spät in die Nacht für mich arbeitet, für mich.

Und hier bin ich, mein fester, perfekter Körper, mein hübsches, perfektes Gesicht, und nichts könnte je falsch sein an mir oder an meinem Leben, nicht einmal der Kummer, der deutlich hier mitten drin ist. *Oh, Colette, er ist genau hier in deiner Mitte, und irgendeine Art von Verzweiflung auch. Colette …*

… die Seide saugt sich in meinen Mund, so schwer jetzt, und ich bekomme keine Luft, keine Luft, keine Luft.

In mir verändert sich alles.

Ich glaube, ich habe ewig gewartet, mit ausgestreckter Hand. Habe darauf gewartet, dass jemand meinen Mädchenkörper nimmt und nach außen kehrt, mich von innen stählt, damit alles eine Bedeutung bekommt wie nie zuvor.

Wie Liebe es kann.

8

Gegen Mittag sehen wir am Rekrutierungstisch der Nationalgarde zu, wie sich die Wette entwickelt. Die ganze Woche hatte Beth Sarge Will im Visier, entschlossen, RiRi zu demontieren. Sie haben vereinbart: Wer schafft es, ihn zu einer Berührung unterhalb der Taille zu bringen?

Beth bewegt sich durch die Schulkorridore wie ein Revolverheld, mit klackernden Sporen an den Stiefeln. Sie gehen ihr bis über die Knie, lang und glänzend, und eigentlich sind Stiefel zum Cheerleader-Rock nicht erlaubt, eigentlich darf man solche Stiefel überhaupt nicht tragen.

RiRi wiederum trägt ihren Rock himmelwärts, den Bund hoch genug gezogen, dass zu sehen ist, was ihre Mama ihr mitgegeben hat. Die beiden sind gefährlich.

Sarge allerdings steht über alledem. Sämtliche Mädchen werfen sich ihm an den Hals, aber er blinzelt nicht einmal. Er lächelt, doch sein Lächeln ist kein richtiges Lächeln, sondern das, was man mit dem Mund tut, wenn man weiß, dass alle zuschauen.

Manchmal ist es, als wäre jeder Hüftschwung eine Bürde für ihn. Also lenkt er solche Aufmerksamkeiten einfach elegant auf den Corporal um, den Private, wer auch immer der harte Kerl mit dem kantigen Kiefer neben ihm ist, den wir keines Blickes würdigen, der mit der Akne am Kinn, dem wütenden Blick, wie die Jungs, die nach einem Bier anfangen, sich zu prügeln, die ihre Freundinnen auf Partys schubsen, sich ihre Schulterblätter ausrenken und sich ihre Schlüsselbeine brechen wie Streichhölzer. Wir schauen sie nie an. Zumindest ich nicht.

Der Schlimmste ist Corporal Prine, der mit den massigen Schultern und dem dicken Kopf wie ein Radiergummi. Vor ein paar Wochen habe ich ihn vor der Tür zu meinem Englischunterricht bemerkt. Er schien mich direkt anzustarren, seine Wangen vom Rasieren voller roter Punkte. Ich versuchte, ihn nicht zu beachten, aber dann machte er etwas mit seiner Zunge und Hand, das nicht zu ignorieren war.

Nur Sarge, der darf alles. Doch je mehr wir es versuchen, desto weniger scheint es ihn zu interessieren. An den meisten Tagen scheint er ganz woanders zu sein, ein Ort, an dem Mädchen wie wir überhaupt keinen Platz haben.

Nicht einmal Beth in ihrer nuttigsten Form kann ihn provozieren.

Ich sehe es nicht, aber ich höre davon – das kurze Verrutschen ihres Rocks, das Höschen mit den Flaggensternen –, und ich glaube es nicht. *Ich hab überhaupt nichts gezeigt*, erzählt sie mir später. Nur den Zeigefinger gebogen, damit er sich zu ihr vorbeugte, und ihn gefragt, ob sie mal seine Waffe anfassen dürfe.

Doch Sarge zuckte nicht mit der flaumigen Wimper.

Oh, die tägliche Frustration auf RiRis Gesicht mit der Zuckerschnute, und schlimmer noch, Beths finsterer Blick, den sie den ganzen Tag trägt wie einen schwarzen Schleier.

Mit Coach und Sarge hat sie einigen Grund, unzufrieden zu sein.

Doch statt Groll und Ränkeschmieden brütet sie still vor sich hin.

Das Ganze hat etwas Hexenhaftes, und das macht mir Sorgen.

In diesen Wochen sehe ich Coachs Mann zum ersten Mal durch die halb geöffnete Arbeitszimmertür. Er liest ein Bündel Papiere, während er langsam seine Krawatte auszieht. Ich kann nicht einmal sagen, wie er aussieht, außer dass er in keiner Weise bemerkenswert ist.

Das nächste und übernächste Mal ist er allerdings immer gegenwärtig. *Matt ist hier. Ach, das ist nur Matt, endlich zu Hause. Das ist der Pizzabote für Matt.* Und manchmal einfach auch nur »er«. *Da ist er, oh, wir können die Anlage nicht einschalten, er ist da. Ach, ihr kennt ihn ja, er arbeitet. Er tut einfach nie irgendwas anderes.*

Er hängt ständig am Handy und sieht immer müde aus. Ein- oder zweimal sehen wir ihn im Garten, wo er auf und ab geht und in sein Headset spricht. Wir sehen ihn auf einem Hocker an der Kücheninsel sitzen, Papiere auf dem Tisch ausgebreitet, grün beleuchtet von seinem Laptopbildschirm.

Er arbeitet sehr viel, und er ist kein bisschen interessant.

Oder vielleicht ist er es, aber Coach wirkt nie interessiert. Wenn er da ist, fühlt es sich auf eigenartige Weise an, als wäre Dad zu Hause. Ein halbwegs netter Dad und kein Spielverderber-Dad, außer vielleicht für Coach, die innerlich ein bisschen zu schrumpfen scheint. Einmal versuchte er zu fragen, wie wir unsere Pyramiden planen, weil er am College echten Pyramidenbau studiert hatte und sich fragte, ob es wohl ähnlich sei. Aber keine von uns wusste, was sie sagen sollte, und Coach wandte den Blick ab und erklärte, wir seien alle nur müde, weil wir den ganzen Abend an Abläufen gearbeitet hätten.

»Alles fürchtet sich vor der Zeit«, sagte er auf dem Weg in sein Arbeitszimmer, lächelte in die Runde und grüßte mit einer vagen Geste zum Abschied, »aber die Zeit fürchtet sich vor den Pyramiden.«

Einmal komme ich an der Tür zu seinem Arbeitszimmer vorbei und sehe ihn da, der Computerbildschirm flackert und spiegelt sich im Fenster hinter ihm. Ich sehe, er spielt Online-Scrabble. Und etwas daran macht mich schrecklich traurig.

»Beth, komm schon, ja? Nur einmal, komm mit.«

Wir versuchen es schon seit drei Wochen. Doch als Beth schließlich nachgibt, gefällt mir nicht, wie einfach es ist.

»Mal sehen, was ihr alle da drüben immer so anstellt«, sagt sie mit blitzenden Augen. »Ich will es selbst sehen.«

Drei Samstage hintereinander haben wir wie Erwachsene in der Casa French gefaulenzt, den Grill angeworfen, und Coach wendete Lachs auf Zedernholzbrettern. Nichts hat je so gut geschmeckt, auch wenn wir alle nur ein bisschen darin herumpicken, ihn auf unseren Tellern zu rosa Häufchen schnipseln, die Münder gierig auf den prickelnden Weißwein konzentriert, in feinen Stielgläsern serviert, die *pingggten*, wenn man mit den Fingernägeln dagegen stieß.

Es ist schwerer zu genießen, wenn Beth da ist und ich ihren missbilligenden Blick auf allem spüre. Aber der Wein hilft.

Inzwischen haben wir eine Routine: Emily und ich zünden die Kerzen an, die Sturmlaternen mit den handgemalten Marienkäfern, die Matt aus South Carolina mitgebracht hat, und die Gasfackel, von der Coach sagt, genau solche hätten sie in Bali am Strand, auch wenn sie nie dort war. Keine von uns war je dort. Beth, mit trübem, müdem Blick, sagt, sie habe die gleichen auch schon auf Maui gesehen oder sogar in San Diego und im Rainforest Café an der Route 9.

Irgendwann wirbelt der Wein aber sogar durch Beth, und es macht solchen Spaß, in die strahlenden, kerzenbeschienenen, um den Tisch versammelten Gesichter zu schauen.

Meistens gackern wir, und Coach sitzt mit ihrem typischen leisen Lächeln ruhig dabei. Sie hört zu und hört zu, und die Geschichten werden düsterer und intimer, wie auch die anderen Male. *Oh, RiRi, vielleicht findest du eines Tages einen Jungen, der dich für mehr liebt als nur für deinen gelenkigen Kiefer. Und Emily, nach sechs Wochen auf Splenda und Kohlsuppe, so ausgehöhlt, wie dein Bauch aussieht, kriegst du dein rundes Gesicht nie dünner, höchstens mit Hammer und Meißel.*

Als Matt der Ehemann gegen elf nach Hause kommt, sind wir alle ziemlich betrunken, selbst Coach vielleicht ein kleines bisschen, ihr Gesicht glüht, und ihre Zunge rutscht auf Wörtern aus, und als RiRi ihr Oberteil auszieht und im Garten herumrennt und in den Büschen nach Jungs ruft, lacht Coach nur und sagt, es werde Zeit, dass wir ein paar richtige Männer kennenlernen, und da sehen wir ihn an der Kücheninsel stehen und finden das alle zum Totlachen, bis auf Matt French, der müde aussieht, seinen Laptop aufklappt und uns fragt, ob wir bitte leise sein können, was wir unmöglich können.

Beth, die immer wieder behauptet, sie sei überhaupt nicht betrunken, aber sowieso nie zugibt, betrunken zu sein, fängt ein Gespräch mit ihm an, stellt ihm Fragen zu seiner Arbeit und ob er sie mag und wie sein Weg zur Arbeit ist. Sie drückt ihre Brüste in ihrem Tanktop zusammen und lehnt sich über die Kücheninsel, ihre Finger streifen rhythmisch seine Computermaus.

Er sieht sie an, die Stirn auf eine Weise gerunzelt, die ich durchaus süß finde, und fragt, ob sich ihre Eltern nicht vielleicht wundern, wo sie ist.

Über Beths Schulter wirft er Coach diese Blicke zu, die schließlich sagt, sie werde uns alle nach Hause fahren und Emily und Beth könnten ihre Autos morgen holen.

Auf dem Weg nach draußen drehe ich mich noch einmal zu ihm um, und sein Gesicht sieht aufgewühlt aus, wie vor Jahren, in der achten Klasse, als mein Vater, den es jetzt nicht mehr interessiert, zusah, wie ich mit Beth das Haus verließ, unsere Körper plötzlich so reif und wohlgeformt, und er konnte nichts dagegen tun.

Am nächsten Tag wache ich verkatert auf dem L-förmigen Sofa in Beths Wohnzimmer auf und bemerke, dass Beths Haare über mir baumeln. Sie hängt über der Lehne und erklärt mir, sie habe kein bisschen Spaß gehabt. Und sie spuckt große Töne, was sich immer unheilvoll anhört.

»Sitzt da auf der Veranda, als wäre es ihr Thron«, sagt sie mit trockenem Mund und rauer Stimme. »Ich fand es dort nicht gut. Ich mag es nicht, wie sie sich benimmt.« Ihre Stimme stockt ein bisschen, und ich frage mich, ob sie immer noch betrunken ist oder ich.

»So auf ihrem hohen Ross«, sagt Beth. »Und ihr alle himmelt sie an wie Schulmädchen.«

Aber wir *sind* Schulmädchen, denke ich.

»Du warst bei so was immer ein bisschen anfällig, Addy«, sagt sie. »Letzten Sommer jedenfalls.«

Ich will aber nicht, dass sie schon wieder über letzten Sommer redet und über all unsere Streitereien beim

Cheer-Camp, als alle dachten, wir verkrachen uns. Denn das hier hat nichts mit diesem kindischen Unsinn zu tun.

»Ich sag's dir, Adelaide, ich kenne Frauen wie sie.«

Sie klettert über die Sofalehne und schwingt ihre nackten Beine herum, kuschelt sich an mich, und ich höre zu, aber gleichzeitig auch nicht, denn mir gefällt dieses Ding in ihrer Stimme nicht.

»Sie sollte es besser genießen, solange sie kann«, knurrt sie und vergräbt ihren Kopf in dem Kissen, das ich unter meinen Arm geschoben habe, vergräbt ihren Kopf an mir, wie immer. »Denn in ein paar Jahren wird sie wahrscheinlich noch ein Kind rauspressen, und ihre Hüften gehen auseinander wie Hefeteig, und ehe sie es sich versieht, trainiert sie stattdessen eine Feldhockeymannschaft.«

Sie wickelt meine Haare um ihre Finger, wühlt sich in mich und das Kissen hinter mir, versteckt sich.

»Wer will sie dann noch?«, fragt sie.

Und antwortet selbst.

»Keine von uns.«

9

Eine goldene Zeitlang, eine Woche, zwei, scheint Beth sich beruhigt zu haben, alle unsere Tage bestehen aus Cheerleading, alles scheint einen Moment lang, als könnte es für immer vergoldet sein.

Die Homecoming-Woche ist voller Sternenstaub und einfach herrlich.

Einen Großteil des Schuljahres sieht uns der Rest der Schule als so etwas wie angemalte Lollipops, Prinzessinnen mit Diadem, Stimmungs-Huren, kaugummikauende

Selbstbräuner-Bitches. Unnahbare Göttinnen, nicht gewillt, sich mit dem Pöbel abzugeben.

Aber das ist uns egal, denn wir wissen, was wir sind.

Und zu Homecoming dürfen wir es krachen lassen.

Wenn wir vor den Spielen das Publikum anheizen, sehen sie, wie cool wir sind, wie selbstbewusst und knallhart. Sie kriegen zu sehen, was wir können, dass wir keine Püppchen sind und dass unsere Bräune unsere Rüstung ist.

Wie wir allem trotzen, auch den gnadenlosen, vor einem halben Jahrhundert angenagelten Ahorndielen drei Meter unter uns, wenn sich unsere Körper furchtlos in der Luft drehen, biegen, spannen und herumwirbeln.

In der Homecoming-Woche starren uns mit verlegenem Staunen sogar die an, die uns am wenigsten mögen – die angemalten Goths, die Skater, die nonbinären Theater-Freaks –, wenn wir in der Mittagspause im Hof unsere hängende Pyramide bauen, unsere Körper wie Eisenspeichen an einem Riesenrad.

Und wenn wir Tacy beim Spiel gen Himmel schleudern – über die Tribüne geht ein verwirrter Aufschrei, weil das Publikum glaubt, wir hätten sie in den sicheren Tod katapultiert –, ernten wir schockierte Bewunderung.

Ich gebe den Auftakt zum Warm-up, ich stehe breitbeinig hoch auf Mindy und Cori Briskys Schultern, in der Hand einen langen Stab, mit Luftschlangen umhüllt. Tacy läuft mit einem vom Hausmeister geklauten Laubbläser nebenher, pustet gegen die Luftschlangen, die sich entrollen wie Goldregen.

Das Bonfire ist das höchste, das wir je geschafft haben. Unsere Fackeln wirbeln, all diese Kreise aus Licht, ein Maskottchen der Rattlers mit Schaumstoffzähnen baumelt hoch oben an den glühenden Spitzen und geht in Flammen auf, und wir alle schreien, bis wir keine Stimme mehr haben, unsere Gesichter sind heiß und kurz vorm Explodieren.

Wir lassen unsere Fackeln fallen, laufen über das dunkle Feld, Coach ruft *Toe Touch, Lock Arms, Spread Eagle* …

Und da steht sie, am Ring, beobachtet uns, ihr Blick schießt hin und her und alles an ihr leuchtet.

Ich weiß noch, wie ich mir das mit zwölf angeschaut habe. Von hoch oben auf der Tribüne sah ich den Highschool-Squad vor dem wilden Inferno, die Flammen tanzten, ihre Silhouetten vollführten mit Todesverachtung irre Sprünge. Ein Mädchen hob seinen heruntergefallenen Baton auf, der über funkensprühendes Gras rollte, und jetzt weiß ich, weil ich diesen Baton selbst schon gehalten habe, dass er glühend heiß ist, aber sie lächelt und tanzt und springt höher als alle anderen.

Und die zwölfjährige Beth neben mir sagt:

»Sieh dir das an, sieh dir das mal an.« Damals, als ihre Stimme noch voller Staunen war.

Doch nach dem Homecoming, als wir ruhmreich zurückkehren, hat sich etwas verändert.

In Coachs Blick brennt etwas Übellauniges. Wir bemerken es alle und spekulieren. Wir versuchen, es als Nach-Homecoming-Kater zu verbuchen, denken uns aber nichts dabei.

Coach lässt das Training in dieser Woche jedoch an zwei Tagen ausfallen. Wir nehmen an, es muss so ein Erwachsenending sein, das uns nichts angeht. Hypothekenzahlungen, eine kaputte Spülmaschine, ein Wasserrohrbruch im Keller.

Trotzdem fragen sich alle: Was könnte in Coachs schönem Leben mit ihrem hübschen Zuhause, ihren glatten Haaren und all diesen Mädchen, die sie anhimmeln und ihr zu Füßen liegen, schon schiefgehen?

Aber ich weiß es natürlich besser. Ich weiß einiges, auch wenn ich nicht so ganz genau weiß, was.

Die Art, wie sie Matt French nie in die Augen schaut. An einem späten Abend half er ihr, die Spülmaschine auszuräumen, und sie wandte nicht einmal den Kopf.

Und schließlich das, was ich unter ihrer sahnigen Decke gesehen und gespürt habe, als sich die Seide in meinen Mund sog, das Gefühl, dass mich etwas niederdrückte, sie niederdrückte, und ich keine Luft bekam.

Am Freitag sagt Coach nicht einmal ab. Sie taucht einfach überhaupt nicht zum Training auf.

»Vielleicht sind es Frauensachen«, meint RiRi. »Das passiert meiner Tante Kaylie oft. Manchmal muss sie alle ihre Klamotten ausziehen. Dann sitzt sie im BH auf der Sonnenveranda und reibt sich überall mit Eiswürfeln ab.«

»Das ist was für alte Frauen«, sagt Beth. »Vielleicht kann sie einfach nur dein Gesicht nicht mehr sehen. Kannst du es ihr verdenken?«

Emily, der von Coachs X-Treme Juice schnell schwindlig wird und die den ganzen Tag auf Ingwerschalen herumlutscht, muss sich an die gepolsterte Hallenwand lehnen.

»Sie wollte mir das Kaliumsuppenrezept mitbringen«, flüstert sie mit fiebrigem Gesicht.

Sie fängt an, uns allen von der Suppe zu erzählen, und zählt die Zutaten an ihren kaugummiklebrigen Fingern ab: *roher Knoblauch, Rote-Bete-Blätter, Rübenkraut, Petersilie, Chilisamen, es macht alkalisch und dann kannst du …*

Ich nicke und nicke, während Emily zwitschert und piepst, ihre dürren Beinchen zittern an der Wand.

»Kann ihr einfach jemand ein scheiß Kit Kat geben?«, knurrt Beth.

Ich werfe einen Energieriegel nach Emily, weil ich es auch nicht mehr aushalte.

Wir schauen alle zu, wie sie ihn langsam isst, mit zittrigen Fingern daran zupft, dann grünlichweiß wird und alles wieder in die Verpackung kotzt.

Beth lehnt sich auf der langen Bank zurück, streckt ein Aruba-gebräuntes Bein aus und mustert es.

»Ich persönlich muss sagen, ich kann euch alle nicht mehr sehen«, fährt sie fort und verdreht die Augen. »Ich hab die Schnauze voll von allem und jedem.«

Beth berührt uns manchmal innerlich. Berührt mich innerlich. Das ist eines ihrer Talente, zutiefst missverstanden von anderen. Es klingt, als wäre sie gemein, aber sie ist es nicht. Krank, krank, krank. Du fühlst es permanent, das, wogegen du dich die ganze Zeit wehrst. Der Knoten ultimativer Langeweile in deinem Schädel, so dicht und schmerzlich, dass du deinen Kopf gegen die Wand schlagen möchtest, um ihn zu lösen.

Ich frage mich, ob es das ist, was Coach zu Hause fühlt, wenn sie neben Matt French steht, die Spülmaschine einräumt, ihrer Tochter das Gesicht abwischt.

»Hanlon«, sagt Beth und springt auf. »Los, wir gehen angeln.«

Ich sehe sie an. »Und wenn Coach kommt …«

Aber ich weiß, wie weit ich damit kommen werde, Beth mit ihren zusammengebissenen Zähnen, die Anspannung wird sich gleich lösen. Es erinnert mich an etwas, das ich einmal in Biologie gelernt habe: Die Zähne von Krokodilen wachsen ständig nach. Ihr ganzes Leben lang wachsen ihnen neue Zähne.

Ich stehe auf und folge ihr.

Selbst mit uns abgebrühten Veteraninnen im Junior Year macht es etwas, nach der Schule durch die hallenden Korridore zu gehen. Das kathedralenhafte Gebäude, das wir so gut kennen, dass alle unsere Träume hier spielen, fühlt sich anders an.

Es ist mehr als die neue Stille, mehr als die starke Bleiche, die auf jeden Zentimeter rutschigen, kaugummiverklebten Boden geklatscht wird.

Tagsüber bewegen wir uns wie in einem Kraftfeld, umgeben nur voneinander – unser großer bunter Wirbel des Cheerleadings. Es ist keine Unnahbarkeit, keine Überlegenheit. Es ist ein Schutz. Wollen wir auf diesem verheerten Schlachtfeld nicht all unsere Kameradinnen um uns versammeln?

Aber nach drei Uhr nachmittags wird das Elend des Schultages auf die Straßen geschwemmt, in die Fernsehzimmer, vor die neonbeleuchteten Fastfood-Theken der ganzen Stadt. Und die Schule nach der Schule wird zu einem fremden Ort, exotisch.

Da gibt es Kids und Lehrer in seltsam herumlungernden Grüppchen, man weiß nie, wann oder wo, ein Häufchen Physik-Streber, die vom zweiten Stock aus die Geschwindigkeit fallender Flummis messen, die lauten Typen vom Debattierclub, die im Sprachlabor über die Todesstrafe ätzen. Zottelige Kiffer hängen mit glücklich glasigem Blick vor dem Werkraum herum – der jetzt

Industriedesignlabor heißt –, die nervös flatternde Mrs. Fowler kommt aus der Keramikwerkstatt geflitzt, einen dreißig Zentimeter hohen, dick glasierten Kerzenständer in den zitternden Händen.

Wir schleichen durch die Flure, suchend, jagend, stöbernd. Ich möchte etwas für Beth finden. Kein Kapitänsruhm, keine eigene Truppe, nicht mal ein Blick von Sarge Will zur Ablenkung, sie braucht *irgendwas.* Etwas, das ihr die trübe Grimmigkeit austreibt: einen herrenlosen Joint, einen älteren Schüler und ein Freshman-Mädchen, die in irgendeiner entlegenen Ecke flüchtige Schmutzigkeiten miteinander anstellen, sein Arm unter ihr Shirt gerammt, ihren babyfetten Mädchenbauch hinauf, ihre Augen aufgerissen vor Panik und Aufregung, während sie im Kopf bereits übt, wie sie von diesem Moment erzählen wird, obwohl ihr der Moment schon entgleitet.

Als wir im dritten Stock ankommen, hat das Ganze etwas Verzweifeltes. Beth wirft mir einen Blick zu; eigentlich ist es eine Beleidigung. *Besorg mir was, besorg mir irgendwas.*

Aber es ist nie ganz einfach bei Beth und mir, man weiß nicht, wo ihre Gier endet und meine beginnt. Denn als wir das Geräusch zum ersten Mal hören, wird mir klar, dass ich selbst es noch viel dringender will. Ich will, dass etwas passiert.

Und dann passiert etwas.

Ein, zwei Meter von der Tür zum Lehrerzimmer entfernt hören wir etwas.

Das grobe, rhythmische Geräusch eines Stuhls, der hinter der Lehrerzimmertür schlingernd über den Boden rutscht. Plötzlich scheint das nur noch mir zu gelten.

Kratz, kratz, kratz.

Beth fallen vor Begeisterung fast die Augen heraus.

Wir bleiben vor der Tür stehen und lauschen.

Ich schüttle den Kopf und flüstere tonlos: *Nicht, nicht, nicht*, als sich Beth auf den Zehenspitzen wippend an die Lehrerzimmertür lehnt, die Finger darauf tanzen lässt und mir tonlos Dinge zuflüstert: *Ich mach sie auf, ich tu's, ja, ja, auf jeden Fall, Addy.*

Ich lege ebenfalls die Hand an die Tür, die von dem Radau im Inneren vibriert, von all dem Quietschen und Rumsen. Mit dem Ohr an der summenden Tür kann ich das atemlose Keuchen hören. Es klingt so gequält, denke ich. Es kling wie der schlimmste Schmerz aller Zeiten.

So, wie RiRi sie damals auf dieser Party an der Windmere an Dean Grady verloren hat und in der Toilette dann stundenlang blutete, und wir immer weiter in langen, hängenden Bündeln Klopapier von der Rolle zogen, als würde sie sterben. Als würde sie …

Einfach so, mit der Hüfte, drückt Beth gegen die Tür, und sie schwingt auf, und wir sehen alles.

Jedes einzelne Detail.

Dort auf einem der alten Drehstühle sitzt Sarge Will, Nationalgardist Will, und Coach rittlings auf seinem Schoß, die nackten Beine um ihn geschlungen wie ein blasses Geschenkband, die Füße baumeln hoch oben, seine blaue Uniformjacke hängt um ihre schneeweiße Nacktheit, die Hände sind an ihre Brüste gedrückt, sein Gesicht rot und hilflos. Ihre Schenkel beben weiß, und er hat die Hand um ihren Hinterkopf gelegt, in ihren dunklen Haaren vergraben, die verschwitzt sind und triumphal.

Was uns aber wirklich in den Bann zieht, ist ihr Gesicht.

Der verträumte Ausdruck, ihre geröteten Wangen, ganz Euphorie, Mutwille und Staunen, wie ich es nie an ihr gesehen habe, wie sie uns gegenüber nie war, sonst so streng, anspruchsvoll und distanziert, wie eine kühle Maschine.

Es ist das Schönste, was ich je gesehen habe.

Im selben Moment, als Coachs Blick mit Schrecken und Furcht meinem begegnet, remple ich unwillkürlich rückwärts Beth an. Ich merke, wie ich gemeinsam mit Beth zur Tür hinausstürze, Beths Gelächter hallt durch den Flur, meine Hände ziehen von selbst die Tür zu. Ich verschließe vor alledem die Augen. Überlege, ob ich überhaupt gesehen habe, was ich gesehen habe.

Doch als ich in Beths hämisches, spöttisches Gesicht schaue, weiß ich, es stimmt. Ich habe es gesehen.

Später denke ich darüber nach. Es war nicht wie im Film, weich ausgeleuchtete Körper, die sich sahnig unter Satinbettwäsche winden.

Es hat nur eine Sekunde gedauert, wie konnte es mich also mit solch dorniger Schönheit durchbohren? Aber das tut es.

Coachs Gesicht in dieser langen, hektischen Sekunde, bevor sie mich gesehen hat.

Wie jemand, der aus einem sehr dunklen Tunnel klettert, mit aufgerissenem Mund nach Luft schnappend.

Und ihre Augen so fest zugekniffen, ihr Gesicht verschlossen, als würde Loslassen alles zerstören, sie wieder begraben, und er will sie nur retten, ihr Leben einhauchen.

Und sie schnappt nach Luft.

Als uns Coach in der Umkleide vorfindet, Beth und ich ganz nervenkitzlig, ist alles Offene an ihr, alles Herrliche, wieder weggesperrt.

Sie ist wieder dieser Stahlblock, hart und emotionslos, geht zielstrebig, aber ohne Eile, ihr Schritt weder schlaff noch beschwingt, jedes Haar dort, wo es sein soll auf ihrem schimmernden Schopf.

In ihrem Büro zieht sie die Jalousie an der Tür herunter, dann schüttelt sie eine Handvoll Zigaretten auf den Schreibtisch.

So etwas ist vorher nie passiert, so ein Angebot.

Beth und ich nehmen je eine, und mir ist klar, was das für mich bedeutet, was es mir bedeutet.

Und ich weiß, was es Beth bedeutet, hoch oben in ihrer neugewonnenen Machtposition, wo sie ihr neugewonnenes Wissen an ihre sommersprossige Brust drückt.

Doch das hier, das Ausmaß des Ganzen, darüber kann ich noch nicht nachdenken.

Coach zündet meine an. Ich sehe ihr dabei in die Augen, und da sehe ich, dass sie noch nicht so viel Ruhe wiedergewonnen hat, wie sie wollte. Ihre matten grauen Augen flackern.

Beth lehnt sich auf Coachs Schreibtischstuhl zurück, wirft die Beine hoch und stützt sie auf die Tischkante. Wetzt die laminierte Kante ab.

Sie ist sehr zufrieden.

Als Coach an mir vorbei zum Fenster geht, fange ich ihren Duft auf, ganz schwach. Scharf und körperlich kribbelt er in meiner Nase und *weckt Gedanken an Drew Calhouns Bettwäsche damals, der Geruch, auch wenn wir es nicht gemacht haben, aber er hat es gemacht.*

»Ihr müsst das verstehen: Was Will – was der Sergeant und ich da haben, ist etwas Echtes.« Sie lässt ihren Blick kurz über uns huschen. »Etwas Wahres.«

Aus dem Augenwinkel sehe ich Beth mit den Fingern an ihr Kinn trommeln.

»Ich hätte nie gedacht, dass das passieren würde«, sagt Coach, und ich glaube, sie meint, ihren Mann zu betrügen. Doch dann sagt sie: »Ich hätte nie gedacht, dass ich mal so etwas fühlen würde.«

Ich sehe sie an, sie zieht am Stab der Jalousie vor dem Fenster, legt die Finger darum und zerrt daran wie ein kleines Mädchen mit der ganzen Hand am Zeigefinger seines Vaters.

Was fühlen?, möchte ich fragen, tue es aber nicht.

»Versteht ihr das, Leute?«, fragt sie, legt den Kopf schief, eine Strähne ihrer makellosen Frisur rutscht ihr übers Gesicht, streift ihren Mund.

Ich sehe Beth nicht an.

»Ich habe mein ganzes Leben darauf gewartet«, sagt Coach, und ich spüre ein Summen in meiner Brust. »Ich hätte nie gedacht, dass es passieren würde. Doch dann ist es passiert.«

Sie sieht uns an.

»Wartet mal ab, bis euch das auch passiert«, sagt sie schwer atmend, und ihr Körper zuckt dabei. Bei diesen magischen Worten.

»Wartet mal ab, bis ihr es seid.«

Sag's niemandem.

An diesem Abend, meine Finger zupfen an den Knöpfen meiner Bettdecke, die Daumen auf meinem Handy, Beths Nachrichten piepsen unter meinen Fingern. *Ist okay.*

Das bleibt unter uns. Wir sagen erstmal nichts.

Ich schalte mein Handy aus.

Unruhig denke ich über alles nach, bekomme zum ersten Mal eine Ahnung davon, wie es womöglich für Coach ist, jung und hübsch und stark. Warum sollte sie sich den ganzen Tag damit herumschlagen müssen, Hühner wie uns auf den gebohnerten Böden der Turnhalle an der Sutton Grove High School herumzuscheuchen, zumindest einige von uns mit unseren unseligen fliegenden Pferdeschwänzen, frech, faul, wie wir Kaugummi auf den Boden spucken und über unsere Periode und Jungs herumjammern? Auf diese Art verbringt sie ihre Tage, dann nach Hause zu ihrem Kind, schmollmündig und rotgesichtig, nach einem Tag voll Zucker und Aufregung im Kindergarten, und ihr Mann manchmal bis zu den Spätnachrichten bei der Arbeit.

Ich sehe es langsam anders, als ein Zuhause nicht voller Leichtigkeit und Freiheit, sondern voller Ärger und Kummer. Wer bräuchte da nicht die Fürsorge eines Sergeant Will und was er ihr womöglich geben kann? Ich überlege, was er ihr gibt, und warum wir ihr nicht genügen.

10

»Ich wusste es«, sagt Beth vor dem Training am nächsten Tag und hebt ihr Bein zur Fersendehnung. »Ich wusste, mit ihr stimmt was nicht. Was für ein Fake, was für eine Lügnerin.«

»Beth«, sage ich. Aber die aufflackernde Warnung in ihrem Blick rät mir, besser vorsichtig zu sein.

»Beth«, sage ich, »kannst du mir zeigen, wie du deinen Fuß hinter den Kopf bekommst? Kannst du mir helfen?«

Wir sind nach dem Training in Coachs Garten, nur wir beide. Sie hat mich eingeladen. Nur mich.

Wir haben nicht über Sarge Will gesprochen, noch nicht.

Coach versucht, mir bei meinem Standing Back Tuck zu helfen, der bestenfalls schwach ist. Das ist eigentlich einfach ein enger Rückwärtssalto aus dem Stand, einer dieser Stunts, die alle echten Cheerleader im Schlaf können. RiRi sagt, College-Cheerleader machen sie bei Partys – *»Tuck check!«* –, um zu testen, wie betrunken sie sind.

Eine Hand an meiner Taille, zieht Coach mit der anderen meine Knie hoch, dreht mich heftig, sobald ich vom Boden abhebe, ihre Arme wie ein Propeller.

Sie ist in diesem Konzentrationsmodus, wo sie mir nicht mal in die Augen schaut und meinen Körper wie eine neue Maschine benutzt, deren Teile noch nicht flutschen. Was ja auch so ist.

»Wenn du keinen Back Tuck kannst«, sagt sie, »kannst du bei den meisten Tumbling Stunts nicht richtig landen.« Was sie nicht sagt: Da ich weder fliege noch Bottom Base bin, muss ich Bodenturnen können.

Ich muss das hinbekommen.

»Der Pull ist genauso wichtig wie der Set«, sagt sie gerade, ihr Atem bildet in der Beinahe-Dämmerung Wölkchen. Ich spüre ihn in meinem Gesicht, als sie die Hüfte an meine stößt. »Du kannst den besten Set der Welt haben, aber wenn du danach nicht deine Beine rumkriegst, landest du trotzdem zu kurz.«

Wieder und wieder fange ich stark an, die Arme hart

ausgestreckt, nur um dann auf meinen Händen zu landen, meinen Knien, meinen Zehenspitzen.

Es ist eine Kopfsache. Ich bin mir sicher, dass ich hinfallen werde. Und dann tue ich es auch, mein Fuß verdreht sich unter mir.

»Du denkst zu viel«, hat Beth mir früher immer gesagt.

Sie hat recht. Denn wenn du darüber nachdenkst, wird dir klar, dass du unmöglich in die Luft springen und dich um dreihundertsechzig Grad drehen kannst. Niemand kann das.

Beth kann natürlich einen fehlerlosen Standing Back Tuck, und er ist wirklich sehenswert.

Er ist unglaublich hoch und perfekt.

Aber Beth packt von hinten an die Schenkel, nicht die Schienbeine, wie Coach es haben will.

»Ich will dieses schludrige Zeug nicht von dir sehen«, sagt Coach. »Verschwende nicht meine Zeit.«

Wieder und wieder, meine Schienbeine grasfleckig und der Himmel schwer in der Dämmerung.

»Brust raus!«, ruft sie jedes Mal, wenn ich lande, damit ich nicht nach vorn falle.

Endlich werde ich sauberer, und sie hört auf, mich zu drehen. Und ich falle. Sie lässt mich jedes Mal fallen.

»Es ist eine blinde Landung, Hanlon«, sagt sie. »Du versuchst, den Boden zu finden. Du musst wissen, dass er nicht da ist.«

Ich versuche, so zu tun, als wäre ich sie. Versuche, mich hart zu fühlen wie sie, so hart, dass niemand ihr etwas anhaben kann. Ich stelle mir vor, ich quetsche meinen kompletten Körper zu einer festen Kugel.

»Lass dir beim Sprung länger Zeit.« Ihre Stimme

vibriert irgendwo in meinem Ohr, ihre Hände sind da, aber auch wieder nicht.

Und dann loslassen.

»Öffne deinen Körper«, sagt sie immer wieder, und es bebt durch meinen ganzen Kopf. »Öffne ihn.«

Und ich spüre, wie ich genau das tue, eine Explosion aus meiner Mitte bis in meine Zehen, meine Fingerspitzen.

Als ich die Landung so langsam schaffe, ist es gerade dunkel geworden, die Lampen auf der Veranda mit den Zeitschaltuhren springen an.

Das Gefühl ist atemberaubend, und ich weiß, ich kann alles schaffen.

Ich habe das Gefühl, ich könnte mich für immer drehen und jedes Mal landen, die Arme nach oben gestreckt, Brust raus, der Körper zerschlagen und dann wiederhergestellt. Makellos.

Die Nacht vor ihrem Panoramafenster ist blaufröstelig, aber wir haben uns auf ihrem Sofa zusammengerollt, die Beine unter uns gezogen, unsere Körper locker und triumphierend.

»Addy, ich weiß, wie das wahrscheinlich aussieht«, sagt Coach jetzt zu mir vorgebeugt bei Zigaretten und hohen Plastikbechern mit Matcha-Tee als Belohnung für meinen Back Tuck. »Aber du musst verstehen, was das ist. Zwischen Will und mir.«

Sie streicht mit dem Finger am Rand ihres Bechers entlang. Um die Augen hat sie dunkle Ringe, und es ist, wie ich es mir immer erhofft habe: Ich bin diejenige, der sie es erzählt. Sie wählt mich.

»Und Matt, Addy …« Sie seufzt und biegt den Rücken

durch, schaut blicklos an die Decke. »Vielleicht glaubst du, wenn du so alt bist wie ich, hast du vielleicht keine Wünsche mehr. Als ich in deinem Alter war, war siebenundzwanzig so gut wie hundert.«

»Sie wirken überhaupt nicht alt«, sage ich.

So sitzen wir eine Weile, und sie redet. Sie erzählt mir, wie es mit Will angefangen hat.

Er sah sie nach der College-Messe auf dem Parkplatz und sagte ihr, sie sähe traurig aus, ob sie sich zu ihm in sein Auto setzen wolle, das an der Ness Street parkte, und Musik hören. »Manchmal geht es mir dann besser«, sagte er, und vielleicht würde es ihr dann auch besser gehen.

Sie hatte nicht gewusst, dass sie traurig aussah.

Also setzten sie sich und hörten einer schwarzen Sängerin zu, von der sie noch nie gehört hatte, eine Frau mit einer schmachtenden, sehnsüchtigen Stimme. *Don't go to strangers, darling, come to me.*

Und die Musik machte etwas, und plötzlich sprachen sie über große Dinge, persönliche Dinge.

Sie erzählte ihm, wie sie sich nach Caitlins Geburt fühlte, als wäre ihr endlich das Geheimnis des Lebens enthüllt worden, und das Geheimnis war: Am Ende ist alles, was du für wichtig hältst, nur Enttäuschung und Lärm.

Und dann erzählte er ihr von seiner Frau.

»Erinnerst du dich an die Geschichte in den Nachrichten?«, flüstert sie mir zu, beugt sich dicht zu mir her. »Vor ein paar Jahren. Dieser Methsüchtige von weiter oben am Fluss, der durchs Schaufenster von Keen's Apotheke gekracht ist? Und die Kundin im Laden, die gestorben ist?«

Ich wusste es nicht mehr genau, diese Geschichten waren wie das Rauschen auf fernen Sendern, aber etwas an einem Foto, das sie in den Nachrichten und Zeitungen brachten, erschreckte alle. Eine rot überzogene Glasscheibe. Dahinter eine zusammengesackte Gestalt.

»Das war Wills Frau«, sagt Coach so ernst. »Sie war im sechsten Monat schwanger.«

Als sie an diesem Abend zusammen unter der Sumpf-Eiche in der Ness Street saßen, erzählte er ihr alles. Was es mit ihm gemacht hatte, wie er die Welt sah. Sein Jahr in Afghanistan war nichts gewesen im Vergleich zu dem schwarzen Loch, das ihr Verlust in ihn gebohrt hatte.

Sie redeten eine Stunde, zwei, und als seine Hand fast wie durch Zufall in ihren Schoß fiel, war es, als sei sie für diesen Ort bestimmt.

Das Gefühl überraschte sie, ein Aufbäumen in ihrer Magengegend, und er sah es, und dann fing alles an, und als sie die Augen schloss, dachte sie: *Es passiert wirklich, jetzt in diesem Moment. Und es musste passieren. Wie konnte ich das nicht wissen?*

Du hast etwas, was ich brauche, sagte er zu ihr. Er hatte es hinten.

Auf dem Rücksitz, die Sicherheitsgurte schnitten ein, ihr Fuß rutschte an der Windschutzscheibe ab.

Hinterher, als ihre eigenen Hände hilflos kribbelten, knöpfte er ihr die Bluse wieder zu, steckte ihr die Spange zurück in die Haare. Diese Zärtlichkeit, wie wenn Matt French Caitlins Kleidchen zuknöpfte, wenn er ihr die kleinen Schuhe band.

Als ich nach Hause komme, wartet Beth mitten auf dem Rasen vor meinem Haus, was sie nicht mehr getan hat, seit sie neun war, und es wirkt genauso unheilverkündend wie damals. *Warum bist du zu Jill Randalls Geburtstagsparty gegangen, obwohl wir gesagt haben, dass wir sie hassen?*

Oder wie letzten Sommer, mit baumelnden Beinen auf meinem oberen Stockbett beim Cheer-Camp, als sie fragte, wann ich beschlossen hätte, dass ich doch nicht mit ihr das Zimmer teilen wollte.

»Wo warst du?«, fragt sie. »Wir haben Sachen zu besprechen.«

»Bei Coach«, sage ich und kann das euphorische Hicksen in meiner Stimme nicht verbergen. Mein Körper fühlt sich immer noch dehnbar an und mein Herz stolz und stark.

»Sie ist so durchsichtig«, sagt sie, beäugt mich von Kopf bis Fuß. »Jetzt will sie deine beste Freundin sein, was? Hat dir auf ihrem Fabrikverkaufssofa Geheimnisse erzählt? Sie glaubt, sie kann uns benutzen wie Zwei-Dollar-Nutten. Ich hoffe, du bist keine Nutte, Addy. Bist du eine Nutte?«

Ich sage nichts.

»Bist du eine Nutte?«, wiederholt sie und kommt auf mich zu. »Und ist Coach dein Zuhälter, der dir Versprechen ins Ohr flüstert?«

»Ich hab trainiert«, sage ich. »Sie ist die Trainerin.«

Beth verschränkt die Arme und starrt mir unverwandt in die Augen.

Ich sage kein Wort.

»Hast du überhaupt nichts gelernt, Addy?«, fragt sie. Ich weiß nicht so recht, was sie meint, aber ich weiß, ich muss sie beruhigen.

Wir sind beide still, meine Hände werden kalt, und Beth hat ihre Daunenjacke nicht zugemacht.

Ich sehe etwas in ihren Augen, das ich von damals kenne, von unseren Mädchenpausen, wenn wir uns zusammen in Spielplatz-Tunneln versteckt und unsere Schulhofwunden versorgt haben.

Vielleicht versteht das mit Beth niemand, weil ihre scheinbare Stärke überfordert. Aber ich sehe, was dahinterliegt.

Und so strecke ich unwillkürlich den kleinen Finger aus, um ihn mit ihrem zu verhaken. Sie schüttelt ihn ab und mault noch ein bisschen über Coachs Betrug und falsche Freundlichkeit, aber ich sehe, wie sie innerlich ein winziges bisschen zur Ruhe kommt, ihre Schultern nicht mehr ganz so schildkrötenhaft gebeugt sind.

Wir enden bei ihr zu Hause, unten im Keller. Niemand geht dort je runter, nur Beths Bruder, wenn er sich früher mit seinen Freunden da unten mit Hustensaft zugedröhnt hat.

Wir liegen auf dem Sofa, und das Mondlicht scheint durch das hohe Fenster, und diesmal fange ich damit an, mit unserem Lieblingsding. Oder was früher einmal unser Lieblingsding war, aber wir haben es so lange nicht gemacht.

Ich hole das Vitamin-E-Öl aus meinem Rucksack und massiere leicht Beths rechtes Knie, wo sie sich die Bänder gerissen hat, als sie auf dem Marmorboden im Schulflur gelandet ist, denn solche Dinge tut Beth manchmal.

Ich tipp-tippe leicht wie eine Feder mit den Fingerspitzen, das mag sie.

Danach, die Hände beperlt mit ihrer süßen Mandelsalbe, wirkt sie ihre harten Zauber bei mir.

Wir haben das mit zehn beim Bodenturn-Camp für die Kleinen angefangen, und es war unser Ding, so haben wir uns immer beruhigt. Manchmal war es wie eine Erleuchtung, eine Trance.

Einmal sagte sie hinterher atemlos, es sei eine Kühle, die sie ruhig mache wie sonst nichts auf der Welt.

Wir hörten damit auf, als wir ungefähr vierzehn waren, glaube ich, denn dann verändert sich alles, oder dir wird klar, dass es sich verändert hat. Ich frage mich, warum wir aufgehört haben. Aber die Zeit vergeht einfach, oder? Soviel weiß ich.

Und jetzt, im Keller, herrscht mächtig Nostalgie. Diese Beth habe ich lange nicht gesehen, die Beth der unterirdischen Nächte, die von uns selbst aufgepeitschten Ängste und Sehnsüchte: *Ich werde niemals, was, wenn wir niemals, werden wir jemals?*

Ich hatte vergessen, dass wir so waren, bevor wir die Größten wurden.

Ihre Hände bewegen sich ruhig zu meinen Waden, auf die ich seit neuestem stolz bin, die Muskeln dort, fest wie eine geschlossene Knospe.

Sie streicht mit dem Daumen an der diamantförmigen Mitte der Wade hinauf, bohrt hinein, arbeitet langsam, schmerzhaft, drückt auf die härteste Stelle, dann gleitet sie mit dem Daumen hinauf, wo sich die beiden Muskeln verzweigen. Ihr Daumen ist wie ein heißer Zauberstab, so habe ich ihn früher immer gesehen.

Ich kann fühlen, wie Beth meine Wade auf dieselbe Art lockert, wie der letzte Back Tuck ihn gelockert hat. Es fühlt sich warm und nass unter meiner Haut an, und alles ist schön.

»Das hast du heute Abend richtig gut gemacht«, sagt sie, und es ist so dunkel, dass ich nichts sehen kann außer dem Weiß ihrer Augen, den silbernen Eyeliner.

»Ja, hab ich«, murmele ich. »Back Tucks.«

Und da ist dieses Gefühl, dass sie es irgendwie weiß.

»Wie hat es sich angefühlt?«, flüstert sie. »Es hinzubekommen.«

»So wie jetzt«, sage ich und rolle mich unter dem harten Druck ihrer Hand ein. »Aber besser.«

11

»Das möchte ich Ihnen schenken«, sage ich. »Als Dankeschön.«

Wir stehen in Coachs Einfahrt.

»Für den Back Tuck«, sage ich.

Sie hält es ins Autolicht, betrachtet es genau.

»Das ist mein Hamsa-Armband«, sage ich. »Sie haben gesagt, es gefällt Ihnen.«

Als sie es an meinem Arm sah, hatte sie gesagt: »Was, bist du so ’ne Art Wicca, Hanlon?«

Ich hatte ihr den Anhänger mit Fatimas Hand gezeigt – metallglänzend, mit zwei symmetrischen Daumen, ein altes Amulett für magischen Schutz vor dem bösen Blick.

»Klingt, als könnte ich sowas gebrauchen«, hatte sie gesagt. Vielleicht war das ein Scherz, aber ich wollte es ihr schenken.

Und jetzt hält sie es in der Hand, die blutrote Kordel über die drei mittleren Finger geschlungen, als wüsste sie nicht, was sie sagen soll.

Ich drehe den Anhänger mit dem Zeigefinger, damit sie das große Auge in der Mitte der glänzenden Handfläche sehen kann.

Sie hält ihr Handgelenk hoch, damit ich es ihr anlegen kann.

»Man wickelt es zweimal herum«, sage ich und zeige es ihr.

»Zweifacher Schutz«, sagt sie lächelnd. »Genau das brauche ich.«

»Du bist Addy, richtig? Colettes Lieblingsschülerin«, sagt er, als ich mich auf den Rücksitz setze. Vorn legt Coach im Spiegel Lippenstift auf, ein tiefer Granatton, den ich vorher noch nie an ihr gesehen habe. Damit sieht ihr Mund nass aus, offen. Es ist verwirrend, und ich versuche, nicht hinzuschauen.

Addy, hatte sie gesagt und das enge Hamsa-Armband an ihrem Handgelenk betrachtet. *Ich habe eine Idee.*

So kommt es, dass es jetzt spät in der Nacht ist und ich in Sarge Wills SUV sitze, so groß, dass ich mir vorkomme wie in der Mitte einer samtbeschlagenen Schatulle. Alles ist dunkel und gepuffert, weiche Seiten und harte Ecken, und das Gefühl, dass nichts da draußen dir etwas anhaben kann.

Ich sehe ihn an, denke, wie seltsam das alles ist. Sarge Will, aber nicht in seiner Uniform, und sein Hemd immer noch gut gebügelt, aber ein paar Stoppeln am Kinn, und seine Augen, vor allem seine Augen, nicht aufmerksam kühl wie in der Schule, wenn er in den wimmelnden, schwitzenden Schülermassen nach potenziellen Rekruten Ausschau hält, all die verlorenen Seelen findet, die unsere Flure füllen, all die, die nah am Freeway wohnen, und die, die ich nie auch nur bemerke.

Nein, jetzt sind seine Augen ganz anders. Es liegt eine Lockerheit darin, eine Offenheit, und noch ein paar Dinge, die ich nicht benennen kann. Alles Distanzierte ist weg, und er ist dieser Mann, und er riecht ein bisschen nach Waschmittel und Zigaretten, und er hat eine Kerbe an einem Fingerknöchel seiner linken Hand, und als er das Steuer dreht, sehe ich einen schwachen Schweißrand unter seinem Arm.

Will trinkt aus einer Flasche, die er beim Fahren zwischen die Beine klemmt. Als er sie mir reicht, ist die Flasche so warm.

Komm heute Abend mit uns, hatte sie gesagt. *Ich möchte, dass du verstehst, wie es ist.*

Und jetzt weiß ich es.

Wir fahren zum Sutton Ridge, die Herbstluft ist fröstelig und von irgendwo weht der Geruch nach brennendem Laub heran.

»Ich dachte, es gäbe keinen Ort mehr«, sagt Will, »an dem die Leute immer noch Laub verbrennen.«

Denn hier verbrennen sie Laub, die Älteren tun das, und ich erinnere mich jetzt, dass ich es liebe und immer geliebt habe. Wie sich der Herbst dadurch am Abend anfühlt, wegen des Knirschens und Raschelns beim Gehen, als wärst du ein Kind, das gegen diese weichen Haufen tritt, und du siehst Rauch aus den Gärten aufsteigen, und Mr. Kilstrap steht über dem Metallfass mit den Löchern im Deckel, die funkensprühende Glut zu seinen Füßen. Wo ist diese Welt hin, diese Welt, als du ein Kind warst, und jetzt kann ich mich nicht erinnern, irgendwas bemerkt zu haben, weder den Duft nach Laub, noch das raschelnde Wirbeln trockener Ahornblätter um die Knöchel beim Gehen? Ich lebe jetzt in Autos, und mein eigenes Zimmer, die fest geschlossenen Fenster, mein Mund am Handy, die Hand glitschig um seine neonfarbene Gummihülle, das Gesicht vor der Welt verschlossen, das Herz vor allem verschlossen.

Es sieht aus, als würde Will diese ältere Welt kennen, und sie verbindet uns, und mir wird klar, dass wir dafür bestimmt sind, uns nahe zu sein, denn genau wie Coach öffnet auch er Stellen tief in meiner Mitte, von deren Existenz ich nie etwas geahnt habe.

»Lasst uns zum Lanvers Peak fahren«, sagt Coach mit hoher, heller Stimme, eine Mädchenstimme. Sie schaut jetzt zu mir nach hinten, ihr Mund ist rot und herrlich. Die Aufregung, und Will, der ihren Schenkel so fest packt, dass ich es spüren kann, ich spüre, wie seine Hand meinen eigenen Schenkel zu verwegenem Leben erweckt.

Lanvers Peak ist für Autos nicht geeignet, aber für Wills Jeep schon, denn ihn kann nichts aufhalten.

Auf dem Weg nach oben spricht Will über die Schluchten, und wie sie hunderte Male in zweitausend Jahren von Gletschern ausgehöhlt wurden, als hätte Gott sie persönlich in die dunkle Erde geschnitzt, wie sein Großvater immer gesagt habe.

Wir sind so hoch oben, wie ich es noch nie war, und wir trinken Bourbon, was das Erwachsenste ist, das ich je gemacht habe, und ich tue so, als würde ich ihn mögen, bis es wirklich so ist.

Ganz oben, wo der Himmel hinter dem Gipfel violett aussieht, streifen Coach und ich unsere Schuhe ab, egal, wie kalt es ist, das silbrige Gras knirscht unter unseren Füßen.

»Zeigt es mir«, sagt Will jetzt, und er lacht. »Zeigt es mir.«

Er glaubt nicht, dass wir den Shoulder Sit können, nur wir beide und beschwipst vom Bourbon.

»Ihr sagt, es ist so gefährlich, aber vergleicht es mit

Tackles beim Football, wovon mir die hier geblieben sind«, sagt er und zieht seine hübsche Lippe hoch, um mir seine schneeweißen Vorderzähne zu zeigen. »Kronen, wie bei meinem Opa. Das passiert dir bei echtem Sport.«

Er ködert uns, jetzt möchte ich meinen Körper in ein schwereloses Wunder verwandeln, will ihm zeigen, was ich kann, um mich perfekt und geliebt zu fühlen.

Also zeigen wir es ihm, Coach und ich, ohne Sicherung und nur einen Steinwurf von der unendlichen violetten Schlucht entfernt, so schön, dass ich hineinschreien möchte.

Ich spüre das Vibrieren meines Handys und schaue nicht mal hin, lasse es zu Boden fallen.

Coach und ich lachen jetzt. Coachs Haare streifen mich, als wir zum festesten Fleck lockerer Erde kraxeln.

Sie macht einen Ausfallschritt, gibt mir das Kommando, und ich setze meinen nackten Fuß auf ihren gebeugten Schenkel, stemme mich hoch, schwinge mein anderes Bein über ihre Schulter, während sie sich aufrichtet. Schlinge die Schenkel um sie, verschränke die Füße hinter ihr, und wir sind eins.

Wir sind eins.

Ich hab vorher noch nie einen Stunt mit Coach gemacht.

Anfangs sind wir ein hoffnungsloser Fall, torkeln und lachen, und Will spielt den Drill-Sergeant, bis wir konzentriert sind, meine Schenkel sich fest um sie schließen und Coach die Füße ins frostige Gras stemmt.

Dann löse ich die Füße und werfe die Beine nach vorn, Coach greift zwischen meinen Schenkeln unter mir durch, um meine klammen Hände zu packen. Sie taucht unter mir durch, gibt mir einen Schubs, zieht mich über ihren Kopf, meine Beine schwingen hinter ihr herum, dann wieder zusammen, meine Füße landen hart auf dem Boden.

Der Schmerz, der mein Bein hinaufschießt, ist gar nichts. Nichts.

Wir sind fantastisch, und Will jubelt uns zu, und es hallt betörend durch die Schlucht.

Oben auf ihren Schultern, fest verankert auf ihr, das bedeutet etwas. Mein Blick wandert hinunter auf den eisigen Grund der Schlucht, und wir sind höher, als wir es uns je hätten vorstellen können.

Mein Haus ist weiter weg, und Coach wird als erstes abgesetzt, was eine umwerfende Aussicht ist.

Will hält ein paar Häuser von ihrem entfernt an. Ich sehe zu, wie sie sich küssen, sehe, wie er ihren Mund mit seinem öffnet, ihre heimlichen Blicke zu mir nach hinten, ihre Lust, und ich spüre, wie ich innerlich hemmungslos und besonders werde, ich möchte bei ihrem Kuss dabei sein, und vielleicht wollen sie es sogar auch.

Bis zu meinem Haus sind es nur fünf Minuten Fahrt, aber es kommt mir vor wie eine Ewigkeit, all die vernebelte Leichtigkeit des Lanvers Peak ist verschwunden.

»Heute hab ich dich das erste Mal ohne dieses andere Mädchen gesehen«, sagt Will. »Die mit den Sommersprossen.«

Das erscheint mir die verrückteste Art überhaupt zu sein, wenn man Beth beschreiben will, aber es macht alles in meinem Kopf eng, und mir fällt wieder ein, dass ich auf der Rückfahrt vom Gipfel mein Handy aufgeklappt habe und *Verpasster Anruf, verpasster Anruf, verpasster Anruf* gesehen habe. Eine SMS: *Ignorier mich mal besser nicht.*

Er sieht mich an und lächelt.

Plötzlich will ich die ganze Nacht an meine Brust drücken, und ich beschließe, dass sie ganz mir gehört.

»Jetzt, wo ich sie heute Abend so gesehen habe, verstehe ich es«, sagt er. »Sie braucht das.«

Einen Augenblick lang denke ich, er meint sich selbst. Und wenn ich an sie an diesem Abend denke, so sorglos, all ihre seltsame Ruhelosigkeit wie weggeblasen, denke ich, er hat sicher recht.

Aber dann macht er eine Geste zu meiner Sutton-Eagles-Sporttasche hin, und ich erkenne, dass er das Coach-Sein meint.

»Sie braucht euch Mädchen«, fügt er hinzu.

Ich nicke so bedeutsam, wie ich kann.

»Ich weiß, wie das ist«, sagt er. »Wie man gerettet werden kann, ohne überhaupt gewusst zu haben, dass man Probleme hatte.«

Das sind die Worte, die er sagt, aber sie klingen wie etwas, das ich zufällig belausche, ein Gespräch, an dem ich nie Anteil hatte.

»Wahrscheinlich ist es komisch, dass ich so mit dir rede«, sagt er.

Wahrscheinlich schon. Manchmal kommt mir Coach nicht so viel älter vor als ich, aber Will, mit seiner tragischen toten Frau und den Auslandseinsätzen, ist es ganz sicher.

»Ich weiß, wir kennen uns eigentlich gar nicht«, gibt er zu. »Aber wir kennen uns auf eine seltsame Art.«

Ich nicke wieder, obwohl wir uns eigentlich überhaupt nicht kennen. Mir kommt der Gedanke, dass Will einer dieser Menschen ist, die einfach jedem alles sofort erzählen, und normalerweise mag ich solche Menschen nicht, diese Mädchen im Sommercamp, die Geschichten vom Ritzen erzählen und wie sie ihre Babysitter geküsst haben. Aber das hier fühlt sich anders an. Vielleicht, weil er recht hat. Denn wir teilen ein Geheimnis. Und ich habe sie zusammen im Lehrerzimmer gesehen, was mir vorkam, als hätte ich alles gesehen.

»Sie hat es schwer«, sagt er. »Ihr Mann ist nicht der Typ, für den du ihn vielleicht hältst. Sie hat es sehr schwer.«

Vielleicht ist es der Bourbon oder dass die Wirkung des Bourbons nachlässt, aber das klingt jetzt auch nicht gerade richtig, eigentlich nicht.

»Er hat ihr das Haus geschenkt«, gebe ich zu bedenken.

»Es ist ein kaltes Haus«, erwidert er und schaut aus dem Fenster. »Er hat ihr ein kaltes Haus geschenkt.«

»Es ist ihr Haus«, sage ich. »Ich meine, auch wenn es kalt ist, es gehört ihr.«

Er sagt nichts, und ich spüre, wie er mir entgleitet.

»Und Caitlin«, sage ich, aber das klingt noch weniger überzeugend. »Caitlin ist auch noch da.«

»Klar«, sagt er und schüttelt den Kopf. »Caitlin.«

So sitzen wir einen Moment, und ich habe plötzlich das Gefühl, wir wissen vielleicht etwas, das wir nicht benennen können. Dass Caitlin auf eine obskure Weise ebenfalls weniger ein Geschenk war als etwas, das stellvertretend für das Geschenk steht. *Meine Hochzeit, mein Haus, meine Tochter, mein kaltes, kaltes Herz.*

12

»Du bist ein scheiß Rockstar!«, staunt RiRi, den Finger auf mich gerichtet.

Ich mache perfekte *Back Tucks*, einen nach dem anderen.

Ich weiß plötzlich, dass ich dafür geboren wurde. Ich bin ein Propeller.

»*Das* kann eine Trainerin schaffen.« RiRi grinst. »Beth hätte dich nie so gut werden lassen.«

Im selben Moment, als sie es sagt, scheint sie es fast wieder zurücknehmen zu wollen, lacht, als wäre es ein Witz. Vielleicht ist es einer.

»Knie an die Nase, Hanlon!«, bellt Coach, und ein heimliches Lächeln tanzt, als sie in ihr Büro zurückgeht.

»*Pffht-pffht*«, kommt das Geräusch von der Tribüne, wo Beth lümmelt. »Pass auf deinen Hals auf, Addy-Faddy, oder du brauchst ein Beatmungsgerät. *Pffht-pffht.*«

»Der pure Neid«, flötet Emily. Aber ich weiß, dass Beth nicht neidisch auf meinen Überschlag ist. Sie kann mich in Grund und Boden turnen, ihr Körper ist wie ein wirbelndes Band.

Später in der Umkleide stellt sich Emily auf die mittlere Bank, schleudert ihr Bein hoch und umfasst ihre Zehen. Sie ist jetzt dünn wie eine Bohnenstange, sieben Kilo leichter als vor einem Monat, und sie ist bereit, beim Stallion-Spiel mit Tacy zu fliegen. Das ganze Hydroxy-Hot, Activ-8, die Boom Blasters und das südafrikanische Hoodia-mit-grünem-Kaffee-Extrakt und vor allem ihre persönlichen Strapazen haben sie leicht und kühn gemacht.

Tacy beäugt sie mürrisch, sie hat keine Lust, ihren Flyer-Ruhm zu teilen.

Beth liegt am anderen Ende der Bank und schaut abwesend an die Zwischendecke.

»Cox, du Lutscher«, ruft sie Brinnie Cox zu, die vor dem Spind-Spiegel singt und ihre Haare zu langen Würsten dreht. »Wie geht's deinem Kopf?«

»Was meinst du?«, fragt Brinnie, ihr Arm erstarrt. »Meinem Kopf geht's gut.«

»Da bin ich aber froh«, sagte Beth. »Ich hab mich gefragt, ob du vielleicht immer noch spürst, wie das Blut gegen dein Gehirn drückt. Von dem Schlag, den du vor ein paar Wochen abbekommen hast.«

»Nein«, sagt sie leise.

»Beth«, sage ich, der schwache Versuch einer Warnung.

»Solange du nicht kotzt, müsste das heute Abend da draußen schon okay sein. Es sind ja die Kotzer, die fallen wie ein Sack Kartoffeln.«

Am anderen Ende der langen Bank lässt die kleine Emily ihr Bein los und schaut die zurückgelehnte Beth an, die direkt nach oben in die Neonröhren starrt.

»Die ganze Zeit kotzen«, sagt Beth, »davon platzen alle Blutgefäße in den Augen. Und eines Tages knallst du mit dem Kopf auf die Matte und … *ping*.«

Beth schnippt neben ihrer Schläfe mit den Fingern.

»Einmal«, fährt sie fort, »ist eine beim Abgang runtergefallen, und ihr ist ein Auge rausgeploppt.«

Sie stützt sich auf die Ellbogen und starrt die lange Bank entlang direkt Emily an.

»Aber reden wir nicht von Ekligkeiten«, sagt sie. »Unsere Em wird das heute Abend rocken. Als Youngster rausgehen und als Star wiederkommen.«

»Würde sie sich wirklich das Stallions-Spiel entgehen lassen?«

Zehn Minuten vor dem Kickoff ist Beth nirgendwo aufzufinden. Sie hat noch nie ein Spiel geschwänzt. Alle fragen sich, ob was passiert ist, wie damals, als sie ihrem Dad und seiner Rechtsanwaltsgehilfin ins Hyatt in der Innenstadt gefolgt ist und mit dem Schlüssel HURENBOCK in die Motorhaube geritzt hat.

Ohne sie müssen wir die ganze Double-Hitch-Pyramide anders aufbauen. Wir zählen auf Beth als Middle Flyer, die Tacys und Emilys inneres Bein festhält, während sie das andere nach außen schwingen und himmelhoch strecken. Sie ist die Einzige, die leicht genug ist, so weit oben zu sein, und gleichzeitig stark genug, um beide Mädchen zu stützen. Es ist wie Puzzlestücke jonglieren, die nicht zusammenpassen, und ich sehe, wie Coachs Gesicht hart wird.

»Sollen wir den Stunt überspringen?«, frage ich Coach.

»Nein«, antwortet Coach, ohne den Blick vom Feld abzuwenden, Wind kommt auf. »Cox kann für sie einspringen.«

Ich schaue zu der hauchzarten Brinnie mit ihren dürren Hühnerbeinen hinüber. Jetzt sehe ich, worauf Beth hinauswollte, als sie Brinnie Angst gemacht hat.

RiRi schaut mich mit zusammengekniffenen Augen an. Aber ich zucke mit den Schultern.

»Coach weiß, was zu tun ist«, sage ich.

Beim *Double Hitch* fängt Brinnies rechter Arm zu zittern an.

Ich sehe es von hinten und rufe ihr zu, aber in ihren Augen rast die Angst, und es ist nicht aufzuhalten.

Beim Half-Twist Deadman Fall gibt ihr streichholzdünner Arm vollends nach, und Emily, jetzt nur noch ein Fädchen von einem Mädchen, benommen von Visionen von geplatzten Adern, rutscht ab und knallt mit dem Knie voraus auf die Schaumstoffmatte.

Oh, sie fallen zu sehen heißt sehen, wie alles zusammenbrechen kann.

Ihr Körper knackt wie Luftpolsterfolie.

Im Hinterkopf weiß ich, dass es bei dem Knallen, das wir alle in Emilys Knie hören können, wie ein Sektkorken an Silvester, eigentlich um meinen Back Tuck geht.

Es geht um Coach und mich.

Ich hatte tierische Krämpfe, schreibt mir Beth an diesem Abend. *Die hattest du letzte Woche*, sage ich. Wir hatten unsere Periode alle gleichzeitig, die Hexenhaftigkeit der Mädchen.

Blasenentzündung, schreibt sie. *Cranberrysaft die ganze Nacht und Moms Narvox.*

Sei ehrlich, schreibe ich. Sie hat noch nie ein Spiel verpasst, nie. Nicht mal, als ihre Mutter auf dem Wohnzimmerteppich ausgerutscht ist und sich die Stirn am Couchtisch aufgeschlagen hat, vierundsiebzig Stiche und drei Jahre Vicodin.

Ehrlich wie der Papst, Sonnenschein, schreibt sie zurück. *Ehrlicher als d1 Coach.*

Du weißt was ich mein, schreibe ich. *Em hat vllt nen Bänderriss.*

Lange kommt nichts zurück, und ich spüre fast, wie sich etwas Schwarzes in Beths Kopf öffnet.

Mein ganzes Leben hat 'nen Riss. Fickt euch alle.

»Suspendiert für zwei Spiele«, verkündet uns RiRi. »Zwei Spiele keine Beth. Em ist raus. Und wenn Miss Streichholz-Arm Brinnie Cox unser Spotter ist, heißt das, wir schlagen uns alle auf der Matte die Köpfe ein.«

»Pech gehabt«, sagt Tacy Slaussen und versucht, sich das Grinsen zu verkneifen. Sie hat schon die Trophäe im Blick. Wenn Emily und Beth raus sind, bleibt sie die einzig Kleine als Flyer.

»Beth gibt für alles der Trainerin die Schuld«, sagt RiRi.

»Coach?« Meine Augenbrauen zucken in die Höhe.

»Sie sagt, Em ist gestürzt, weil sie sich sechs Wochen von Luft und Hydroxy ernährt hat, weil sie für Coach abgenommen hat.«

Ich sehe sie an. »Glaubst du das wirklich?«, frage ich, überrascht von der stählernen Lieutenant-Härte in meiner Stimme. Die geht nicht weg.

RiRi reißt die Augen auf. »Nein«, sagt sie. »Nein.«

Ich finde Beth hinten draußen auf der Tribüne, Sonnenbrille auf der Nase.

»Ich schaue euch allen zu, wie ihr euch benehmt, wenn sie da ist. Ihr Herzchengirlandenparade«, sagt sie.

»Du magst nie jemanden«, sage ich. »Oder irgendwas.«

»Sie hätte Brinnie Cox nicht einsetzen dürfen, sie ist zu klein und zu dumm«, erwidert sie. »Und du weißt, was ich von ihren Zähnen halte.«

»Du hättest da sein sollen«, entgegne ich und versuche, hinter die schwarzen Gläser zu schauen, zu sehen, wie tief das geht.

»Coach kann niemand anderen als Top Girl einsetzen«, sagt Beth. »Sie wird mich anbetteln, dass ich zurückkomme.«

»Das glaube ich nicht«, wende ich ein. »Sie hält sich an die Regeln.«

»Ach ja?« Beth zappelt sich hoch und starrt mich an, die Augen wie Kugeln mit silbernem Rand, ein Insekt oder Alien. »Da habe ich aber anderes mit ihr erlebt.«

Ich sehe sie an.

»Sie hat vielleicht das Klemmbrett und die Pfeife«, meint Beth, »aber ich hab auch was.«

»Wir verraten nichts«, sage ich, meine Stimme wird hektischer. »Wir haben gesagt, wir tun's nicht.«

»Sind wir wieder ein ›Wir?‹«, fragt sie und lässt sich auf die Bank zurücksinken. »Und ich hab überhaupt nichts versprochen.«

»Hättest du was sagen wollen, dann hättest du's schon längst getan.«

»Du weißt, dass das Spiel anders geht. So gewinnt man nicht.«

»Du verstehst das nicht«, halte ich dagegen. »Die beiden. Das ist nicht, wie du denkst.«

»Ja, klar«, sagt sie mit stahlhartem Blick. »Du weißt es besser? Du hast in ihre komplizierte Seele geblickt?«

»Es gibt ein paar Dinge, die du nicht weißt«, erkläre ich. »Über ihn, über sie beide.«

»Dinge, die ich nicht weiß, hm?«, sagt sie, nicht direkt Spott, eher eindringlich. »Was denn, Addy? Erleuchte mich.«

Aber ich verrate es ihr nicht. Ich will ihr keine Munition liefern. Ich sehe jetzt etwas. Sie bereitet sich auf einen Krieg vor.

Am nächsten Abend lädt Coach alle zu einer Party für Emily, deren Sturz sie für sechs Wochen, vielleicht sogar länger, außer Gefecht gesetzt hat, zu sich nach Hause ein.

Niemand kann sich sechs Wochen auch nur vorstellen. Es ist ein ganzes Leben.

Es ist zu kalt, um draußen zu sein, aber als bei uns allen der Wein wirkt, ziehen wir sogar die Jacken aus, lümmeln hübsch auf der Veranda herum und sehen zu, wie der Himmel dunkel wird. Emily bekommt den besten Platz, hält ihre Schiene hoch, damit alle sie sehen können, benommen von ihren Hammerschmerzmitteln. Heute Abend ist sie das glücklichste Mädchen der Welt.

Ich beschließe, Beths Fluch aus meinem Kopf zu verbannen. Sie ist gestürzt, weil sie sich sechs Wochen von Luft und Hydroxy ernährt hat …

Coach entwirft unsere Stunts für Samstag auf Papierservietten, die sie auf der Glasplatte des Verandatischs ausgebreitet hat. Wir scharen uns eifrig um sie, folgen Coachs Edding, während sie unser Schicksal plant.

»Wir haben noch drei Wochen bis zum Endspiel gegen die Celts«, sagt Coach. »Wenn wir da glänzen, haben wir ein Bewerbungsvideo, das wir einreichen können, dann sind wir nächstes Jahr in den Regionals.«

Alle strahlen.

Niemand fragt nach Beth, bis Tacy, Beths ehemaliger Lakai, unsere kleine, sturztrunkene Verräterin, blökt: »Und wer braucht schon Cassidy? Wir brauchen keine Hater. Wir gehen mit oder ohne die Hater in die Regionals.«

Wir sind alle ein bisschen nervös, aber Coach lächelt leicht, dreht ihr Armband an ihrem Handgelenk. Ich lächle, als ich sehe, dass es mein Hamsa-Armband ist, das Auge der Fatima funkelt im Licht der Veranda.

»Cassidy wird wiederkommen«, sagt sie. »Oder auch

nicht. Aber sie wird nicht wieder unser Flyer.« Sie schaut auf ihre hingekritzelten Hieroglyphen.

»Wir sind nicht auf sie angewiesen«, sagt sie.

Den Blick auf die Flyer-Stelle auf der Zeichnung gerichtet, schaue ich zu, wie ihr Stift von rechts nach links geht, in der Mitte ein großes schwarzes X.

Erst sehr spät werden wir aufgescheucht, als Matt Frenchs Autotür in der Einfahrt zuknallt, und im selben Moment erwacht Coachs Liegestuhl rüttelnd zum Leben.

Dad ist da, so in der Art ist es, und alle springen auf. Wir wieseln in die Küche, fangen an, Teller zu stapeln, schlürfen Weingläser leer, und ich helfe RiRi, das Leergut hinter den Büschen zu verstecken. Die Flaschen klirren laut. Matt French bekommt es bestimmt mit. Er hört sicher alles.

Wir wirbeln um die Kücheninsel, räumen die Spülmaschine ein, kauen auf unserem Bio-Ingwerkaugummi herum, und Coach redet im anderen Zimmer mit ihm, spricht sehr langsam und vorsichtig, als sie sich nach seinem Tag erkundigt.

Durch die Schwingtür sieht er sehr müde aus, und er redet, aber ich kann die Worte nicht recht ausmachen.

Er streckt genau in dem Moment die Hand aus, um sie am Arm zu berühren, als sie sich umdreht und ihm die Post reicht.

Ich denke, wie erschöpft er sein muss, ob ich ihn vielleicht, wenn er mein Mann wäre, auch wenn er überhaupt nicht gut aussieht, auf einen Stuhl setzen und ihm die Schultern massieren, vielleicht eine von diesen zitronigen Männerlotionen holen und seine Schultern und Hände einreiben würde. Und vielleicht wäre das schön, auch wenn er nicht gut aussieht und seine Stirn viel zu hoch ist und er kleine drahtige Haare in den Ohren hat und ich eigentlich nie über ihn nachdenke.

Aber er ist müde nach diesem langen Tag, und er kommt nach Hause, und dann sind wir da, kreischen im ganzen Haus herum, total überdreht, mit aufgelösten Zöpfen und Pferdeschwänzen, und Coach redet mit ihm wie sie mit den anderen Lehrern in der Schule redet, die ihre fleckigen Kaffeetassen in der Hand halten und die oberflächlichsten Gespräche führen, die man sich überhaupt vorstellen kann.

Ich sehe, wie er mit abgespannt eingezogenen Schultern angesichts all der lärmenden Mädchenenergie zusammenzuckt, die aus der Küche abstrahlt.

»Colette«, meine ich ihn sagen zu hören. »Ich hab den ganzen Tag angerufen. Ich hab den ganzen Tag angerufen.«

Ich bin mir nicht sicher, aber ich glaube, ich höre ihn etwas über Caitlin sagen, etwas über einen Anruf bei der Kita, die fragte, wo sie denn sei.

Coach hat die Hand über den Mund gelegt und starrt auf eine Art auf ihre Füße, die ich von mir selbst kenne, die Nächte, wenn mein Dad aufblieb und auf mich wartete, Dinge wissen wollte.

Plötzlich ist ein lautes Krachen von der Veranda zu hören, als wären Gläser heruntergefallen.

»Coach!«, brüllt jemand von draußen. »Es tut uns leid. Das tut uns echt leid.«

13

»Heißt bitte alle das Küken herzlich willkommen«, sagt Coach und gibt der neuesten Rekrutin aus dem Nachwuchsteam, die ihre Chance beim Auftritt bekommt, einen freundlichen kleinen Schubs. Ein Mädchen mit Hammerkopf und einem Körper wie eine Stimmgabel. Niemandem wird es etwas ausmachen, wenn sie mit dem Kopf voraus auf dem Hallenboden landet. Es wird einfach *Pling!* machen.

»Die dürfte mir gehören«, mutmaßt Mindy und rollt den Kopf nach links und rechts. »Um die kümmere ich mich.« Mindy weiß, sie kann die Anfängerin bis zur Decke heben, ein Mädchen wie sie, vierzig Kilo schwer, aber das auch nur mit nassen Klamotten, und sie sieht sogar wirklich nass aus, eine Schicht Tau an ihr, die wahrscheinlich Angstschweiß ist.

»Nicht, bevor sie ihre Schuldigkeit getan hat«, sagt RiRi mit verschränkten Armen. »Wir lassen sie alle erst mal fliegen.«

Neue Mädchen werden beim ersten Mal hart geworfen. Eine Art Initiation. Und wir schaukeln sie gern hin und her.

»Beim Aufschlag auf der Matte zerplatzt«, brummt Tacy, die seit neuestem richtig hart ist, plötzlich ein altgedienter Staatsmann des Squads.

Niemand fragt nach Beth. Sie war die letzten drei Tage kaum in der Schule, und Coach wirkt sehr ruhig in ihrem Triumph.

Es ist nach Mitternacht, als mein Handy summt und auf meinem Nachttisch vibriert.

Kannst du mich abholen? Ecke Hutch & 15.

Beth. Die erste SMS seit fünf Tagen. Der längste Zeitraum, seit sie nach der siebten Klasse ins Reitcamp in den Bergen fuhr und mit einem Kranz aus Knutschflecken von einem Betreuer und neuen Erkenntnissen über die Welt wiederkam.

Ich schleiche durchs Haus, nehme den Autoschlüssel vom Haken an der Küchentür. Jeder könnte hören, wie das Auto in der Garage bebend zum Leben erwacht, aber falls sie es tun, ignorieren sie es. Mein Vater an meine Stiefmutter geschmiegt, sie ausgeknockt von ihrer nächtliche Dosis Schlafmittel.

Beth steht an der Ecke, und ihr Gesicht überrascht mich, als die Scheinwerfer sie erfassen. Es ist Beth mit nacktem Gesicht, was beängstigender ist als ihre Augen auf Halbmast, ihr finsterer Teenie-Blick.

Ihr Gesicht ist entblößt, wie es das fast niemals ist, und mascarafleckige Augen blinzeln unablässig, starren direkt in mich hinein.

Mit dem Scheinwerferlicht im Gesicht kann sie mich eigentlich nicht sehen, aber es fühlt sich so an, als könnte sie. Sie weiß, dass ich da bin.

Was für ein Anblick, ihr nacktes Gesicht. Ich möchte mich fast abwenden. Ich will kein Mitleid mit ihr haben.

Aber als sie im Auto sitzt, hat sie den Rollladen wieder heruntergelassen. Sie sagt nicht groß was, nicht mal hallo, und macht sich daran, mehrere SMS abzufeuern.

»Wo warst du?«, frage ich.

»Wachdienst«, murmelt sie, ihre Daumen fliegen über die kleine Tastatur.

»Was?«

Tipp, tipp, tipp, macht ihr Daumen.

»Was?«, frage ich noch einmal. »Was hast du gesagt?«

»Sarge Stecher …«, sagt sie, und ich halte den Atem an. »… ist nicht der einzige Vertreter des Sternenbanners in der Stadt.«

Sie lässt ihr Handy sinken und wirft mir einen Blick zu, ein listiges Lächeln um die Lippen.

»Welcher?«, frage ich. All diese knochigen Soldaten, die bei Will am Tisch standen, knochig und unreif, mit Stahlwolle geschrubbt.

»Kahlkopf«, sagt Beth. »Prine. Corporal Gregory Prine. Nennen wir ihn Gregorius. Du weißt, welcher.«

Ich stelle ihn mir vor, wie er mich ansieht, die Finger als V vor dem Mund, wie er mit der Zunge wackelt, mit seiner Aknestirn, und die Bedrohlichkeit dieser Fraternity-Typen ausstrahlt.

»Na ja«, sage ich, mir wird schlecht. »Bist ein böses Mädchen, was?«

»Scheiße, ja«, sagt sie mit einem rasselnden Lachen.

Aber ich schaue auf ihre Hände, die zittern. Sie umklammert ihr Handy, versucht, sie zu beruhigen. Als ich es sehe, verändert sich etwas in mir.

»Beth.« Ich spüre, wie alles Blut aus meinem Gesicht weicht. Ich kann es nicht so ganz benennen, aber es ist ein Gefühl des Verlassenseins. »Warum?«

»Warum nicht?«, erwidert sie, und ihre Stimme ist rauchig, die Haare hängen ihr ins Gesicht. »Warum nicht, Addy? Warum nicht?«

Ich habe das Gefühl, sie fängt gleich an zu weinen. Und auf ihre Art tut sie es auch.

14

Die kleine Caitlin, das teigige Gesicht mit dem Schmollmund und den babyweichen Haaren, die ihr an der gewölbten Stirn kleben.

Ich sitze auf Coachs Sofa und schaue ihr zu, wie sie zwischen ihren verstreuten Spielzeugen herumtrottet, das rosa Plastik und der gelbe Plüsch des Mädchendaseins, alles mit Glitzer überschwemmt. Sie bewegt sich so vorsichtig durch das Trümmerfeld aus lilamähnigen Ponys, hauchdünn geflügelten Tutus und all den großäugigen Puppen – Puppen, deren Augen beinahe so leer sind wie die von Caitlin, die mich an eine von diesen Puppen mit den steifen Gliedern erinnert, die laufen können. Die reichsten Mädchen hatten die immer, und wir haben sie immer mit dem Handrücken umgeworfen oder sie in Swimmingpools oder die Kellertreppe runterlaufen lassen. Oder haben sie zu Pyramiden aufgetürmt, nur um sie fallen zu sehen.

»Ich weiß, ich weiß. Bitte, kannst du, kannst du … hör mir zu, Baby. Hör mir gut zu.« Im dunklen Esszimmer telefoniert Coach, die Finger um den unteren Teil eines tief hängenden Kronleuchters gekrallt, sie dreht ihn, zwirbelt ihn im Kreis, bis ich ein widerliches Knarren höre.

Stundenlang hat sie die Hände gerungen, den Daumen in die Mitte ihrer Handfläche gestochen, ihn dort hineingepresst, beinahe zähneknirschend, und ständig irrte ihr Blick zu ihrem Handy. Zehnmal in zehn Minuten ein Phantomvibrieren. Sie nahm es in die Hand, schüttelte es beinahe. Flehte es an, zum Leben zu erwachen. Wir können kein Gespräch zu Ende führen, schon gar keine Hechtrollen im Garten üben. Nichts von dem, was sie mir versprochen hat.

Endlich ihre Kapitulation, sie schlüpft in den Nebenraum, ihre Stimme ist hoch und hektisch. *Will? Will? Aber du … aber Will …*

Jetzt stapfen Caitlins Knete-Füße auf meine, ihre Gummihände an meinen Knien, als sie sich an mir vorbeizwängt, und ich will raus. Das ist alles so klebrig und unlustig, und ich habe das Gefühl, die Luft verklumpt in meiner Kehle. Zum ersten Mal, seit Coach mich in ihr Haus gelassen hat, wünsche ich mir, ich wäre stattdessen mit RiRi zu ihrem neuen Freund nach Hause gegangen, wo sie im Garten Jack & Ginger trinken und Krocketbälle auf dem abschüssigen Rasen hin- und herprügeln.

Doch dann kommt Coach ins Wohnzimmer gestürmt, das Handy hoch erhoben wie eine Trophäe, plötzlich nervöse Energie im Gesicht.

Sie ist verändert.

»Addy, kannst du mir einen Gefallen tun?«, fragt sie und fingert an dem Hamsa-Armband herum, dessen Amulett mich anfunkelt. »Nur das eine Mal?«

Sie kniet sich vor mich, ihre Arme ruhen auf meinen Knien. Es ist wie ein Heiratsantrag.

Ihr Gesicht so weich und eifrig, ich fühle mich, wie sie sich fühlen muss, als sie mich ansieht.

»Ja«, sage ich lächelnd. »Klar, ja. Ja.« *Immer.*

»Es dauert nicht lange«, sagt Coach. »Nur eine Weile.« Sie sagt mir, Will mache eine schwere Zeit durch. Heute, sagt sie, ist der dritte Todestag seiner Frau.

Meine Beine kribbeln, es ist wieder wie auf dem Lanvers Peak, und ich fühle mich sehr wichtig. Spring, spring,

spring – wie hoch, Coach? Sagen Sie mir einfach, wie hoch?

Als er ankommt, sieht Will nicht aus wie er selbst, in seinem Gesicht haben sich die Falten des Bettlakens eingegraben, und er riecht nach Bier und Schweiß. An ihm ist eine klamme Feuchtigkeit, die bis auf die Knochen zu gehen scheint. Unter seinem Arm klemmt ein Sixpack.

Eine Weile vergräbt er sich irgendwie bei Coach, und ich tue so, als schaute ich aus dem Fenster.

Während Coach Caitlin in den Garten scheucht, sitzen wir zusammen auf dem Sofa, die kalten Bierflaschen drücken an meine Beine. Ein langes Schweigen entsteht. Mein Blick folgt dem milchigen Heben und Fallen seines Adamsapfels. Ich bin wie hypnotisiert und denke irgendwie an Coachs Finger dort.

»Addy«, sagt er schließlich, und ich bin erleichtert, dass jemand etwas sagt. »Es tut mir leid, dass ich euch beide unterbrochen habe. Ihr habt wahrscheinlich was gemacht. Es tut mir leid.«

»Ist schon in Ordnung«, sage ich.

Als ich sieben war, starb Dads bester Freund auf dem Golfplatz an einem Herzinfarkt. Mein Dad schloss sich eine Stunde in der Garage ein, und meine Stiefmutter ließ mich nicht an die Tür klopfen. Ich glaube, später krabbelte ich auf seinen Schoß, und ich erinnere mich, wie er mich da eine Stunde lang sitzen ließ und mich nicht ein einziges Mal bat, mich zu bewegen, damit er den Fernsehsender wechseln konnte.

Ich glaube nicht, dass ich mich auf Wills Schoß setzen sollte, aber ich wünsche mir, ich könnte etwas tun.

»Darf ich dir was erzählen, Addy?« Er sieht nicht

mich an, sondern das pelzige weiße Lamm mit dem gesenkten Kopf auf dem Couchtisch. »Mir ist auf dem Weg hierher was Furchtbares passiert.«

»Was?«, will ich wissen und richte mich auf.

»Ich kam aus dem Beer Depot an der Royston Road, und da ist diese Bushaltestelle davor. Eine alte Frau kam mit Einkaufstüten aus dem Bus. Sie hatte einen Hut mit einer großen roten Blüte auf, wie eine Mohnblume, solche, wie man sie am Veterans' Day trägt. Das soll man jedenfalls am Veterans' Day tragen.

Als sie mich sah, blieb sie abrupt stehen, auf der untersten Stufe. Sie blieb einfach stehen. Es war, als würde sie mich kennen.

Und dann ist es passiert. Ich konnte mich einfach nicht bewegen. Ich stand einfach da, das Bier in der Hand, und wir haben uns einfach in die Augen geschaut. Und dann ist es passiert.«

Sein Blick ist glasig, und er zeichnet mit einem Finger die Deckel der Bierflaschen nach.

»Kannte sie Sie denn von irgendwoher?«

Ich weiß nicht genau, ob ich ihm folgen kann.

»Ja. Nur dass es nicht so war. Ich habe sie noch nie im Leben gesehen. Aber Addy, sie kannte mich. Sie hat mich unter diesem Mohnblumenhut hervor die ganze Zeit angestarrt. Und ihre schwarzen Augen, wie Kohlestücke. Sie wollte mich nicht weglassen.« Er schüttelt den Kopf. »Sie wollte mich nicht weglassen.«

Ich höre zu, aber ich weiß nicht, was ich höre. Ich frage mich, wie viel Bier Will intus hatte, oder ob Trauer auch so aussehen kann, diffus und mysteriös.

»Addy, ich glaube …« Er starrt wieder das Spielzeuglamm auf dem Couchtisch an, den Kopf schräg geneigt, wie ein gebrochenes Genick. »Sie *wusste* Dinge über mich. Es wurde alles klar. Sie *wusste* es. Die Dinge, die ich als Kind gemacht habe, der Rutschbahnunfall mit meinem Cousin und die Wunderkerzenbomben auf dem Kirchenparkplatz, und als mein Dad mal betrunken an meinem Arbeitsplatz beim Hamburger Train aufgetaucht ist und ich ihn geschubst habe und er auf dem nassen Boden ausgerutscht ist und sich den Kopf angeschlagen hat. Und das erste Mal in der Nationalgarde, und dass ich mich jetzt nach diesen bösen Trinkerjahren nur noch an die MEDCAP-Missionen erinnere, die kleinen Allahaddin-Mädchen, die mir Liebesgedichte zugesteckt haben. An den ganzen Rest erinnere ich mich überhaupt nicht.«

Er schweigt kurz, die Bierflasche neigt sich in seiner Hand.

»Sie wusste Dinge, die ich nie jemandem erzählt habe«, sagt er. »Wie das mit meiner Frau. Sechs Jahre waren wir zusammen, und ich hab ihr nie eine Valentinskarte gekauft.«

Die leere Flasche rutscht ihm aus den Fingern, rollt übers Sofapolster.

»Sie wusste das alles. Und dann ich.«

Ich weiß nicht, was ich sagen soll. Ich will es verstehen, ein Stückchen dieser glänzenden Verzweiflung anfassen.

»Was haben Sie gemacht?«, frage ich schließlich.

Er lacht, der harte Laut lässt mich zusammenzucken. »Ich bin weggerannt«, sagt er. »Wie ein Kind. Als hätte ich den Leibhaftigen gesehen. Eine Hexe.«

Wir schweigen beide einen Moment. Ich denke an die alte Frau. Ich kann den Mohnblumenhut sehen und ihr Gesicht, ihre Augen tintenschwarz und allwissend. Ich überlege, ob mir etwas in der Art auch mal passieren wird.

Will beugt sich herunter und hebt seine Flasche auf, stellt sie auf den Couchtisch, ihr klammer Boden hinterlässt einen Ring auf dem Holz.

»Weißt du noch, der Abend, als wir zum Gipfel raufgefahren sind?«, fragt er plötzlich.

»Ja.«

»Ich wünschte, es könnte immer so sein«, sagt er und macht eine neue Bierflasche auf.

Ich sehe ihn an.

Dann sagt er: »Schau dich an«, streckt die Hand aus und zupft an meinem blonden Zopf. »Mit dir kann man so ungezwungen reden, Addy.«

Ich versuche zu lächeln.

»Ich will dich was fragen«, sagt er, drückt sich die Flasche an die feuchte Stirn. »Sehen dich die Leute, so hübsch, wie du bist, Haare wie eine Puppe, und wissen von den Dingen, die du in dir zurückhältst?«

Woher weiß er, dass ich Dinge zurückhalte? *Und welche Dinge?*

»Kann ich dir vertrauen, Addy?«

Ich bejahe das. Beantwortet jemals irgendwer diese Frage mit nein?

Ich warte darauf, dass er mehr sagt. Aber er sieht mich nur an, mit rot geäderten Augen, so bekümmert.

Nichts davon ergibt viel Sinn, und ich glaube, Will muss sehr betrunken sein oder so was. Irgend so was.

Einen Augenblick lang ist mir alles zu viel, ich will nur Musik hören oder die Tribünentreppe hochsprinten oder das Federgewicht von Tacys elfenhaftem Fuß auf meiner Handfläche spüren, wie sie sich darauf verlässt, dass ich sie halte, und es ist so einfach.

»Es tut mir leid, dass ich dir deinen Nachmittag versaut habe«, sagt er.

Ich bin im Garten, lehne an dem riesenhaften Spielhaus mit Stalltür, das Caitlin mit Beschlag belegt, eine Jumbokreide fest in den pummeligen Händen. Immer noch halb außer Atem von meinem Gespräch mit Sarge Will, rauche ich drei von Coachs American Spirits und denke darüber nach, was drinnen vor sich geht.

Fast eine Stunde vergeht, die beiden da drin, und Caitlin schläft im Spielhaus ein, den Mund an der Ecke des Schaumstofftisches festgesaugt.

Die Haare zum Pferdeschwanz gebunden, läuft Coach barfuß über den Rasen. Ich denke, sie will mich umarmen, aber sie ist keine Umarmerin, sie schlingt nur halb den Arm um mich, coach-mäßig, und drückt meine Schulter.

»Danke, Addy«, sagt sie außer Atem. »Danke, ja?«

Und sie lächelt bis hinter beide Ohren, ihr Gesicht ist bonbonrosa.

Es ist, als hätte ich gerade das Größte getan, was ich je für sie tun könnte, wie einen Single-Based Split Catch, einen Pike Open Basket bei der Nationalmeisterschaft, Balsam für ihr Herz.

Einen Moment lang berühren meine Finger ihren harten Rücken, der bebt wie der eines Vogels.

Ihren Rücken zu berühren ist, wie sie beide zu berühren, ihre Schönheit.

15

Heute Party, blinkt Beths Nachricht auf.

Rebs, tippe ich zurück. *Auswärtsspiel.*

Danach, sagt sie. *Comfort Inn Haber.*

Nei-en.

Do-hoch.

Das Kribbeln hinter meinem Ohr. Das Comfort Inn. Ältere Brüder und Schwestern reden ständig davon, dass es früher Maid Marian genannt wurde, mit einer Galerie im ersten Stock, so niedrig, dass es aussah, als würden die Nutten – echte Nutten wie im Kino, nur mit schlechterer Haut – direkt runter in den Hof rutschen. Man fuhr nur vorbei, wenn man in die Stadt musste, zu einer Klassenfahrt ins Museum, und die Lehrer so verlegen, weil man am Maid Marian vorbeikam, mit all den Maiden in einer Reihe.

Als es zum Comfort Inn wurde, hat man die Galerie abgerissen und man konnte keine Nutten mehr sehen, aber man merkte dem ganzen Laden immer noch die schmutzigen Taten an.

Und Beth und ihre schmutzigen Taten. Ich will nein sagen, aber ich will ja sagen. Ich will ja sagen, um Beth im Blick zu haben, und ich will ja sagen, weil es eine Party im Comfort Inn an der Haber Road ist.

Also sage ich ja.

»Wessen Party?«, fragt RiRi, steckt die Hand in ihr Shirt und zupft erst ihre rechte Brust höher, dann ihre linke, damit sie aus dem Top quellen. »Von deinem Dealer?«

»Mein Dealer könnte die Haber Road von vorn bis hinten kaufen«, sagt Beth. Beth hat keinen Dealer, aber es gibt drüben in Hillcrest einen Kerl, der vor zehn Jahren an der Sutton Grove seinen Abschluss gemacht hat, und er verkauft ihr Ritalin, das sie manchmal teilt und das sich anfühlt, als würde Sauerstoff durch mein Hirn fegen, alles wegblasen und nur gewaltige Freude hinterlassen, die Tic-Tac-artig in meiner Brust klappert und dann so schnell wegsackt, dass es mich von mir und meinem traurigen Leben befreit.

»Also, wessen Party?«, frage ich.

Sie grinst.

Ich habe ihr anfangs nicht geglaubt, aber es ist so. Fünf oder sechs von ihnen sind da, alle von der Nationalgarde.

Und Wills Männer.

Sie tragen normale Klamotten, aber ihre Haarschnitte und gründlichen Rasuren verraten sie, und die Art, wie sie stehen, die Beine gespreizt fest auf dem Boden, Brust raus. Einer von ihnen hat sogar seine »Stehen Sie bequem«-Hände hinterm Rücken verschränkt, wodurch er nur schwer sein Bier halten kann.

Ich erkenne den Private First Class mit dem roten Bürstenschnitt, der Sarge Will jeden Tag zu seinem Auto begleitet, und den anderen mit den Riesenpranken und den O-Beinen.

Auf der langen Sperrholzkommode ist eine kleine Bar aufgebaut, und sie scharen sich darum. Auf den durchgelegenen Betten mit den Noppendecken ist niemand, und das Licht ist gedimmt und weich. Das Ganze hat beinahe etwas Friedliches.

Es ist einfach ein Ort für eine Party, das ist alles. Eine kleine Party, zwei Räume mit Verbindungstür, der Radiowecker dudelt leise, und ein Private greift nach oben und dreht abwesend die Hängelampe, was Lichtschneisen in den Raum wirft wie eine Discokugel, wie Caitlins Nachtlicht.

Dann kommt der kahlköpfige Corporal Prine aus dem Bad, den Daumen im Hals seiner Bierflasche.

RiRi schaut mich an, schüttelt den Kopf, flüstert mir tonlos zu: *Scheiße, nein.*

Die anderen sind alle mit gebügelten Poloshirts und faltenfreiem Alles herausgeputzt, aber Prine trägt ein T-Shirt, auf dem Totenschädel und Knochen prangen, und in einem der Schädel steckt ein großes Messer. Darüber steht in Schnörkelschrift LOVE KILLS.

Mit einem Nicken seines dicken Billardkugelkopfs winkt uns Prine zu sich her.

Beth streift ihre Collegejacke ab, fantastisch aussehend in einem goldenen Bustier, geht auf ihn zu, lächelt auf diese schräge, Beths eigene Art, die wieder einmal Ärger verheißt.

Aber RiRi wackelt mit den Hüften und schiebt ihre Hand in meine, und RiRis Lässigkeit mit Jungs ist so eine Erleichterung. Und bald tanzen wir, twerk-twerk-twerken, und RiRi macht den Roboterarm.

Extra für uns gibt es Rum mit Diätcola und so viele Alkopops, wie wir trinken können, und die Privates sind gentlemanlike und schlagen ein Spiel namens *Beer Blow* vor. Ich kapiere die ganze Zeit nicht so ganz, worum es dabei geht, außer dass einige von uns sich über den Tisch beugen und Spielkarten von einer leeren Flasche pusten müssen und dann trinken und noch mal trinken.

Mir ist alles egal: der Fleck auf der Tagesdecke und an der Decke, wie das Waschbecken im Bad sich ein Stück von der Wand löst, wenn man sich daran festhält, wenn man versucht, aufrecht stehen zu bleiben, der verkrustete Teppichboden unter meinen Füßen. Meine Schuhe schleudere ich weg, als ich mit RiRi aufs Bett klettere, als wir zusammen tanzen, unsere Hüften aneinanderstoßen, und die Gardisten zuschauen und jubeln. Mir ist einfach alles egal.

Mir ist alles egal, weil es so ist: Der Rum und die hochprozentige Limonade und der Tequila zwischendurch schießen mir in die Blutbahn, und der Zauber geht so tief.

Die ganze Highschool-Welt, der kaugummiklebrige, spindtürenknallende, schuhschlitternde Überdruss fällt von mir ab, und alles ist nur noch der warme, überschwängliche Idealzustand.

»Sag Coach, sie soll kommen«, plappert RiRi. »Sag ihr, wir sind hier mit den Jungs von der Nationalgarde.« Sie fummelt an meinem Handy herum, versucht, eine SMS zu schicken.

Weil alles okay ist, weil das Wills Männer sind und nichts Schlimmes passieren kann, drückt einer von ihnen unsere Köpfe zusammen, will, dass wir uns küssen.

»Immer bereit«, verkündet er. »Immer da.«

»Wir konnten vorher so nie Freundinnen sein«, sagt RiRi und drückt mich fest an sich. »Bis zu diesem Jahr. Du warst immer Beths Mädchen. Sie wollte dich nie teilen. Die steht so derartig auf dich. Ich hatte sogar Angst vor euch. Ich hatte immer Angst vor euch beiden.«

Sie sieht mich mit großen Augen an, als hätte sie sich damit selbst überrascht.

Dieses heiße, schwappende Gefühl tief unten in mir, das kenne ich, von Hauspartys, von Lagerfeuern auf dem Hügel mit klirrenden Fässern und Plastikbechern, und alle Jungs sind plötzlich die hübschesten, die ich je gesehen habe. Aber das hier ist irgendwie besser – das Comfort Inn an der Haber Road! –, und noch besser diese Männer, erwachsene Männer, von der Nationalgarde – Wills Männer. Irgendwie färbt Wills Glanz auf sie ab.

Wer bin ich, dass ich mich nicht unter ihren muskulösen, angewinkelten Armen zusammenrolle? Wie Coach bei Will. Das könnte ich sein.

Es ist schon spät, als wir merken, dass Beth fehlt.

Anfangs bin ich mir sicher, sie ist bei Prine, aber dann zeigt mir Private Tibbs, der niedliche Rothaarige mit dem Pfeifen in der Stimme, dass Prine im Nebenzimmer besoffen auf dem Bett eingeschlafen ist, und da ist keine Beth.

Prines Jeans hängt ihm um die Knöchel, die Boxershorts ist halb heruntergezogen, ein Anblick fleischiger Selbstvergessenheit. Er ist zwar allein, aber es wirkt trotzdem finster. Vielleicht ist es der Geruch, er stinkt irgendwie ungesund.

Der Private geht mit mir alle Flure und Treppenhäuser ab, erzählt von seiner Schwester an der State University und was für Sorgen er sich um sie mache, dass er Geschichten von Fraternity-Lapdances gehört habe und von frühmorgendlichen Walks of Shame.

Wir suchen eine Stunde oder noch länger nach Beth, und ich bleibe nur deshalb einigermaßen ruhig, weil ich mich beim Gehen unter den langen Streifen summender Neonröhren sehr konzentriere und keinen bedufteten Winkel des Motels auslasse. Aber jeder brennende Flur ist wie der vorige, alle hell, gelb und leer. Die Nachtluft hat mich schon fast wieder ausgenüchtert, als wir sie schließlich schlafend in meinem Auto finden, das Gesicht schlaff und kindlich, nur dass sie keine Schuhe trägt, und soweit ich das unter ihrem hochgerutschten Rock erkennen kann, auch keine Unterwäsche.

Als sie mit einem Ruck aufwacht, erzählt sie düstere und verworrene Dinge von Prine.

Dass er sie ins Nebenzimmer mitgenommen habe, ihr die Unterhose runtergerissen und seine Hose runtergezogen habe. Alles Mögliche kommt aus ihrem betrunkenen Mund. *Er hatte seine Hände hier, hat meine Schultern runtergedrückt, mein Kiefer tut weh.*

Man sollte solche Dinge immer glauben. Das bringen sie dir im Gesundheitskurs bei, die Frau von Planned Parenthood, die Collegestudentin mit dem Nasenpiercing von Girls & Co. Frauen lügen bei diesen wichtigen Dingen nie. Du darfst nie an ihnen zweifeln. Du musst ihnen immer glauben.

Aber Beth ist nicht wie die Mädchen, von denen sie da reden. Beth ist überhaupt nicht wie ein Mädchen. Ihre Untiefen, man kann nie ganz in jemanden hineinschauen, oder?

Du kannst eine wie Beth, die immer mehr über dich weiß als du über dich selbst, unmöglich ganz durchschauen. Sie ist dir immer einen Schritt voraus.

»Ich ruf besser jemanden an«, sagt der Private, macht einen Schritt rückwärts von uns weg, weit weg von meiner Fürsorge, noch weiter von Beths Hingeworfensein, ein Sicherheitsgurt um ihren nackten Knöchel verdreht, Kies an den Füßen.

Ich versuche, sie loszumachen, Beths linkes Bein fällt zur Seite, und wir sehen beide das leuchtend rote Mal an der Innenseite, in Form eines Daumenabdrucks. Und noch mal so eines am anderen Schenkel.

»Ich ruf mal besser den Sarge an«, sagt er mit erstickter Stimme.

Plötzlich zuckt Beth zusammen, ihr Ellbogen sticht in meine Richtung, ihr Blick ist scharf und auf den armen Private gerichtet.

»Ruf den Sarge an«, sagt sie. »Na los, ruf ihn an. Das ist seine Schuld. Ich hab ihn fünfmal angerufen. Ich hab ihn stundenlang angerufen. Das ist seine Schuld.«

Warum sollte Beth Will anrufen?

Ich werfe einen Blick nach hinten zum Private, schüttle den Kopf. Ich schenke ihm einen Blick nach dem Motto: *Ach, dieses wirre, betrunkene Mädchen.*

Beth ist eine Lügnerin. Das ist eine Lüge, das Einzige zwischen Beth und Will ist ihre verlorene Wette. Das ist jetzt einfach nur Beth, die in alle Richtungen schießt.

»Ich mach das schon«, sage ich. »Ich kümmere mich um sie. Du kannst gehen.« Mit erhobenen Händen tritt der Private einen Schritt zurück. Die Erleichterung in seinem Gesicht ist erschütternd.

»Du kannst sie nicht hierher bringen, Addy«, sagt Coach durch das Handy, das ich an mein Ohr drücke. »Bring sie nach Hause. Bring sie zu dir nach Hause.«

Ich sehe Beth an, in die Beuge meines Vordersitzes verkrümmt, die Augen fast geschlossen, aber mit einem beunruhigenden Funkeln darin.

»Ich kann nicht«, flüstere ich, mein Jackenärmel verhakt sich im Lenkrad, *werd nüchtern, werd endlich nüchtern.*

»Sie erzählt so Sachen. Über diesen Prine.«

Mir fällt Beths Handtasche auf dem Wagenboden ins Auge, halb offen.

Deshalb sehe ich darin ihr neongrünes Höschen.

Sauber gefaltet, wie ein Taschentuch.

Ihr dürft nicht darüber urteilen, wie Frauen sich nach einem Übergriff verhalten, steht immer in den Broschüren. Aber.

»Prine?« Coachs Stimme wird spitz. »Corporal Prine? Was redest du da?«

Ich erzähle ihr von der Party, die Sätze purzeln aus mir heraus, mein Kopf ist schwammig und wirr. *Sagen Sie einfach, dass wir rüberkommen können, Coach, sagen Sie es einfach.*

Ich sage ihr nicht, dass ich schon nach Fairhurst fahre, zu ihrem Haus.

»Coach, sie wollte, dass wir Sarge anrufen«, bemerke ich blitzschnell. »Sie sagt, sie hätte ihn mehrmals angerufen.«

Eine Pause, dann ihre Stimme wie eine Nadel in meinem Ohr: »Bring die Schlampe sofort hierher.«

Einfach so, das Auto schwebt, die Straßenlampen werfen Leuchtkegel wie Scheinwerfer auf uns. Und Coachs Stimme wie ein Hammer.

Warum bist du überhaupt zu dieser Party gegangen, Addy? Sagt sie, dass Prine ihr was getan hat? Er ist kein Highschool-Quarterback. Sie nennen ihn den Fleischer. Addy, ich dachte, du wärst klüger.

Ich stütze Beth auf dem Weg auf Coachs Veranda, ihre nackten Füße schleifen auf dem Zement.

Nicht klopfen, hat sie gesagt, deshalb schicke ich nur eine SMS. Sekunden später erscheint Coach an der Tür, in einem übergroßen T-Shirt, auf dem AURIT FINANZSERVICE steht, und ein Logo, das aussieht wie eine Serpentinenstraße, die in den Himmel hinauf führt.

Der steinerne Blick, mit dem sie Beth ansieht, nüchtert mich augenblicklich aus, streckt meine Wirbelsäule. Ich möchte mir sogar die Haare kämmen.

»Um Himmels Willen, Hanlon«, sagt sie. Also jetzt *Hanlon.* »Ich hab mehr von dir erwartet.«

Ich kann nicht so tun, als schmerzte das nicht.

Aggressiv flüsternd und schubsend schleppen wir Beth ins Arbeitszimmer.

Gerade als Coach die Decke über Beth ausschüttelt, der die Haare ins Gesicht hängen, hören wir Matt French die Treppe herunterkommen.

Das ist alles gar nicht gut.

Er sieht müde aus, sein Gesicht rot gerubbelt, die Stirn gerunzelt.

»Colette«, sagt er mit einem Blick auf die ganze Szene. »Was ist hier los?«

Aber Coach zuckt nicht mit der Wimper.

»Jetzt siehst du mal, womit ich mich die ganze Woche herumschlage«, sagt sie, fast, als wäre sie genervt von ihm, was eine Supertaktik ist. »Und jetzt auch noch Samstagnacht. Diese Mädchen sind nichts als Wein aus dem Tetrapak und Chaos.«

Sie drehen sich beide zu mir um. Ich weiß nicht, was ich sagen soll, habe auch noch nie Wein aus dem Tetrapak getrunken.

»Colette«, sagt er. »Kann ich dich mal kurz sprechen?«

Sie gehen ins Nebenzimmer und ich kann hören, wie er ein bisschen lauter wird, verstehe ein paar Wörter –

Verantwortung und *Was, wenn* und *junge Mädchen.*

»Was soll ich denn deiner Meinung nach machen? Den Eltern dieser Mädchen ist es einfach egal«, sagt sie, was irgendwie lustig zu hören ist.

Ein paar Sekunden vergehen, und dann tauchen sie beide wieder auf.

»Matt, geh wieder ins Bett«, sagt sie, versucht ein gekränktes Lächeln, eine Hand an seinem Rücken. »Du bist erschöpft. Ich kümmere mich darum.«

Matt French wirft einen Blick auf Beth, eingewickelt auf dem Sofa, und schaut wieder weg.

Einen kurzen Augenblick ruht sein Blick auf mir. Sein schlaftrunkenes Gesicht, die Sorge in seinen blutunterlaufenen Augen, die auf mir ruhen.

»Gute Nacht, Addy«, sagt er, und ich hatte ehrlich keine Ahnung, dass er meinen Namen kennt.

Ich sehe zu, wie er in der Tür den Kopf einzieht und dann die mit Teppich ausgelegte Treppe hinaufgeht.

Gute Nacht, Matt French.

Coach zieht mich ins Bad und setzt mich auf den Badewannenrand, die Fragen kommen rasend schnell, und das rosa Licht lodert.

»Ich weiß nicht, was passiert ist«, sage ich, aber in meinem Kopf taucht immer wieder auf, was Beth gesagt hat: *Hand an meinem Hinterkopf, hat mich runtergedrückt und immer wieder gesagt: »Mach's mir, Cheerleader. Mach's mir.«*

Coach lässt mich alles fünf Mal, zehn Mal wiederholen, zumindest kommt es mir so vor. Mir schwirrt der Kopf. Irgendwann rutsche ich an den Duschvorhang, aber sie reißt mich wieder hoch und zwingt mich, vier Becher Wasser nacheinander zu trinken.

»Was glaubst du, was passiert ist?«

»Ich weiß nicht«, sage ich. »Haben Sie ihre Beine gesehen, die roten Male?«

Aber dann, meine Hand an meinem eigenen Bein, denke ich an den dunkelvioletten Fleck, den ich genau an derselben Stelle von Mindys Daumen habe, als sie mich in den *Thigh Stand* gehoben hat.

Und es bleibt die Frage des neongrünen Höschens, sauber zusammengefaltet in Beths Handtasche.

Aber Coach hört nicht zu, sieht mich nicht einmal an.

Sie hat Beths Handy in der Hand. Ich habe nicht mal gesehen, wie sie es genommen hat.

Sie scrollt die Anrufliste durch. Ausgehende Anrufe und SMS an »Sarge Will«, sechs, sieben, acht davon.

Plötzlich zuckt sie zusammen.

Eine SMS: *Komm vorbei, Sarge Sexy, wir warten alle.* Es ist ein Foto angehängt, das aussieht, als wäre es Beths Zebramuster-BH, die Brüste eng zusammengepresst.

Sie knallt das Handy an die Wand und schleudert es dann in die Toilette.

Als wäre das von Bedeutung. Wer konnte schon wissen, welche digitalen Obszönitäten in Beths Handy herumschwammen, was für elektronische Schandflecke sie in seinen tiefsten Winkeln gehortet hat.

Mein betrunkener Kopf und ich können nur denken: *Oh Coach, sie hat Sie im Visier. Fair oder nicht, sie hat Sie im Visier. Bitte werden Sie schnell klüger.*

Später in dieser Nacht schleiche ich vom Wohnzimmersofa ins Arbeitszimmer. Ich sehe Beth, die Decke zwischen den Beinen verdreht, ihr ganzer Körper in sich verdreht wie eine Schlange.

»Beth«, flüstere ich, stecke die Decke um sie fester. »Ist es wahr? Ist es wahr, dass Prine dir was getan hat? Dich zu was gezwungen hat?«

Sie öffnet die Augen nicht, aber ich weiß, sie weiß, dass ich da bin. Ich fühle mich, als hätte ich einen Weg in ihren Traum gefunden, und dass sie mir dort antworten wird.

»Ich hab ihn dazu gebracht, mich zu zwingen«, murmelt sie. »Und er hat's gemacht. Kannst du das fassen, dass er's gemacht hat?«

Ihn dazu gebracht, mich zu zwingen. O Beth, was soll das überhaupt heißen? Ich stelle mir vor, wie sie ihn verspottet. Wie sie ihre hexenhaften Beth-Sachen macht.

»Wozu hast du ihn gebracht?«, versuche ich es.

»Mir war's egal«, sagt sie. »Das war es wert.«

»Beth«, sage ich. »Was war es wert?«

»Sie muss sehen, was sie uns antut«, sagt Beth. »Ich zeige es ihr.«

So redet Beth manchmal. Ihr Tönespucken, ihre Lagerfeuer-Spukgeschichten, ihre stahlharten Kapitänsansprachen. Es soll mich erschüttern, und es funktioniert immer.

»Sie wusste nicht mal, dass wir auf der Party waren«, sage ich.

»Sie glaubt, sie kann sich benehmen wie eine Schlampe und machen, was sie will. Wir sind nur Mädchen, und wir waren da, uns hätte alles passieren können.«

»Wir wollten da hin«, sage ich, meine Stimme wird hart. »Deshalb sind wir hingegangen.«

»Ihretwegen«, sagt sie, hebt die Hand, legt sie um ihre Kehle. Ihre Hand zittert. »Wir sind ihretwegen hingegangen.«

»Ich nicht«, sage ich, meine Stimme ist ein Bellen. »Deshalb bin ich nicht hingegangen. Was hatte das mit ihr zu tun?«

Sie sieht mich aus halb geschlossenen Augen an, hinter ihren Wimpern funkelt es. Beth kennt mich immer. *Alles*, sagt sie. *Und das weißt du.*

»Diese Jungs von der Nationalgarde, die schauen eben, womit sie durchkommen können«, flüstert sie. »Die schauen, was okay ist, was erlaubt ist.«

In meinem Kopf blitzen meine eigenen Gedanken auf, vor ein paar Stunden, ich mit kreisenden Hüften mit RiRi auf der durchgelegenen Matratze … *es ist okay, weil das Wills Männer sind und nichts Schlimmes passieren kann.*

»Beth«, fange ich an, versuche, die Wählscheibe in die Mitte zu drehen. »Hat er … hat er –« Ich kann das Wort nicht sagen.

»Ist doch egal«, sagt sie.

Ich atme tief durch. Ein Atemzug, so tief, dass er mich fast durchbohrt.

»Addy, er hätte es auch genauso gut machen können«, sagt sie, die Augen blinzelnd geöffnet und so betrunken und verloren, dass ich weinen möchte. »Nur das zählt.«

Mehr als einmal in dieser Nacht spüre ich Bewegung im Haus, Schatten tanzen an mir vorbei. In meinem trunkenen Schlaf, eng auf der Couch zusammengerollt, ist es, als wäre ich in Caitlins Zimmer, die rosa Laterne wirft die ganze Nacht Ballerina-Silhouetten an die Wände.

Kurz vor Tagesanbruch ist da noch ein anderer Schatten, und ich spüre ein Federgewicht auf dem glänzenden Ahornholzboden. Ich stehe auf, schleiche in den Flur hinaus, mein Magen rebelliert, mit jeder Bewegung überkommt mich der Kater.

Ich sehe Coach im Arbeitszimmer, sie beugt sich über die Sofalehne, flüstert Beth etwas ins Ohr.

Ihr Gesichtsausdruck so hart.

Ihre Hände umklammern die Sofakante zu fest.

Ich glaube, ich höre es. Ich weiß, ich höre es.

Du lügst. Du bist eine Lügnerin. Von dir kommen nichts als Lügen.

Dann Beth, sie spricht, aber ich höre es nicht, zumindest kann ich mir nicht sicher sein. In meinem Alptraumkopf ist es das: *Er hat meinen Kopf festgehalten, er hat meine Beine nach hinten gebogen, er hat es mit mir gemacht, Coach. Hirnlos nachgemacht. Wie wir mit Ihnen. Bin ich nicht höher gesprungen, höher geflogen, Coach? Bin ich das nicht?*

16

Den ganzen Sonntag über fühle ich mich immer noch betrunken, mein ganzer Körper ist davon ausgedörrt, und ich kann Beth nicht dazu bringen, auf meine Nachrichten zu antworten. Alles, was ich in meiner Zimmerhöhle tun kann, ist, darüber nachzudenken, ob sie ihren Eltern irgendeine Version ihrer elenden Geschichte erzählt hat, oder noch schlimmer, der Polizei.

Immer wieder sinke ich in einen Katerschlaf, meine Träume so ekelhaft, Prines Kahlkopf zwischen Beths verknoteten Beinen, wie er wirre Dinge mit seinen Zähnen macht, wie ein wildes Tier, der Fleischer.

Oder Bilder von Beth, wie sie ihn lockt und reizt, sich in ihrem hochgerutschten Rock windet, wer weiß was sagt, versucht, ihn dazu zu bringen, grob mit ihr umzugehen, grob genug, um Male zu hinterlassen. Ich frage mich, wie weit er wirklich gekommen ist, oder wie weit sie es wohl hat kommen lassen. Oder warum sie sich das angetan hat, uns allen.

Coach muss sehen, was sie uns antut. Was soll das bedeuten, Beth?

Mir bedeutet das gar nichts.

Sonntagabend ruft Coach an.

»Ich weiß nicht, was passiert ist«, sage ich. »Ich kriege nicht mehr aus ihr heraus.«

»Das ist sowieso nicht wichtig«, sagt Coach matt, beinahe mechanisch. »Es zählt nur, was sie sagt. Und zu wem sie es sagt.«

Da überläuft es mich kalt. Wie kann das unwichtig sein? Aber auf eine tiefergehende Art weiß ich, was sie meint. Über uns liegt ein Nebel, und er scheint undurchdringlich.

»Die sind da jetzt schon eine Stunde drin«, verkündet Emily auf ihren Krücken wippend. Trotz der Auszeit verpasst sie kein Training. »Am Anfang war es *richtig* laut.«

Wir stehen leichtsinnig dicht an Coachs Büro, sie und Beth da drin verwickelt, die Jalousien heruntergelassen, und ich mache mir Sorgen, dass sie uns hören können.

Niemand sonst scheint von Beth und Prine zu wissen. Alles, was sie gehört haben, ist, dass sie mit jemandem abgehauen ist, was Beth sowieso immer macht.

»Glaubt ihr, Beth will wieder ins Team zurück?«, flüstert Tacy, Visionen von Ruhm und Ehre rinnen ihr durch die neonlackierten Finger. »Glaubt ihr, Coach lässt sie zurückkommen? Was, wenn Coach sie wieder Team-Captain sein lässt?«

Die kleine, kampfgestählte Tacy rechnet schon drei Schritte voraus. Es gab Zeiten, da war sie nur Beths nützlicher Idiot, dann Beths nützliche Verräterin. Jetzt ist sie Coachs nützlicher Idiot.

Falls Beth wieder Captain wird, muss sich Tacy wieder auf die Spotter-Posten verdrücken, oder schlimmer. Keine Awesomes mehr oder Libertys oder Dirty Birds oder Back Tuck Basket Tosses.

Kein Fliegen mehr.

»Coach hält nichts von Captains«, erinnert uns Emily. »Selbst wenn sie ihre Meinung ändern würde, warum um alles in der Welt sollte sie *Beth* Captain sein lassen? Beth kommt nicht mal mehr.«

Aber sie wissen nicht, was ich weiß. Beths neuer Schuldschein. Eine Hand wäscht die andere. Ich frage mich, wird das Coachs Strategie sein? Meine wäre es.

Aber das scheint nicht Coachs Stil zu sein. Ihr Stil: Arroganz mit Arroganz begegnen.

Zehn Minuten später kommen Beth und Coach unerklärlicherweise kichernd aus dem Büro. Leises, boshaftes Lachen. Wir alle sehen gespannt zu.

Ich bin die Einzige, die sie durchschaut.

»Sie ist ein Küken«, sagt Coach später zu mir. »Sie kann gut reden, aber sie ist nur ein kleines Küken.«

Da könnte sie nicht falscher liegen, das weiß ich.

»Ihr haltet sie alle für eine große Spielerin«, sagt Coach kopfschüttelnd. »Aber sie ist nur Marshmallow-Schaum. Wie alle diese Anfängerinnen. Nur mit größeren Lungen und einem besseren Arsch.«

Diese beiden. Wie beim Mäxchen-Spielen im Sommercamp. Aber Beth hat immer gewonnen, weil sie gut in Mathe war, etwas von Wahrscheinlichkeiten verstand, und weil sie, wenn sie unter den Würfelbecher schaute, die Würfel mit dem Daumen umdrehte.

»Aber dieser Prine. Sie haben gesagt, sie nennen ihn den Fleischer …«

Coach hebt die Schultern. »Sie hat mir gesagt, sie kann sich nicht erinnern, dass er ihr je wehgetan hat. Er war weggetreten. Und sie nimmt an, sie wusste nicht so recht, was sie eigentlich sagt, so betrunken war sie.«

Ich sehe Coach an und frage mich, wer lügt, oder ob sie es beide tun.

»Also wird sie nichts unternehmen?«

»Es gibt nichts zu tun«, sagt Coach. »Ich hab sie gefragt, ob sie möchte, dass ich mit ihr zum Arzt gehe. Sie sagte, auf keinen Fall. Sie erinnert sich jedenfalls daran, dass Prine ein Zwerghahn ist, der nichts weiter kann als krächzen.«

»Also, Bitch«, sagt Beth, als wir später am Nachmittag im Café auf Strohhalmen kauen, »hast du vor, mir mein Handy irgendwann wiederzugeben?«

Ich denke daran, wie Coach es ins Klo gespült hat.

»Dein Handy?«

»Sie hat mir gesagt, du musst es Samstagnacht mitgenommen haben. Wahrscheinlich, damit ich nicht im Suff jemanden anrufe. Du bist ein Amateur, weißt du das, Hanlon? Du bist die Aushilfe.«

»Ich hab dein Handy nicht, Beth.«

»Dann irrt sie sich wohl«, sagt Beth mit Schaum im Mundwinkel. Rollt die Zunge aus und leckt ihn ab. »Komisch, dass sie glaubt, du wärst es gewesen.«

»Beth«, sage ich, »du hast gesagt, du hättest in der Nacht Will angerufen. Du hast gesagt, du hättest ihn mehrmals angerufen und ihm geschrieben.«

Sie sagt nichts, aber ihr Mund zuckt ganz leicht. Dann zieht sie ihn wieder glatt, und ich frage mich, ob ich es überhaupt gesehen habe.

»Hab ich das gesagt?«, fragt sie, hebt ihre glänzenden, gebräunten Schultern. »Daran kann ich mich überhaupt nicht erinnern.«

17

Am nächsten Tag ist Beth wieder im Team.

Und sie ist wieder Captain. Ehrenhalber.

Sie darf am Mittwoch für ein Captain-Coach-Beratungsgespräch Chemie ausfallen lassen, und die Freistunde bedeutet, sie kann allein in Coachs Büro gehen und rauchen. Ich sehe sie, als ich vorbeigehe, und sie winkt mir zu, den Kopf geneigt, Rauch kräuselt sich in boshaften Schwaden um ihr Gesicht.

Danke, Coach, denke ich. *Danke.*

»Ist sie wirklich Captain?«, flüstert Tacy. Alle flüstern, aber Tacy zittert in ihren strahlend weißen, neuen Turnschuhen.

Denn offenbar ist sie es.

Und Beth, ist das Zufriedenheit, die ich da in deinem gebräunten Gesicht sehe?

Fuck me, denke ich, was sogar nach Beth klingt. *Ist das alles, was sie wollte?*

Natürlich nicht.

»Es ist okay«, sagt Coach. »Ich hab keine Zeit für sie, Addy. Und du auch nicht. Zeig mir deinen Flickflack.«

Und ich versuche es, aber meine Beine wollen nicht zusammengehen, und mein Körper fühlt sich komisch und steif an.

»Drück dich ab«, schnauzt sie, Schweißperlen an der Schläfe, die Haare schlapp aus dem Haargummi rutschend. »Durchstecken!« – und mit jedem Ruf ist ihre Stimme kräftiger, mein Körper fester, härter – »bleib gerade, bleib in deiner Mitte, und Scheiße, Addy, lächle. Lächle. Lächle.«

Am nächsten Morgen erspähe ich Matt French, wie er mit seinem grauen Toyota auf den Parkplatz fährt, und Coach sitzt mit drin. Als sie aus dem Auto steigt, wirft sie nicht einmal einen Blick zurück. Es sieht aus, als würde er etwas zu ihr sagen, aber vielleicht auch nicht.

Und er beobachtet sie, wartet, ich denke, um sicherzugehen, dass sie ins Gebäude geht. Mehr und mehr denke ich, wenn ich sein Gesicht sehe, dass er auf seine eigene, müde Art vielleicht irgendwie gut aussieht.

Das ist das Schwierigste daran, hat sie einmal gesagt. *Ich kann nichts Schlechtes über ihn sagen, ich kann überhaupt nichts sagen.*

Was mir irgendwie das Grausamste scheint, was man überhaupt sagen kann.

Vielleicht habe ich deshalb jetzt diese Gefühle, wenn ich ihn anschaue. Matt French. Ich kann es nicht erklären, aber seine Erschöpfung zwischen all dem Lärm und Gedöns von uns funkensprühenden Mädchen – das spricht mich an. Zum Beispiel als ich ihn neulich abends gesehen habe, wie er mich angesehen hat.

Er ist nicht der Typ, für den du ihn vielleicht hältst. Das hat Will zu mir gesagt.

Aber ich weiß nicht so genau, was ich seiner Meinung nach wohl denke.

Matt French schaut Coach hinterher, wie sie den Mittelgang des Parkplatzes entlanggeht, sieht zu, wie sie durch die Glastür geht. Er schaut lange hin, einen Arm über den Beifahrersitz gelegt, der Kopf leicht geneigt.

Die Art, wie er sie beobachtet, erinnert mich daran, wie ein Vater vielleicht seine Tochter am Klettergerüst im Auge behält.

Sie blickt nicht ein einziges Mal zurück.

»Ihr Auto steht drüben in Schuylers Werkstatt«, erzählt Beth mir später. »Davy hat es gesehen. Es hat eine große Delle vorn in der Stoßstange.«

Ich weiß nicht, wer Davy ist oder woher er weiß, wie Coachs Auto aussieht. Beth hat schon immer alle möglichen Leute gekannt – Freunde ihres Bruders, Söhne der Ex-Freunde ihrer Mutter, den Neffen der Frau aus Peru, die früher ihr Haus geputzt hat –, die niemand sonst kennt oder auch nur zu sehen bekommt. Ihr Fundus an Informationen, Gegenständen, leeren Häusern, Designer-Handtaschen, Führerscheinen und Rezeptblöcken scheint grenzenlos. Ich frage Coach später danach, was überhaupt mit ihrem Auto passiert ist.

Sie zeigt mir einen langen Schnitt an ihrem Arm.

»Von der Naht im Lenkrad«, sagt sie, die Zigarette hängt ihr aus dem Mund, ihre Stimme ist kehlig und müde, fast wie Beths. »Ich bin auf dem Parkplatz drüben am Spielplatz des Buckingham-Parks gegen einen Pfosten gefahren.«

Ich sage ihr, es täte mir leid.

»Ich habe gerade eingeparkt und musste sehr schnell ausweichen. Ein kleines Mädchen ist mir vors Auto gelaufen«, sagt sie, ihre Augen verlieren den Fokus. »Sie hat genauso ausgesehen wie Caitlin.«

»Aber Ihnen ist beiden nichts passiert?«, erkundige ich mich, denn mir scheint, so etwas sollte man fragen.

»Das ist das Lustige«, sagt sie kopfschüttelnd. »Caitlin war gar nicht bei mir. Ich hatte sie vergessen. Zu Hause, in ihrem Zimmer, sie hat das Leiterspiel gespielt. Oder Bleiche ausgekippt, Gift aus dem Schrank unter der Spüle gegessen, im Garten ein Feuer angezündet. Wer konnte das wissen?« Sie lacht leise und schüttelt den Kopf. Schüttelt den Kopf sehr lange, dreht ihr Feuerzeug in der Hand. Dann hält sie inne.

»Ich bin wahrscheinlich die schlechteste Mutter der Welt«, sagt sie, die Augen glasig und verwirrt.

Ich sehe sie an, die ganze verschwommene Angst.

Und ich sage: »Is' so.«

Was sie immer zum Lachen bringt. Und es bringt sie auch jetzt zum Lachen, und es ist sorglos, schön.

»Sie ist irgendeinem Kind auf dem Spielplatz ausgewichen«, sage ich, »und gegen einen Pfosten gefahren.«

»Das glaub ich nicht«, sagt Beth.

»Warum sollte sie lügen?«

»Haufenweise Gründe«, sagt sie. »Ich hatte schon mal recht, andere Male. Du glaubst den Leuten, genau wie im Cheer Camp mit diesem Flyer von der St. Regina. Diese zwanghafte Lügnerin, Casey Jaye. Und du bist auf alles reingefallen.«

Beth, die immer wieder die uralten Geschichten ausgräbt, mich mit Asche bestreut. Die immer wieder auf den letzten Sommer zurückkommt. Es war unser einziger Streit, und eigentlich war es gar keiner. Nur dummes Mädchenzeug.

Ich hätte nie gedacht, dass ihr danach wieder Freundinnen werdet, sagte RiRi später. Aber wir wurden es. Das verstehen sie alle nicht. Haben sie noch nie verstanden.

»Beth, kannst du das alles nicht mal gut sein lassen?«, frage ich jetzt, selbst überrascht von der Anspannung in meiner Stimme. »Du hast, was du wolltest. Du bist wieder Captain und kannst tun, was immer du willst. Also hör auf damit.«

»Ich hab mir das nicht ausgesucht«, sagt sie. »Wenn was anfängt, musst du es durchziehen.«

»Was durchziehen? Was, Beth? Was, Captain, mein Captain?«

Sie macht eine Kunstpause, beißt geräuschvoll die Zähne zusammen, eine alte Angewohnheit aus den Zeiten, als wir beide Zahnspangen in unseren offenstehenden Mädchenmündern herumschoben.

»Du verstehst es nicht, oder? Alles, was passiert ist. Das ist alles sie.«

Sie lehnt sich zurück, breitet ihren langen Pferdeschwanz vor ihrem Gesicht aus, vor ihrem Mund. Dann sagt sie etwas, und ich glaube, es ist: »Du bist ihr Ding.«

»Wie?«, frage ich, fühle etwas in meinem Magen zwicken, drücke die Faust darauf.

»Sie steckt hinter allem«, sagt sie und streicht sich den Pferdeschwanz aus dem Gesicht, »hinter allem, was gerade passiert.«

Ich kann nicht glauben, dass ich sie falsch verstanden habe. Oder?

»Das bilde ich mir nicht nur ein«, sagt sie noch mal, beißt die Zähne zusammen und löst sie wieder. »Sie steckt da mit drin.«

Ich habe es missverstanden.

18

MONTAG: EINE WOCHE BIS ZUM ENDSPIEL

Coach verbringt den größten Teil des Trainings in ihrem Büro am Telefon, ihr Gesicht hinter der Hand versteckt.

Als sie herauskommt, klingelt das Handy erneut, und wieder ist sie weg.

An ihrer Stelle schwingt Beth das Zepter oder tut so. Wir haben eine schludrige Trainingsstunde, und Mindy nervt mich, beschwert sich über die roten Rillen und Flecke auf ihrer Schulter, den Abdruck von Tacys Kaepa-Toss-Schuh. Brinnie Cox mit den Hühnerknochen will nur über ihren Zitronen-Detox-Tee reden.

Hilflos nickend schaue ich zur Tribüne hinauf und entdecke Emily. Ein einsamer weißer Pfeifenreiniger, den man da oben aufgestellt hat.

Ständig vergesse ich Emily. Jetzt, wo sie am Boden bleiben muss, ist es, als wäre sie in das schwarze Loch der restlichen Schule gesogen worden.

Gott, es muss schrecklich sein, keine Cheerleaderin zu sein. Wie soll man da wissen, was man zu tun hat?

Ihr Kopf schießt nach links und rechts. Sie beobachtet uns aus der Höhle ihrer Collegejacke heraus, ihr schwerfälliger orthopädischer Moon Boot lässt sie fast zur Seite kippen. Emily, die ich seit drei Jahren kenne, von der ich Tampons geborgt, der ich über jeder Toilettenschüssel der Schule die Haare hochgehalten habe.

»Dürre Bitch«, ruft Beth zu ihr hinauf, als hätte sie meine Gedanken gelesen. »Wie nennen wir deinen knochigen Arsch?«

Emily schüttelt sich wach. »Straff«, ruft sie bereitwillig zurück.

»Straff wie eine Unterstufen-Pussy?«, ruft Beth.

»Straffer!« Emily lacht, und ich erinnere mich an diese Beth, Captain Beth, als Beth sich am kapitänigsten gefühlt hat, hauptsächlich an der Ausübung ihrer formidablen Macht interessiert, mit mir an ihrer Seite.

Danke, Beth, für die Erinnerung. Danke.

Teddy hat Coach letzte Woche @Statlers gesehen, steht in Beths Nachricht. *Trinken, die ganze Nacht am Handy, heulen vor der Jukebox.*

Und?, schreibe ich zurück, es ist fast ein Uhr morgens.

Ich möchte das Handy abschalten. Für heute Nacht fertig sein mit Beth, fertig mit ihrem Gerede über Coach und ihr Auto oder auch mit dem worüber sie früher geredet hat: Tacys zwergenhafte Beine und die Antidepressiva, die sie in Mindys Schultasche gesehen hat, das Sexspielzeug, das sie unterm Kissen ihrer Mutter gefunden hat und das aussieht wie ein rosa Bumerang von Mattel, und vielleicht ist das aus ihrem Barbie-Surfboard geworden, das vor einem Jahrzehnt auf rätselhafte Weise verschwunden ist.

Wie ein verseuchtes Rotkäppchen schleicht Beth ständig durch das Leben aller anderen.

Und?, schreibe ich noch mal.

Eine lange Pause entsteht, und ich kann mir vorstellen, wie Beth ihre Antwort ins Handy hackt.

Manchmal glaube ich allerdings, dass sie absichtlich

so lange für diese epischen, mehrteiligen Nachrichten braucht, damit die Angst steigt: *Was hat Beth vor? Was macht sie jetzt?*

Zzzzt.

Der Handybildschirm blinkt mich endlich an:

Sagt, sie ist rausgerannt und auf dem Parkplatz gegen Pfosten gefahren, abgehauen

Und …?, schreibe ich zurück.

Warum lügt sie uns an? Dich?, schreibt sie. *Und heulen, warum?*

Ich wälze mich auf dem Bett herum, lasse das Handy auf den Teppich gleiten, der Bildschirm blinzelt mich an.

Im folgenden Halbtraum ist der Bildschirm ein Maul mit knirschenden Zähnen.

19
MONTAGABEND

Ich schlafe tief und fest, als ich es höre.

Mein Handy quäkt mich vom Boden aus an.

Ich fühle sein Vibrieren unter meinen tastenden Fingern. Bitte nicht Beth.

Eingehender Anruf: Coach, steht auf dem Bildschirm, und mein Lieblings-Schnappschuss von dem Abend nach der Niederlage der Cougars. Coach auf meiner Motorhaube sitzend, zufrieden, stolz und glücklich.

»Addy«, höre ich das Flüstern. »Addy, ich bin auf dem Boden ausgerutscht. Ich hab ihn gesehen und bin auf was ausgerutscht, und ich wusste nicht, was es war.«

»Coach? Was ist los?« Die Wörter klebrig in meinem schläfrigen Mund.

»Ich hab die ganze Zeit auf meinen Turnschuh geschaut und mich gefragt, was da dran war. Was der dunkle Fleck war.«

Ich glaube, ich träume.

»Coach«, sage ich, drehe mich um, versuche, mich wachzublinzeln. »Wo sind Sie? Was ist los?«

»Es ist etwas passiert, Addy. Das glaube ich. Aber mein Kopf …«

Ihre Stimme so eigenartig, dünn und zerbrechlich.

»Coach – Colette. *Colette, wo bist du?*«

Eine Pause, ein Knarzen aus ihrem Hals. »Komm besser, Addy. Komm besser her.«

Ich bin mir sicher, ich werde gehört, aber falls es so ist, tut keiner was, nicht einmal, als die Garagentür ruckelt, als das Auto mit einem Satz zum Leben erwacht. Manchmal versuche ich nicht einmal, leise zu sein. Manchmal schalte ich alle Lichter ein, hinterlasse eine Leuchtspur von meinem Zimmer durch die Garage bis zu meiner Rückkehr im Morgengrauen, und niemand hat je ein Wort gesagt.

Aber in dieser Nacht tue ich es nicht.

Ich versuche, nicht auf mein Handy zu schauen, das von den Nachrichten zuckt, die angekommen sein müssen, als ich geschlafen habe – alle von der vampirischen Beth, die manchmal überhaupt nicht zu schlafen scheint und heute Nacht anscheinend besonders aufgedreht ist vor lauter Spekulationen und düsteren Einbildungen.

Ich kann jetzt nicht stehenbleiben, um sie zu lesen.

Fast schon in Wick Park sehe ich *The Towers*, einen riesigen Apartmentkomplex, den einzigen in Sutton Grove, auch wenn es einem nicht mal wie Sutton Grove vorkommt, eher wie die kaum sichtbare Landebahn für eine Stahlkiste, die von hoch oben abgeworfen wird.

Ich war schon einmal dort, um Coach abzuholen und sie zu ihrem Auto zu fahren, das sie an der Schule gelassen hatte.

Eines der neuen Bauprojekte oben auf dem Sutton Ridge, es schwebt gefährlich über der Kante, steht immer noch halb leer, weil niemand an der lauten Schnellstraße wohnen will.

Es ist so toll, Addy, hat Coach mal gesagt. Wie ein verlassenes Schloss. *Du kannst schreien und Krach machen und niemand könnte –*

Ich weiß noch, als ich anhielt, winkte Will durch die Glastür der Lobby, Gesicht und Hals gerötet, genau wie bei ihr. Seine Haare nass und robbenglitschig. Und Coach, die sich, während sie zu meinem Auto lief, noch den linken Schuh überstreifte.

Der würzige Geruch an ihr, als sie meine Autotür öffnete, so stark, dass er in der Luft um sie zu schweben schien.

Ihr Gesicht leuchtend, ihr rechtes Bein immer noch zitternd.

Ich musste es immerzu ansehen.

Aber das war vor Wochen, mitten am Tag, und jetzt kommt mir überhaupt nichts mehr bekannt vor. Ich muss den Komplex dreimal umrunden, bis ich das richtige Gebäude finde, und dann Wills Namen vorn an der großen beleuchteten Tafel suchen.

Die ganze Zeit denke ich währenddessen an Coachs Stimme am Telefon.

»Ist er gerade da?«, hatte ich mit einem unguten Gefühl im Bauch gefragt. »Ist Will bei Ihnen?«

»Ja«, sagte sie. »Er ist hier.«

»Geht es ihm gut?«

»Ich kann nicht hinsehen«, sagte sie. »Zwing mich nicht, hinzusehen.«

Sie sagt nichts an der Sprechanlage, drückt nur den Summer.

Das Dröhnen in meinem Ohr, es ist wie diese Tornado-Übung in der Grundschule, die handbetriebene Sirene, die gnadenlos heulte, wir alle zusammengekauert, mit dem Gesicht zu den Kellerwänden, die Köpfe an die Brust gezogen. Beth und ich eng zusammengedrängt, die Beine aneinandergepresst. Das Geräusch unseres eigenen Atems. Bevor wir alle aufhörten zu glauben, dass ein Tornado oder irgendwas uns je etwas anhaben könnte.

Im Aufzug leuchten die Zahlen und in mir setzt ein ganz komisches Gefühl ein. Es ist wie vor einem Spiel. Die Brust rausgedrückt, wippe ich auf den Zehen, in meinem Kopf schießt alles wild hin und her *(Arm höher, keine Angst, zähl es aus, zieh an und lass es singen),* mein Körper so angespannt und bereit, dass ich mich fühle wie eine Sprungfeder: *Lasst mich frei, lasst mich frei, ich zeige euch, wie wild ich bin, wie hinreißend.*

»Addy«, sagt Coach erschrocken, als sie die Tür öffnet, als hätte sie fast vergessen, dass sie mich angerufen hat, als wäre ich vor ihrer eigenen Haustür aufgetaucht, unerklärlicherweise, mitten in der Nacht.

Die Wohnung ist dunkel, eine Bodenlampe wirft einen Halogenkegel in die hintere obere Ecke. Ein abgedecktes

Aquarium sprudelt auf einem Tisch an der Wand, das trübe Wasser wirkt fast als würde es rauchen, ein fluoreszierender Hexenkessel, ohne dass Fische zu sehen wären.

Sie sieht winzig aus, ihr stählerner Rücken in sich zusammengesunken. Barfuß, eine Nylon-Windjacke so hoch zugezogen, dass sie ihren Hals und die Kinnspitze bedeckt. Ihre klammen Haare hinter die Ohren gestrichen.

»Coach«, beginne ich.

»Zieh deine Schuhe aus«, sagt sie mit verkniffenem Mund. Ich glaube, es sei wegen des Parkettbodens, auch wenn er nicht so hübsch aussieht, streife meine Flip-Flops ab und lasse sie an der Tür.

Wir stehen in der Diele, die sich zu einem kleinen Essbereich mit einem schweren, schwarzglänzenden Tisch hin öffnet. Direkt dahinter befindet sich das Wohnzimmer, eingerahmt von den harten Winkeln einer Ledercouchgarnitur.

Als ich mich wieder zu ihr umdrehe, sehe ich etwas in ihren Händen, ihre Tennisschuhe, gebündelt und klatschnass.

»Ich hab sie im Spülbecken gewaschen«, beantwortet sie meine unausgesprochene Frage. Plötzlich drückt sie mir die Schuhe in die Hand.

»Halt sie mal, ja? Weil ich nachdenken muss. Ich muss meinen Kopf in Ordnung bringen.«

Ich nicke, aber mein Blick huscht immer wieder zur Rückseite der großen Couchgarnitur, die sich im Zimmer ausbreitet wie ein auseinanderlaufender Fleck.

Vielleicht ist es die trübe Dunkelheit, das Phosphoreszieren des blubbernden Aquariums.

Hauptsächlich sind es aber Coachs Augen, die zu

vibrieren scheinen, wenn sie mich ansieht, Pupillen wie Stecknadelköpfe.

»Was ist da drüben?«, frage ich, recke den Kopf Richtung Sofa. »Coach, was ist da drüben?«

Sie sieht mich kurz an, fährt sich mit der Hand durch die Haare, die so dunkel aussehen.

Dann lässt sie den Blick zum Sofa wandern, und ich folge ihr mit meinem.

Ich halte die Schuhe fest und schiebe mich langsam Richtung Sofa.

Ich kann hören, wie sie hinter mir atmet, in kratzenden Schlucken. Alles beobachtet.

Die Bodendielen knarren, und das Sofa ragt drohend vor mir auf, krümmt sich um die Raummitte.

Ich gehe langsam, von dem Geruch nach Bleiche aus den Sneakern wird mir allmählich schlecht. Ich spüre, wie unter meinem nackten Fuß etwas wegrutscht und über den Boden trudelt. Etwas Kleines, wie ein Knopf oder eine Garnspule.

Als ich näherschleiche, drei, dann anderthalb Meter vom Wohnzimmerbereich entfernt, wirkt die Sofalehne größer, höher als die Football-Querlatte, dann das Emblem der Eagles auf dem Feld, mit ausgebreiteten Adlerflügeln.

Mein rechter Fuß baumelt über dem runden Teppich in der Zimmermitte. Draufzutreten kommt mir vor wie in schwarzes Wasser zu steigen.

Zzzt! Mein Handy wie Knallerbsen in meiner Tasche. *Zzzt!*

Ich bin mir sicher, Coach hat die Vibration gehört, aber falls ja, zeigt sie es nicht, so fixiert ist sie auf das Sofa und was dahinter liegt.

Ich drehe den Körper, taste nach dem Aus-Knopf und drücke ihn so fest, dass ich fast das Handy aus meiner Tasche werfe.

Tief durchatmen.

Tief durchatmen.

Ich, jetzt nur noch ein paar Schritte von der Rückenlehne des gewundenen Sofas entfernt, spähe um die scharfe Kante des Sofas, um seinen schuppigen Lederarm. Ich sehe etwas auf dem Boden.

»Ich bin mit dem Schlüssel reingekommen, den er mir gegeben hat«, beantwortet Coach jetzt weitere unausgesprochene Fragen. »Zuerst hab ich geklingelt, aber er hat nicht aufgemacht. Ich bin reingegangen, und da lag er. Ohhh, da war er.«

Als erstes sehe ich das Glänzen dunkelblonder Haare zwischen den Fäden des Teppichs.

Dann, nach einem Schritt nach vorn, sehe ich mehr.

Coachs Turnschuhe rutschen mir aus den Händen, ein Schnürsenkel kitzelt mein Bein, als sie dumpf auf dem Teppich landen.

Da ist er.

Da ist er.

Da ist Sarge. Da ist Will.

»Addy«, flüstert Coach hinter mir. »Ich glaube, du willst nicht … Ich glaube, du musst nicht … *Addy* … ist es so, wie ich denke?«

Seine Brust ist nackt, er trägt nur ein Handtuch, die Arme ausgestreckt, wie eines dieser laminierten Heiligenbilder, die katholische Mädchen immer vom Katechismusunterricht mitgebracht haben.

Der Heilige Sebastian, den Kopf stets in den Nacken

geworfen, der Körper gleichzeitig strahlend und gemartert.

»Addy«, sagt Coach, beinahe wimmernd. Wie die kleine Caitlin, gerade aufgewacht und ängstlich.

Ich schaue nur weiter hin. Auf Will. Auf den Boden.

Auf diesen Heiligenbildern sind ihre Körper immer verdreht, gespalten, aufgerissen, die Gesichter jedoch so schön, so friedlich.

Doch Wills Gesicht sieht nicht redlich und erhaben aus.

Mein Blick bleibt dort hängen, wo Wills Mund war, jetzt aber eine rote Blume ist, deren Ranken sich in alle Ecken ausbreiten, und wie bei einer Mohnblume ein tintenschwarzer Wirbel in der Mitte.

Auf diesen Heiligenbildern schauen ihre Augen mit den hübschen Wimpern immer nach oben.

Und so zerstört Wills schönes Gesicht auch ist, seine Augen, die starren auch nach oben.

Aber mir scheint, nicht ins Reich Gottes, sondern an den wackligen Deckenventilator.

Er schaut nach oben, damit er nicht die Ruine seines Gesichts sehen muss.

Hinter seinem Kopf ist der Teppich dunkel und nass.

Ich kann den Blick nicht von ihm abwenden, von dem hellen Streifen seines Gesichts.

Es ist, als sähe ich Will und auch noch etwas anderes. Die alte Frau aus dem Bus, die mit den schwarzen Augen, von der Will sicher war, dass sie bis in sein Innerstes blicken konnte. Diese Geschichte schien mir nie echt, es kam mir vor, wie wenn dir jemand einen Traum erzählt und diese Person schafft es nicht, dass du dasselbe fühlst wie sie. Es fühlte sich für mich nicht echt an, nur wie etwas, das ich verstehen wollte, aber nicht konnte. Doch jetzt kann ich es plötzlich. Der Hut der Frau nach oben geneigt, Augen wie Schiefer.

»Hör auf zu weinen«, fleht Coach. »Addy, hör auf zu weinen.«

»Ich hab ihn nicht angefasst«, sagt Coach, und ich bekomme keine Luft, aber sie will nicht warten. »Als ich rübergerannt bin, bin ich drauf ausgerutscht.«

Sie zeigt auf drei kleine weiße Dinger, die auf dem Boden verstreut liegen. Das Etwas, was ich unter meinem Fuß wackeln gespürt und übers Parkett gewirbelt habe. Ein Knopf oder eine Garnspule.

»Was ist …« Aber dann weiß ich es plötzlich.

Ich drehe mich wieder zu Wills Mohnblumengesicht um, dessen untere Hälfte fehlt, und ich weiß, was es ist.

Ich höre, wie ein Stöhnen aus mir herausdringt, umklammere mit den Fingern meine Zähne, wie um mich zu erinnern, dass sie noch da sind.

»Coach, *warum bin ich hier?*«, sagt jemand mit einer Stimme, die ich undeutlich als meine eigene erkenne. Die Wörter purzeln einfach heraus, erstickt und verloren. »Warum sollte ich herkommen?«

Aber sie antwortet mir nicht. Ich glaube nicht einmal, dass sie mich gehört hat.

Zzzzt! Mein Handy, mein Handy. Als würde ein Paddel auf mein Herz einschlagen.

Beth. Ich bin mir sicher, ich habe den Knopf lang genug gedrückt, um es für alle Zeiten auszuschalten, aber ich muss ihn so lang gedrückt haben, dass ich es wieder eingeschaltet habe.

So, wie es klingelt, ist es, als wäre Beth auch mit im Raum. Und ich habe Angst, das Handy auch nur anzurühren, denn es kommt mir so vor, als würde Beth es wissen, wenn ich es ausschalte, weil sie ja immer alles weiß. Als wäre sie jetzt hier, mit ausgefahrenen Krallen.

»Siehst du es?«, fragt Coach, immer noch drei Meter von mir entfernt, sie will nicht näherkommen.

»Ich sehe *ihn*«, sage ich, so ruhig ich kann, meine Finger kratzen an meinem Handy, versuchen, den Aus-Knopf lange genug zu halten, damit es aufhört. Sobald ich loslasse, *Zzzzt!*, bebt es wieder. »Natürlich sehe ich ihn.«

»Nein«, sagt sie, und ihre Stimme wird noch leiser, aber eindringlicher. »Auf dem Boden.«

Ich will nicht noch mal hinsehen, aber ich tue es. Seine Hände, die Handflächen nach oben, seine Beine, die seltsam violett aussehen.

Da bemerke ich die Pistole, die unter seinem linken Bein hervorlugt.

Ich drehe ich mich zu Coach um, die vor dem Esstisch steht, eine feuchte Haarsträhne hinters Ohr klemmt. Sie sieht jünger aus als ich, denke ich.

»Er hat sich das selbst angetan?«, flüstere ich, will es nicht laut sagen.

»Ja«, sagt sie. »Ich hab ihn gefunden.«

»Gab es eine Nachricht oder sowas?«

»Nein.«

»Sie haben nicht die Polizei angerufen«, sage ich. Vielleicht ist es eine Frage, vielleicht auch nicht.

»Nein.« Bevor ich fragen kann, warum, fügt sie hinzu: »Ich glaube, niemand hat es gehört. Er hat noch keine Nachbarn.«

Wir schauen beide an die Wände links und rechts von uns. Der Raum wirkt unglaublich klein.

»Ich weiß nicht, wann es passiert ist«, sagt Coach. »Ich weiß gar nichts.«

Gedanken kommen mir, an Will und seine unruhigen Gefühlstiefen.

Plötzlich spüre ich einen Verlust.

Ich kann nicht lange genug daran festhalten, um herauszufinden, warum das so ist, aber plötzlich tue ich mir beschämenderweise selbst leid.

In diesem Moment ist jedoch eine Veränderung in ihr vorgegangen.

»Addy«, sagt sie, jetzt schneller. »Wo ist dein Auto?«

»Ich weiß nicht«, antworte ich. Von ihr geht eine Fluchtenergie aus, sie schiebt sich langsam Richtung Tür.

Es ist, als hätte sie mir gerade einen *Triple Toe Touch* rückwärts gezeigt, drei schnelle *Scissor Kicks*, die Landung, um dann zum finalen *Back Tuck* zurückzuspringen. Ohne dass ihre Hände den Boden berühren. Nicht ein einziges Mal.

Aber irgendwas nagt an mir. Hält mich zurück.

»Wart mal, Coach«, sage ich. »Wo ist Ihr Auto?«

»In der Werkstatt. Schon vergessen?« Sie sagt es knapp, als wäre ich ihre tranigste Schülerin.

»Und wie sind Sie dann hergekommen?« Ich gehe auf sie zu.

»Oh«, sagt sie. »Ich hab ein Taxi genommen. Ich hab mich aus dem Haus geschlichen. Matt hat geschlafen. Er hat zwei Pillen genommen. Ich musste Will sehen. Also hab ich ein Taxi gerufen.« Eine Pause zwischen jedem Satz, als läse sie von Karteikarten ab. »Aber ich konnte kein Taxi rufen, das mich wieder zurückbringt, oder?«

»Nein, Coach«, sage ich. »Das konnten Sie wohl nicht.«

»Und ich kann jetzt nicht mit dem Taxi zu Hause auftauchen.« Sie spricht wieder schneller.

Zzzzt!

Mein Handy.

Zzzzt!

Aber diesmal steht sie direkt neben mir, und sie ist wieder Coach. Ihr Arm schnellt vor, ihre Finger haken sich um meine Hand in der Hosentasche.

»Was ist das? Wer ruft da an?«

»Niemand ruft an«, sage ich, ihre warmen Finger halten mich eisern, wie wenn sie dir einen Schubs gibt, damit du springst, das Gewicht stemmst, das Gewicht von fünf Mädchen, mühelos.

Sofort bin ich nicht mehr in Wills Apartment, sondern im Training, und ich habe Ärger.

»Eine SMS«, sage ich. »Ich bekomme ständig SMS.«

»Mitten in der Nacht?« Sie zieht mit einem Ruck mein Handgelenk aus der Tasche, und das Handy klappert auf den Boden.

Gnädigerweise fliegt der Akku heraus.

»Heb es auf«, sagt sie. »Gottverdammt, Addy.«

Ich will mich bücken.

»Fass nichts an!«, schnauzt sie, und ich sehe, dass eine meiner Hände beinahe auf dem glänzend schwarzen Lack des Tisches ruht.

Ich richte mich wieder auf, schaue auf die Tischplatte und sehe mein verschmiertes Gesicht darin gespiegelt, schwarze, ausdruckslose Augen.

Eigentlich ist da nichts.

»Addy, wir müssen weg, wir müssen weg«, sagt Coach, ihre Stimme knirscht in mir. »Bring mich hier raus.«

Kurz darauf rennen wir über den Parkplatz, mein saphirblauer Acura ist wie ein Leuchtfeuer.

Wir fahren, die Nacht ist hohl und sternenlos, und die ganze Welt schläft sanft, Öfen schnurren und Fenster sind fest geschlossen, die Sicherheit von Menschen, die darin geborgen sind, in dem wärmenden Wissen um ein Morgen und ein Übermorgen von solch summender Gleichförmigkeit.

Ich habe die Autofenster unten, spüre die kristallklare Kühle, und denke mich in diese Welt hinein, die ich kenne. Ich stelle mir vor, wie ich es mir in solchen Annehmlichkeiten bequem mache, Annehmlichkeiten, so eng, dass sie dich erdrücken könnten. So eng, dass sie mich immer erdrücken.

Gab es denn kein Glück mehr auf der Welt? Hier und dort?

Hier in diesem bleichmittelvernebelten Auto, sie neben mir. Immer noch hält sie ihre Sneaker zwischen den Beinen. Unaufhörlich bearbeiten ihre Finger die Lasche, ihr Blick ist nachdenklich, fast träumerisch auf die Straße gerichtet.

Ich kann mir nicht vorstellen, was sie denkt.

Als wir schließlich in ihre Straße einbiegen, bittet mich Coach, zwei Häuser weiter anzuhalten.

»Mach die Fenster zu«, sagt sie. Ich gehorche.

»Addy, alles wird gut«, sagt sie. »Vergiss das alles einfach.«

Ich nicke, mein Kinn zittert von der Kälte, von der erbärmlichen Einsamkeit dieser Fahrt, fünfzehn, zwanzig Minuten im Auto. Sie hat die ganze Zeit kein Wort gesagt, wirkte wie in eine Art launenhafte Träumerei versunken.

»Du fährst jetzt einfach nach Hause und tust so, als wäre es nie passiert«, sagt sie. »Okay?«

Als sie aus dem Auto steigt, trifft mich die Bleichegeruchfahne der Schuhe wie eine Ohrfeige.

Ich kann die Zündung nicht einschalten, sitze nur da.

Könnte ich klar denken und hätte das Gefühl, die Welt ergäbe irgendeinen Sinn, würde ich vielleicht zur Polizei fahren, den Notruf wählen. Wenn ich diese Art Mensch wäre. Stattdessen schaue ich auf mein Handy. Ich muss Beth antworten. *Bin eingeschlafen, Bitch*, tippe ich. *Manche von uns schlafen auch mal.*

Immer noch sitze ich einfach so da und warte eine Minute auf ihre Antwort. Aber mein Handy liegt nur so da.

Keine Beth.

Ich sollte mich besser fühlen – Beth ist wie ein Derwisch endlich selbst in erschöpften Schlummer gesunken, ihre Schreckensherrschaft ist erst einmal vorüber –, aber es ist nicht so.

Stattdessen habe ich ein ungutes Gefühl, von dem ich weiß, dass es mich die ganze Nacht nicht loslassen wird, das sich zu dem größeren Übel gesellen wird, dem albtraumhaften und bedrohlichen Gefühl, das mich wahrscheinlich nie wieder verlassen wird.

Ich lasse alle Fenster herunter und atme durch.

Dann starte ich den Wagen und fahre ganz langsam an Coachs Haus vorbei, nur um zu sehen, ob noch Licht brennt.

Plötzlich sehe ich eine schnelle Bewegung, wie ein Pfeil, ihre Einfahrt herunter auf mein Auto zukommen.

Bevor ich auch nur Luft holen kann, klatschen Coachs Handflächen an meine Windschutzscheibe, mein Herz erwacht mit einem Ruck zu schrecklichem Leben.

»Ich wollte gerade losfahren, ehrlich«, jaule ich auf und schalte den Motor aus, als sie sich durch das Beifahrerfenster lehnt. »Niemand hat gesehen …«

»Du bist meine Freundin«, platzt sie heraus, in ihrer Stimme ein Schmerz. »Die einzige Freundin, die ich je hatte.«

Bevor ich etwas sagen kann, rennt sie wie ein Windhund über ihren Rasen und verschwindet lautlos im dunklen Haus.

Lange bleibe ich einfach sitzen, die Hände im Schoß, das Gesicht warm.

Ich will das Auto nicht starten, losfahren, irgendwas tun.

Ich habe noch nie irgendwem irgendwas gegeben. Nicht so.

Ich habe noch nie jemandem etwas bedeutet.

Nicht so.

Vorher hat es mich nie gegeben.

Jetzt bin ich.

Als ich endlich in meinem zerwühlten Bett liege, irrt mein Blick über alle Nachrichten von Beth.

2:03 Uhr, 2:07 Uhr, 2:10 Uhr.

Im Statlers hat Coach Jacky Ginger getrunken und war 1 Stunde am Handy, hat ständig nur gesagt warum tust du mir das an warum

Barmensch sagt, sie war früher immer da, als sie jung war, hat mit harten Typen von der Rennstrecke getrunken und sich einmal beide Handgelenke gebrochen als sie genau auf dem Parkplatz hingefallen ist.

… wie assi sie ist. Sollte froh sein, dass Matt so tief gesunken ist und sie am Kragen gepackt hat, weil …

Dann, um 2:18:

WO BIST DU, SCHEISSE NOCH MAL? Schreib besser zurück, sonst komm ich rüber. DAS MACH ICH. VERARSCH MICH NICHT …

… und dann um 2:27 die letzte.

Stehe vor deiner offenen Garagentür, aber wo ist d1 Auto? Hmmm …

Das muss eine Lüge gewesen sein, rede ich mir ein. Aber ich weiß, es stimmt. Ich weiß, sie stand um 2:27 Uhr vor meinem Haus, übers Lenkrad des Miata ihrer Mutter gebeugt. Ich weiß es.

Ich frage mich, wie lange sie gewartet und was sie gedacht hat.

Ich frage mich, was ich sagen werde und wie ich sie dazu bringen soll, es zu glauben.

In diesem Knäuel aus Angst vergesse ich alles bis auf Beths scharfsinnige Schlitzaugen.

Dieser Blick auf mir, auch jetzt.

Im schwärzesten Moment in dieser Nacht, als ich endlich in den Schlaf sinke, ein Traum von Beth und mir, kleine Kinder, Beth bearbeitet die harten Stäbe des uralten Karussells, das es früher im Buckingham Park gab, dreht uns, dreht. Und wir liegen flach darauf, auf seiner warzigen Oberfläche, die Köpfe aneinandergedrückt.

»Du hast es so gewollt«, sagt sie atemlos. »Du hast gesagt, schneller.«

20
DIENSTAG: SECHS TAGE BIS ZUM ENDSPIEL

Es ist früh, eine Stunde vor der ersten Stunde, aber ich habe das mit dem Schlafen aufgegeben, all diese Albträume im Halbschlaf von meinen in blutnassen Teppich eingesunkenen Füßen und Aquarien, die rötlich-violette Blasen blubbern.

Du hast gestern Nacht einen toten Mann gesehen. Das sage ich in meinem Kopf. *Du hast mit eigenen Augen einen Selbstmord gesehen.*

Du hast Will gesehen, tot.

Also sitze ich zusammengesunken vor meinem Spind, knete die Seiten meiner Schulbuchausgabe von *The Odyssey of Man*, einen fetten grünen Textmarker im Mund.

Beth segelt zur Eingangstür herein.

Ich erwarte Unmittelbares: ein finster verzogenes, gebräuntes Gesicht, wenn sie mich fragt, wo ich gestern Nacht gewesen bin, warum ich aufgehört habe, ihr zurückzuschreiben.

Aber stattdessen streckt sie mir die Hand entgegen, zieht mich hoch, ihr Gesicht lebhaft und mysteriös, und führt mich, den Arm um mich gelegt, in die Cafeteria.

Wir holen uns einen fettschmierigen Chocolate Chip Muffin, den wir in der rotierenden Toastmaschine warm machen. Ich stehe daneben, die Hitze strahlt von den Heizspiralen ab, und ich stelle mir vor, wie ich für noch ungenannte Sünden ewige Verdammnis erleide.

Doch dann ploppt der Muffin heraus und fällt mir in die Hände. Gemeinsam essen wir ihn in langen, klebrigen Bissen, die wir nicht runterschlucken. Sonst ist niemand da, also können wir es tun. Beth füllt hohe Becher mit warmem Wasser, um es leichter zu machen, und wir spucken den Muffin hinterher in unsere Servietten.

Als wir fertig sind, geht es mir viel besser.

Bis Beth anfängt, mir von ihrem Traum zu erzählen.

»Es war nicht einfach irgendein Traum«, sagt sie, leckt sich die Finger, unter jedem glitschigen fuchsiafarbenen Nagel. »Es war wie schon mal. Wie mit Sandy.«

Solange ich sie kenne, hat Beth immer wieder Träume von düsteren Geschehnissen, wie in der Nacht, bevor ihre Tante Lou vom Treppenabsatz im ersten Stock fiel und sich das Genick brach. In dem Traum kam ihre Tante zum Frühstück und verkündete, sie besäße ein neues Talent. Dann hob sie den Unterarm an den Hals und zeigte ihnen, wie sie ihren Kopf um 360 Grad drehen konnte.

Oder als wir zehn waren und Beth eines Tages zur Schule kam und sagte, sie hätte geträumt, sie hätte Sandy Hayles aus dem Fußball-Camp hinterm Geräteschuppen gefunden, ein Bettlaken fest über ihr Gesicht gezogen. Am folgenden Samstag sagte unser Fußballcoach uns, Sandy habe eine Blutkrankheit und käme nie wieder zum Camp.

»Was hast du geträumt?«, frage ich und kämpfe gegen das nervöse Kribbeln in meinem Nacken, an meinen Schläfen.

»Wir haben Toe Touch Jumps gemacht, hoch oben auf einem der Aussichtspunkte, wie das eine Mal, weißt du noch?«, sagt sie. »Aber dann haben wir ein Geräusch gehört, als würde etwas ganz tief fallen. Ich bin rüber zur Kante gegangen, um in die Schlucht zu schauen, konnte aber überhaupt nichts sehen. Aber spüren konnte ich es, weil es vibriert hat, wie deine Kehle, wenn du schreist.«

Und ich denke, ja, wie wenn wir alle beim Spiel schreien, mit vibrierenden Kehlen und stampfenden Füßen, und die Tribüne bebt, alles. Ich kann das alles jetzt in Gedanken hören.

»Dann hab ich wieder zu dir hochgeschaut. Es war so dunkel da oben, und du warst so weiß, aber deine Augen waren schwarz, wie dieses Vulkangestein im Geologieunterricht.«

Die Schultern zusammengezogen, ein lauernder schwarzer Vogel, beugt sie sich zu mir vor.

Plötzlich kommt es mir vor, als wäre ich diejenige, die träumt, die immer noch gefangen ist in diesem Albtraum vom Einsinken in Teppiche, von blutigen Fußabdrücken und einem blubb-blubbernden Aquarium, das sich öffnet und schließt wie Herzklappen.

»Aber Addy, der untere Teil von deinem Gesicht war weg«, flüstert sie, ihre Finger wandern an ihr Kinn, ihre Lippen. »Und dein Mund war nur noch so ein weißer Fleck.«

Mir stockt der Atem.

»Ich bin abgerutscht«, fährt sie fort. »Du hast mein Handgelenk gepackt und versucht, mich hochzuziehen, aber es hat wehgetan und ich hab nach unten gesehen und etwas hat mich geschnitten, etwas an deiner Hand.

Und du hast deine andere Hand angehoben, und da war ein Mund, mitten in deiner Handfläche – und dadurch hast du gesprochen, und du hast etwas sehr Wichtiges gesagt.«

Ich schaue auf meine Handfläche. »Was hab ich gesagt?«, frage ich und starre das Weiß meiner offenen Hand an.

»Ich weiß nicht«, seufzt Beth, lehnt sich kopfschüttelnd zurück. »Aber dann hast du es gemacht.«

»Was gemacht?«

»Du hast losgelassen«, sagt sie. »Wie damals, bevor du gelernt hast, wie man richtig sichert.«

Greif nach dem Körper, nicht nach den Gliedmaßen.

»Du hattest mein Handgelenk, und dann nicht mehr. Du hast losgelassen. Wie immer.«

Mein Kopf ist heiß, mein Magen bockt, ich drücke mir die Serviette ins Gesicht. Ich kann mich nicht erinnern, wann ich das letzte Mal etwas gegessen habe, und ich wünsche mir fast, ich hätte diesen Muffin wirklich gegessen. Fast.

»Das ist kein besonderer Traum«, sage ich. »Es ist nicht mal was passiert.«

»Alles ist passiert«, sagt sie noch mal, zieht Lipgloss aus ihrer Jeanstasche. »Du weißt, wie es läuft. Alles wird rauskommen.«

Ich versuche, die Augen zu verdrehen, da dreht sich mir der Magen um, und ich muss nach der Serviette greifen. Das Würgen ist peinlich, aber außer Schokoladenresten kommt nicht viel hoch, matschiger Schlick tropft mir am Handgelenk herunter.

»Schatz«, sagt Beth. »Du warst auch schon mal härter. Wirst weich wie Pudding. Jetzt, wo ich wieder Captain bin, mach ich dich wieder *tight.* Ich mach dich richtig *tight.*«

»Ja«, sage ich, sehe zu, wie Beth den Gloss-Stab schwingt wie eine Magierin. »Wie kommt es eigentlich, dass in deinen Träumen immer ich die schlimmen Sachen mache?«

Sie reicht mir den Stab.

»Schlechtes Gewissen.«

Nach der Geschichtsstunde sehe ich Beth wieder. Sie wartet vor der Tür auf mich.

»Das war's«, sagt sie. »Ich wusste es. Ich wusste, da geht was schief. Coach und Will, *c'est fini.*«

»Hm?«

»Er ist heute nicht am Anwerbertisch«, sagt sie. »Da ist nur dieser rothaarige Private First Class.«

So schnell, denke ich. *So schnell.*

»Das heißt gar nichts«, sage ich und drehe mich um. Aber sie packt mich an der Gürtelschlaufe. Ein Teil von mir ist froh, dass ihre gespenstische Stimmung vom Morgen verflogen und sie einfach wieder die normale, knallharte Beth ist, aber ein anderer Teil von mir mag ihre nervöse Unruhe nicht.

»Ich hab mich mal erkundigt«, flüstert sie, so nah, dass ich die Kerbe in ihrer Zunge sehen kann, wo früher der Stecker war, bevor sie beschloss, dass Zungenpiercings was für die Unterstufe waren. »Der kleine Private sagt, sie wissen nicht, wo der Sarge ist. Und er geht nicht an sein Handy.«

Ich sage nichts, drehe nur das Zahlenschloss an meinem Spind.

»Also gib dir das mal: Private sagt, manchmal entfernt sich Sarge einfach unerlaubt von der Truppe. Und sie nerven ihn nicht damit, melden es nicht. ‚So ist er eben', hat mir die Lusche gesagt. Sie lassen es durchgehen, weil er ein paar Probleme im Leben hatte. Irgendwas mit seiner Frau und einer Schaufensterscheibe«, sagt Beth und verdreht leicht die Augen.

»Und wieso heißt das, dass er mit Coach Schluss gemacht hat?«, frage ich, während ich so tue, als suchte ich was in meinem Spind.

»Ich sag dir, der Typ hat ’ne neue Alte«, sagt sie und pfeift leise. »Was glaubst du, wer es ist? Ich sag Mrs. Fowler, Töpfern, die dreht immer diese Tontöpfe, breitbeinig, damit die Jungs es sehen.«

»Glaub ich nicht«, sage ich.

»Tja, wenn es RiRi wäre, hätte sie inzwischen schon Fotos auf Facebook gepostet. Ich glaub sowieso nicht, dass er auf jung und dünn steht. Und wir wissen, *du* bist es nicht.«

»Ist doch auch egal«, versuche ich es mit vernebeltem Kopf.

Sie zögert kurz, mustert mich und lächelt. »Addy-Faddy, ich frage mich gerade wirklich, ob es das war, was du gestern Nacht gemacht hast.«

»Was?«, flüstere ich.

»Unseren sitzengelassenen Coach trösten, natürlich«, sagt sie.

»Nein.« Ich lasse meine Spindtür zufallen.

»Ich hab Besseres zu tun«, füge ich hinzu und versuche, ihr wölfisches Lächeln zu erwidern, vielleicht sogar zu übertreffen.

Bis zum Training sehe ich Coach den ganzen Tag nicht.

Ich schreibe ihr viermal, aber sie antwortet nicht.

Sechs Stunden lang habe ich darüber gegrübelt, wie sie den Tag durchsteht. Ob sie innerlich dasselbe schwammige Elend fühlt wie ich. Als ich den glänzend braunen Vorhang von Coachs Haaren von hinten sehe, ihre yogastraffe Haltung, habe ich fast Angst, ihr ins Gesicht zu sehen. Dass sich unsere Blicke treffen und sich alles überschlägt, bis ich den Geruch wahrnehmen, das gurgelnde Aquarium hören kann.

Wie wird es wohl für sie sein?

Doch als sie sich umdreht – hätte ich es wissen müssen?

Ihr Blick streift mich nur, als hätten wir nichts gemeinsam, schon gar nicht das.

Diese steinharte Eleganz ist verblüffend. Ich denke, sie muss auf Tabletten sein, und halte nach dem leichten Schleifen beim Gehen Ausschau, dem Verzögerten beim Reden. Aber ich kann es nicht genau sagen.

Alles, was ich weiß, ist, dass sie ihre Stunt-Liste dabei hat, ihren lila Gelschreiber mit dem Klick-klick-klick, wenn sie uns abhakt, Roundoff, Walkover, Handstand, Handspring, Front Limber.

Tumbling-Übungen, zwei Stunden lang. Beste Ablenkung überhaupt.

Wir machen Back Tuck um Back Tuck, springen vom Standing Pike in Flips, Handsprings. Unsere Körper bocken, und als ich RiRi sichere und die Reihe der Mädchen ansehe, überkommt mich eine Art Ruhe, die in meiner Brust summt. Das Versprechen auf Ordnung.

Meinen Körper kann ich zum Beispiel ducken und springen und federn, als wäre ich unberührbar, keine Angst, die hinter meinen Augen flattert, kann meinem Körper, der unbesiegbar ist und ganz mir gehört, etwas anhaben.

Erst als ich RiRi bei der letzten Drehung sichere, entdecke ich Beth, die in Trainingsshorts bummelig an der Tür zur Umkleide herumlungert.

Es verunsichert mich, aber ich streife es ab, und stattdessen fangen meine Augen das Aufblitzen pinker Gänseblümchen auf, die jedes Mal vor mir gestreut werden, wenn RiRis Rock hochschnellt.

Wieso sind die Höschen anderer Mädchen eigentlich immer so viel interessanter als die eigenen, denke ich.

»Okay, lasst mich mal eure Scorpions sehen«, sagt Coach.

Alle ächzen leise. RiRi sagt, sie sei heute nicht annähernd »stretchig« genug, sie könne keinen machen, zumindest keinen vernünftigen, denn man müsse klein sein, klein genug, um zu fliegen. Ich bin es, zumindest beinah. Ich war es. Und ich kann es immer noch. Der Körper erinnert sich.

Es war Beth, die mir den Skorpion beigebracht hat, ihre Hände an meinem hinteren Bein: Sie hob es langsam hinter mir an, höher und höher, bis mein linker Fuß schließlich meine erhobene Hand traf. Bis mein Körper eine lange Linie wurde.

Sie hat es uns allen beigebracht, damals, als sie ein echter Captain war. Sie musste eine Hundeleine einsetzen, die wir an unseren Knöchel banden und dann versuchten, ihn hochzuziehen. Beim Centaurus-Spiel, als ich den Fuß zum ersten Mal bis knapp an die Stirn brachte und mich zwang, mich gerade aufzurichten, durchzuckte mich ein Schmerz, der so überwältigend war, dass ich Sterne sah.

Danach schenkte mir Beth eine rosa Camouflage-Leine mit meinem Namen in Glitzer darauf.

Als ich es jetzt mache, spüre ich, wie sich mein Körper zusammenzieht, dann löst, warm, perfekt.

Ich schließe die Augen und sehe beinahe die Sterne.

Als ich sie wieder öffne, sehe ich, dass Coach mich ehrlich anlächelt, und Beth sieht zu und nickt. Und ich vergesse alles. Ich mache einfach.

»Alles wird gut, Addy«, sagt sie. »Niemand wird es je erfahren.«

Es ist danach, kurz nach Sonnenuntergang, Coach fährt, wir beide reden über alles.

»Jimmy – Private Tibbs – hat es mir gesagt. Heute Nachmittag ist er zur Wohnung rausgefahren und hat den Hausmeister dazu gebracht, ihn reinzulassen. Er wollte, dass ich es von ihm erfahre.«

Ich sage einen Moment lang nichts, spüre, wie sie zu mir hersieht. Dann frage ich: »Was genau hat er gesagt?«

Sie schaut wieder auf die Straße. »Er hat mir gesagt, Sarge sei was passiert. Dann konnte er lange nicht weiterreden. Ich hab gewartet. Es war fast, als hätte ich vergessen, dass ich es schon wusste.« Sie zögert kurz. »Was gut war, denke ich. Denn ich glaube, ich habe ehrlich überrascht gewirkt, als er es mir gesagt hat.«

Ich merke, wie ich nicke, weil ich nicht weiß, was ich sonst tun soll.

»Er hatte dieses Zeug, das er aus dem Internet ausgedruckt hatte. *Verwundeter Krieger: Selbstmord beim Militär.* Er sagte, es sieht aus, als hätte sich Sarge suizidiert. So hat er sich ausgedrückt. Ich habe das noch nie so gehört.«

Suizidiert.

Es erinnert mich daran, wie wir es alle mal mit Ritzen versucht haben. Ich konnte nie in die Haut schneiden. Beth hat sich ein großes Herz auf den Bauch gekratzt und dann zum Panthers-Spiel ihr Bikini-Oberteil getragen. Doch dann beschloss sie, es sei ein Hobby für die größten Langweiler, und uns anderen erschien es danach nicht mehr so gangsta-mäßig.

Coach bleibt an der Ampel stehen und greift nach einer Zigarette.

»Das Leben war immer hart für ihn«, sagt sie, rollt die Zigarette unangezündet an den Lenkradspeichen auf und ab.

Sie legt den Kopf ein bisschen schief, blinzelt, als dächte sie über ein Rätsel nach. »Ich glaube nicht, dass er je ganz über den Verlust seiner Frau hinweggekommen ist.«

Ich denke, das stimmt vielleicht.

»Er kam aus einer schwierigen Familie«, sagt sie. »Schwere Kindheit, wie ich.«

Ich wusste nicht, dass er eine schwere Kindheit hatte, oder auch Coach. Ich weiß nicht mal genau, was das heißt. Plötzlich habe ich das Gefühl, ich kannte die Person, die gestorben ist, überhaupt nicht, und die Person direkt neben mir auch nicht.

»Sie hat ihm geholfen«, sagt sie, »und dann war sie weg.«

Sie weint nicht, sieht nicht einmal besonders traurig aus. Aber ich habe das Gefühl, sie erwartet etwas von mir.

»Aber er hatte Sie«, sage ich. »Vielleicht haben Sie ihn an sie erinnert. Wie gut sie war. Vielleicht hat er das in Ihnen gefunden.«

Ihr Blick ist grimmig, wissend.

»Das ist nicht das, was er in mir gefunden hat«, sagt sie leise.

Ich sage nichts. Es hört sich an wie ein heimliches Geständnis.

»Ich glaube, ich wusste, dass es so enden würde«, sagt sie und spricht ein bisschen schneller, und sie schaut stur geradeaus. Ihr Fuß tippt aufs Bremspedal, schiebt uns mit winzigen Rucklern zentimeterweise nach vorn.

»Nicht genau so, aber so ähnlich«, ergänzt sie.

Sie nickt, als stimmte sie sich selbst zu, nickt dann noch mal. Es ist, als wollte sie sagen: *Das ist es, das ist es, oder? Und wir konnten nichts tun.*

Sie schaut auf die Straße, das tun wir beide, und ich denke über alles nach. Dass Coach immer so effizient ist, so präzise, ihre Bewegungen scharf und kantig, es verwundert also nicht, dass sie das alles so schnell drehen kann, oder?

Es verwundert nicht, dass sie nicht einmal vierundzwanzig Stunden, nachdem sie Wills Leiche gefunden hat, zu der Erkenntnis gelangt, dass es eigentlich so vorherbestimmt war, dass es nicht aufzuhalten war, und alle hatten Glück, dass sie ein bisschen Spaß hatten, solange sie konnten.

Als ich nach Hause komme, ist niemand da, sie sind nie da, also krame ich meine geheime Flasche Bacardi Silver Raz aus der Ecke in meinem Schrank und trinke große Schlucke, dann kippe ich aufs Bett.

Doch alles, was ich höre, ist Coachs Stimme, leise und beinahe emotionslos: Das Leben war immer hart für ihn, Addy. Wir konnten nichts tun.

Ich zwinge mich an meinen Computer, mein Blick ist verschwommen. Ich zwinge mich, hinzusehen.

Ich suche nach Nachrichtenmeldungen über Sarge, finde aber keine.

Ich finde sogar die Polizeifunk-Webseite, aber ich verstehe sie nicht und werde ständig abgelenkt – *42, verlassen wir das Footballspiel? Wusste nicht, dass du da bist, du hast uns gesagt, wir sollen hierher, 841 Willard, ihr Rücken ist gebrochen, das hat sie gesagt* – und meine Augen sind ganz lose und brennen.

Es ist fast Mitternacht, als Beth anruft. Ich ziehe die Decke über mich und drücke den Mund ans Handy.

»Pass auf, Kleine«, sagt sie. »Pass auf und halt dich fest.«

»Ich pass auf«, sage ich, kringle mich an die Wand, drücke den Kopf an ihre Härte.

»Sarge Stecher hat sich umgebracht.«

Ich spüre, wie mein Atem flach wird. Ich sage nichts.

»Ich weiß noch keine Einzelheiten, aber ich arbeite dran. Ich hab meine verbliebenen Knechte losgeschickt. Du warst dabei eine so viel größere Hilfe, Addy. Jetzt muss ich mich um alles selbst kümmern. Aber das Entscheidende ist, dass er tot ist. Ich hab gehört, er hat sich den Kopf mit einer Schrotflinte weggeschossen.«

»Das glaube ich nicht«, sage ich, und es fühlt sich wie das Wahrste an, was ich in vierundzwanzig Stunden gesagt habe.

»Tja, Addy, das ist die hässliche Fratze der Wahrheit, vor allem für dich. Aber es ist die Wahrheit. Der Private First Class hat es mir gesagt. Der Junge glaubt, er ist mein Ritter in schimmernder Rüstung. Wegen neulich Nacht.«

Ich brauche lange, bis ich mich überhaupt an die ursprünglich einmal erschütternde Nacht von Beth und Corporal Prine erinnere, die kaum zehn Tage her ist. Das kommt mir jetzt vor wie vor einem halben Leben.

»Ich hab dir ja gesagt, dass was passieren wird.«

»Nein«, erwidere ich. »Du hast gesagt, du *sorgst* dafür, dass was passiert.«

»Tja«, gibt sie zurück, »wie sich rausstellt, musste ich das gar nicht.«

»Warum sollte Will das tun?«, will ich wissen.

»Warum nicht?«, antwortet sie, mit lebhafter, schwatzhafter Stimme – als wären wir plötzlich auf das Ding überhaupt gestoßen, das, worauf sie gewartet hat.

»Vielleicht, Addy-Faddy, vielleicht hat er die Sinnlosigkeit aller Herzensangelegenheiten erkannt und sich gesagt, ich gehe nicht einfach unter, ich lasse nicht zu, dass sie mich bei den Knöcheln packt. Scheiße, ich schaue ihr in die Augen. Ich springe.«

Eine Pause tritt ein, und ich höre Beths schnelle Atemzüge, wie ihre Zunge in ihrem Mund schnalzt.

Plötzlich habe ich das Gefühl, sie sagt womöglich etwas, das mich erschrecken und verletzen wird. Etwas, das ich nicht hören will. Über die Art, wie wir verbunden sind, mein Cheerleader-Schuh fest in ihrer stählernen Handfläche. Über letzten Sommer, als ich sagte, ich sei es leid, ihr Lieutenant zu sein, sei es leid, ihre Freundin zu sein, und es schien, als würden wir das mit uns für immer beenden, aber das könnten wir nie.

»Beth«, sage ich, die Arme über dem Kopf. »Ich kann nicht mehr mit dir reden.«

»Addy«, sagt sie düster, intim. »Du musst.«

Etwas ist zwischen uns hin- und hergegangen, ein geheimes Wissen über uns und was sie von mir braucht. Aber ich blinzle und verpasse es.

21
MITTWOCH: FÜNF TAGE BIS ZUM ENDSPIEL

Treffen um 7 im Coffeeshop

Coachs Nachricht um fünf Uhr morgens schneidet in meinen Schlaf.

Ich fühle mich verkatert, schon seit zwei Tagen durchgehend. Das frühe Morgenlicht legt Tau und Rätsel über mich, als ich die fünf Blocks zu Fuß gehe, weil ich nicht um 6:55 Uhr morgens mein Auto starten will. Manchmal sehe ich dann meinen Dad, wenn er mit flatterndem Morgenmantel in den Fluren herumlungert, überrascht, mich zu sehen, als wäre ich seine umherirrende Untermieterin.

Coach lehnt an der Milch- und Zuckerstation, aber als sie mich sieht, scheint sich ihr Körper aufzurichten, ihre Augen stellen sich flatternd scharf.

Sie geht zum Tresen, um mir einen Matcha-Tee zu holen, und als ich nach einem rosa Päckchen greife, schlägt sie es mir aus der Hand, ihre typische, vertraute Geste, und beinah lächle ich, kann aber irgendwie nicht.

Wir nehmen unsere Getränke mit in ihr Auto und sitzen da, die Fenster fest verschlossen.

Sie erzählt mir, die Polizei habe gestern Abend angerufen und gesagt, sie hätten Fragen, nur Routine, aber sie dächten, sie wolle es vielleicht diskret behandeln und auf die Wache kommen.

Im ersten Moment prasselt das, was sie sagt, einfach auf mich ein. Ich höre zu und nicke und stecke den Strohhalm hinter meine Zähne, kratze damit an meinem Gaumen, bis es wehtut.

»Zum Glück ist Matt auf Dienstreise«, sagt sie. »Hab ich dir das erzählt?«

Ich schüttle den Kopf.

»Er ist gestern beruflich nach Atlanta geflogen«, sagt sie, hebt den Blick zum Rückspiegel.

Ich hatte nicht einmal an Matt French gedacht. Oder wie sie bei alledem ihr Leben mit ihm weiterleben und so ein gewaltiges Geheimnis wahren sollte. Aber vielleicht war es gar nicht so anders. Vielleicht war es überhaupt nicht anders.

»Also hab ich Barbara gebeten, bei Caitlin zu bleiben, und bin zur Polizeiwache gegangen. Und es war überhaupt nicht so, wie ich dachte. Der Detective hat mir erzählt, dass … er hat mir erzählt, was wir wussten. Und er sagte, dass sie eine Routineuntersuchung gemacht und meine Telefonnummer in seiner Anrufliste gefunden hätten.«

Sie schweigt kurz, ihre Brust hebt sich ein wenig. Da wird mir klar, dass sie schneller spricht als gestern, mit einer neuen Vorsicht in der Stimme.

»Er hat mich gefragt, ob ich glaube, dass Will depressiv war. Und ob ich gewusst hätte, dass er Schusswaffen in seiner Wohnung aufbewahrte. Und woher wir uns kannten.«

»Haben Sie es ihm gesagt?«, frage ich und drücke mein Kinn in den Plastikdeckel meines Getränks. »Was haben Sie ihm erzählt?«

»Ich war so ehrlich, wie ich konnte«, sagt sie. »Es ist die Polizei. Und ich habe nichts zu verbergen, eigentlich.«

Ich hebe den Kopf und schaue ihr in die Augen. Ich überlege, ob ich sie richtig verstanden habe.

»Ich meine, doch, schon. Einige Dinge würde ich lieber …«, sagt sie kopfschüttelnd, als wäre es ihr gerade wieder eingefallen. »Ich hab ihm gesagt, dass wir Freunde waren. Und das Will vermutlich Schusswaffen hatte, mehr weiß ich wirklich nicht.«

»Wenn er die Anrufliste gesehen hat«, sage ich und versuche, sie dazu zu bringen, mir in die Augen zu schauen, »muss ihm dann nicht klar sein, dass Sie mehr als nur befreundet waren?«

»Will und ich haben eigentlich gar nicht so viel telefoniert«, bemerkt sie knapp. »Abgesehen davon hat das alles nichts mit dem zu tun, was passiert ist.«

Ich weiß nicht, was ich dazu sagen soll.

Eine Stimme spult sich aus mir heraus, leise und wild. »Ruft die Polizei auch bei mir an? Rufen sie uns alle an?«

Es erscheint mir plötzlich möglich, und ich denke: So könnte dein Leben enden.

»Hör zu, Addy«, sagt sie und wendet sich mir zu. »Ich weiß, das ist wirklich viel für dich. Ich weiß, das wirkt alles beängstigend. Aber die Polizei macht nur ihre Arbeit, und wenn sie erst einmal bestätigt haben, dass das … ist, was es ist … dann lassen sie mich wieder in Ruhe. Es kommt alles in Ordnung. Matt kommt nach Hause, und es wird wieder wie vorher. *Vor* vorher. Glaub mir, die interessieren sich nicht für mein kleines Leben.«

Erst sehr viel später, als ich in der Schule vor meinem Spind stehe, denke ich: *Aber ich habe nach mir gefragt. Wird die Polizei mich anrufen?*

Coach, was ist mit mir?

Als wir die Schule betreten, hakt sich Coach kurz bei mir unter, was sie noch nie getan hat und was auch nicht zu ihr passt. Dennoch, ich spüre ihre Anspannung und möchte sie enger an mich ziehen, tue es jedoch nicht. Jetzt teilen wir etwas. Endlich. Wenn es nur nicht das wäre.

In Chemie schlafe ich ein, die Wange auf der kleinen Tischplatte unserer Laborstation. In meinem Kopf spult sich ein Fernsehfilm ab: Cheerleader in einer Reihe bei der Polizei in voller Uniform. Im Fernsehen tragen sie immer den ganzen Tag ihre Uniformen und lächeln pausenlos.

Als ich mit einem Ruck aufwache und David Hemans mit einem brennenden Bunsenbrenner nur Zentimeter von meinen Haaren entfernt sehe, habe ich das Gefühl, als hätte ich gerade den Gipfel des Wissens, der Erkenntnis erklommen.

Doch das geht wieder weg.

»Du bist die schlimmste Laborpartnerin aller Zeiten«, sagt er, den Blick auf meine Eagles-Collegejacke gerichtet. »Ich hasse euch alle.«

Zweite Stunde, zwei Minuten vor dem Klingeln, und Beth rutscht auf den Platz neben mir.

»Miss Cassidy«, sagt Mr. Feck, die Hand auf der Hüfte, wie er es immer tut. »Ich glaube nicht, dass Sie vor der vierten Stunde bei mir im Unterricht sind. Und auch dann nicht immer.«

Im totalen Cheerleader-Glamour-Modus à la RiRi rümpft Beth die Nase mit einem leichten Anflug von Hochnäsigkeit und bewegt ihren Zeigefinger wie eine

Raupe, sagt lautlos: *Nur eine Sekunde, Mr. Feck, bitte!!!*

Feck macht beinahe eine Verbeugung und stimmt zu.

Sie sind so schwach. Alle.

Beth zieht meinen Tisch zu sich her und flüstert mir gierig ins Ohr.

»Hat sie dir davon erzählt? Spuck's aus, Soldat, spuck's aus.«

»Wer hat mir was erzählt?« Die Nummer ist echt lahm, selbst für mich.

»Scheiße, Hanlon.« Sie umklammert mein Handgelenk, bis unser beider gebräunte Hände weiß werden.

»Ja«, sage ich knapp. »Sie kann es gar nicht glauben. Es ist schrecklich.«

»Selbstmord ist *keine* Lösung«, sagt sie, und sie sagt es leichthin, grausam.

Dann scheint sie sich zu fangen, und ein chaotischer Ausdruck erscheint auf ihrem Gesicht. Einen Moment lang.

Als ich das sehe, spüre ich, wie mein Kinn zittert und mir die Hitze in die Augen steigt. Irgendwo da drin schlägt Beths Herz.

»Aber Addy«, sagt sie mit halb geschlossenen Augen, wie ein *Komm, hör schon auf, Mädchen*, »hatte sie irgendwie noch mehr Infos? Wie hat sie es erfahren? Wer hat es ihr gesagt?«

»Ich weiß es nicht«, sage ich.

»Miss Cassidy …«, trällert Mr Feck, er möchte wieder Aufmerksamkeit.

»Ja, M'lord«, sagt Beth und macht einen Knicks. Wirklich.

An der Tür dreht sie sich noch einmal um, schwenkt die Hüfte, streckt zwei Finger nach mir aus.

Bis dann, Bitch.
Bis dann.

Mein Finger schwebt über meinem Handy, das leere Textfeld verhöhnt mich.

Du sagst aber nix wg Coach und Will … fange ich an zu tippen.

Aber dann tue ich es doch nicht.

Und mir fallen all die Textnachrichten ein, die Beth zu allem haben muss.

Eine nach der anderen, Text für Text, E-Mail für E-Mail, lösche ich alles auf meinem Handy, höre laut meinen eigenen Atem. Aber ich weiß, es nützt nichts.

Man kann nicht alles löschen, nicht mal die Hälfte. Mein halbes Leben ist grauen Bildschirmen von der Größe meines Daumennagels ausgeliefert, jedes Leuchtsignal, das ich unbedacht von meinem Handy an ein anderes geschickt habe, schießt jetzt zurück und landet in meinem Schoß wie eine Cartoon-Bombe mit brennender Zündschnur.

Das Ding ist, wenn das passiert, musst du Beth einfach geben, was sie will.

Aber was will Beth?

Und doch macht Coach weiter, und ich bewundere das.

Im Training treibt sie uns an, während Beth ganz oben auf der Zuschauertribüne sitzt.

Sie sitzt unter den Dachbalken wie auf einer Stange, die schwarzen Flügel eng angezogen, starrt auf ihr Handy, ihr Gesicht vom Display beleuchtet.

Coach zählt uns den Takt vor, ist konzentriert, angestrengt. Sie reitet uns hart.

»Ich muss mich beeilen«, ruft sie. »Ich muss meine Tochter abholen. Nicht trödeln, ihr Süßen.«

Anfangs ist der Schmerz nicht von der guten Sorte, ich kann es nicht durchziehen. Und als Mindy sich bei einem *Tumbling Pass* bei mir einhakt und mich auf die Matte wirft, ist mir peinlich, dass mir Tränen in die Augen schießen. Zum ersten Mal überhaupt auf der Matte.

»Mein Gott, Hanlon«, sagt Mindy überrascht. »Du *bist* doch Lieutenant Hanlon, oder?«

Doch es bleibt keine Zeit, der Scham nachzuspüren, und ich halte mich ganz bewusst nicht zurück, als ich beim nächsten Mal meinen Schuh in Mindys unflexible Schulter ramme.

Während wir springen und wirbeln, geht es mir langsam besser, und mein Körper macht verblüffende Dinge, straff und eisenhart, ich bin verdammt gut.

Doch dann fängt Beth an, laut zu telefonieren. Ich sehe Coach zu ihr hochschauen, wieder und wieder, und alles kommt zurück, türmt sich auf.

»Captain«, ruft Coach zu ihr herüber, und ich spüre, wie ich erstarre. »Würdest du bitte hier mitmachen?«

Beth schaut hoch, eine Haarsträhne rutscht ihr aus dem Mund. Wir schauen alle hoch.

Sie senkt das Handy nicht.

Ich denke, wenn wir näher dran wären, würde ich sehen, wie sie die Zähne fletscht.

»Würde ich gern, Ma'am«, ruft Beth mit ihrer quengeligsten Teeniestimme, »aber ich hab nur noch einen Tampon, und ich hab es schon den *ganzen Tag*, ich fürchte, wenn ich trainiere, laufe ich aus.«

Wir schauen jetzt alle Coach an, und niemand sagt etwas.

Coach, oh, Coach, warum haben Sie bloß gefragt?

»Dann sehen wir eben dein Blut auf der Matte«, sagt Coach, einen Fuß auf die unterste Tribünenbank gestützt.

Oh, Coach … diese beiden im Clinch, aufgeplustert, fehlt nur noch, dass sie sich an die Brust trommeln.

»Ich würde ja gern, Coach«, sagt sie. »Ehrlich. Aber haben wir in letzter Zeit nicht alle genug Blut gesehen? Sollten wir nicht eigentlich über unseren Verlust nachdenken?«

Coachs Gesicht ist ausdruckslos, aber ich kann etwas darin sehen, etwas Tiefgehendes.

Schauen Sie sie an, Coach, möchte ich sagen. *Schauen Sie hin. Wie furchtlos sie jetzt ist. Wie lange sie auf ihre Chance gewartet hat, und jetzt hat sie, was sie wollte.*

Ich muss Coach dazu bringen, es zu sehen.

Und ich darf Beth nicht aus den Augen lassen.

Wir fahren Seite an Seite den Curling Way entlang, Beth spielt mit dem Gas. Wir fahren zum Sutton Ridge raus, wo Jimmy Tibbs, der PFC mit dem roten Skalp, einem Treffen mit Beth zugestimmt hat.

Sie quetscht ihn aus, oder jemand quetscht jemanden aus, und plötzlich sind sie wie Kameraden, die Aktenkoffer austauschen und Xe an Telefonmasten kleben.

Das unheimliche Rascheln auf dem Hügel ist jetzt, wo die Luft kalt geworden und alles glasklar ist, noch unheimlicher. Vielleicht ist es auch das rätselhafte Zögern, das ich bei Beth spüre. Wie etwas zwischen Kommen und Gehen. Wie die Sekunde, bevor ein Kauern zum Sprung wird.

Wir sollen den Private First Class auf einer Lichtung an der östlichsten Kante treffen, und wir gehen schweigend, mit schweren Schritten, verdrehen uns die Knöchel auf merkwürdigen Klumpen und Wurzeln und anderen Dingen der Natur. Warum kann die Welt nicht so flach und glatt sein wie Federparkett, so hart und sicher wie das schonungslose Holz einer Sporthalle?

Wir hören ihn, bevor wir ihn sehen, denn irgendwo pfeift jemand blechern. Das scheint selbst Beth ein bisschen Angst zu machen, die im Gegensatz zu mir kein rotgefärbtes Grauen vor ihrem inneren Auge sieht.

Doch als wir näherkommen, klingt das Pfeifen mehr wie das eines kleinen Jungen. Ein Pfeifen, um Dämonen und nächtliche Schrecken zu vertreiben.

Er pfeift, was ich schließlich als eine Tremolo-Version von »Feliz Navidad« erkenne.

Er winkt von der Lichtung aus, kommt auf uns zu, soldatenhaft joggend, und streckt die Hand aus, als wir mit schlitternden Schuhen den kurvigen Abstieg hinter uns bringen.

Beth gibt ihm ihre goldene Hand und schenkt ihm einen extrem charmanten Blick, die machtvolle Illusion zarter Mädchenhaftigkeit.

Ich verstehe, wie das zwischen ihnen läuft.

Beth weiß, wo sie steht.

»Hört mal, Mädchen, ich will niemanden in Schwierigkeiten bringen.«

Sein sommersprossiges Gesicht sieht doppelt fleckig aus, der PFC läuft auf und ab, während er redet, kratzt sich im Nacken, bis er rot wird.

»Er war unser Sarge«, sagt er. »Und er ist für mich immer noch Sarge. Und ich steh hinter ihm.«

»Natürlich tust du das«, sage ich. »Niemand von uns will Ärger.«

»Aber das Ding ist, jetzt sind unsere Vorgesetzten eingeschaltet. Die Army macht ihre eigene Untersuchung«, sagt er. »Und wir müssen in vollem Umfang kooperieren.«

Er sieht uns an, und da wird mir klar, dass er weiß, dass wir von Sarge und Coach wissen. Ich nehme an, Beth hat es ihm erzählt.

»Das verstehen wir«, flötet Beth, ganz großäugiges Mitgefühl. »Das ist eure Pflicht. Was habt ihr denn für eine Wahl?«

»Wir wollen nur das Beste für Sarge«, sagt er edelmütig. »Und ich möchte euren … Sarge auch schützen.«

Beth nickt langsam, ein Hinweis an ihn, dass sie möglicherweise keinen anderen »Sarge« als die Wahrheit hat.

»Also können sie noch nichts ausschließen?«, versucht sie es. Ich staune über ihre Nummer mit der zarten Großäugigkeit. Es sieht aus, als könnte sie ihren Körper irgendwie kleiner machen, einfach so, wie sie da steht. Sie kann ihre grobschlächtige Stimme weich und hilflos klingen lassen.

»Na ja, der Detective hat gesagt, oft kommt bei der Autopsie nicht alles heraus«, sagt er langsam, damit wir es verstehen. »Man muss sich das Verhalten in den Wochen, Tagen, Stunden vor dem Tod anschauen. So findet man heraus, was in jemandes Kopf los war. Um rauszufinden, ob es ein Selbstmord oder ein Tötungsdelikt ist.«

»Ein Tötungsdelikt?«, platze ich heraus, fast ein Lachen. Dann ist es ein Lachen.

Aber er lacht nicht.

Einen langen Augenblick sehen sie mich beide an.

»Was redet ihr zwei da?«, frage ich, versuche, weiterzulachen.

»Ein junger Kerl, in den besten Jahren«, sagt der PFC und tauscht einen düsteren Blick mit der täuschend düsteren Beth: Die beiden tadeln mich. »Es gab keine Nachricht. Sie müssen alle Möglichkeiten in Betracht ziehen.«

»Aber seine Frau … er …«

Er neigt den Kopf, seufzt, sieht mich dann eindringlich an. »Es geht darum, herauszufinden, was mit ihm los war. Sie werden Fragen stellen, und ich muss sie beantworten.«

Ich sehe ihn an, dann Beth, die sich neben ihm leicht windet. Diese beiden. Wofür halten die sich? Bürgersoldatin und guter Samariter?

»Sag's ihnen einfach. Du erzählst ihnen, wie es war«, sage ich. »Mit Coach.«

»Ich muss.«

Ich sehe ihn an, in mir kommt Empörung hoch.

»Sorry«, sage ich nach einer Pause. »Ich habe nur gerade ans letzte Mal gedacht, als ich dich gesehen habe. Als du mich beobachtet hast, wie ich auf dem Parkplatz des Comfort Inn die Beine von ihr wieder zusammengeknotet habe.«

Er sieht mich erschrocken an.

»Aber zurück zu dem, was du sagen wolltest«, fahre ich fort. »Ja, ich denke, dann wirst du ihnen alles erzählen müssen. Auch von dem vielen Alk, den ihr uns eingeflößt habt, sogar Vierzehnjährigen. Du weißt, dass man im Nachwuchsteam vierzehn ist. Und das mit Prine.«

Das Gesicht des PFC glüht roter als je zuvor, eine plärrende Sirene.

Beth gibt ein Schnauben von sich, als wäre sie gleichermaßen genervt und beeindruckt.

Mein Lieutenant, mein Lieutenant.

»Die Kleine beschützt ihren Coach, als wäre sie 'ne Vogelmutter«, sagt Beth achselzuckend zum PFC. »Es ist ja so, Frischling, wir wollen doch alle unser Alphatier schützen.«

Der PFC kratzt sich im feuerroten Nacken, bis er leuchtet, dann nickt er, ganz weiß um den Mund. Weiß um den Mund, als hätte er ein bisschen Angst vor uns beiden. Als müsste er womöglich gleich wieder anfangen zu pfeifen.

Das Wort *Tötungsdelikt* schlängelt sich durch mein Gehirn, sein Schwanz peitscht hin und her.

Als wir nebeneinander zum Auto gehen, wickelt Beth das Ende meines Zopfs um ihren Finger.

»Foulspiel«, sage ich und verdrehe die Augen.

»Er ist kein kleiner Wicht aus der Unterstufe, Hanlon«, sagt sie. »Du kriegst mehr Honig aus diesem Bienenstock, wenn du ihm sanft ins Ohr summst. Du mit deiner scheiß Kettensäge. Fängst vom Comfort Inn an.«

»Ich hab bei der Meisterholzfällerin gelernt«, sage ich und klinge genau wie Beth.

»Aber unser Ziel ist nicht, ihn einzuschüchtern, bis er schweigt«, sagt sie. »Sondern rauszufinden, was passiert ist.« Sie sieht mich an. »Stimmt doch, oder?«

Natürlich ist das weder ihr noch mein Ziel.

»Und ich bin mir sicher, die Trainerin will mehr als alle anderen wissen, was ihrem Mann passiert ist«, sagt sie, kommt mit dem Kopf näher, sie genießt das alles so sehr. »Sie ist sicher dankbar, wenn sie es erfährt. Es überrascht mich, dass du ihr nicht mehr helfen willst.«

»Ich will nicht, dass er irgendwen von uns in Schwierigkeiten bringt«, erwidere ich. »Ich pass aufs Team auf.«

»Gesprochen wie ein geborener Captain«, sagt sie grinsend. »Ich wusste immer, dass du Captain werden willst.«

»Wollte ich nie.« Ich wende mich von ihr ab, um dem Weg zu folgen. Es ist jetzt so dunkel, und ich kann sie hinter mir hören.

»Natürlich nicht«, sagt sie. Ich kann ihr Grinsen hören.

Sie irrt sich. Ich wollte das nie. Nicht ein einziges Mal. Es war schwer genug, Lieutenant zu sein.

»Abgesehen davon«, sagt sie und schließt zu mir auf, »ist es schon seltsam, wenn ich jetzt darüber nachdenke. Ein Mann in den besten Jahren. Und *peng, peng,* setzt sich eine Pistole an die Schläfe?«

»In den Mund«, korrigiere ich sie.

Als die Wörter herauskommen, merke ich, wie mir eiskalt wird.

»In den Mund?«, fragt Beth blitzschnell.

Mein ganzes Leben mit Beth im grellen Licht der Verhörlampen. Neben ihr, während sie jemand anderen in der Mangel hat.

»Das hab ich gelesen, glaub ich«, stammle ich. »War es nicht sein Mund?«

Mit ihr oder gegen sie, du bist besser voll dabei. *Game on.* Wie wenn du da draußen bist, die Zuschauertribüne brummt, Sneaker quietschen auf gebohnertem Boden, und du musst falsch lächeln, bis es schmerzt. Bis du daran sterben möchtest.

Drück den Rücken durch, die Titten raus, sei immer bereit. Denn sie ist es auch.

»Ich weiß nicht, Addy.« Sie mustert mich. »War es Sarges Mund?«

»Nein«, sage ich. »Ich hab das alles falsch verstanden.

Mein Blutzuckerspiegel ist im Keller.« Ich fange an, meine Flechtfrisur zu lösen, Haarnadeln fliegen durch die Gegend.

Ich kann ihre Enttäuschung darüber, wie schlecht ich mit ihr Schritt gehalten habe, wie schlecht ich im Spiel geblieben bin, fast spüren.

Hinterher verfluche ich mich stundenlang dafür, mir eingebildet zu haben, ich könnte mit Beth laufen, mit ihr Schritt halten.

Hättest du ihn gesehen, möchte ich zu Beth sagen, dann wüsstest du, dass es Selbstmord war. Du würdest es sehen. Hättest du den dunklen Fleck gesehen, wo sein Gesicht war … du hättest seine Verzweiflung und Kapitulation gespürt.

Oder nicht?

Habe ich das gespürt?

Ich bin mir nicht so sicher.

Ich denke kurz, düster, an diese Wohnung, tief in meinen Kopf eingebrannt. Eine gluckernde, morastige Höhle im Mittelpunkt der Erde.

Für mich hatte es sich trotzdem angefühlt, wie in den sumpfigen Strudel eines Mannes unter Wasser, eines ertrinkenden Mannes, zu geraten.

War es nicht so?

Es hatte sich schlimm angefühlt. Das wusste ich. Es hatte sich angefühlt wie der schlimmste Ort, an dem ich je gewesen war – und jetzt war dieser Ort in mir.

An diesem Abend ruft Coach endlich an.

»Addy, möchtest du vielleicht rüberkommen?« Die Wärme in ihrer Stimme und die Verzweiflung. »Übernachte doch heute bei mir. Matt ist nicht da, erinnerst du dich? Es ist so einsam.«

Ich kann mir das ruhelose Gefühl in ihr vorstellen, wenn ich davon ausgehe, wie es bei mir ist. Ich bin froh, dass sie diese Dinge spürt, denn man würde es nicht denken, wenn man sie so ansieht.

»Ich mach uns Avocado-Shakes, und wir singen Caitlin in den Schlaf und schleppen die Samtdecken raus auf die Veranda. Dann wickeln wir uns darin ein und schauen in die Sterne. Oder so was in der Art«, sagt sie, gibt sich solche Mühe.

Vor einem Monat hätte ich von so etwas geträumt, und etwas daran spricht mich trotz allem an, vielleicht sogar besonders deshalb. Wir teilen uns einen seltsamen Scheiterhaufen, aber er verbindet uns, oder? Ein Scheiterhaufen, der mir stündlich neue Panikattacken beschert, ja, aber jetzt wärmt er mich auch zum ersten Mal.

Also gehe ich hin, aber Caitlin schläft schon, Coach hat keine Avocados, und auf der Veranda regnet es schleimig.

Während ich sinnlos auf einem Hocker an der Kücheninsel herumhänge, schreibt sie eine Einkaufsliste. Sie bezahlt eine Stromrechnung. Sie wringt Küchentücher aus, windet sie um ihre Hände und starrt blicklos aus dem Fenster über der Spüle.

Es ist fast, als wollte Coach mich jetzt, wo ich hier bin, gar nicht hier haben.

Es ist, als erinnerte ich sie an schlimme Dinge.

Einmal komme ich aus dem Bad zurück und sehe, wie sie auf mein Handy schaut, das auf der Kücheninsel liegt.

»Kannst du es nicht einfach ausschalten? Du hast niemandem gesagt, dass du hier bist, oder?«

Ich sage nein.

Sie zögert, streicht mit den Fingerspitzen weiter über das Handy. Schaut zu, als ich es komplett ausschalte, wartet, bis der Bildschirm schwarz wird.

»Oh, Addy«, sagt sie schließlich, »lass uns was tun, irgendwas.«

Und so enden wir kurz vor Mitternacht im Garten und machen im Regen Brücken. Gedrehte Dreieckshaltung. Delfinplanke.

Es hat etwas Heiliges, der Klang des Windes auf der Terrasse trägt uns in den tiefsten Himalaya, oder wo auch immer die Welt friedlich und klar ist.

Wir schwitzen trotz der Kälte, und im Licht eines vorbeifahrenden Autos vorn auf der Straße sehe ich Coachs Gesicht einen Moment lang sorglos und frei.

Das Weinen kommt direkt danach, als wir wieder im Haus sind. Im Flur krümmt sie sich plötzlich, ihr Schluchzen ist heftig und schmerzlich. Ich halte sie an den Schultern, ihre zähen Muskeln ruckeln in meinen Händen.

Mitten im Flur bleibt sie stehen, und ich versuche, sie festzuhalten. Sie weint sehr lange.

In dieser Nacht schlafe ich neben ihr, unter diesem Sahnehaufen von einer Decke.

Wir liegen voneinander abgewandt, und ich denke, hier schläft sonst Matt French, und ich denke, wie groß das Bett ist und wie weit weg Coach ist, die Decke wie eine Schneewehe in der Mitte: Falls sie immer noch weint, würde ich es nicht merken.

Es macht mich einsam, stellvertretend für die beiden. Irgendwann in der Nacht höre ich sie reden, ihre Stimme hart und erstickt.

»Wie konntest du mir das antun?«, knurrt sie. »Wie?«

Ich werfe einen Blick zu ihr hinüber, und ihre Augen sehen beinahe offen aus, ihre Fäuste zerren an der Bettdecke.

Ich weiß nicht, mit wem sie spricht.

Die Leute sagen alles Mögliche, wenn sie träumen.

»Ich tue gar nichts«, flüstere ich, als spräche sie mit mir.

22

DONNERSTAG: VIER TAGE BIS ZUM ENDSPIEL

Als ich um sieben Uhr morgens mein Handy einschalte, sehe ich die Facebookseite unseres Teams voller neuer Beiträge von Brinnie, Mindy, RiRi:

Montag = ENDSPIEL!

Go Eagles!

Slaussen, REISS dich zusammen! Unser Ticket fürs Turnier hängt von DIR ab!

Ich sehne mich danach, dazuzugehören. Ich sehne mich danach.

Ich finde Coach in der Küche, wo sie Toaster-Waffeln für Caitlin macht, die an ihrem Zopfende kaut und wie hypnotisiert das orangefarbene Glühen des Toasters beobachtet.

»Hat dich das Telefon aufgeweckt?«, fragt sie, Löffel in der Hand, und schneidet eine Banane über Caitlins perlmuttlila Teller.

Erst da wird mir klar, dass es wirklich so war.

»Ich muss noch mal aufs Revier und mit ihnen reden«, sagt sie, ihr Blick wird grau. »In einer halben Stunde.«

»Sie reden mit den Jungs von der Nationalgarde«, sage ich leise, als könnte Caitlin mich verstehen, wenn ich laut spräche. »Der rothaarige PFC. Tibbs.«

Der bananenklebrige Löffel rutscht ihr aus den Fingern.

Sie zögert kurz, die Hand immer noch ausgestreckt.

Ich will den Löffel aufheben, aber ihre Hand schießt vor, um mich zu stoppen.

»Sie müssen mit seinen Männern reden«, sagt sie. »Das habe ich mir schon gedacht.«

»Aber Coach«, sage ich mit so viel Kundigkeit, wie ich vermitteln kann. »Niemand will irgendwen in Schwierigkeiten bringen. *Niemand.*«

Sie schaut mich eindringlich an, und ich weiß nicht so genau, warum ich so ein Geheimnis darum mache – etwas wegen Beth, Augen hinten an ihrem Pferdeschwanz, etwas an Caitlins starrem Blinzeln.

»Es gilt da so einiges an Schwierigkeiten zu umschiffen«, sagt sie und hält meinem Blick stand.

»Stimmt«, pflichte ich ihr bei. »Ich bin mir sicher, das ist allen klar.«

»Aber ist das auch PFC Tibbs klar?«

»Ich denke schon.«

Aber Coach bemerkt anscheinend etwas an mir, eine Furcht unter der Oberfläche.

»Wie kommt der PFC dazu, dir solche Einzelheiten zu verraten?«, will sie wissen, die klebrigen Hände immer noch vor sich erhoben, der Körper starr.

»Er verrät sie Beth«, sage ich nach einer ganz kurzen Pause. Mir ist nicht wohl dabei, ihr das zu sagen, aber ich würde mich auch nicht wohlfühlen, wenn ich es nicht täte.

Es braucht einen Moment, bis diese neue Information sackt.

»Es ist Beth«, wiederhole ich.

»Verstehe«, sagt sie, die glitschigen Hände immer noch erhoben wie ein Arzt, der für die OP vorbereitet wird. Bereit, seine Hände an dein Herz zu legen.

Im Flur im Erdgeschoss, nach der zweiten Stunde, nach ihrem Besuch im Polizeirevier:

»Alles okay«, sagt Coach, als sie an mir vorbeifegt. Ihr französischer Zopf ist sehr straff, ihre Schläfenvene pulsiert. »Keine Probleme. Alles gut.«

Nach der Mittagspause findet mich Beth in der Schulbibliothek, wo ich nie hingehe und mich niemand je hätte suchen sollen. Aber sie tut es. »Zu meiner Zeit gab es in Bibliotheken noch Bücher«, sagt sie, als wir nebeneinander an hohen Terminals im Internet surfen, »und wir sind bei Schnee acht Kilometer zu Fuß zur Schule gegangen.«

»Deshalb hast du also so dicke Knöchel«, erwidere ich und klicke mich ziellos durch allerlei Nichtigkeiten. Promi-Unterleibsfotos, »Thinspiration: Geheimnisse des Hungerns, die nur Magersüchtige kennen«.

»Der PFC war heute Morgen da«, sagt sie. »Hat mir bei einem Milchshake seine mehr als traurige Geschichte erzählt.«

»Und?«, frage ich und bewege meinen Finger in Ballerinakreiseln auf dem Touchpad.

»Er hat gesagt, sie haben Coach vorgeladen.«

»Ja, sie hat es mir erzählt. Es lief gut.« Ich sehe sie nicht an. Ich mag das aufkommende Gefühl nicht, dieses Prickeln auf meiner Stirn.

»Ah …«, sagt sie, und auch wenn ich nicht hinsehe, weiß ich, sie lächelt. Ich höre das Kaugummi im Winkel ihres grinsenden Mundes schnalzen.

Es erinnert mich daran, wie Beths Mutter mir gegenüber einmal über ihrem Morgenkaffee schwor, Beth sei mit scharfen Zähnen geboren worden.

Ist besser, wenn man das Blut des Nachwuchsteams trinken will, hatte Beth gesagt.

»Und«, sagt Beth jetzt, »was hat dir Coach über das Hamsa-Armband erzählt?«

»Was für ein Hamsa-Armband?«, frage ich, die Finger an der Stirn.

»Das sie in Wills Apartment gefunden haben.«

Ich klicke auf die Werbung für *Wu Long Vanishin Tea*.

»Warte mal kurz«, sagt sie und schlägt sich an den Kopf. »Hattest du nicht eins von diesen Armbändern? Das, das du Coach geschenkt hast. Damals in deiner Hündchenphase. Um den bösen Blick betrogener Ehemänner abzuwehren, schätze ich.«

Ich sehe sie an. Mir war nicht klar, dass Beth von dem Armband wusste.

»Was ist damit?«

»Na ja, ich schätze mal, sie muss es irgendwann bei Will vergessen haben«, sagt Beth. »Bei irgendeiner … Begegnung.«

»Viele Leute haben solche Armbänder«, sage ich.

Sie sieht mich an, und etwas kneift in meiner Brust, eine Erinnerung an etwas, eine Verbindung. Aber ich kann es nicht greifen. Sie beobachtet mich sehr genau, aber ich bekomme es nicht zu fassen.

»Glauben die, es ist ihres?«, frage ich.

»*Ist* es ihres, Addy?«, fragt Beth mit hochgezogener

Augenbraue zurück. »Sie muss dir erzählt haben, dass man sie danach gefragt hat. Ihr zwei seid doch ein Herz und eine Seele.«

»Wir hatten noch nicht wirklich die Gelegenheit zu reden«, sage ich und halte mich an der Kante des Terminals fest.

»Tja, sie hat ziemlich viel zu tun.« Beth nickt langsam. »Vier Tage vor dem großen Spiel und so.«

Sie dreht sich vom Computer weg und wirft eines ihrer goldbraunen Beine auf den nächsten Bibliothekstisch.

»Sieh mal, wie trainiert ich bin«, sagt sie und schaut an sich herunter. »Das muss ich Coach lassen. Aber glaubst du, das kleine Tacy-Häschen ist bereit, Top Girl zu sein? Die Balance ist alles. Eine ihrer Waden ist dicker als die andere. Ist dir das je aufgefallen?«

»Nein.«

»Ich wette schon. Deine Balance ist ausgezeichnet. Zehn Zentimeter kleiner, und du wärst ein perfektes Top Girl gewesen.«

Ich schweige einen Augenblick lang.

»Der PFC weiß nicht, dass sie eines hat, oder?«

»Was hat?«, fragt Beth aufreizend, mustert jetzt meine Beine mit ihrem kühlen, abschätzenden Captain-Blick.

»Ein Hamsa-Armband.« Ich kämpfe gegen die Panik in meinem Tonfall.

»Im Moment nicht, Adelaide«, sagt sie. »Noch nicht.«

Ich schnappe mir meine Bücher und wende mich zum Gehen.

»Du wirst vergessen müssen, wie hübsch und interessiert sie an dir ist, Addy«, ruft sie mir hinterher.

Ich höre sie auf dem ganzen Weg nach draußen.

»Spann den Bauch an, Addy. Nimm die Beine zusammen. Lächeln, lächeln, lächeln!«

Alle sehen mich an, aber ich starre nur stur geradeaus.

»Denk dran, was der alte Coach Templeton immer gesagt hat, Addy!«

Ich drücke die erbebende Glastür auf.

»Eine gute Cheerleaderin«, ruft sie, »bemisst sich nicht nach der Höhe ihrer Sprünge, sondern nach der Spannweite ihres Geistes.«

23

DONNERSTAG: NACH DER SCHULE

»Vier Tage, Bitches!!«, schreit Mindy.

RiRi macht Rumpfbeugen, lässt ihr Höschen herausblitzen, diesmal mit Glitzer.

Die Neue klickt sich auf ihrem Laptop auf der Suche nach den Team-Stunts der Celts durch YouTube.

Paige Shepherd näselt – *»Ima go for the gold, heart is in control, I'm a go I'm a go I'm a go getta«* – und hebt ein langes Bein zu einem Bow'n'Arrow.

Cori Brisky bändigt ihre Haare zu ihrem typischen extralangen weißblonden Pferdeschwanz, für den sie über drei Schulbezirke hinweg berühmt ist.

Alles ist, wie es immer war.

Emily muss nach ihrem spektakulären Sturz immer noch am Boden bleiben und reicht die Klebetattoos herum, die sie fürs Team bestellt hat. Sie hat je eines auf den Wangenknochen, und ihre Knieschiene ist übersät davon. Was ich irgendwie traurig finde, als wäre sie unser Maskottchen. Niemand respektiert ein Maskottchen.

Sie tut uns allen leid. Sie kann nicht mal mit uns durch die Flure streifen, kommt mit diesem Klumpfuß nicht hinterher und wird bereits zur Zielscheibe der Anwerbungsversuche von Lacrosse-Spielerinnen und des Golf-Teams, was trauriger nicht sein könnte, und der lüsternen Anmache der Feldhockey-Furien, die versprechen, ihr die Haut von den Knien abzuschälen.

Ich erinnere mich vage, dass ich einmal mit ihr befreundet war. Ihr die Haare zurückgehalten habe, während sie sich bohnenstangendünn gewürgt hat. Dass ich sie sogar statt Beth nachts angerufen und ihr Dinge anvertraut habe. Aber jetzt weiß ich nicht mehr, worüber wir reden sollten.

Um zwanzig nach drei stolziert Coach mit erhobenem Kinn durch die Sporthallentür. Beth vor dem Spiegel schaut nicht mal hoch, so beschäftigt ist sie damit, ihre Wimpern mit einer Mascara-Bürste zu ölen. Nicht die geringste Sorge furcht ihr Gesicht.

»Ich hab Neuigkeiten, Leute«, sagt Coach.

Ich halte mich an meiner Spindtür fest.

»Ich hab Neuigkeiten von meiner Quelle bei den State Quals. Beim Spiel am Montag wird ein Scout sein. Wir rocken sie, wir rocken nächstes Jahr die Regionals.«

Alle jubeln und schreien, springen auf die Tribüne, schlingen einander die Arme um den Hals, wie es die Ballsportler machen.

Die arme beinbeschiente Emily bricht in Tränen aus.

»Nächstes Jahr fliegst du wieder«, sagt RiRi, eine Hand auf der Schulter.

»Aber nicht am Montag«, jammert sie. »Das wird nicht meins.«

»Konzentration«, sagt Coach und klatscht scharf in die Hände.

Sofort stehen wir in Reih und Glied.

Wenn ich sie ansehe, kann ich es nicht fassen. Nie würde ich ahnen, dass noch irgendetwas anderes vor sich geht. Sie ist bereit für den Ritt mit uns. Ohne ins Schwitzen zu kommen, kerzengerade.

»Wir müssen an die Celts denken«, sagt Mindy.

Die Celts sind nicht zu unterschätzen, berühmt für ihre Grimassen, die nickenden Köpfe, herausgestreckten Zungen, offenen Münder und weit aufgerissenen Augen, wenn ihre Flyer einschlagen, wenn sie zurückfedern und das Publikum nach Luft schnappt, ah, ah, ah.

»Die machen Awesomes mit zwei Mädchen«, sagt Brinnie Cox mit einem Seufzer, mit dem sie immer alles begleitet. »Ein Mädchen von meiner Größe kann beide Füße des Flyers mit einer Hand auffangen.«

»Ihre Grimassen sind heiß«, gibt RiRi zu.

»Mich interessieren weder Zungengewackel noch hüpfende Pferdeschwänze«, sagt Coach. »Mir sind die Celts komplett egal. Mich interessiert nur der Scout der Regionals, sonst nichts. Der Scout muss unsere Starqualitäten sehen.«

Wir schauen alle unruhig zu Tacy hinüber.

»Euer Flyer ist nicht euer Schlüssel zum Ruhm«, sagt Coach. »Es geht ums Team. Ihr müsst zeigen, dass ihr eine verdammt gute Truppe seid. Und dafür gibt es nur einen Weg. Wir werden diesem Scout etwas geben, das unseren Platz garantiert. Wir zeigen ihr eine Two-Two-One-Pyramide.«

Eine Two Two One. Wenn wir die hinbekommen, wird das die Leistung, die heraussticht.

Drei Stockwerke goldene Mädchen. Zwei Bottom Bases halten zwei Middle Bases im Schulterstand, der Flyer wird durch die Mitte geschleudert, die Bottom Bases halten die Stellung, die Middle Bases halten ihr die Arme ausgestreckt, im Kreuzigungsstil. Spotter stehen dahinter und warten auf den todesmutigen Deadman Fall des Flyers.

Bei Wettbewerben ist das illegal, aber nicht bei einem Spiel. Und es ist die Art von Stunt, die man durchziehen muss, um es zu den Regionals zu schaffen. Zu einem Turnier.

»Captain«, sagt Coach mit einem Blick zu Beth hinauf, die wieder auf halber Höhe der Tribüne sitzt, eine lauernde schwarze Gestalt. »Heute gehören sie alle dir. Drill sie hart.«

Sie wirft Beth die Trillerpfeife zu.

Eine Augenbraue hochgezogen, fängt Beth sie auf.

Es wirkt, als würde innerhalb von Augenblicken eine Welle der Energie in ihrem Körper nach oben schießen, ihre missmutig schlaffe Haltung verwandelt sich zum ersten Mal seit Monaten in ihr Gegenteil, seit … ich kann mich nicht einmal erinnern.

Coach hat ihr soeben das Zepter übergeben, und Gott sei Dank hält sie es anscheinend immer noch für der Mühe wert.

»Gebt mir ein paar Flickflacks, Bitches«, sagt Beth und kommt langsam, schlank und biegsam die Tribüne herunter, mit baumelnden Armen und leise mit den Fingern schnippend.

»Mach keinen Scheiß, RiRi«, sagt sie. »Lockere Gliedmaßen sind vielleicht was für deine Samstagabend-Specials, aber ich brauche dich *tight*. Ich will eine Zeitreise sehen.«

So treibt uns Beth eine Weile an, und es fühlt sich wirklich gut an. Und Beth ist so dabei, so lebendig.

Sie sitzt wieder auf dem Thron, und sie ist umwerfend.

Irgendwann sehe ich Coach in ihr Büro schleichen.

Später, während Beth Tacy für ihren schlaffen Back Tuck runtermacht und sie eine jämmerliche kleine Pussy nennt, schlüpfe ich hinüber und spähe hinein, sehe Coach am Handy, die Hand über den Augen.

Ich denke: Es sind die Cops. Es sind die Cops. Was jetzt?

Nach einer Stunde sind wir bereit, die Two-Two-One-Pyramide zu machen.

Weil ich nicht zu groß und nicht zu klein bin, bin ich eine Middle Base, eine der beiden Shoulder Stands in der Mitte.

Unter mir steht Mindy Coughlin mit den Adlerschultern, meine Zehen um ihr Schlüsselbein gekrallt, ihr Körper breitbeinig und stark.

Aber ich denke, für mich ist es schlimmer, kein Boden unter mir und über mir knapp dreiundvierzig Kilo bebende Panik.

Wenn wir oben sind, wird Tacy zwischen RiRi und mir nach oben geschossen, und wir werden sie an den Beinen packen und sie festhalten.

Dann wird sie alle verblüffen, rückwärts in einen *Deadman* kippen, in die wartenden Arme der Spotter viereinhalb Meter unter ihr fallen.

Alle werden nach Luft schnappen, sich an ihren Tribünensitzen festhalten.

Der *Deadman*, das ist unser Moment.

Egal, was Coach sagt, eigentlich geht es nur um den Flyer.

Wir können sie gerade halten, wenn sie kommt, aber wenn Tacy wackelt, schief steht, sich in die falsche Richtung dreht: knack, knirsch, knall.

Was vermutlich der Grund ist, warum sie aussieht wie ein todgeweihter Heckenschütze, der darauf wartet, in einen wackligen Schützenturm gequetscht zu werden.

»Ihr müsst euch alle für Slaussen zusammenreißen«, ermahnt uns Beth. »Sonst landet sie auf der Matte. Vor zwei Jahren, beim Viking-Spiel, hab ich ein Mädchen nur ganz leicht da oben wackeln sehen. Ihre Mädchen hatten sie nicht. Krach! Sie ist mit dem Hals auf dem Boden gelandet, so hart gerutscht, dass es ihr ein Stück von ihrem blonden Pferdeschwanz von der Kopfhaut gerissen hat.«

Tacys Gesicht wechselt von Grün zu Weiß zu Grau. Beth mit ihrer Fähigkeit, jemanden in einem Atemzug zu zerstören. Vor zwei Monaten ist Tacy noch an Beths Seite gelaufen, Speichelleckerin unter ihrer mächtigen Herrschaft. Wie sich das Glück doch wenden kann …

Mit einem Blick auf Tacys durchtrainierte Beine, die aussehen wie Mini-Butterfinger, schüttelt Beth den Kopf.

Ich erkenne, dass sie recht hat. Eine Wade ist muskulöser als die andere.

»Du warst immer so eine kleine Schlampe«, sagt Beth kopfschüttelnd. »Hattest immer schnell die Beine für den Nachschlag in der Luft. Aber ich schätze mal, du hast nur das linke hochgehoben.«

Beth kniet sich vor Tacys zierlichem Körper auf die Matte.

Dann befeuchtet sie ihren Finger und streicht damit an Tacys Schenkel und Wade entlang.

Wir schauen alle zu, es ist wie ein Initiationsritus für einen neuen Gang-Rekruten.

»Das dachte ich mir«, sagt Beth, steht auf und wackelt mit dem Zeigefinger, verschmiert mit Mystic Island Radiance, wie es für mich aussieht. »Alle Bräunungssprays der Welt werden dir nicht geben, was du nicht hast. Entweder du hast Muskeln, oder du hast dürre Zweige. Oder in deinem Fall Q-Tips.«

»Ich schaff das, Beth«, sagt Tacy mit Quietschstimme. »Coach weiß das. Ich hab mir meinen Platz verdient.«

»Dann lass mal sehen, Frischling«, sagt sie und geht auf Abstand. »Mach eine Gläubige aus mir.«

Sie geht noch einen Schritt zurück, dreht die Lautsprecher mit unserer Musik auf, schlüpfriger Pop mit Babydoll-Vocals, durchsetzt mit schmelzendem Rap: *»Get down, girl, go 'head get down.«*

Ich schwinge mich zur Middle Base hoch, auf Mindys stämmige Schultern, sie schiebt mich von unten, ihre Handfläche breitet sich über meinen Hintern.

In diesem Moment kommt Coach in die Halle zurück.

»Du schaffst das, Slaussen«, nickt Coach, schlendert an Beth vorbei zur Rückseite der Pyramide. Sie zu hören – was für eine Erleichterung. »Du hast das schon mal gerockt, das rockst du wieder.«

Coach wird in dieser fremden neuen Welt unerklärlicherweise der gute Cop.

Aber RiRi, die andere Middle Base, und ich spüren

denselben Stich, die Blicke auf Tacys Beine, wie dünne Zimtstangen, die brechen könnten.

Als wir sie anheben, leicht wie ein Lüftchen, zittert sie wie eine Wackelkopfpuppe, so wie auch Emily. Ich spüre, wie sie versucht, sich zu straffen, kann fühlen, wie es durch mich hindurch strahlt, aber ihre entsetzten Cartoon-Augen lassen mich frösteln.

»Reitet die Bitch«, dröhnt Beths Stimme. »Reitet sie.«

Unsere Arme zittern, wir müssen sie einrasten lassen, aber es rastet nichts ein. Es ist wie der Versuch, zwei Gummiwürmer gerade aufzustellen.

Wir holen sie kurz wieder runter.

»Sie kann das nicht«, urteilt Beth. »Entweder kein Two Two One, oder wir brauchen einen neuen Flyer.«

Wir sind alle ganz still. Plötzlich ertönt RiRis Stimme hinter mir: »Was ist mit Addy?«

Ich drehe mich um und schaue sie an, mein Herz schlägt schneller. Sie zwinkert und lächelt mich an.

»Was, wenn Addy Top Girl wäre?«

Coach schaut mit hochgezogenen Augenbrauen zu mir herüber. Auch Beths Blick spüre ich auf mir.

»Addy ist nicht gern oben«, sagt Beth mit Pokerface.

»Hey!«, schreit Tacy. »Ich bin die ganze Saison geflogen.«

Coach nickt. »Darüber können wir auf lange Sicht gern nachdenken«, sagt sie. »Aber im Moment brauchen wir Addy genau da, wo sie ist, in der Mitte. Sie ist unser Rückgrat.«

Ich mag es nicht, im Mittelpunkt zu stehen. Ich wünsche mir, RiRi hätte nie etwas gesagt.

Es ist sowieso egal, denn eine Sekunde später schauen alle einfach wieder Tacy an.

»Sie kann nicht, Coach«, sagt Beth, so einfach, wie sie je etwas gesagt hat.

Ich hatte die Hände eben noch an Tacys spillerigem Hüftknochen, und ich habe das sichere Gefühl, Beth hat recht.

»Schaut sie euch an«, spottet Beth. »Sie ist nicht gut trainiert.«

Das ist eine Kampfansage, und wir wissen es alle. Eine bewusste Provokation für jeden Coach.

»Sie will nur meinen Platz, Coach.« Tacy winselt beinahe. »Ich schaff das. Hebt mich wieder hoch.«

»Slaussen?« Coach schaut zu Tacy hinüber. »Bist du bereit?«

»Ja!«

Beth seufzt laut. »Was passiert«, singt sie beinahe, »wenn eine hübsche junge Trainerin ein bunt zusammengeschustertes Team von Außenseitern und Schwachköpfen unter ihre Fittiche nimmt? Tja, sie fliegen.«

Coach schaut sie an.

»Wir brauchten nur jemanden, der an uns glaubt«, endet Beth.

»Hör auf, sie zu manipulieren, Cassidy«, sagt Coach und starrt sie an, Duell im Morgengrauen, aber ihr Tonfall ist immer noch ruhig, tonlos, »sonst bleibst du am Boden.«

»Schauen Sie sich ihr Bein an«, sagt Beth, »wie ein dürrer Zweig.«

»Cassidy«, sagt Coach, als hätte sie die Vorsicht vergessen, die sie bei Beth walten lassen sollte, oder als wäre es ihr inzwischen einfach egal. »Wenn du dich entschließt, mir zu beweisen, dass du mehr kannst als nur deine Titten zu zeigen und deinen Mund als Abflussrohr zu benutzen, dann haben wir vielleicht was zu bereden.«

Nicht, Coach, denke ich. *Nicht*.

»Ihr habt Coach gehört.« Beth wendet sich mit einem Lächeln an uns. »Hebt sie hoch und lasst sie fallen.«

Die Musik hämmert wieder, Beth zählt ein, Mindy und Cori, die Bottom Bases, stellen sich auf. Die Spotter Paige und eine von den Neuen stehen hinter ihnen und hieven die zweite Ebene, RiRi und mich, nach oben. Wir springen in den Schulterstand, ihre Hände stützen unsere Waden.

Einander zugewandt, heben wir Tacy zwischen uns hoch, werfen sie über uns in einen Stand, die Arme erhoben, die Hände fest an ihren Handgelenken. Ihre Arme ausgestreckt, Jesus-mäßig, ihr linkes Bein angewinkelt vor ihr, die Mädchen darunter packen ihren rechten Fuß, um sie festzuhalten.

Eine Sekunde lang steht sie stabil.

Sieben, acht, zählt Beth, bis zum Deadman, und es ist Zeit. Zeit für uns, sie mit geradem Rücken waagerecht und rückwärts fallen zu lassen. Paige, die Neue, und all ihre Spotter sind bereit, sie unten aufzufangen.

Wir lassen los.

Mit wildem Blick fällt Tacy, aber ihr Körper scheint zu Gummi zu werden, Gliedmaßen wie Spaghetti. Als sie nach mir greift, spüre ich, wie ich an ihr abrutsche, Paige und Cori am Boden schreien: »Slaus, hier, hier, hier. Halt dich fest!«

Aber sie stürzt, unsere Hände sind leer.

Das Übelkeit erregende Geräusch, als Tacy, immer noch halb in Paiges gesenkten Armen, mit dem Gesicht voraus auf die Matte prallt.

RiRi und ich sind noch oben. Ich habe das Gefühl, dass

meine Knie nachgeben, aber ich höre Coachs Stimme, glatt wie Stahl: »Hanlon, mach langsam beim Abstieg«, als RiRi und ich nach unten sinken.

Ich spüre, dass mich etwas umklammert. Beth ist da, sie hält meinen Arm den ganzen Weg nach unten fest. Setzt mich sicher, mit den Füßen voran auf der Matte ab.

Coach ist bei Tacy am Boden, ausgebreitet unter den verknäulten Armen der Spotter, ihre Füße immer noch in deren Griff, während ihr Kopf, der Hals schräg, das Kinn aufgeplatzt, die Matte wischt.

»Na, wenigstens kann sie gut fallen«, murmelt RiRi.

Als sie den Mund zu einem erstickten Schluchzen öffnet, leuchten Tacys Zähne grellrot.

»Wenn du auf den König losgehst«, sagt Beth, »dann mach's besser richtig.«

RiRi und ich bringen Tacy zu Schwester Vance, die Klemmpflaster draufklatscht und mir sagt, dass wir Tacy zum Nähen ins Krankenhaus bringen sollen, woraufhin sie wieder zu schluchzen anfängt.

»Deine Modelkarriere ist vorbei«, sage ich.

Auf dem Weg zu ihrem Spind, mit lila Lippen und Wattetupfern, beweint Tacy das Spiel und die Scouts. Sie müsse die Two-Two-One-Pyramide machen, weil sie als Einzige leicht genug sei, was nicht einmal stimmt, und Coach sollte sie verdammt noch mal besser auftreten lassen, egal, wie sie aussähe.

Dann holt sie bei einem erneuten erstickten Schluchzen tief Luft.

»Aber es sollte sowieso Beth sein«, flüstert sie theatralisch. »Beth ist das Top Girl.«

Einen Moment lang höre ich RiRi: *Was ist mit Addy?*

Was, wenn Addy das Top Girl wäre?

Aber ich war es nie, oder? Ich wollte es nie. Ich war nie die für die Stunts, ich sichere, ich stemme andere hoch. Das bin ich.

Und Top Girls sind anders als wir anderen.

Ich denke an Beth letztes Jahr, nach dem Norsemen-Spiel, als wir alle auf dem Hügel mit den Spielern einen trinken waren und Brian Brun sie über seinen Kopf hochstemmte, die Hände um ihre Knöchel, ihre Füße in seinen Handflächen. Wie sie ein Bein nach hinten schwang zu ihrem gefeierten Bow'n'Arrow, wie sie herumwirbelte und ihr rechtes Bein gerade in die Luft hob, hinter ihren glänzenden Schopf schob, eine wunderschöne Linie ganz aus Beth, und wir alle schnappten nach Luft.

Tagelang, wochenlang konnten wir über nichts anderes reden, von nichts anderem träumen.

»Es war schon immer Beth«, lallt sie und legt vorsichtig die Rückseite ihres Handgelenks an die Schläfe. »Das Team ist alles, was zählt. Ich wusste nie, dass Cheerleading so wichtig ist. Erst als Coach mich ausgewählt hat. Sie hat mein Leben verändert. Jetzt kann ich an nichts anderes mehr denken, Addy. Ich höre den Takt sogar im Schlaf. Du nicht? Ich will nicht, dass er jemals aufhört.«

Ich sage ihr, sie solle nicht so ein Zeug daherreden.

»Siehst du es nicht, Addy?«, fragt sie, die Wörter sprudeln aus ihr heraus, die Augen leuchten, ihr Blick ist irre. »Wenn wir am Montagabend da rausgehen, müssen wir ihnen zeigen, was wir können. Was wir sind. Sie müssen es erfahren. Wir müssen mehr als toll sein.

Wir müssen großartig sein.«

Es tut weh, das Lenkrad zu bewegen. Ich spüre immer noch Tacys Finger, die Angst, dass sie mir womöglich den Arm auskugelt. Höre Beth sagen: »Reitet die Bitch … reitet sie.«

Und Beth, wie ihre Hand mich hielt, meinen Sturz aufhielt.

Und wie Coach hinterher, als ich mit der humpelnden Tacy durch die Halle ging, sagte: »Wenn du sie das nächste Mal loslässt, Hanlon, halt die Arme an den Seiten. Lass sie nicht sehen, dass deine Hände da sind. Wenn sie sie sieht, schnappt sie danach. Würdest du doch auch?«

Und du? Würdest du nicht auch danach schnappen?, möchte ich am liebsten fragen.

Ich denke wieder an die verletzte Emily, wie sie oben auf der Tribüne dahinwelkt. Und ich erinnere mich jetzt, dass sie letzte Woche auf meiner Facebook-Seite gepostet hat: »Du rufst mich gar nicht mehr an. Keine von euch.« Und ich entschied, es war ein Witz, einer von Emilys endlosen LOLs.

Es war mir egal.

Bei den Spielen sitzt sie, nur knapp getrennt vom Tribünenpublikum – im Grenzgebiet, dem Niemandsland zwischen unserer gebräunten Herrlichkeit und der grauen Masse von allem anderen, von allen anderen in dieser jämmerlichen Welt.

Später zu Hause:

Du hast Slaus verflucht, schreibe ich Beth.

Du hättest ihr *das Hamsa schenken sollen,* antwortet sie.

Wie aufs Stichwort eines Hypnotiseurs wird mein Kopf mit dem Bild meines Armbands in Wills Apartment geflutet. Ein blutroter Ring auf seinem Teppich. Ständig höre ich Beths Worte in meinem Kopf: … *Coach muss dir erzählt haben, dass man sie nach dem Armband gefragt hat. Ihr zwei seid doch ein Herz und eine Seele.*

Warum hat Coach es mir nicht erzählt?

Ich denke, ich sollte sie anrufen und danach fragen. Aber ich tue es nicht.

Ich will, dass sie es mir sagt.

Es hat keine Bedeutung, wenn ich sie fragen muss.

Stunden später kommt eine blinkende Nachricht rein, aber sie ist von Beth: *Rate mal, wer Mo N8 fliegt?*

Tacy ist raus, Beth ist dabei. Eine sonderbare Mischung aus Schrecken und Erleichterung durchflutet mich – und dann das Rätsel, wie das Gespräch in den Stunden nach dem Training zwischen Beth und Coach ausgesehen haben muss, dass es am Ende dazu kam.

Endlich zufrieden?, schreibe ich zurück.

Aber es kommt keine Antwort.

Im dunklen Durcheinander der Nacht spüre ich, wie das Handy in meiner Hand faucht.

Komm raus.

Ich schnippe die Jalousie mit einem Finger auf und sehe ein Auto draußen, Coach hinterm Steuer.

Das kalte Gras knirscht unter meinen Füßen, als ich über den Rasen hüpfe.

Wir sitzen im Auto, das Matt French gehört und nicht so hübsch ist wie Coachs Auto. Es riecht nach Zigaretten, obwohl ich Matt French nie rauchen gesehen habe.

Der Becherhalter hat drei, vier runde Kaffeeringe, als wäre es die Mitte eines alten Baumes.

Etwas windet sich um meinen Knöchel. Die Handschlaufen einer Plastiktüte vielleicht oder die gewellten Kanten einer alten Quittung, irgendeine zurückgelassene verirrte Matt-French-Geschichte.

Etwas daran, wie unordentlich das Auto ist, löst Dinge in mir aus, wie damals, als ich ihn sah, nach Mitternacht, über einer Schale Frühstücksflocken zusammengesunken, und begriff, dass es sein Abendessen war, diese Schale Grobkörniges mit Coachs spezieller, ganzheitlicher Mischung aus Bio-Kieseln, Ruß und Streichhölzern. Mit hängenden Schultern sitzt Matt French allein an der Kücheninsel, in Strümpfen, die Beine baumeln, Kopfhörer auf, all unsere Hysterie und das Kaugummikauen sind ausgeblendet.

Und jetzt. Armer Matt, an irgendeinem Flughafen, in irgendeinem Büroturm in Georgia, ein Konferenzraum irgendwo, wo Männer wie Matt French hingehen, um zu tun, was auch immer sie tun, was für keine von uns interessant ist, aber vielleicht wäre es das, wenn wir es wüssten. Auch wenn ich es bezweifle.

Nur dass ich manchmal an ihn denke, an die schwermütige Wirrnis in seinen Augen, aber nicht so wie in Wills Augen, denn in Wills Augen schien es immer um Will zu gehen. Und in Matt Frenchs Augen scheint es nur um Coach zu gehen.

»Ist er immer noch weg?«

»Weg?«, fragt sie und sieht mich zweifelnd an.

»Matt.«

Sie zögert. »Oh«, sagt sie dann, dreht kurz das Gesicht weg. »Ja.«

Als wäre er allenfalls ein Nebenthema.

Die Hände ums Steuer gelegt, sagt sie: »Es gibt Neuigkeiten, Addy.«

Das Armband, sie wird es mir endlich sagen.

»Die Polizei«, sagt sie. »Ich glaube, sie hören das ein oder andere. Sie haben mich gefragt, welcher Art unsere Beziehung war. So haben sie es ausgedrückt.«

»Oh«, sage ich.

»Ich hab ihnen noch mal gesagt, dass wir Freunde waren. Wahrscheinlich wollen sie nur seine Gemütsverfassung nachvollziehen.«

»Oh«, wiederhole ich.

»Sie hatten eine Menge neue Fragen über den letzten Kontakt, den ich mit ihm hatte. Ich glaube, sie – und die Nationalgarde – wollen verstehen, wie es dazu gekommen sein könnte.«

Die Sätze klingen nicht so ganz nach ihr. So förmlich, sie bewegt den Mund langsam um sie herum, als würden sie nicht passen.

»Ich bin mir sicher, es ist in Ordnung, Addy«, erklärt sie und umklammert das Lenkrad fester. »Aber ich hatte das Gefühl, ich sollte es dir sagen.«

»Ich bin froh, dass Sie es mir gesagt haben«, bekräftige ich. Obwohl sie mir doch überhaupt nichts gesagt hat. »Ist das alles?«

Als spürte sie meine Enttäuschung, tätschelt sie meine Schulter.

»Addy, wenn wir dichthalten, kann eigentlich nichts passieren.« Sie lässt ihre Finger dort ruhen. Ich kann mich nicht erinnern, dass sie mich je so angefasst hat. »Bleib stark und aufmerksam. Schließlich wissen nur du und ich alles.«

»Ja, klar«, sage ich und möchte die warme Benommenheit spüren, wenn ich Dinge mit ihr berede. Aber sie beredet nichts, eigentlich nicht, und so spüre ich nur

Beth, wie sie jetzt zu sein scheint, geduckt, wachsam, lauernd.

»Also alles gut zwischen uns?«

Ein Teil von mir will ihr alles sagen, dass sie sich auf vielerlei Art vor Beth in Acht nehmen muss, mit gezücktem Messer. Aber sie sagt mir nur, was sie will. Also sage ich auch nicht mehr.

»Ich hab Beth die Position gegeben«, sagt Coach. Wie so oft liest sie meine Gedanken. Das können sie beide. »Sie ist Top Girl. Sie fliegt im Endspiel.«

Coach, möchte ich sagen, wie kommen Sie auf die Idee, Sie könnten hier aufhören? Sie müssen ihr alles geben, bis wir wissen, was sie will. Bis sie es selbst weiß.

»Zuerst hab ich sie zum Captain gemacht. Jetzt zum Top Girl«, sagt sie und sieht mich forschend an.

Nicht sie hat mich zum Top Girl gemacht, kann ich Beth sagen hören. *Ich hab mich selbst zum Top Girl gemacht. Ich war das.*

Sie legt die Finger um den Schalthebel.

»Ich weiß nicht, was ich sonst machen soll«, sagt sie mit leicht verblüfftem Gesichtsausdruck. »Mein Gott, sie ist ein siebzehnjähriges Kind. Warum sollte ich …«

Eine Pause entsteht.

»Irgendwann langweilt sie das alles«, sagt sie, als versuchte sie, sich selbst zu überzeugen. »Das ist bei allen so.«

In dieser Nacht verbringe ich, die Stirn beinahe an meinen Laptop-Bildschirm gepresst, fast eine Stunde damit, die Nachrichten zu lesen.

Bisher keine Antworten: Untersuchungen zur Todesursache des Nationalgardisten dauern an.

Was würde es bedeuten, wenn es Mord war? Was hat das mit Coach zu tun, mit mir?

Coach, Coach, mein ganz eigener Sergeant, der mich direkt in die Kriegswirren geführt hat …

Ich wollte ein Teil deiner Welt sein, aber ich wusste nicht, dass das hier deine Welt ist.

In dieser Nacht träume ich davon, wie ich damals beim ersten Suff mit Beth den Black Ash Ridge hinaufgeklettert bin. Sie sagte die ganze Zeit: *Bist du sicher, dass du so weit bist, Addy? Bist du sicher?* Und ich versprach, ich wäre so weit, unsere Köpfe benebelt vom Schnaps, unsere Körper ekstatisch. Sie sagte: *Aber du hast keine Angst, Addy, oder? Zeig mir dein Löwenherz.*

Später, das weiß ich noch, fiel ich hintenüber, riesengroße Xe als Augen und halb im Delirium, und Beth kroch zu mir herüber, ohne Shirt, mit flammend rotem BH. Sie sagt, sie passe auf, dass ich nicht in den sicheren Tod rolle. Sie verspricht, sie wird mich retten, uns.

Schau nur nicht nach unten, Addy, schau einfach nie nach unten.

… und ihre Stimme vibriert in meiner Brust, in meiner Kehle, meinem Kopf, meinem Herz, als käme sie aus einer tiefen Schlucht in mir.

Wenn du in den Abgrund schaust, Addy, sagt sie, ihre Augen glühen über mir wie zwei gleißende Sterne, lachend oder sogar weinend, *dann schaut der Abgrund auch in dich hinein.*

24
FREITAG: DREI TAGE BIS ZUM ENDSPIEL

»Rate mal, was ich gerade mache«, fordert Beth, als sie mich im Morgengrauen anruft, während ich vor dem Spiegel stehe und versuche, mein Gesicht bonbonsüß hinzubekommen. Mir Pastellpink auf die Wangen streiche, auf die Augenlider, es auf meine zitternden Lippen klatsche.

Ich sage nichts. Mir gefällt der Klang ihrer Stimme nicht. Wie Katze und Kanarienvogel.

»Ich lese die Zeitung und denke schon, die alte Lady fällt in Ohnmacht. Sie hat gesagt: ›Weißt du überhaupt, was das *ist*, meine liebe Tochter?‹ Es geht wie jeden Morgen witzig zu im Hause Cassidy.«

»Mmm.«

»›Eine Quelle bei der Nationalgarde deutete an, es gäbe zunehmend Zweifel, dass der Tod des Sergeants ein Selbstmord war‹«, liest sie vor.

»›Ergebnisse eines Schmauchspurentests an den Händen des Opfers ergaben nur geringe Mengen.‹«

Ich sage nichts.

»Oh, und anscheinend hattest du recht«, sagt sie und macht eine Kunstpause, als würde sie von etwas abbeißen. Plötzlich sehe ich vor meinem inneren Auge rohes Fleisch zwischen ihren Zähnen. »Es war ein Pistolenschuss in den Mund, nicht in die Schläfe. Du hast gesagt, du wärst verwirrt, aber wie sich herausstellt, warst du kein bisschen verwirrt, Addy.«

Die ersterbenden Neonröhren über mir summen gnadenlos.

Ich befinde mich in der Mädchentoilette im Erdgeschoss, zweite Kabine, habe mich gerade übergeben, mein rechter Wangenknochen ruht auf dem Porzellan. Ich hatte vergessen, wie diese Art von Erbrechen sein kann, wenn du dir nicht Emily-mäßig den Finger in den zuckenden Hals steckst und um Erlösung von dem grausigen Cupcakes-Schlamm flehst oder von dem säuerlichen Siel von zu viel Zitronenwodka – Cheer-Bier nennen sie es, nennen wir es. Nein, das ist Kotzen wie nach der Wilden Maus mit sieben Jahren, wie die tote Ratte unter der Veranda zu entdecken, wie zu erfahren, dass dich jemand, den du geliebt hast, überhaupt nie geliebt hat.

Jetzt sitze ich auf dem Boden der Kabine, eine feuchte Zeitung immer noch gefaltet in meinen Händen und lese die schmierigen Sätze:

»… Während die Polizei sich zu den Berichten über widersprüchliche Beweise am Tatort nicht äußert, stellte eine mit der Untersuchung befasste Quelle den Fundort der Waffe in der Nähe des Körpers in Frage. Durch den Rückstoß lande eine Handfeuerwaffe üblicherweise hinter dem Leichnam, bemerkte die Quelle, jedoch nicht neben dem Kopf, wo sie gefunden wurde.«

Ich spüre, wie sich mir der Magen wieder umdreht.

Plötzlich ist Beth da, steht über mir, reicht mir ein dickes Bündel Papierhandtücher, noch gebauscht, nicht zerknüllt, aus dem Spender.

Im ersten Moment halte ich sie für eine Halluzination.

»Du wartest dein ganzes Leben darauf, dass etwas passiert«, sagt sie mit tugendhaftem Gesicht, prinzessinnenhaft unter dem eisigen Neonröhrenlicht. »Und dann plötzlich bekommst du das ganze Grauen der Welt auf einen Schlag. Fühlt es sich für dich so an, Addy?«

Sie wickelt den Streifen aus Papierhandtüchern um mich herum, beugt sich herunter, lässt ein Ende in meinen kotzefeuchten Mund baumeln.

»Mir ist einfach nur schlecht«, sage ich. »Es ist nichts.«

Lächelnd tippt sie auf die Zeitung in meinen geschwärzten Händen.

»Ich warte die ganze Zeit darauf, dass sie über das Hamsa-Armband schreiben«, stichelt sie. »Dass sie ein Foto davon zeigen und fragen, ob jemand es erkennt.«

»Sie schreiben nicht darüber, weil es nicht wichtig ist«, erwidere ich. »Sie wissen, es hätte jederzeit irgendwie dort landen können.«

»Könnte sein. Ist aber nicht so«, sagt sie.

»Woher weißt du das?«, frage ich, und in mir steigt neue Angst auf.

»Wegen der Fundstelle«, sagt sie. »Oder hat es dir unsere furchtlose Anführerin etwa nicht gesagt?«

»Die Fundstelle …?« Ich kämpfe gegen das Stöhnen in meiner Stimme an.

»*Unter* Sarges Leiche«, sagt sie. »Hat mir PFC gesagt. Erklär mir das.«

Ihr Lächeln ist so dezent und dennoch so schneidend, ich habe das Gefühl, ich könnte blind davon werden.

Und das Bild in meinem Kopf, dieser genoppte Teppich, Wills lebloser Körper, der Kopf schwarz wie eine glänzende Muschelschale.

Unter seiner Leiche.

»Das spielt keine Rolle«, sage ich, schüttle rasch den Kopf, rede schneller und schneller. »Vielleicht lag es schon vorher da, wurde dort hingetreten.«

»Hanlon«, sagt sie, beugt sich herunter, ein Hauch von Kokosnuss und süßer Vanille, ihr mädchenhaftestes Parfum, das sie nur an Tagen mit größtem Ärger und Chaos trägt. »Du solltest vorsichtig sein. Schließlich hast du es ihr möglicherweise geschenkt, aber es ist *dein* Armband.«

»Alle wissen, dass ich es ihr geschenkt habe«, platze ich heraus. Was stimmt, aber mir wird klar, dass ich Beth ein neues Geschenk gemacht habe. Ihr einen Riss in der Rüstung gezeigt habe.

Ich schäme mich dafür.

Sie lächelt auf mich herab, streckt die Hand aus, aber ich ergreife sie nicht.

»Ich weiß, was sie dir bedeutet, Addy«, sagt sie, lässt die Hand sinken. »Aber das Ganze ist größer als deine jungfräuliche Verknalltheit. Du solltest auf dich aufpassen.«

Ich reiße den Kopf hoch, schlage ihn an den Wandfliesen an.

»Das ist episch«, fährt sie fort. »Das ist zu groß, um hier einen auf Mädchen zu machen. Lass dir Eier wachsen.«

Sie fängt an, mir von einer Sendung zu erzählen, die sie im Reality-TV gesehen hat, von einem Mann, dessen Frau sich umgebracht hatte, zumindest sah es so aus. Allerdings stellte sich heraus, dass er sie ermordet hatte.

»Weißt du, wie sie es herausgefunden haben? Ihre Zähne. Sie waren total am Arsch, als hätte man ihr die Waffe mit Gewalt da reingesteckt.«

Die Klinge, die sich durch meine Mitte bohrt, ist scharf und präzise.

»Was hat das damit zu tun?«, flüstere ich.

»PFC und sein Captain haben den Leichnam identifiziert. Sie haben gesagt, die oberen Vorderzähne des Sarge waren zerschlagen. Kronen, übrigens. Falls du es wissen willst.«

Ich sage nichts. Ich stelle mir vor, wie sich Will uns am Lanvers Peak anvertraut, uns sein falsches Lächeln zeigt, als nähme er eine schöne Maske ab, um uns darunter eine noch schönere zu zeigen.

»Also hat jemand Will eine Waffe in den Mund gerammt«, sagt sie, tippt an ihre eigenen Vorderzähne, ich höre das Klackern, »gegen seine Elfenbeinhauer, und dann … *PENG.*«

Ich lasse mich rückwärts an der Wand heruntersinken, bin zu erschöpft für sie.

»Das stimmt nicht, Beth«, sage ich. »Er hat sie sich selbst da reingerammt.«

»Woher weißt du das?«, fragt sie und lacht mit einer Leichtigkeit, die bei Beth selten und beunruhigend ist. »Warst du dabei?«

Im Unterricht, in den Fluren, versuche ich, Beths hinterhältige Tricks abzuschütteln, die Art, wie sie mich immer wieder aufpeitschen kann, wie sie durch meinen Körper fegt wie ein Fieber.

Was weiß sie?, denke ich. Sie rät nur. Sie will was.

Aber das Armband, das Armband. *Unter* seiner Leiche.

Es gibt eine Million Erklärungen dafür, rede ich mir ein. Und Coach wird es mir sagen, bestimmt.

Es ist nicht wie früher, als das Dröhnen von Beths Stimme in meinem Kopf alles andere übertönen konnte.

Damals war das so, und ich habe getan, was sie sagte. Selbst letzten Sommer, im Cheer-Camp, als sie von

Casey Jaye sprach und behauptete, dass Casey hinter meinem Rücken Lügen über mich erzählte. Am Ende glaubte ich ihr, gab mich geschlagen.

Aber diesmal nicht. Ich habe Dinge gesehen, die sie nicht gesehen hat. Lanvers Peak, wir drei dort, Coach, Will und ich. Wie die beiden es sich in meiner Gegenwart gemütlich machten, in dem Wissen, dass ich mich um sie kümmern würde. Der Geruch nach brennendem Laub, wie wir es geteilt haben, dieses Gefühl einer verlorenen Welt voller Schönheit und Staunen.

Wir drei, was wir geteilt haben. Es war etwas Flüchtiges, aber es besitzt Strahlkraft. Es gehört nur mir, und ich lasse es mir nicht wegnehmen.

Und das Dröhnen von Beths Stimme genügt nicht, um mich zum Aufgeben zu bewegen.

Denn Coach würde nie zulassen, dass mir etwas zustößt.

Ihr könnt aus drei Metern Höhe fallen, hat sie uns erklärt, *und auf einem Federboden trotzdem sicher landen.*

Nur dass später an diesem Tag im Englischunterricht eine Nachricht von Beth auf meinem Handy aufploppt. Der Link zu einem zweiten Artikel: *Die Suche nach Antworten in The Towers.*

Es wird nicht aufhören.

Der Artikel spricht davon, dass die Polizei von Tür zu Tür geht und alle befragt, die in dem Apartmentgebäude wohnen.

Und dass im Labor alles untersucht wird, was in dem Apartment gefunden wurde, auch Teppichproben.

Meine Flipflops, haben sie einen Abdruck hinterlassen?

Ich erinnere mich jedoch, dass Coach mit verblüffender Geistesgegenwart, wie ich jetzt erkenne, dafür gesorgt hat, dass wir beide unsere Schuhe ausziehen. Mit geradezu niederschmetternder Geistesgegenwart.

Doch dann steht da noch ein Nebensatz, der letzte des Artikels:

»Die Polizei wertet Aufzeichnungen der Sicherheitskameras in der Lobby aus.«

Aufzeichnungen der Sicherheitskameras in der Lobby.

Coach und ich, wie wir, ihre Sneakers in der Hand, um halb drei Uhr morgens hinaustappen.

Ich spüre, wie ein Vorhang über mich fällt.

Eine zweite SMS von Beth, diesmal nur vier Wörter:

Die Wahrheit kommt raus!

In Coachs Büro, die Jalousien fest zugezogen.

Sie steht hinter dem Schreibtisch, mein Handy liegt auf der Schreibunterlage vor ihr.

Ich habe niemals in Coachs Büro geweint, und ich habe es auch jetzt nicht vor.

»Beth hat dir den Artikel geschickt?«, fragt sie und nickt vor sich hin.

»Ja, ja«, sage ich, wedle mit dem Finger zu dem Handybildschirm hin. »Sicherheitskamera, Coach.«

»Was ist damit?«, fragt sie. »Glaubst du nicht, sie hätten es gesagt, wenn sie mich auf der Aufzeichnung gesehen hätten?«

Was ist mit *mir?*, möchte ich am liebsten sagen, tue es aber nicht.

»Coach«, versuche ich es noch einmal. »Sie glauben, es war Mord.«

»Es war kein Mord«, sagt Coach mit großer Entschiedenheit, schnippt mit den Fingern nach meinem Handy, schlägt danach, als würde sie eine Fliege erschlagen. »Du darfst dir von denen keine Angst machen lassen, Addy. Die Nationalgarde versucht, sich selbst zu schützen. Es geht nur um schlechte Publicity.«

Ich sage nichts.

»Addy«, sagt Coach. »Sieh mich an.«

Ich gehorche.

»Glaubst du nicht, ich möchte mehr als alles andere glauben, dass Will sich das nicht selbst angetan hat? Und mir?«

Ich nicke. Etwas in ihr öffnet sich einen Spalt, ein Ort, an den sie nicht gehen will.

»Wir haben ihn gesehen, Addy«, sagt sie, die Fingerspitzen am Mund, das Gesicht weiß. »Wir haben gesehen, was er getan hat.«

Ich möchte ihre Hand festhalten und unverfängliche Sachen sagen.

»Addy«, sagt sie fieberhaft, ballt die Fäuste. »Du musst das verstehen. Die Leute werden immer versuchen, dir Angst zu machen, damit du etwas tust. Oder etwas bleiben lässt. Damit du Dinge nicht willst, gegen die du dich nicht wehren kannst. Du darfst keine Angst haben.«

»Noch drei Tage!«, ruft Mindy. »Ich habe gehört, Scouts sitzen *immer* links oben auf der Tribüne. Wir müssen in Richtung dieser Ecke arbeiten.«

In meiner Brust wird es leichter. Unser seltsames kleines Universum, wo ein Wort von Mindy Coughlin mit ihrem roten, brutalen Gesicht plötzlich dafür sorgen kann, dass mir das große Spiel wieder wichtig ist. Unsere Chance für die Qualifikation.

Aber Coach ist nirgendwo zu finden.

»Warum geht sie ständig weg?«, fragt Tacy dumpf mit ihren Verbänden um den Mund. Sie steht neben Cori, die nervös ihr linkes Handgelenk dreht, das fest getapt ist, wo Tacys Fuß hängengeblieben ist.

Und Emily. Die verkrüppelte Emily, immer noch mit Beinschiene, beinahe vergessen.

Diese Reihe von Unfällen, und ich frage mich, warum ich immer noch stehe.

Wir wenigen Glücklichen, wir Bande von Bitches, wie Beth immer gesagt hat. Vergesst das nicht.

Wie aufs Stichwort kommt Beth angeschlendert, gangsta-mäßig die Hüften schwingend.

»Fangen wir an, Miezen«, sagt Beth. »Die Celts warten nicht auf jämmerliche Feiglinge.«

Das, denke ich, ist gut für sie. Ich denke: *Ja. Ja, Beth. Nimm das und zehre davon. Sei eine Weile damit zufrieden, bitte.*

»Wer siegen will, muss sich richtig verkaufen«, ruft Beth mit hoher Stimme, die in unser aller Ohren dröhnt.

»Klare Kopfbewegungen!«, sagt sie, und wir tun es.

»Lautes Klatschen!«, befiehlt sie, und wir tun es.

»Zeigt mit euren Gesichtern, dass ihr Spaß habt«, sagt sie, und wir strahlen ekstatisch.

»Gebt ihnen das beste Blowjob-Lächeln, das ihr habt«, gebietet sie, und hätte sie eine Peitsche, sie würde sie an unsere Schenkel schnalzen lassen. »Los, los, los.«

Wir geben alles für sie. Wir haben drei Tage bis zum Endspiel, und wir brauchen noch mal eine Neue vom Juniorenteam, und wir werden hart für Beth arbeiten, denn wir wollen dem Celts-Publikum am Montagabend unser sexy Zeug, unsere epische Frechheit, unsere unheilige Genialität zeigen.

Aber vor allem arbeiten wir hart, weil es Krach macht, wilden, schrillen Krach, der beinahe den Lärm des jetzigen und des zukünftigen Chaos übertönen kann. Das Gefühl, dass sich alles auf ungeahnte Weise verändert und nicht aufzuhalten ist.

Aber vielleicht geht es auch gar nicht darum. Vielleicht versuchen wir alle nur, diese beängstigende Stille zu übertönen, das Gefühl, dass nichts zu hören ist außer unserem eigenen dürren Echo. Unser Gefühl, dass uns Coach entgleitet, dass sie vielleicht schon weg ist. Dass es keine Mitte mehr gibt und vielleicht auch nie gab.

Alles, was wir haben, ist Beth. Aber das hat Bedeutung, ihr Donnern füllt jede Stille aus.

In der Umkleide zerstreut sich der Krach. Die Mädchen gehen eine nach der anderen, ich bleibe allein zurück, oder beinahe.

Wenn Coach nicht da ist, hinterlassen alle ein riesiges Durcheinander. So war es auch vorher unter Beth. Überall fliegen Accessoires herum, liegen leere Dosen Zero-Carb-Rockstar und zuckerfreies Monster, Tamponhüllen und zerquetschte Goji-Beeren auf dem Boden. Sogar ein mit Spinnweben behafteter String-Tanga.

Haarnadeln knirschen unter meinen Füßen, als ich mich durch die lädierte Mädchenhaftigkeit bewege. Mein Herz hämmert immer noch vom Training, ich denke daran, wie heftig Beth heute da draußen war, als hätte ich sie seit der zehnten Klasse nicht mehr gesehen, als es in ihr noch so wild schlug. Als sie noch nicht von kleinlichem Groll und ihren eigenen Lebensmiseren, ihrer eigenen schleichenden Langeweile abgelenkt war. Vielleicht war sie noch nie so gut, war es ihr nie so wichtig.

Das hat Coach für sie getan, denke ich. *Sie hilft uns allen.*

Dann steht sie da, lauert in der offenen Tür zu Coachs Büro. Ihr Schatten wirkt so groß, dass ihre eins zweiundfünfzig den Flur verschlucken. Beth.

»Captain«, sage ich, möchte, dass es ihr endlich genügt, »du hast uns heute ganz schön bluten lassen.«

Sie steht mit dem Rücken zu mir, ich kann ihr Gesicht nicht sehen.

Ich gehe näher heran.

Ich hoffe auf Euphorie, bete geradezu dafür.

Ich meine, ist sie jetzt nicht der Coach höchstpersönlich, zumindest für den Moment?

»Beth«, sage ich noch einmal. *»Die Rückkehr des Königs.«*

Das Abendlicht flutet alles, ihr ganzer Körper erstrahlt in dunklem Gold, und ich bleibe knapp hinter ihrem bernsteinfarbenen Rücken stehen.

»Beth«, sage ich, »jetzt hast du alles erreicht.«

Endlich, langsam, eine halbe Drehung des Kopfes. Ein Flüstern ihres Profils, verdunkelt von ihren schwarzen Haaren.

Da sehe ich, dass noch gar nichts erreicht ist, nichts ist gerettet. Sie dachte, das wäre es endlich, aber es war nicht so.

»The sun's down and the moon's pretty«, zitiert sie leise einen Text von Elvis. *»It's time to ramble.«*

Und ich sage ja. Natürlich sage ich ja.

25
FREITAGABEND

Ausgestreckt auf der Motorhaube meines Autos, hoch oben auf der Südseite des Felsgrats, dort, wo er tausend Meilen oder mehr zum tiefsten Punkt der Erde hin abfällt.

Wir haben Wein getrunken, süß wie Hustensaft, der an der Zunge klebt. Beth nennt ihn Penner-Wein, und es fühlt sich auch so an, als wären wir jetzt Penner. Vagabunden. *Midnight Ramblers.*

Ich vergesse alles und denke, hier oben, versteckt hinter dem funkelnden Granit von tausend Schluchten und Felsvorsprüngen, bin ich sicher vor allen Gefahren.

Aber da ist Beth neben mir, atmet wild und redet in abgehackten Schleifen, die durch meinen Kopf und über den Himmel über uns zucken.

Irgendwann höre ich nicht mehr zu und konzentriere mich stattdessen auf die Schönheit meiner eigenen weißen Hände, biege und kippe sie über mir, vor dem schwarzen Himmel.

»Hörst du, was ich sage, Addy?«

»Du hast von dunklen Mächten gesprochen«, mutmaße ich, denn normalerweise spricht Beth von ihnen.

»Weißt du, wen ich gestern gesehen habe, glaube ich jedenfalls?«, fragt sie. »In ihrem nuttigen Kia drüben bei St. Reggie's?«

»Wen?«

»Casey Jaye. Den ganzen letzten Sommer, beim Cheer-Camp, ihr beide in euren Stockbetten, wie ihr in euren Partnerlook-Sport-BHs gekichert habt, und der Liebesknoten, den sie dir geschenkt hat.«

»Da war nichts«, sage ich und spüre, wie ich unwillkürlich rot werde. »Das hatte nichts zu bedeuten.«

»Sie hatte ihre Schenkel gespreizt, um dir zu zeigen, wie gut ihre Oberschenkelmuskulatur trainiert ist. Ich wusste, was für ein wurmstichiges Herz sie hat. Aber ich hab mein Pulver zu früh verschossen, und du wolltest mir nicht glauben. Du warst noch nicht so weit.«

Sie wird es niemals gut sein lassen. Sie wird es niemals vergessen.

Doch dann setzt sie sich mit einem plötzlichen Ruck auf, und ich rutsche fast von der Motorhaube, halte mich an ihrer Jacke fest.

»Sieh mal, da drüben«, sagt sie und deutet in die Ferne, dorthin, wo Sutton Grove wäre, wenn da draußen nicht nur Nachtschwärze wäre.

Ich spähe hinaus in die Dunkelheit, aber ich sehe nichts, nur den schwachen Schimmer einer Stadt irgendwo, die größtenteils, wenn nicht völlig, schläft.

In meinem Wein-Dusel habe ich wohl mit kolossaler Naivität gehofft, dass Beth beschließen könnte, dass sie gewonnen hat, dass sie Captain ist, dass Coach in letzter Zeit kaum noch ein Coach ist, mehr und mehr Macht abgibt, und dass sie es jetzt gut sein lassen wird … sie wird es gut sein lassen, und Coach ist frei.

Es ist alles vorbei, oder beinahe.

Die Polizei wird die Wahrheit erkennen, und es wird vorbei sein. Und Beth wird fertig sein.

Oder beinahe.

Ich bin betrunken.

»Mit ihren Insiderwitzen und ihren Yoga-Orgien und ihren Gartenfesten«, sagt Beth gerade. »Und ihr liegt ihr alle zu Füßen. Kleopatra im Kapuzenpulli. Ich bin auf nichts davon reingefallen.«

»Du bist nicht ein einziges Mal drauf reingefallen«, stimme ich ihr zu und versuche, das Gefühl der Bedrohung zu bekämpfen, das durch meinen Nebel dringt.

»Aber wenn ich da rausschaue«, sagt sie und fegt mit einer Handbewegung über den lichtlosen Horizont, »denke ich nur immer wieder: *Sie kommt damit durch.* Sie kommt mit allem durch.«

»Beth«, warne ich sie. Den Blick auf die samtige Dunkelheit unter uns gerichtet. Das weiße Nichts, das plötzlich zu pochen scheint, nervös, lebendig.

Was liegt da unten?

In diesem Zustand überkommt mich wieder aufs Neue die unbändige Verzweiflung in Wills Leben, sein zerschlagenes Ende.

Ich will Glitzer auf den Wangen, schrilles Gelächter und Spaß, und ich habe um nichts von alledem gebeten. Doch, habe ich.

»Addy«, sagt sie, tritt mit den Füßen in die Luft. »Ich hab so ein Fieber im Blut. Ich hab Lust auf Ärger. Und du?«

Ich nicht. Oh, ich nicht. Aber wer würde Beth allein lassen, wenn sie in solch einer Stimmung ist?

»Komm, meine Freundin, wir gehen dem Teufel in die Augen schauen«, sagt sie und setzt mir die Weinflasche an die Lippen, an meinen offenen Mund, und ich trinke, trinke, trinke.

Jetzt sitzt Beth am Steuer, wir ziehen endlose Schleifen, runde Achter, und die Straßenlaternen über uns knallen mir in die Augen.

Dann fahren wir wieder nach oben, es gibt eine Pause zwischen den Songs, und ich höre etwas dröhnen. Durch die Windschutzscheibe sehe ich, dass die rasende Interstate jetzt plötzlich unter uns ist.

Wir sind fast da, bis ich merke, wohin sie mich gebracht hat.

»Ich will nicht dorthin«, flüstere ich.

Sie hält den Wagen vor dem beleuchteten Schild an: The Towers.

Wir bleiben sitzen, unsere Gesichter grün beleuchtet.

»Ich will hier nicht sein«, sage ich noch einmal, diesmal lauter.

»Kannst du die Energie hier spüren?«, fragt sie und legt mit dem Finger Lipgloss auf, als machten wir uns für unsere Dates bereit. »Das ist ganz schön schwarzes Mojo.«

»Was redest du da?«

»Der Captain unseres großen Captains, die Wölfin. Die Löwin. Ich kann sie hier spüren.« Sie lächelt unheimlich. »Wie es in der Nacht für sie war.«

Ich sage nichts.

»Die Nacht, in der sie ihren Lover totgeschossen hat«, sagt Beth und krümmt ihre Finger zu kleinen Pistolen.

Peng, peng, flüstert sie mir ins Ohr, *peng, peng!*

Und da ist es. Sie hat es gesagt.

»Du hast den Verstand verloren«, sage ich, die Worte wollen nicht recht. »Du bist irre.«

»Hey, Coach«, singt Beth, ihr Grinsen wird immer breiter, *»where you goin' with that gun in your hand?«*

»Halt die Klappe«, sage ich, schubse sie, ein seltsames halbes Lachen kommt aus mir heraus.

Aber dann schubse ich fester und lache nicht mehr, und Beth packt meine Hände und hält sie fest.

Wann ist sie so nüchtern geworden?

»Er hat sich umgebracht«, sage ich, so laut, dass es mir wehtut. »Sie hat nichts gemacht. Niemals würde sie so etwas tun.«

Meine Hände in ihren, sie beugt sich zu mir herüber, sehr dicht, ihr Wein-Atem in meinem Gesicht, meine Hände geballt in ihren, so fest, dass ich eine Träne in meinem Augenwinkel spüre.

»Niemals würde sie so etwas tun«, wiederholt sie nickend.

»Sie hat ihn geliebt«, beteure ich, und es klingt schwach und lächerlich.

»Klar«, sagt Beth lächelnd, drückt meine Hände gegen ihren harten Brustkorb, als würde sie mit einem Jungen auf dem Rücksitz fummeln, »weil ja kein Mensch je die Person umgebracht hat, die er liebt.«

»Du bist betrunken, betrunken und furchtbar«, sage ich und versuche, meine Hände frei zu bekommen. Wir schwanken, unsere Gesichter dicht aneinander. »Eine furchtbare Bitch, die schlimmste, die ich je getroffen habe.«

Endlich lässt sie meine Hände los, legt den Kopf schief und betrachtet mich.

Plötzlich will der Alkohol in mir wieder hoch, meine Hände wie gelähmt, ich muss aus dem Auto raus.

Die Füße auf dem glatten, frisch gegossenen Asphalt des Parkplatzes, atme ich tief durch.

Aber genau das will sie, denn sie steigt auch aus.

Ich sehe sie an, ihr Gesicht nicht vom Mondlicht erhellt, sondern vom fahlen Blau der Parkplatzbeleuchtung.

»Gehen wir«, sage ich. »Ich brauche diese …«

»Riechst du das?«, fragt Beth plötzlich. »Blumen oder so. Geißblatt.«

»Ich rieche gar nichts.«

Ich rieche alles Mögliche, vor allem Chlor. Bleiche. Blut.

»Wusstest du, dass die Regierung untersucht, ob es sein könnte, dass die Leute gewisse Gerüche abgeben, wenn sie lügen?«, fragt Beth, und ich glaube, ich träume. »Und jeder Geruch ist sehr individuell. Wie ein Fingerabdruck.«

Ich habe mich in einen von Beths Albträumen geträumt, der, in dem wir oben an der Schlucht stehen, die einem offenen Maul gleicht.

»Ich frage mich, ob deiner Geißblatt ist«, sagt sie.

»Ich lüge überhaupt nicht«, erwidere ich.

»Geißblatt ist so süß, dass ich es schmecken kann. Man könnte dich essen, Addy-Faddy«, sagt sie, und jetzt finde ich sie wirklich abscheulich.

»Er hat sich umgebracht«, sage ich, meine Stimme fast zu leise, man kann sie kaum hören. »Es ist die Wahrheit, falls du es wissen willst.«

»Du lügst und lügst, und ich fresse das alles«, sagt sie und schnalzt mit der Zunge. »Aber damit ist jetzt Schluss.«

»Es stimmt aber. Er hat sich auf seinem Teppich in den Mund geschossen«, verkünde ich, und es ist noch nicht einmal meine Stimme, sind nicht einmal meine Worte, aber sie kommen so schnell und so sicher heraus. »Das ist die Wahrheit.«

Beth beobachtet mich, und ich bin nicht mehr aufzuhalten.

»Er hat sich erschossen«, sage ich. Ich wünschte, ich könnte aufhören, aber ich kann nicht aufhören, solange ich sie nicht überzeugt habe. »Er ist auf den Teppich gefallen, und sein Kopf war schwarz. Und er ist da gestorben.«

Ihr Gesicht wie Marmor im grellen Licht der Sicherheitsbeleuchtung, sie sagt nichts.

Und ich rede weiter.

»Du weißt es nicht«, sage ich, und der Wind peitscht mir die Haare ins Gesicht, in den Mund. »Weil du es nicht gesehen hast. *Aber ich weiß es.*«

»Woher weißt du es?«, schießt sie zurück und wiederholt ihre Frage aus der Mädchentoilette. »Warst du dort?«

»Natürlich war ich dort!« Es ist fast ein Aufheulen, die Luft strömt aus mir heraus.

»Natürlich warst du dort«, sagt sie, verwebt die Finger mit meinen wehenden Haaren.

»Deshalb weiß ich es«, erkläre ich mit festerer Stimme. »Deshalb weiß ich mehr als du. Ich hab seine Leiche gesehen. Ich hab sie da liegen sehen.«

Sie schweigt einen Moment.

»Du hast gesehen, wie er sich umgebracht hat.«

»Nein, erst danach.«

»Ah, also hast du ihn gesehen, als er schon tot war. Nachdem Coach ihn totgeschossen hat.«

»Nein«, widerspreche ich laut. »Wir haben ihn zusammen gefunden. Wir sind in seine Wohnung gekommen, und da war er.«

Pause.

»Ich verstehe«, sagt sie, ein unbeschreiblich anzügliches Grinsen breitet sich auf ihrem Gesicht aus. »Und was genau war los, dass Coach dich mitten in der Nacht in Sarges Apartment gebracht hat? Warst du so eine Art jungfräuliche Trophäe …?«

»Nein«, schreie ich fast, mir ist schlecht. »Sie hat ihn gefunden und mich angerufen. Ich bin hin und hab sie abgeholt.«

Sie lächelt schwach. »Hm.«

Mir dreht sich der Magen um, ich lehne mich an die offene Autotür, atme tief ein.

»Wart mal.« Ich weiche zurück und lasse mich auf den Vordersitz fallen. »Du hast uns in der Nacht gesehen. Du hast mich hinterher nach Hause kommen sehen.«

»Ich musste euch nicht einmal sehen«, sagt sie und tritt mit den Zehen an meine Knöchel. Das ist aber keine richtige Antwort. »Ich kenne dich in- und auswendig, Addy.«

»Du weißt alles«, murmle ich.

»Ich kenne dich, Addy«, sagt sie. »Besser als du dich selbst. Du konntest noch nie irgendwas an dir selbst sehen. Du verlässt dich darauf, dass ich es für dich tue.«

Ich drücke mein Gesicht an die Kopfstütze.

»Und was du mir gerade erzählt hast«, fährt sie fort, »ich bin froh, dass du es endlich gebeichtet hast, aber das ändert nichts.«

Langsam wende ich ihr das Gesicht zu, der Mund steht mir offen …

»Was?«

»Alles, was es beweist, Addy, ist, dass du mich belogen hast. Aber das wusste ich schon.«

Später im Bett, als der Alkohol aus mir heraussickert, kann ich meinen Kopf nicht zur Ruhe bringen.

Betrunken und schwach habe ich ihr alles gegeben.

Ich fühle mich überlistet, überrumpelt.

Denn so war es.

Glaubst du mir jetzt nicht?, hatte ich auf dem ganzen Rückweg gejammert wie eine kleine Cheer-Anfängerin.

Kapierst du es nicht?, hatte sie kopfschüttelnd entgegnet. *Er war fertig mit ihr. Und jetzt ist sie fertig mit ihm. Und jetzt hat sie dich mit hineingezogen. Und bald wird sie auch mit dir fertig sein.*

Sie hat dich zu ihrer Komplizin gemacht.

Sie hat dich zu ihrer Schlampe gemacht – aber warst du das nicht sowieso schon?

Ich glaube, ich werde niemals einschlafen können, aber dann gelingt es mir schließlich doch.

26

SAMSTAGMORGEN: ZWEI TAGE BIS ZUM ENDSPIEL

Ich erwache mit einem Ruck, und ein Bild blitzt auf.

Letzten Montag in der Nacht, als Coach mir Wills Apartmenttür öffnet. Der Schreck in ihren Augen, als hätte sie vergessen, dass sie mich angerufen hat. Ihre dichten Haare feucht schimmernd.

Das Bild ist so lebendig, dass es schmerzt. Mein Herz schießt in meiner Brust hoch, ich spüre, wie mein T-Shirt an mir klebt, mein verkaterter Körper steht in Flammen.

Ich greife nach der warmen Wasserflasche neben meinem Bett, und plötzlich weiß ich etwas. Etwas, das ich vergessen hatte.

Ihre Frische.

Ganz schwach zu spüren. Wie jemand, der vielleicht vor einer halben Stunde geduscht hat.

Und Will, der in seinem Handtuch auf dem Boden lag.

Ich kriege es nicht ganz zusammen, aber es erinnert mich an etwas.

Es erinnert mich an eine andere Zeit.

Es erinnert mich daran:

Will, wie er mit nassen, seehundglatten Haaren durch die Foyertür kommt.

Coach, die hinter ihm hervor auf mich zukommt, ihr Haar hängt ihr in feuchten Schleifen über die Schultern, färbt ihr T-Shirt dunkel.

Das erste Mal, als ich zu The Towers gefahren bin, als ich hinkam und sie abgeholt habe. Und ich wusste, was sie getan hatten, bevor ich ankam, denn man sah es ihnen überdeutlich an.

Sie trugen Kleidung, aber sie wirkten so nackt, die Lust aneinander stand ihnen deutlich ins Gesicht geschrieben.

Frisch aus der Dusche, ihrer gemeinsamen Dusche, stellte ich mir vor.

Ich stelle es mir auch jetzt vor.

Montagnacht, Coach und Will, beide feucht vom Duschen, aber Will ist tot.

Sie hat seine Leiche nicht gefunden, hat Beth gesagt. *Sie war da, als es passierte. Sie war schon da.*

Das Handy klingelt und klingelt und klingelt. Ich schalte es aus und stopfe es unter die Matratze.

Die Gedanken, die kommen, sind gemein und schonungslos.

Wie sich Coach in den Tagen vor Wills Tod benahm, das Training verpasste, die Delle im Auto, und jetzt frage ich mich, ob sie wegen allem gelogen hat. Ob sie spürte, wie ihr Will entglitt, und anrief, ihn anflehte, zu ihr zu kommen, wie an dem Tag in ihrem Haus, als sie ihn endlich dort hinlockte. Als sie mich mit Caitlin im Garten warten ließ.

Und diese Nacht. Die leicht feuchten Haare. Die Tennisschuhe mit der Bleiche. Worum ging es dabei eigentlich?

Und wie kam sie überhaupt zu Will?

Ich hab ein Taxi genommen, hatte sie gesagt. *Ich hab mich aus dem Haus geschlichen. Matt hat geschlafen. Er hat zwei Pillen genommen. Ich musste Will sehen. Also hab ich ein Taxi gerufen. Aber ich konnte kein Taxi rufen, das mich wieder zurückbringt, oder?*

Um zwei Uhr morgens hinausschleichen, und Matt French hat sie nicht gehört? Es ergab so viel mehr Sinn, dass sie früher zu ihm gegangen war, Matt irgendeine Ausrede erzählt hatte, oder gegangen war, weil Matt noch nicht zu Hause war.

Könnte es sein, dass Will fertig mit ihr war und sie …?

Plötzlich fällt mir letzte Woche wieder ein, dieses Gebrummel im Schlaf in der Nacht, als ich neben Coach lag:

Wie konntest du mir das antun? Wie?

Peng, peng, höre ich Beth sagen. *Peng, peng.*

Ein Post-it für mich auf der Kücheninsel:

»A, Debbie sagt, jemand von der Polizei hat für dich angerufen. Hat wieder jemand das Maskottchen geklaut? Alles Liebe, D.«

Ja, Dad, denke ich und halte mich an der Kante der Arbeitsplatte fest. *Genau das ist es.*

Ich jogge auf der Royston Road, als das Auto neben mir bremst.

Ich jogge nie. Beth sagt, Läufer masturbieren unkreativ. Ich wusste nicht, was das heißt, aber ich hatte deshalb nie Lust zu laufen.

Aber an diesem Morgen, das Clonazepam meiner Stiefmutter klebt noch auf meiner Zunge, scheint mir Laufen das Richtige zu sein.

Wie im Training, wie bei Spielen denke ich an nichts als die besonderen Talente meines besonderen Mädchenkörpers, der alles tut, was ich ihm sage, der unversehrt ist und rein, babyöl-weich, bestäubt nur von den Blutergüssen des Mädchensports.

Das Gefühl des Asphalts, der durch meine Schienbeine nach oben pulsiert, ist beinahe erlesen, und als die Erlösung kommt, ist es, wie einen Stunt zu schaffen, nur besser, denn ich bin allein, und es kann nicht mal jemand sehen, aber ich tue es, tue es trotzdem, ohne darauf zu warten, dass mir jemand sagt, dass ich es geschafft habe, denn ich weiß es. Ich weiß es.

Also laufe ich weiter. Bis ich absolut nichts mehr spüre.

Und niemand kann mir etwas anhaben. Mein Handy ist ausgeschaltet, weit weg von mir. Niemand weiß, wo ich bin, falls ich überhaupt irgendwo bin.

Bis auf die Detectives.

Es ist genau wie im Fernsehen. Sie parken am Straßenrand, und einer von ihnen lehnt sich an den Türrahmen.

»Adelaide Hanlon?«

Ich bleibe stehen, die Kopfhörer rutschen mir aus den Ohren.

»Dürfen wir Ihnen ein paar Fragen stellen?«

Der Mann gibt mir eine Flasche Wasser. So habe ich eine Beschäftigung für meine Hände, meinen Mund.

Wir sitzen in einem Büro, und als die Frau sieht, dass meine schwitzigen Beine auf dem Sitzplatz ein bisschen festkleben, bietet sie mir den Schreibtischstuhl an, und es scheint sie nicht zu stören, dass ich ihn vollschwitze.

»Wenn du dich wohler fühlen würdest, wenn deine Eltern dabei wären«, sagt der Mann, »können wir sie anrufen.«

»Nein«, sage ich kopfschüttelnd. »Ist schon okay.«

Sie sehen mich beide an und nicken, als wäre ich sehr weise.

Dann wechseln sie schnell einen Blick. Er geht, und die Frau bleibt.

Ich fange an, im Kopf Takte zu zählen. Eins-zwei, drei-vier. Ich zähle sie, bis sich mein Herz langsam beruhigt. Bis ich mein Gesicht leer erscheinen lassen kann, Teenager-Langeweile.

»Wir versuchen nur, ein paar Einzelheiten zu Montagnacht festzuzurren«, sagt sie.

Sie hat einen strengen Pferdeschwanz, der mich an den von Coach erinnert, und ein Grübchen neben dem einen Mundwinkel. Sie lächelt nicht direkt, spricht leise.

Irgendwie fühle ich mich langsam ganz okay, wie wenn man mit der stellvertretenden Schulleiterin über etwas reden muss, das man mitbekommen hat, mit dem man aber selbst nichts zu tun hatte. Wenn du einfach so wenig wie möglich sagst, können sie eigentlich nichts machen.

Die Fragen beginnen allgemein, eher wie eine Plauderei. Was magst du an der Schule besonders? Wie lange bist du schon Cheerleader? Sind einige der Stunts nicht gefährlich?

Als sich die Fragen ändern, ist die Wendung behutsam, oder sie bekommt sie eben behutsam hin.

»Also verbringt ihr, du und Coach French, auch außerhalb der Schule Zeit miteinander?«

Die Frage kommt mir komisch vor. Ich glaube, mich verhört zu haben.

»Sie ist meine Trainerin«, sage ich.

»Und letzten Montagabend, hast du deine Trainerin da getroffen?«

Ich weiß nicht, was ich sagen soll, habe keine Ahnung, was sie ihnen gesagt hat.

»Letzten Montag?«, wiederhole ich. »Ich weiß nicht.«

»Versuch dich zu erinnern, okay? Warst du letzten Montag bei ihr zu Hause?«

Der zweite Teil, ein Geschenk. *Bei ihr zu Hause.* Wenn Coach es ihnen nicht gesagt hat, wer dann?

»Ich glaube, ja«, sage ich. »Manchmal helfe ich ihr mit ihrer Kleinen.«

»Also als Babysitter, wenn sie ausgeht?«

»Nein, nein«, sage ich, so ruhig ich kann. Abgesehen davon, wer ist sie, dass sie mich Babysitter nennt? »Ich bin nicht der Babysitter.«

»Du hilfst nur mit?«

Ich schaue sie an, ihre ungeschminkten Lippen und schlecht gezupften Augenbrauen.

»Ich hänge oft da ab«, sage ich. »Sie hilft mir bei manchen Sachen. Ich bin gern dort.«

»Also warst du letzten Montag mit deiner Trainerin und ihrem Mann dort?«

Und ihrem Mann. »Ja«, sage ich, denn muss das nicht

Coachs Geschichte sein, und müssten unsere Geschichten nicht abgesprochen sein, für uns beide? »War ich.«

»Und du kanntest den Sergeant?«

»Ich hab ihn öfter in der Schule gesehen.«

»War deine Trainerin mit ihm befreundet?«

»Ich weiß nicht«, sage ich. »Sie hat nie was zu mir gesagt.«

»Du hast sie nie zusammen gesehen?«

»Nein.«

Ich habe keine Ahnung, ob ich das Richtige sage.

»Und du bist gern bei deiner Trainerin zu Hause. Du verbringst gern Zeit dort.« Sie beobachtet mich genau, aber ich komme nicht über den Knoten verirrter Augenbrauenhaare an der Seite ihrer übertrieben gezupften rechten Augenbraue hinweg.

Wie konnte sie sowas übersehen? Dieses Detail, wie wenn man eine schludrige Bewegung in der Routine eines anderen Teams entdeckt.

Jetzt fühle ich mich stark.

Deputy Hanlon, der eiskalte Lieutenant, meine alte Verkleidung – ich hatte vergessen, wie gut sich das anfühlt.

»Hab ich ja schon gesagt, ja, Ma'am.«

Ich lehne mich zurück, strecke meine Beine aus und ordne meinen Pferdeschwanz.

»Es war ein angenehmer Ort? Die beiden schienen gut miteinander auszukommen?«

»Ja«, sage ich.

»Scheint eine glückliche Ehe zu sein?«

Ich sehe sie mit schräg gelegtem Kopf an, wie ein Hund. Als hätte ich keine Ahnung, was sie meint. Wer denkt darüber nach, ob Ehen glücklich sind?

»Ja, klar.« Meine Stimme schaltet in die Art um, wie ich rede, wenn ich mit Leuten reden muss, die niemals irgendwas kapieren würden, aber glauben, sie wüssten, wie ich ticke, die glauben, sie wüssten alles über Mädchen wie mich.

»Wir mögen Coach«, sage ich. »Sie ist eine nette Frau.«

Und: »Manchmal zeigt sie uns Yoga-Übungen. Macht wirklich Spaß. Sie ist toll. Am Montag ist das große Spiel, Sie sollten auch kommen.«

Ich beuge mich vor, als erzählte ich ihr ein Geheimnis.

»Wir treten ihnen am Montag richtig in den Arsch, nächstes Jahr fahren wir zu den Regionals.«

»Möglicherweise haben wir noch Fragen«, sagt die Polizistin, als sie mich rausbringt.

»Okay«, sage ich. »Cool.« Ein Wort, das ich nie benutze.

Auf dem Weg nach draußen, vorbei an allen Cops und Detectives, hebe ich mein Laufshirt ein paar Zentimeter an, als wollte ich es von meiner feuchten Haut losschütteln.

Ich zeige ihnen allen meinen Bauch, wie straff er ist.

Ich zeige ihnen allen, dass ich keine Angst habe und nichts weiter bin als ein alberner Cheerleader, eine federgewichtige Sechzehnjährige mit nicht mehr Verstand als ein Marshmallow-Küken.

Ich zeige ihnen, dass ich überhaupt nichts bin.

Und am allerwenigsten, was ich wirklich bin.

27
SAMSTAGNACHMITTAG

Zu Hause ziehe ich mein Handy unter der Matratze hervor.

Es sind sieben Voicemails von Coach drauf und sechzehn SMS-Nachrichten. Die Botschaft in allen ist irgendeine Variation von: *Ruf mich an, bevor du irgendwas tust. Ruf mich SOFORT an.*

Aber ich beschließe, mich zuerst ein bisschen zu dehnen, wie Coach es uns gezeigt hat.

Katzenbuckel. Welpenhaltung. Gedrehtes Dreieck.

Soll sie doch warten.

Ich drehe die Dusche auf und stelle mich lange darunter.

Dann föhne ich mir die Haare, ziehe jede Strähne träge lang, meine Gedanken gehen hierhin und dorthin.

Irgendwo im Hinterkopf ploppt ein alter Motivationsspruch auf: *Es kommt die Zeit, da musst du auf dich selbst hören.*

Das scheint mir etwas zu sein, was wahrscheinlich unser alter Coach Templeton – Fish – mal gesagt oder aus dem Internet ausgedruckt oder in Schnörkelschrift unten auf unsere Merkblätter getippt hat.

Als könnte man so einfach auf sich selbst hören. Als gäbe es da etwas, worauf man hören kann. Ein Ich in dir, das alle möglichen klugen Dinge zu sagen hat.

Meine Finger berühren meinen offenen Computerbildschirm, die Facebookseite unseres Teams, all die Cheerleading-Fotos aus drei Jahren Todesverachtung und bunten Bändern.

Cheerlebrities!!!

Es gibt einen Schnappschuss mit Beth und mir im Vordergrund, die Gesichter mit Glitzer überzogen, die Münder offen, Zungen raus, die Finger zu Teufelshörnern gebogen.

Wir sehen furchteinflößend aus.

Das Bild ist vom letzten Jahr. Im ersten Moment erkenne ich mich nicht wieder. Mit all der Farbe sind wir unmöglich auseinanderzuhalten. Nicht nur Beth und ich, sondern wir alle.

Die vorderen Fenster von Coachs Haus sind noch vom Frost der letzten Nacht überzogen, darauf verteilt Caitlins Papier-Schneeflocken. Innen leuchtet eine Lampe.

Es hat was von einem Häuschen aus einem Märchen, wie auf einem dieser Bilder in der Mall.

Caitlin steht hinter der Eingangstür, zwei Finger in den Mund geschoben. Normalerweise ist sie sauber gekämmt, doch jetzt sind ihre Haare seltsam verknotet, wie bei einer ungepflegten Puppe. Sie hat Brotkrümel im ganzen Gesicht.

Sie sagt nichts, aber das tut sie nie, und ich schraube mich an ihr vorbei, meine Beine streifen die Rüschen an ihrem Pulli, der mir für Juli besser zu passen scheint.

Sie macht sich gern hübsch, sagt Coach immer, als wäre es das Einzige, was sie wirklich über sie weiß.

»Ich hätte nicht gedacht, dass sie so schnell auf dich kommen«, sagt Coach. Sie putzt die Fenster im Arbeitszimmer, schwingt einen langen Stab mit einem Gummiwischer am Ende und einem weichen Wedel darunter. »Ich hab so oft angerufen. Ich war mir sicher, ich erwische dich vor ihnen.«

Sie hat einen Schweißfilm im Gesicht.

Ich sage nichts, denn ich will, dass sie schwitzt, zumindest im Moment. Sie hat mich auch genug schwitzen lassen.

»Es schien mir schlicht das Einfachste, ihnen zu sagen, dass du an dem Abend hier warst«, sagt sie. »Wenn du in meinem Haus warst, dann kann ich unmöglich bei Will gewesen sein.«

Sie sieht mich unter ihrem ausgestreckten Arm hervor an, die eleganten Muskeln angespannt.

»Und dort kannst du auch nicht gewesen sein«, fügt sie hinzu. »Also sind wir beide raus.«

»Was ist mit Matt?« Ich senke die Stimme.

»Oh, er ist wieder da«, sagt sie mit einer Geste zum Fenster hinaus. »Er ist draußen.«

Ich sehe ihn am anderen Ende des Gartens auf der gemauerten Umrandung eines leeren Blumenbeets sitzen.

Mir ist nicht klar, was er dort macht, aber er regt sich nicht.

Ich habe ihn noch nie so gesehen, oder überhaupt draußen. Ich frage mich, ob er sich friedlich fühlt.

»Nein«, sage ich, finde meine Konzentration wieder. »Ich meine, er hat den Cops bestimmt erzählt, Sie hätten zu Hause geschlafen, oder? Was er ja sowieso dachte?«

Wozu brauchst du mich als Alibi, möchte ich sagen, *wenn du doch ihn hast.*

»Es ist besser so, Addy«, sagt sie, es kommt ihr mühelos über die Lippen. »Dem Ehepartner glauben sie nie. Und er hat geschlafen, das ist keine große Hilfe …«

Sie hält kurz inne, den Blick auf etwas an der Scheibe gerichtet. Ein Schmutzfleck, den ich nicht sehen kann.

»Früher hab ich Zeitungspapier benutzt«, sagt sie. »Dann hat mir Matt dieses Ding gekauft.« Sie streicht über den Wedel am Ende der Stange. »Das ist Lammwolle.«

Ich warte weiter auf eine Entschuldigung: *Tut mir leid, dass ich dich nicht gewarnt habe; tut mir leid, dass ich dich darauf nicht vorbereitet habe; tut mir leid, dass ich dich nicht vor alledem geschützt habe.* Aber sie war nie der Typ für Entschuldigungen.

»Coach«, sage ich. »Wollen Sie nicht wissen, was ich den Cops gesagt habe?«

Sie schaut mich an.

»Aber ich weiß doch, was du gesagt hast.«

»Woher wissen Sie das?« Ich knie auf dem Sofa, auf dem sie barfuß steht. »Ich hätte alles kaputtmachen können, ohne es überhaupt zu wissen.«

»Ich weiß es, weil du klug bist. Ich weiß es, weil ich dir vertraue«, sagt sie und hebt den Stab wieder, schiebt ihn höher. »Sonst hätte ich dich nicht in das alles hineingezogen.«

»Wo hineingezogen?«, frage ich, meine Stimme kratzt im Hals. »Coach, wo bin ich gelandet?«

Sie meidet meinen Blick, schaut aus dem Fenster.

»In meinem Chaos«, sagt sie, leiser jetzt. »Glaub nicht, dass ich das nicht weiß.«

Ich folge ihrem Blick.

Weit hinten auf dem Rasen hat Matt French sich umgedreht und scheint zu uns herüberzuschauen. Zu mir.

Ich kann sein Gesicht nicht erkennen, aber es ist, als könnte ich es.

»Coach«, will ich wissen, »warum waren Ihre Haare nass?«

»Was?« Sie zieht den Abzieher wieder übers Fenster.

»Als ich in der Nacht zu Wills Wohnung kam«, sage ich, den Blick immer noch auf Matt French im Garten gerichtet, auf seine gebeugten Schultern. »Warum waren da Ihre Haare nass?«

»Meine Haare nass? Was für ein ... sie waren nicht nass.«

»Doch, waren sie«, insistiere ich. »Sie waren feucht.«

Sie stellt den Schrubber ab. »Oh«, sagt sie und sieht mich endlich doch an. »Also bist du es, die mir nicht vertraut.«

»Nein, ich …«

»Hat die Polizei … haben sie …?«

»Nein«, sage ich. »Es ist mir nur wieder eingefallen. Ich hatte es vergessen und habe mich jetzt wieder daran erinnert. Ich will nur … Coach, er trug ein Handtuch und Ihre Haare …«

Etwas passiert, der leere, effiziente Ausdruck entgleitet ihr, lässt etwas Rohes erkennen, etwas Verletztes. Es ist, als hätte ich etwas fürchterlich Grausames getan. »Ich habe geduscht, bevor ich hingefahren bin«, antwortet sie. »Das hab ich immer gemacht.«

»Aber Coach …«

»Addy«, erklärt sie, schaut auf mich herab, die Stange bohrt sich ins Polster wie ein Stock oder Schwert, »du darfst nicht mehr mit Beth reden.«

In mir bäumt sich etwas auf.

»Denn sie will nur ihre hübsche Puppe wiederhaben«, sagt Coach leise, hebt die Stange wieder, drückt die Rakel ans Fenster, dass es quietscht.

Ich spüre, wie sich in mir etwas spannt, und habe plötzlich das Bild von Beths Fingern vor Augen, die mein Handgelenk umkreisen.

Dann sage ich es endlich: »Sie haben mir nichts von dem Armband gesagt.«

»Das Armband?« Endlich lässt sie die Stange los und kommt von ihrem Hocker herunter.

»Mein Hamsa-Armband.«

»Dein was?«

»Gegen den bösen Blick. Das ich Ihnen geschenkt habe.«

Sie schweigt kurz. »Oh, das, ja. Was ist damit?«

»Warum haben Sie mir nicht erzählt, dass die Polizei es gefunden hat?« Ich warte einen Moment, bevor ich hinzufüge: »Unter Wills Leiche.«

Sie sieht mich an. »Addy, ich weiß nicht, wovon du redest.«

»Sie meinen, die haben Sie nicht danach gefragt? Sie haben das Armband unter Wills Leiche gefunden.«

»Das haben sie dir gesagt?« Ihre Stimme klingt gepresst.

»Nein«, sage ich. »Das war Beth.«

Obwohl ich sitze, habe ich langsam das Gefühl, als würde mir der Boden unter den Füßen weggezogen.

Wir stehen vor Coachs Sekretär, vor uns eine Schmuckschatulle aus Mahagoni. Sie legt die Hände an die Seiten und hebt den Deckel an, der etwas schleift.

Wir schauen uns die ordentlich arrangierten Armbänder auf den weichen Graten an. Ihr Tennisarmband, ein paar neonfarbene Sportarmbänder, ein zartes, silbernes Gliederarmband.

»Es muss hier drin sein«, sagt sie, streicht mit der Fingerspitze über den Samt. »Ich habe es seit Wochen nicht getragen.«

Aber es ist nicht da.

Ich schaue in die Schatulle, sehe dann sie an, die Art, wie ihr Gesicht gleichzeitig angespannt und locker aussieht. Die Adern an ihren Schläfen treten hervor, der Mund ist weich, verletzt.

»Es ist hier drin«, sagt sie, schiebt die Schatulle vom Sekretär, alles verteilt sich auf dem Teppich.

»Ist es nicht«, bekräftige ich.

Sie schaut mich völlig hilflos an.

Möglicherweise sehr lange knien wir auf dem Boden, die Finger in den Teppichschlaufen, schütteln die hauchzarten Armbänder lose, zupfen sie aus den karamellfarbenen Schlaufen.

Dieser schöne Teppich mit seinem dichten Flor. Mindestens fünf Schlingen pro Zoll.

»Addy, du hast auf Beth gehört, jetzt musst du mir zuhören. Falls sie dieses Armband gefunden haben, ein Mädchenarmband wie dieses, wie eines von deinen«, sagt sie, deutet auf meine Arme, beringt mit Freundschaftsbändchen, neonfarbenen Gummiarmbändern, einer Lederkordel, »glaubst du nicht, dass sie dich dann auch gefragt hätten?«

Darauf kann ich nichts sagen. Ich schaue ihr nach, als sie ins Bad geht und die Tür schließt.

Keine von uns will laut darüber nachdenken, wie weit Beths Tricksereien gehen könnten, und keine von uns will so genau wissen, warum ich ihr geglaubt habe.

Ich höre, wie die Dusche aufgedreht wird, und weiß, ich soll gehen.

Wenn du Teil einer Pyramide bist, siehst du die Pyramide selbst nie. Später, wenn wir uns selbst zuschauen, fühlt es sich immer irreal an. Flackernde YouTube-Bilder von ausschwärmenden Hummeln, die sich zu hoch gebauten Nestern zusammenfinden.

Es ist ganz anders als auf dem Boden. Dort musst du die Körper direkt über dir, für die du zuständig bist, fest im Blick behalten.

Dein Fokus sollte allein auf deinem Mädchen liegen, der Cheerleaderin, für die du verantwortlich bist und deren Bein, Hüfte, Arm du stützt. Und die sich auf dich verlässt.

Wenn du links stehst, konzentrier dich auf die linke Flanke. Schau nicht nach rechts.

Wenn du rechts stehst, konzentrier dich auf die rechte Flanke. Schau nicht nach links.

Du hast die Augen des Flyers im Griff, die Schultern, die Hüften, achtest auf jede Abweichung, jede Instabilität, jeden Zweifel.

So verhinderst du Stürze.

So sorgst du dafür, dass nicht alles zusammenstürzt.

Den Stunt selbst bekommst du nie zu sehen.

Du hast nur Augen für dein Mädchen.

Und du siehst auch immer nur einen Teil des Ganzen, denn nur so kannst du alle in der Luft halten.

Auf dem Weg nach draußen sehe ich Matt French immer noch durch den Garten streifen. Mir fällt auf, wie selten ich ihn ohne seinen Laptop oder sein Headset gesehen habe. Er sieht verloren aus.

Am Küchenfenster bleibe ich stehen und überlege, was Coach ihm wohl gesagt hat. Was er glaubt.

Matt French streckt die Hand nach einem Ast aus, der aus einem hohen Weißdornbusch herausragt, der, an dem sich Caitlin immer wieder verletzt.

Er sieht nicht trauriger aus als sonst, was traurig genug ist.

Plötzlich blickt er hoch, und es sieht aus, als sähe er mich, doch ich bin bestimmt zu weit weg, zu klein hinter dem Sprossenfenster.

Dennoch glaube ich, dass er mich sieht.

»Das hast du dir ausgedacht«, sage ich.

Ich bin bei Beth zu Hause, in ihrem Badezimmer. Sie hat ihr Bein auf der Toilette abgestützt und untersucht es sorgfältig.

»Die Asiatin hat Sugarwaxing bei mir gemacht, und sie macht das sehr sorgfältig.« Sie schüttelt einen feuerroten Flakon »Our Desire«, des Parfums ihrer Mutter. »Nur dass ich jetzt nach Törtchen mit Zuckerguss und Streuseln rieche.«

»Das hast du dir ausgedacht«, sage ich noch einmal und schubse ihr Bein von der Toilette. »Die Cops haben sie nie nach dem Armband gefragt. Du hast dir das komplett ausgedacht.«

»Die Bullen haben dich einbestellt, was?« Sie stellt sich gerade hin und schüttelt immer noch die Parfumflasche, mit einer Seitwärtsbewegung wie eine schmutzige Jungsgeste. »Mich haben sie auch einbestellt. Ich geh heute direkt nach dem Training hin.«

»Sie haben überhaupt kein Armband gefunden, oder?«

»Du passt mal besser auf dich auf, mein liebes Mädchen«, sagt sie, stützt ihr Bein wieder ab und sprüht einen feinen Nebel aus Bitterorange und Ylang-Ylang darüber.

Das passt mir nicht. Sie kann mich nicht behandeln, als wäre ich Tacy oder irgendeine aus dem Nachwuchsteam.

»Was hat dich dazu gebracht, sie endlich danach zu fragen?«, will sie wissen.

Ich schubse ihren Fuß wieder von der Toilette und setze mich auf den fellbezogenen Deckel.

»Du hast es dir ausgedacht«, sage ich. »Hätten die Detectives ein Armband gefunden, hätten sie mich danach gefragt.«

»Addy, ich kann dich nicht zwingen, mir zu glauben.« Sie blickt auf mich herab. »Und was dich und Coach angeht …«

Sie legt mir wie zum Segen die Hand auf den Kopf.

»Uns lügt man niemals an«, sagt sie mit tiefer, eindringlicher Stimme. »Wir belügen uns selbst.«

Wir liegen auf Beths tiefblauem Schlafzimmerteppich, wie wir es hunderte, ja, tausende Male getan haben, wenn wir uns nach unserer schweren Arbeit, dem Kriegführen auf die eine oder andere Art, dort fallen lassen haben. Auf dem reinen Ultramarin treibend, setzte Beth mir, ihrer Attachée, ihrer Gesandten, manchmal auch ihrem Sprachrohr, je nachdem, all ihre kriegerischen Machenschaften auseinander.

In gewisser Weise lag Beth mit ihren Urteilen nie falsch.

Die dank Master-Cleanse-Diät hauchdünne Emily war wirklich nicht stark genug für den Stunt.

Tacy hatte nicht die mentale Stärke und die kräftigen Beine eines wahren Flyers.

Beth lügt so viel, dass man über die Lüge hinweggehen muss, um die tiefere Wahrheit dahinter zu erkennen. Denn Beth lügt fast immer wegen irgendwas, aber das Lügen ist ihre Art, etwas anderes sichtbar zu machen, etwas Verstecktes oder Verzerrtes.

Und du musst weiterspielen. Vielleicht kommt die Wahrheit ans Licht, oder vielleicht ist Beth es auch irgendwann leid und legt ihre Karten offen. Oder vielleicht macht es ihr keinen Spaß mehr und sie schleudert dir die Wahrheit einfach ins Gesicht und bringt dich zum Weinen.

Ich mochte dich sowieso nie.

Du bist einfach so verdammt fett, das deprimiert mich.

Ich hab deinen Dad mit einer fremden Frau in der Mall Dessous kaufen sehen.

Casey Jaye sagt, du kannst ums Verrecken keinen Flickflack, und sie hat RiRi gesagt, an dir ist was komisch, aber sie wollte nicht sagen, was.

Oh, ich hab sowieso nur so getan, als würde es mich interessieren.

»Das ist sicher nicht leicht«, sagt sie und mustert ihre eingecremten Beine, »dir einzugestehen, dass du Komplizin eines Verbrechens warst, selbst wenn es *im Nachhinein* war. Das ahnt ein echtes amerikanisches Mädchen nicht, dass es mal in so eine Lage gerät, vor allem nicht nach allem, was du für Coach getan hast.«

»Du meinst, so wie ich immer alles für dich getan habe? Dachtest du, ich bleibe für immer dein Lieutenant?«

»Was hast du je für mich getan«, erwidert sie mit schlangenhaften Schlitzaugen, »was du nicht tun wolltest?«

Sie dreht sich auf den Bauch, stützt das gebräunte Kinn auf eine Handfläche und streckt mir die andere entgegen.

»Oh, Addy. Du bist so blind vor Liebe, du siehst es einfach nicht. Das tut mir leid. Und es tut mir leid, dass ich dir das antun muss. Ehrlich.«

»Ich bin nicht … blind vor Liebe«, stammle ich. Es haut mich um, dass sie das sagt. Was wohl auch Sinn der Sache war, nehme ich an, aber ...

»Du kommst sozusagen mit einem Messer zu einer Schießerei«, fährt sie fort. »Du siehst die Tatsachen nicht, obwohl du sie direkt vor der Nase hast. Selbst wenn dich die *Polizei* aufs Revier bestellt, weil sie den Mord an ihrem Lover untersucht. Was braucht es noch?«

Ich spüre, wie ein Schluchzen in meiner Brust aufsteigt, sie ist einfach so verdammt gut, und ich bekomme keine Luft mehr. »Du sagst immer solche Sachen«, sage ich, »aber du hast mir nie einen echten Grund gegeben, zu glauben, warum du denkst, sie würde jemals ...«

Beth legt den Kopf schief. »Sie würde jemals was?«, wiederholt sie süßlich. »Warum sollte sie *nicht*?«

In meinem Kopf pocht es. Ich weiß nicht mehr, was ich noch glauben soll, außer dass ich ihnen beiden glaube, wenn sich ihre Worte in mein Gehirn bohren – beiden, Beth und Coach, auf verschiedene Art. Bei ihnen klingt alles echt. Düster. Schmerzhaft. Wahr.

»Es bringt mich um, ich sag's dir«, erklärt Beth, »wie ihr alle um sie herumscharwenzelt. Wie du, Addy, wie *du* dich an beide rangeschmissen hast. Sie ist nicht so, wie du denkst, und er war es auch nicht. Sie standen nicht unter einem schlechten Stern. Er war einfach ein Typ wie alle anderen. Sie haben gefickt, und er hatte schneller genug von ihr als sie von ihm. Sie kriegt immer alles, was sie will, und sie konnte es nicht ertragen, dass sie ihn nicht mehr kriegt.«

Das Pochen wird zu etwas anderem, etwas Schlimmerem und Hartnäckigerem.

Ich stemme mich hoch und setze mich hin, mein Kopf schwimmt und alles in mir steigt leicht nach oben. In ihre Stimme schleicht sich eine leichte Hysterie, das kann nicht gut enden.

»Aber niemand von uns kommt mit irgendwas durch«, sagt sie und kniet sich vor mich hin. »Niemand von uns.«

»Du weißt gar nichts«, gebe ich zurück. »Wir wissen es beide nicht.«

Sie schaut mich an, und einen Moment lang sehe ich in ihrem Gesicht beinahe Jahrhunderte von Trauer und Wut.

»Sie ist keine Mörderin«, sage ich und versuche, gelangweilt zu klingen.

Sie blickt auf mich herab, in ihren Augen Tiefe und Verderben.

»Liebe ist wie Töten, Addy«, sagt sie. »Weißt du das nicht?«

Es sind noch drei Stunden bis zum Training, das große Training vor dem großen Spiel.

Ich halte es keinen Moment länger in Beths Kopf aus, also verbringe ich ein paar Stunden in der Mall, wandere mit meinem Kombucha in den Händen herum, die fermentierten Schwaden wirbeln unten in der Flasche.

Coach, mein Coach. Ich denke an ihr perlmuttglattes Gesicht und frage mich, ob ich es mir je vorstellen kann, versuche mir mit aller Macht auszumalen, wie ihr harter, straffer Körper das tut, von dem Beth sagt, dass sie es getan hat. Es ist unmöglich. Ich versuche es weiter, aber das Bild, das stattdessen vor mir auftaucht, ist sie im Lehrerzimmer, die Beine fest um Will geschlungen, die Euphorie, alles in ihr locker, aufgelöst, enthüllt. Niemand, der hinsieht, niemand, der zusieht, und alles ihres.

Er gehört mir, er gehört mir, und ich werde alles dafür tun, um das immer zu spüren.

Alles.

Hat sie vielleicht, als sie spürte, dass Will ihr entglitt, unwillkürlich etwas getan, wovon sie dachte, sie würde es nie tun?

Vielleicht kenne ich dieses Gefühl.

Es ist dieses Gefühl, das mich wieder zu The Towers treibt, zum zweiten Mal in zwei Tagen. In mir zieht etwas, ruft mich dorthin.

Als ich auf den Parkplatz fahre, ist von Polizei nichts zu sehen. Es sind an diesem stürmischen Tag sogar noch weniger Autos hier als sonst, der Wind pfeift um meine Scheibenwischer, und der Himmel ist wild und melancholisch.

Lange bleibe ich so sitzen, wechsle von einem Radiosender zum nächsten, dann schalte ich den Motor aus, stecke mir die Stöpsel in die Ohren, versinke in den traurigen Songs jugendlichen Herzschmerzes, bin dann schnell jedoch angewidert davon und pfeffere meinen Player auf den Wagenboden.

Sofort kommt mir das Hinwerfen vor wie ein Teil derselben unechten Welt dieser blechernen Kinderkram-Songs, und ich hasse auch mich selbst.

Doch dann wird mir klar, dass ich unwissentlich auf einer Observierungsmission war.

Denn dort vorne geht Corporal Gregory Prine über den Parkplatz ins Gebäude A.

Den Glatzkopf hätte ich überall erkannt.

Ich sehe zu, wie er das Gebäude betritt, und folge ihm, ohne nachzudenken, meine Turnschuhe quietschen auf dem nassen Parkplatz.

Die verschlossene Eingangstür stoppt mich. Ich habe keine Ahnung, warum er einen Schlüssel hat, und frage mich, ob es Wills ist. Vor der großen Klingeltafel, vor der ich auch schon vor fünf Tagen gestanden habe, versuche ich, unerschrocken wie Beth zu sein, meine Neon-Nägel tanzen über den silbernen Knöpfen, drücken sie alle, warten auf eine knisternde Stimme, das durchdringende Sirren des Eingelassenwerdens.

»Sorry, ich wohne in Vierzehn B und habe meine Schlüssel vergessen. Meine Mom ist nicht zu Hause, können Sie mich reinlassen?«

Jemand tut es, und ehe ich begreife, wie mir geschieht, befinde ich mich im Aufzug, jetzt schweißglitschig. Die Neonröhren zischen, und dann stehe ich im leeren Flur auf Wills leerem Stockwerk.

Ich habe überhaupt keine Angst, irgendwie treibt mich dasselbe Hochgefühl an wie bei einem Spiel, wie nach zu viel Slim-FX-Fatburner und nichts zu essen außer zuckerfreiem Wackelpudding, damit du die Lücke zwischen deinen Oberschenkeln zurückbekommst. Das Gefühl ist spektakulär.

Ich habe es jetzt, und es ist so stark, dass ich unwillkürlich losrenne und mich mit der Schuhspitze aus Versehen in einem Stück Absperrband verfange.

Und dann stehe ich da vor der Nummer 27G, um den Türknauf ringelt sich noch ein einsamer Streifen Absperrband. Doch bevor ich mich für einen Plan entscheiden kann – klingeln, reinplatzen wie so ein Gangmitglied –, halte ich inne, mache ein paar Schritte zurück zur Treppenhaustür, atme dreimal tief durch.

Was, wenn Prine ...

Da bemerke ich, dass die Tür zur Nachbarwohnung leicht offen steht. Ein Luftzug des Heizgeräts hat sie ein Stückchen weiter aufgedrückt.

Langsam gehe ich darauf zu, spähe hinein.

Es ist ein Spiegelbild von Wills Apartment, aber spartanisch-nackt. Der gleiche Parkett-Eingangsbereich, der gleiche sandfarbene Teppichboden.

Der einzige Unterschied scheint der Plastik-Drehteller auf dem Tisch im Eingangsbereich zu sein. Voller Prospekte: *Luxusleben in Naturnähe.*

Würde ich näher herangehen, ganz eintreten, würde ich sicher das gleiche Ledersofa mitten im Raum sehen.

Aber ich gehe nicht näher heran. Irgendwie habe ich das Gefühl, ein paar Zentimeter näher, und dieses Sofa würde zu jenem Sofa, und dort auf dem Teppich würde ich es sehen. Ihn sehen.

Hauptsächlich wirkt die Wohnung aber leer.

Ist sie nur nicht.

Eine Tür schlägt zu, dann das Geräusch von Füßen auf dem Teppich, und auf mich zu kommt Glatzkopf höchstselbst, eine Supermarkt-Plastiktüte in der Pranke.

Es passiert alles so schnell. Als er mich sieht, bleibt er wie angewurzelt vor der offenen Tür stehen.

Die Brust gebläht wie ein Gorilla, die Sonnenbrille auf seinem kahlrasierten Kopf, blinzelt er krampfhaft, die Röte steigt seinen dicken Hals hinauf, ihm ins Gesicht.

Es ist, als könne er seinen Augen nicht trauen, und ich kann es beinahe auch nicht.

»Oh«, sagt er, »eine von euch.«

Draußen auf dem fast leeren Parkplatz sitzen wir zusammen in meinem Auto.

»Also«, sagt er, den Griff der Plastiktüte elegant über dem Handgelenk. »Ich hab nichts gesagt. Also keine Sorge.«

»Was meinst du damit?«, frage ich, staune immer noch über die Vorstellung, dass Prine in meinem Auto sitzt, wir beide hier. Das alles.

»Ich hab ein paar Vorstrafen. Ich hatte ein Drogenproblem«, sagt er, seine Finger knistern laut mit der Tüte. »Also sag ich den Cops kein Wort. Du kannst ihr sagen, sie muss sich keine Sorgen machen. Und du kannst ihr sagen, sie soll mich verdammt noch mal da raushalten.«

Keine Ahnung, wer »sie« ist, aber ich frage nicht.

Ich habe ein fast mit Händen zu greifendes Gefühl, dass eine Enthüllung bevorsteht, und ich will vorsichtig sein. Endlich jemand, der nicht schlau genug ist, mich zu belügen oder auch nur zu wissen, warum er es tun sollte.

Als ich da allerdings so mit ihm sitze, sein linker Fuß im Sport-BH mit dem Leopardenmuster im Fußraum verheddert, geht mir auf, dass er womöglich dasselbe denkt.

»Also wohnst du hier oder so was?«, frage ich und befingere meinen Schalthebel.

»Nein«, sagte er, beobachtet meine Hand. Er holt Luft. »Sarge hat mich in der Wohnung pennen lassen. Er wusste, dass da niemand wohnt. Die Makler lassen sie immer einfach offen. Er hat mir den Schlüssel zum Gebäude gegeben. Falls es zu Hause mal schwierig wird.«

Er wirft mir einen verlegenen Blick zu.

»Mein alter Herr und ich sind nicht immer einer Meinung«, erklärt er. »Sarge hat das verstanden ... Sarge war so ein guter Kerl.«

Plötzlich füllen sich Prines Augen mit Tränen. Ich versuche, meine Überraschung zu verbergen. Er wendet sich ab und schaut aus dem Fenster, zieht seine Sonnenbrille herunter.

»Und warum bist du jetzt hier?«

»Ich musste nachschauen, was ich dagelassen habe«, sagt er. Öffnet seine Plastiktüte, zeigt mir eine Mundspülung in Reisegröße, einen Einwegrasierer, ein staubiges Stück Seife.

Er senkt die Stimme zu einem Flüstern, auch wenn nirgendwo ein Zeichen von Leben zu sehen ist. *Luxusleben in Naturnähe.*

»Also, die Cops wissen nicht, dass ich in der Nacht hier war«, sagt er.

Ich versuche, mir nichts anmerken zu lassen.

»Okay«, sage ich.

»Es ist sowieso egal«, sagt er. »Ich war weg, bevor ein Schuss fiel. Scheiße, ich weiß nicht, was passiert ist. Aber vor Mitternacht hab ich gehört, wie die zwei eine gute Viertelstunde lang mit dem Kopfteil an die Wand gehämmert haben, ich konnte kein Auge zukriegen.«

Coach, dort, in dieser Nacht. Als Will noch gelebt hat.

Ich nehme diese Tatsache, diese niederschmetternde, grauenvolle Tatsache, und lege sie ganz hinten in meinem Kopf ab. Erst einmal. Ich kann sie mir nicht ansehen. Sie ist dort sicher verwahrt.

»So war das immer bei ihnen«, sagt er. »Ich hör anderer Leute Privatkram nicht gern. Und um ehrlich zu sein, das mit den beiden hat mich traurig gemacht.« Er schaut mich an, zupft mit den Fingern am Griff der Einkaufstüte.

»Ich meine, was für eine verkorkste Sache, oder?« Er zieht die Augenbrauen hoch. »Es war absehbar, dass was Schlimmes passiert. Dass irgendwas schiefgeht.«

Ich weiß, er wartet auf eine Art Bestätigung, aber ich sage nichts.

»Aber die Hauptsache ist«, fährt er fort, »dass ich kein verdammtes Wort sage. Wie ich es ihr versprochen habe.«

»Ihr?« Ich kontrolliere meine Stimme. Verberge alles.

»Deiner Freundin«, sagt er, ein bisschen ungeduldig jetzt. »Der Brünetten.«

»Beth?«

»Beth«, sagt er. »Die mit den Titten. Ich meine, du scheinst ganz nett zu sein, war sie am Anfang ja auch. So ein Mädchen, die könnte mich in Schwierigkeiten bringen.«

Er reckt den Hals, schaut ahnungsvoll am Gebäude hoch.

»Ihr alle, ihr bedeutet nichts als Ärger«, sagt er leise. »Ich kann solche Probleme nicht brauchen.«

Nichts als Ärger, denke ich.

»Sarge hat es wohl rausgefunden.« Er schaut mich grimmig an. »Eine Bienenkönigin. Leg dich nicht mit der Königin an.«

Ich sehe ihn an und überlege, welche Königin er meint.

Als ich wegfahre, habe ich keine Ahnung, wie ich das alles entwirren soll. Warum sollte Beth wollen, dass Prine für sich behält, dass er Coach in dieser Nacht in Wills Wohnung gehört hat? Und warum hat sie es nicht wenigstens mir erzählt, wenn ihr Ziel doch ist, mich von Coachs Schuld zu überzeugen?

Doch das Herz des Ganzen ist: Coach war in der Nacht bei Will, und Will lebte noch. Sie und Will im Bett.

Das Bild in meinem Kopf jetzt, Coach, wie sie vor mir steht, die mit Bleiche geputzten Turnschuhe in der Hand.

Coach.

Eine kippelnde Pyramidenspitze, die hektisch nach mir greift, das Wissen, was das zu bedeuten hat. Wo es uns beide hinführt.

»Zwei Tage, vier Stunden.« RiRi trommelt nervös mit den Fingerspitzen auf ihren Schenkeln. »Zweiundfünfzig Stunden bis zum Spiel, Hollaback Girls. Wo *ist* sie?«

Wir stehen alle in der Sporthalle herum, warten auf Coach.

Ich habe noch keine Ahnung, was ich tun will, wenn sie tatsächlich kommt, ob ich mir etwas anmerken lassen werde. Ich schiebe mir zwei Tylenol mit Kodein, die ich noch von der Daumenprellung im letzten Jahr übrig habe, unter die Zunge und warte.

Aber Coach taucht nicht auf.

Und Beth, na ja, sie ist auch nicht da.

»Ich kapiere nicht, wie Coach uns das antun kann«, jault Tacy, ihre zerschlagene Lippe ist jetzt matt lavendelfarbig. »Zwei Tage vor dem großen Spiel.«

»Das ist bestimmt ein Test«, sagt Paige Shepherd unsicher und nickt. »Damit wir sehen, dass wir es auch allein schaffen können.«

RiRi macht Spagat-Dehnübungen an der Wand, das beruhigt sie normalerweise.

»Nein«, sagt sie. »Irgendwas stimmt da nicht. Gar nicht. Ich hab da so das eine oder andere gehört. Was, wenn es dabei um Sarge Stecher geht?«

Oh, das löst einen ziemlichen Flächenbrand aus.

»Mein Bruder – hört euch das an!« Brinnie Cox saugt Luft durch ihre riesigen Pferdezähne. »Mein Bruder arbeitet im Sub-Laden, neben der Polizeiwache, wo die Cops zum Mittagessen hingehen, und er hat gehört, wie sie die Trainerin erwähnt haben. Ich weiß nicht, was sie gesagt haben, aber ...«

Es wird wild durcheinanderspekuliert, Mutmaßungen werden gesponnen wie lange, klebrige Kaugummifäden, aber ich halte mich raus.

Stattdessen trainiere ich, bearbeite die Matte. Ich übe meine Tucks, wieder und wieder, winde mich wie ein Krokodil.

»Du bist so verdammt tight«, murmelt RiRi, als sie an mir vorbeischlendert.

Ich klatsche ihr fest auf den Oberschenkel und grinse.

»Du bist besser, als du es mit Beth je warst«, sagt sie.

»Ich trainiere härter«, erwidere ich.

»Mit Casey Jaye zusammen warst du letzten Sommer richtig geil«, sagt RiRi. »Ihr wart so gut.«

»Warum kommst du jetzt damit?«, frage ich. »Warum wollen alle ständig darüber reden?«

Dauernd kommen sie wieder damit an. Nur ich nicht. Ich möchte am liebsten nie wieder daran denken.

»Ich hab mich gefreut, als ihr zwei zusammengekommen seid«, sagt sie. »Mehr sag ich nicht.«

Plötzlich denke ich an Casey, wie sie lacht, die Leichtigkeit, mit der ihre Hände meine Hüften gedreht haben.

»Weißt du was?«, sagt RiRi. »Casey hat mir erzählt, sie fand, du seist die mutigste, beste Cheerleaderin, die ihr je untergekommen ist, und sie macht das schon ihr ganzes Leben lang.«

»Sie hat Beth gemeint«, sage ich. »Sie muss Beth gemeint haben.«

Addy, flüsterte Casey eines Nachts, vom Stockbett über mir heruntergebeugt. *Sie wird nie zulassen, dass du es wirst. Scheiß auf deine zehn Zentimeter. Du bist leicht wie eine Feder. Du könntest Top Girl sein. Du bist echt tough und schön. Du solltest Captain sein.*

»Und dieser Streit zwischen dir und Beth, wir wussten alle, dass der kommen wird«, sagt RiRi kopfschüttelnd. »Vier von uns mussten euch zwei trennen.«

»Das war ein Versehen«, sage ich, aber niemand hat mir je geglaubt. »Ich hab mich mit der Hand verfangen.«

Eines Tages, beim Tumbling-Kurs am See, sicherte ich Beth beim Überschlag. Als ich den Arm hoch nahm, verfing ich mich mit den Fingern in ihrem Ohrring und riss ihn ihr sauber heraus.

Ich wollte dich abfangen, hatte ich ihr gesagt, den Ohrring immer noch in den Fingern. *Du bist abgeknickt.*

Aber sie hatte nur dagestanden, sich das Ohr gehalten, ein ziegelrotes Rinnsal zwischen gebräunten Fingern.

Alle flüsterten, es sei um Casey gegangen, aber es war nicht so. Es war ein Unfall. Beth und ihre riesigen Türklopfer-Ohrringe. Es ist einfach passiert.

Manchmal starre ich jetzt, wenn sie nicht hinsieht, ihr Ohrläppchen an und möchte es anfassen, um es besser zu verstehen.

Ich hätte nie gedacht, dass ihr danach noch Freundinnen bleiben würdet, sagte RiRi später. Aber wir blieben es. Das versteht niemand. War noch nie so.

»Ich war dabei, als sie ihr Ohr genäht haben«, sagt RiRi jetzt. »Ich hatte sie vorher nie weinen sehen. Ich wusste nicht einmal, ob sie Tränenkanäle hat. Scheiße, ich wusste nicht mal, dass sie Blut in den Adern hat.«

»Es war nur ein Streit«, sage ich und denke an uns beide, ineinander verkeilt, während irgendwer schrie.

»Und ich dachte: Endlich wehrt sich Addy gegen Beth«, sagt RiRi. »Keine von uns hatte jemals den Mumm.«

»Ein dummer Streit, wie er bei Mädchen eben vorkommt«, sage ich.

»Und wenn du mich fragst, hat Beth auch allen möglichen Müll über Casey erzählt«, sagt RiRi, »aber ich hab das nie geglaubt.«

Ich schon. Und ich zog mein Bett ab und ging zum anderen Ende der Hütte, zu dem Stockbett, das Beth schon für mich freigemacht hatte. Und redete nie wieder mit Casey.

»Addy, du könntest es immer noch machen«, sagt RiRi jetzt. »Du könntest Captain sein und alles.«

»Halt die Fresse«, widerspreche ich.

RiRi weicht zurück, als hätte ich sie geschlagen.

»Das war vor Ewigkeiten«, füge ich hinzu und recke die Arme zum nächsten Tuck. »Das war letzten Sommer.«

Eine halbe Stunde vergeht, alle machen faule Tuck Jumps und Stretches, dann hören wir das Geräusch.

Coach Templetons uralte Boombox schlittert über den Hallenboden, daraus dröhnt rotziger Mädchen-Rap: *»Take me low, where my girlies go, where we hit it till they're kneeling, till there's glitter on the ceiling …«*

All unsere Köpfe drehen sich in diese Richtung, und da ist Beth, mit weißen Socken, und schwingt die Trillerpfeife.

»Bitches«, röhrt Beth. »Gebt alles, zeigt mir, wie tough ihr seid. Ich hab mich selbst ernannt.«

»Was meinst du damit?«, will Tacy wissen. »Wo ist Coach?« Inzwischen unser ewiges Lamento.

»Habt ihr es noch nicht gehört?«, fragt Beth, dreht die Musik lauter, ein paar Mädchen springen auf und wippen voller Energie mit. »Die Bullen haben sie mitgenommen.«

»Was redest du da?«, frage ich.

»Sie ist auf dem Revier. Die Cops haben sie im Streifenwagen abgeholt. Ihr Klotz am Bein ist mit dabei.«

Ich weigere mich, ihren Blick zu erwidern.

»Woher weißt du das?« RiRi zieht die Augenbraue hoch.

»Ich bin rübergefahren, um mal nachzusehen, ob Coach eine Mitfahrgelegenheit braucht. Barbara, die Babysitterin hat's mir gesagt. Sie sah aus, als würde sie sich vor Angst in die Hose machen. Sagte, die Cops seien mit Mülltüten reingekommen. Hätten angefangen, Sachen wegzuschleppen.«

Alle wechseln großäugige Blicke.

»Aber ich bin nicht zum Quatschen hier«, sagt sie. »Zeigt mir, dass ihr hinter euren Polster-BHs keine feigen Hühner seid.«

Alle bilden Reihen, ich kann nicht fassen, wie schnell.

Klatschen perfekt im Takt, schütteln die Beine aus, die Gesichter tomatenrot.

Als hätten sie nur drauf gewartet.

Wie es jeder tun würde, wenn er hart genug ist.

»Und keine tantrischen Gesänge und sonstiger Scheiß mehr«, sagt Beth. »Ich will Blut auf dem Boden sehen. Und denkt dran, was die gute alte Coach Temp immer gesagt hat ...« Sie macht einen Schritt rückwärts, als sich alle bis auf mich zum Back Tuck versammeln.

»Eagles gehen ab, heyyy! Eagles gehen ab, heyyy!«, skandieren sie. Ein paar von ihnen lächeln sogar.

Grinsend antwortet Beth: »Eagles! Wir sind am Start. Eagles stehen auf und feiern dann hart!«

Eine Stunde später sind wir beim Two-Two-One, Beth ist unser Flyer.

Zwischen RiRi und mir hochgeworfen, schon zwei Meter hoch, unsere Beine gehalten von Mindy und Cory unter uns. In die Luft geworfen, unsere pferdeschwänzige Pyramidenspitze.

Die Arme über mir, halte ich sie von rechts, ihr rechtes Handgelenk, ihren Arm wie eine Holzleiste, hart und unbewegt, und RiRi von links.

Sie, das Rückgrat so gerade, die Linie ihres Halses, ihr Körper reglos, fest, perfekt gestreckt.

Ich habe sie, wir haben sie, und Beth fliegt höher, als ich jemals jemanden fliegen gesehen habe.

Nachdem sich alle in die Umkleide verzogen haben, entdecke ich eine einsame Gestalt, die von hoch oben auf der Zuschauertribüne das Training beobachtet.

Keine Bräune, kein Nichts, aber dünner als je zuvor, eine Haarnadel, und sie scheint etwas zu mir zu sagen.

Diese riesenhafte Schiene an ihrem Knie, der Mund offen, ein großes O, versucht sie, aufzustehen.

Es ist Emily. Und sie sagt etwas.

»Was?«, rufe ich nach oben. »Was willst du, Royce?«

Langsam hinkt sie die Tribüne herunter, jeder Schritt ein weit ausholender Schwung ihres Beins.

Mir kommt nicht einmal in den Sinn, hinaufzusteigen und ihr entgegenzukommen.

»Addy«, sagt sie atemlos. »Ich hab es vorher nie gesehen.«

»Was gesehen?«

»Ich hab die Stunts nie gesehen. Von da hinten«, sagt sie. »Ich hab uns nie gesehen.«

»Was meinst du damit?«, frage ich, eine kleine Welle durchläuft meine Brust.

»Hast du jemals wirklich darüber nachgedacht? Was wir da machen?« Sie klammert sich am Geländer fest.

Sie fängt an zu reden, atemlos und hoch, davon, wie wir gestapelt sind, wie Zahnstocher, wie Strohhalme, unsere Körper wie Federn, leicht und gespannt. Der Geist angespannt, ungenährt, besessen. Der ganze Aufbau erwacht zum Leben, weil unsere geschmeidigen Körper ineinandergreifen, feststecken, und dann ...

Eine Pyramide ist kein festes Objekt. Sie ist ein lebendes Wesen ... Sie steht nur still, wenn ihr sie stillstehen lasst, all eure Körper ein Körper, bis ... wir alles in die Luft jagen.

»Ich musste mir die Augen zuhalten«, sagt sie. »Ich konnte nicht hinsehen. Ich hatte früher keine Ahnung, was wir gemacht haben. Ich hatte keine Ahnung, weil ich es selbst gemacht habe. Jetzt sehe ich es.«

Ich höre einfach nicht zu, ihre Stimme wird schriller, aber ich kann sie nicht hören. Ein Monat Auszeit, ein Monat zu Hause, dann passiert so etwas.

Ich blicke nur unnachgiebig in ihre babyblauen Augen.

»Wenn man von außen schaut«, sagt sie, und ihr Mund steht erschrocken offen, »sieht es aus, als wolltet ihr euch gegenseitig umbringen, und auch euch selbst umbringen.«

Ich sehe sie an, verschränke die Arme.
»Du warst nie eine von uns«, sage ich.

28
SAMSTAGABEND

Ich fahre am Polizeirevier vorbei und sehe Matt Frenchs Auto. Eine Stunde später steht es immer noch da.

Prine hat Coach in der Nacht dort gehört. Was bedeutet, Coach hat gelogen; was bedeutet, Coach war da, als mit Will passiert ist, was ...

Die Wörter bleiben hängen, der Satz unvollendet. Ich kann den Satz nicht beenden.

Ich ermahne mich, dass ich gesehen habe, wie die Trauer ihr steinernes Ich zersprengt hat, so hart sie auch sein mag. Zumindest einmal, als ich sie Mittwochnacht im Flur vor ihrem Schlafzimmer an der Taille gehalten habe. Als ich spürte, wie das Bett deswegen gezittert hat, als wir schliefen. Wie kann das eine Mörderin sein?

Aber wirkt irgendwer jemals wie ein Mörder? Ich höre Beths Stimme, wie sie sich in mein Gehirn windet.

Für Beth sehen natürlich alle so aus.

Ich glaube ihnen beiden und keiner von ihnen. All ihre Geschichten über mir ausgegossen, vielleicht wird es Zeit, dass ich es selbst ergründe.

Um zehn Uhr fahre ich an Statler's vorbei. Ich erinnere mich an Beths Nachrichten.

Teddy hat Coach letzte Woche @Statlers gesehen

Trinken, die ganze Nacht am Handy, heulen @Jukebox.

Sagt, sie ist rausgerannt und auf dem Parkplatz gegen Pfosten gefahren, abgehauen

Der zottelige Typ an der Tür will mich mit meinem Premium-Führerschein mit dem Namen Tiffany Rue, Alter: dreiundzwanzig, nicht reinlassen, aber ich muss auch nicht rein.

Stattdessen gehe ich auf dem Parkplatz von Pfosten zu Pfosten, streiche über die abblätternde silberne Farbe.

An dem, der am weitesten von der Tür zur Bar entfernt ist, entdecke ich die ordentliche Delle, und Farbe glitzert auf dem Asphalt.

»Was ist hier passiert?«, rufe ich dem Typ an der Tür zu.

Er blinzelt mich an.

»Das Leben ist hart«, sagt er, »und du bist auch für den Parkplatz zu jung, kleines Fräulein.«

»Wer war das?«, will ich wissen und gehe auf ihn zu. »Wer hat den Pfosten angefahren?«

»Eine Frau, der Unrecht getan wurde«, bemerkt er achselzuckend.

»War sie Ende zwanzig, braune Haare, Pferdeschwanz?«

»Ich weiß nicht«, sagt er, zeigt mit einem langen, feingliedrigen Finger auf den Eagles-Aufnäher an meinem Ärmel. »Aber sie hatte eine Jacke wie deine.«

Ich sitze da und zähle die Lügen zusammen, aber es sind so viele, und sie passen nicht recht zueinander.

Warum sollte Coach mir erzählen, dass sie im Buckingham Park gegen einen Pfosten gefahren ist und nicht vor dem Statler's? Eine kleine Lüge, aber es sind inzwischen so viele. Zusammengenommen sind sie mir viel zu viele.

Es ist elf, als ich wieder an Coachs Haus vorbeifahre.

Wenigstens ist das Auto da.

Ich finde sie auf der Terrasse, wo sie Nelkenzigaretten raucht. Ein Knie angezogen, das Kinn darauf ruhend, scheint sie mich zu hören, bevor ich überhaupt ein Geräusch gemacht habe.

»Hanlon«, sagt sie. »Wie lief das Training?«

Hast du den Verstand verloren?, will ich sagen. *Spinnst du total?*

»Super«, erwidere ich mit zusammengebissenen Zähnen. »Wir sind bereit. Sie hätten sehen sollen, wie wir den Two-Two-One gerockt haben.«

»Achtet darauf, dass ihr euch nicht nach unten beugt, wenn ihr euren Flyer raufzieht«, sagt sie. »Geht in die Knie, sonst zieht ihr womöglich den ganzen Stunt runter.«

»Das hab ich nicht ein einziges Mal gemacht.« Ich verziehe das Gesicht. »Sie waren nicht dabei.«

»Tut mir leid, dass ich es verpasst habe«, sagt sie, nimmt ihren Aschenbecher vom Liegestuhl neben sich.

Wäre da nicht das leichte Zittern ihrer Hände, könnte das auch jeder andere Abend sein.

»Tja, Sie hatten eine ziemlich gute Entschuldigung.« Ich setze mich, unsere Partnerlook-Jacken sind bis übers Kinn zugezogen.

»Ich nehme an, mein Captain hat die Show geleitet?«, fragt sie. »Vielleicht möchtest du aber auch nicht darüber reden.«

Alle Kälte und Einsamkeit der Nacht senken sich in mich, ich will nur noch diese steinerne Makellosigkeit zerschlagen. Die Hand am Meißel, mehr will ich nicht.

»Sie waren da«, sage ich. »Sie waren in der Nacht bei Will.«

Sie sagt nichts.

»Sie sind nicht im Buckingham Park gegen einen Pfosten gefahren«, fahre ich fort. »Sie hatten einen Streit mit ihm und sind vor dem Statler's gegen einen Pfosten gefahren. Bei Ihnen beiden ging alles den Bach runter oder sowas. Er hat mit Ihnen Schluss gemacht, er war fertig mit Ihnen.«

Sie bleibt reglos wie eine Statue.

»Und Sie haben Wills Leiche nicht gefunden«, fahre ich fort, stürze mich darauf, hämmere, hämmere, hämmere. »Sie waren mit ihm dort. Sie waren in seinem Bett. Sie sind eine Lügnerin. Sie haben bei allem gelogen.«

Ich werfe mich auf meinem Stuhl nach vorn, schreie ihr fast ins Ohr. »Sie sind eine Lügnerin. Also, was sind Sie noch?«

Sie rührt sich nicht, wendet mir nicht einmal den Kopf zu.

Ein Moment vergeht, mein Herz hängt in der Luft.

»Ja«, sagt sie schließlich. »Ich war früher, als ich gesagt habe, bei Will. Und ich habe in Buckingham Park einen Pfosten angefahren. Und noch einen vor dem Statler's. Ich habe in der ganzen Stadt Pfosten, Bordsteine, Straßenlaternen angefahren. Ich habe vergessen, meiner Tochter das Abendessen zu geben. Ich habe vergessen, mir die Haare zu kämmen. Ich habe fünf Kilo abgenommen und seit Wochen nicht geschlafen, *richtig* geschlafen. Ich habe meine Tochter in Geschäften aus den Augen verloren und sie in ihr kleines Gesicht geschlagen. Ich war ein schlechtes Vorbild und eine schlechte Ehefrau. Ich erkenne mich seit Monaten selbst nicht wieder.

Was macht es für einen Unterschied, Addy? Das Einzige, was zählt, ist: Will ist tot, und alles ist vorbei.«

Sie dreht sich zu mir um, zum ersten Mal fängt die Verandabeleuchtung sie ein. Ihr Gesicht ist aufgequollen, weich.

»Wolltest du das?«, fragt sie. »Hilft dir das, Addy? Denn wichtig ist, dass es dir besser geht, oder?«

Ich zucke zusammen. Der Rest ist zu schmerzhaft anzusehen.

»Sie«, sage ich, meine Stimme wird lauter, »*Sie* haben mich in der Nacht angerufen. Sie haben mich in die ganze Sache reingezogen.«

»Ja, das habe ich, Addy«, erwidert sie. »Aber ist dir nicht klar, dass ich dir mehr erzählen würde, wenn ich könnte?«

»Warum können Sie das nicht?«

»Addy, ich hab dich in der Nacht angerufen, weil ich wusste, du würdest mir helfen. Du hast verstanden, wie es zwischen Will und mir war. Du warst ein Teil davon.«

Das war ich. Das war ich.

»Also, ja, ich war die ganze Nacht bei Will, Addy«, sagt sie. »Aber ich habe nichts gemacht. Ich war bei ihm, aber ich habe ihn auch gefunden. Es ist alles wahr. Alles.«

Ich denke kurz darüber nach, über dieses Rätsel. Aber ich kann es nicht entschlüsseln, nicht angesichts all dessen, was gerade passiert, nicht wenn Hammer und Meißel noch in meiner Hand zittern.

»Und warum können Sie es mir nicht sagen?« In meiner Stimme klingt ein Flehen mit, das ich nicht abstellen kann. »Ich versuche, Ihnen zu helfen. Ehrlich.«

Plötzlich fällt ein Lichtstreifen aus der Küche. Ich höre Caitlins quengeliges Weinen.

Coach dreht den Kopf, wirft einen Blick durch die Verandatür.

»Du gehst besser nach Hause«, sagt sie, steht auf, die Zigarette baumelt zwischen ihren Fingerspitzen.

»Noch nicht«, sage ich. »Warum können Sie es mir nicht sagen? Ich muss mehr wissen. Ich muss ...«

Caitlins Weinen steigert sich zu lautem Schluchzen, etwas mit schlimmen Träumen. Und was ist mit meinen schlimmen Träumen?

»Aber Coach«, mache ich weiter, meine Gedanken rasen wie irre. »Beth sagt, sie geht morgen zu den Cops.«

Sie bleibt an der Verandatür stehen, eine Hand auf der Klinke. »Um was auszusagen?«

»Um das alles zu sagen. Was sie herausgefunden hat. Das, was sie vermutet.«

Sie zieht noch einmal an ihrer Zigarette, blickt hinaus über die schwarze Düsternis der Rasenfläche.

»Sie glaubt, Sie waren es«, sage ich. »Sie glaubt, Sie haben Will umgebracht.«

Zum ersten Mal kommen solche Wörter aus meinem Mund, und sie klingen monströser als alles zuvor.

»Tja, hab ich aber nicht«, sagt sie, lässt ihre Zigarette auf die Veranda fallen und tritt sie mit unendlicher Eleganz aus.

Spät in der Nacht im Bett flüstere ich mit Beth am Handy.

»Warst du heute nicht dort? Bei den Cops?«

»Du bist wie eine beschissene Schallplatte mit Sprung, Addy Hanlon«, sagt sie.

»Wenn du so sicher bist, dass du alles weißt«, sage ich, kneife die Augen fest zusammen, versuche, mich in sie hineinzuversetzen, »warum warst du dann noch nicht dort?«

»Ich sammle immer noch die letzten Puzzleteile«, erklärt sie. Ich schwöre, ich kann ihre Zunge im Mund wirbeln hören wie bei einem Vampir. »Ich arbeite an meiner Aufstellung und den Finten.«

Ich stelle mir vor, wie sie am anderen Ende der Leitung an ihrem Ohrläppchen zupft, an der gebogenen Narbe, aber dann wird mir klar, dass ich es selbst bin, die Finger um mein eigenes Ohr gekrümmt.

»Beth, ich muss dich was fragen«, sage ich, mein Ton verrutscht.

»Ich höre.«

»Beth.« Ohne es geplant zu haben, verfällt meine Stimme in etwas aus unserer Vergangenheit. Ich bin die Addy, die etwas von Beth will – ihre hautenge Stretch-Jeans, den Ephedra-Tee, den man nur bestellen kann, die Fragen für die Chemieprüfung, jemand, der ihr sagt, was sie tun kann, damit das alles erträglich wird.

Die Stimme ist nicht geschauspielert, wirklich nicht, war sie nie, und sie ist eine Botschaft an sie, an uns beide, eine Erinnerung, denn sie muss sich ebenfalls erinnern. Ich will, dass sie einen Schritt zurücktritt und es sieht.

»Beth, ich könnte hier Probleme kriegen«, sage ich. »Ich hab ihr geholfen. Kannst du mir noch einen Tag geben? Nur noch einen Tag, damit ich einordnen kann, was ich herausfinde. Damit ich sehe, ob du recht hast.«

»Du meinst, noch einen Tag, damit sie ihre eigene Haut retten kann.«

»Nur einen Tag mehr, Beth«, sage ich. »Warte bis Dienstag. Montag ist das Spiel. Morgen bist du Top Girl.«

Eine Pause entsteht.

»Ein Tag, Beth«, sage ich leise. »Tu's mir zuliebe.«

Eine weitere Pause entsteht, und die Ruhe klingt gefährlich.

»Klar«, sagt sie. »Nimm dir deinen Tag.«

29
SONNTAG, EIN TAG VOR DEM ENDSPIEL

Sie hat mir einen Tag gegeben, und ich habe keinen Plan, keine Ahnung.

Alle Stimmen der letzten Tage, alle Drohungen und Katastrophen, und mir fällt kein Ausweg ein, am wenigsten nach allem, was Coach gesagt hat: *Ich war da, Addy, aber ich habe nichts gemacht. Ich war bei ihm, aber ich habe ihn auch gefunden.*

Es ist alles wahr.

Alles.

Als ich Sonntagnacht um drei unter die Decke krieche, nehme ich noch mehr Tylenol mit Codein, und die folgenden Träume sind konfus und grotesk.

Als ich mich endlich in einen nervösen Schlaf gezwungen habe, träume ich von Will.

Er kommt zu mir, den Arm ausgestreckt, die Hand zur Faust geballt. Als er sie öffnet, ist sie voller Haizähne, wie man sie im Naturkundeunterricht gezeigt bekommt.

»Die sind von Beth«, sage ich, und er lächelt, sein Mund schwarz wie ein Loch.

»Nein«, entgegnet er, »es sind deine.«

Als ich aufwache, spüre ich in mir eine ganz neue Energie, die mich aus dem Bett treibt. Ich fühle mich wie am Tag vor einem großen Spiel. Ein machtvolles Gefühl. Es ist der Tag des Bereitmachens.

Ich stehe mit eingeschäumter Zahnbürste vor dem Spiegel und spüre, gewisse Dinge werden passieren, und diesmal werde ich vielleicht bereit dafür sein.

Ich versuche, Private First Class Tibbs zu erreichen. Vielleicht erzählt er mir mehr, denke ich, verrät mir etwas, so wie Prine. Aber ich finde keine Nummer von ihm, und im Regionalbüro der Nationalgarde geht keiner ans Telefon, also kann ich ihn ohne Beth nicht erreichen.

Ich fahre zum Polizeirevier, parke hinten. Warte eine Stunde, beobachte die Tür.

Ich überlege, reinzugehen, aber ich habe Angst, die Detectives könnten mich sehen.

Ich war da, aber ich habe nichts gemacht. Ich war bei ihm, aber ich habe ihn auch gefunden. Es ist alles wahr.

Beth oder Coach, wem soll ich glauben, wenn die eine nie die Wahrheit sagt und die andere mir nichts als Rätsel aufgibt?

Etwas daran erinnert mich an den Mathe-Vorbereitungskurs. Permutation und Kombination. *Ziehe alle Kombinationsmöglichkeiten zweier Ergebnisse in Betracht: Erfolg oder Niederlage. Ja oder nein. Drinnen oder draußen. Junge oder Mädchen.*

Links oder rechts. Du bist die linke Base; du weißt, deine einzige Aufgabe ist es, die linke Seite der Pyramide zu stützen, das Gewicht zu tragen und dein Mädchen oben zu halten.

Aber bin ich auf der rechten Seite, oder auf der linken?

Während ich die Hintertür der Polizeistation beobachte, denke ich über eine dritte Möglichkeit nach. Ich stelle mir vor, wie ich reingehe, ihnen alles sage, und es ihnen überlasse, das Ganze zu sortieren.

Aber ich habe nicht das Herz eines Soldaten.

Ich will gerade den Wagen starten, als mein Handy klingelt.

Ich erkenne die Nummer nicht, aber ich gehe ran.

»Addy?«, sagt ein Mann.

»Ja?«

»Hier ist Mr. French«, sagt er. »Matt French.«

Ich stelle den Motor ab.

»Hey, Mr. French, wie geht es Ihnen?«, sage ich, Babysitter auf Autopilot, wie während dieser langen Drei-Minuten-Fahrten nach Hause, wenn die Väter alles übers Cheerleading wissen wollen und was es mit unseren Körpern macht.

Nur dass es nicht einer unserer Dads ist, sondern Matt French, und er ruft mich an, und ich war an der Zerstörung seiner Familie beteiligt.

»Es tut mir leid, dass ich dich störe.«

»Woher haben Sie ...?«, frage ich. »Also haben Sie meine Nummer von Coach? Sie ....«

»Das ist nichts Schräges, okay?«, beteuert er schnell. »Ist es nicht.«

»Nein, ich weiß«, antworte ich. Aber wie sollte das nicht schräg sein?

Matt French. Ich stelle ihn mir vor, wie er in seinem Garten steht, diese verlorene Gestalt. Ich stelle ihn mir immer vor, als würde er uns durch eine Glasscheibe ansehen – durch Windschutzscheiben, Verandaschiebetüren. Ich weiß nicht, ob ich mir sein Gesicht vorstellen könnte, wenn ich es versuchen würde, aber den Anblick seiner traurig herabhängenden Schultern habe ich vor Augen.

»Darf ich dich etwas fragen, Addy?« Die Stimme gedämpft, als wäre sein Mund dicht ans Handy gedrückt.

»Ja.«

»Ich versuche, etwas herauszufinden. Wenn ich dir eine Telefonnummer aus meiner Anrufliste gebe, glaubst du, du könntest mir sagen, ob du sie erkennst?«

»Ja«, sage ich, bevor ich groß darüber nachdenken kann.

»Okay.« Er liest mir eine Telefonnummer vor. Ich tippe sie ein und ein Name erscheint.

Tacy.

Ich spreche ihren Namen laut aus.

»Tacy«, wiederholt er. »Tacy wer? Ist sie deine Freundin?«

»Tacy Slaussen. Sie ist im Team«, sage ich. »Sie ist unser Flyer. War unser Flyer.«

Es folgt eine Pause, drückendes Schweigen. Mich beschleicht das Gefühl, etwas Großes passiert. Im ersten Moment denke ich, er verarbeitet, was ich sage, doch dann wird mir klar, er ist derjenige, der darauf wartet, dass ich etwas verarbeite.

Er möchte, dass ich mich an etwas erinnere, etwas bewerte, etwas weiß.

Es ist, als gäbe er mir etwas und nicht umgekehrt.

Ich weiß nur nicht, was.

»Ich bin froh, dass es nicht deine Nummer ist«, sagt er schließlich. »Ich bin froh, dass du es nicht warst.«

»Was war ich nicht?«, erkundige ich mich. »Mr. French, ich ...«

»Auf Wiederhören, Addy«, sagt er, leise und tonlos. Und ich höre ein Klicken.

Das Telefonat schneidet sich wie ein Messer durch meinen Kopf.

Matt French hat etwas oder alles herausgefunden. Alles fliegt in die Luft, und er geht ihre E-Mails durch, ihre Anrufe, alles. Er sammelt alle Stücke zusammen, Stücke, die uns alle, uns beide ins Verderben stürzen werden.

Ehebrecherin, Mörderin und *Handlangerin.*

Aber das passt nicht zu dem Anruf. Zu dem, was er gefragt hat und was nicht. Und dann ist da die Art, wie er klang. Unsicher, aber reserviert, verwirrt, besorgt, aber merkwürdig ruhig.

Ich tippe Tacys Nummer an. Ich rufe sie fast nie an, vielleicht habe ich das überhaupt noch nie getan, aber wir haben alle die Nummern der anderen in unserem Handy. Und Coach hat sie alle in ihrem. Team-Regel. Weshalb Matt French möglicherweise Tacys Nummer hat.

Nur glaube ich nicht, dass er auf Coachs Handy geschaut hat, als er die Nummer vorlas. Hätte er auf Coachs Handy geschaut, hätte da »Tacy« oder »Slaussen« gestanden. Da hätte etwas gestanden.

Meine Anrufliste, das hat er gesagt. Sein Handy.

Sein Handy.

Doch warum sollte Tacy Mr. French anrufen? Und falls sie es tat, warum wusste er dann nicht, wer sie war?

Also rufe ich Tacys Nummer an, aber der Anruf geht direkt auf die Voicemail.

Hi Bitch, ich bin irgendwo unterwegs und sehe cool und sexy aus. Hinterlass eine Nachricht. Falls da Brinnie ist, ich hab dich nie Schlaftablette genannt. Sondern Matratze.

Ich bin froh, dass es nicht deine Nummer war, hat er gesagt. *Ich bin froh, dass du es nicht warst.*

Matt French, was möchtest du mir sagen?

Ich fahre zu Tacys Haus, aber sie ist nicht da. Nur ihre doofköpfige Schwester, die ich beim Rhetoriktraining immer über Kreationismus schwafeln höre, wenn sich nach der Schule der Debattierclub trifft.

»Oh.« Sie beäugt mich. »Du bist eine von denen.«

An den Türrahmen gelehnt, isst sie schrumplige Rosinen aus einer kleinen Tüte – genau das, was solche Mädchen immer tun.

»Sie ist nicht da«, sagt sie. »Hat sich mein Auto geliehen, um zur Schule zu fahren. Um ihr Hüftgewackel und ihre Beckenstöße zu üben.«

Ich schaue die trübe Tüte in ihrer Hand an, den traurigen grauen Pulli und den Nasenring mit dem Peace-Zeichen, und sage: »Die müssen wir nicht üben.«

Ich sehe den eisblauen Kombi auf dem Parkplatz und parke daneben.

Die Hintertür zur Sporthalle wird von einem mit Gummibändchen zusammengehaltenen Keil aus trockenen Radiergummis aufgehalten. So machen wir es immer, wenn wir einen Ort brauchen, wo wir vor einer Party Malibu trinken können. Und jetzt nutzen es einige von uns, um an den Wochenenden und in Freistunden zu trainieren, zumindest war es so, seit Coach unsere Körper zur Perfektion getrieben, unser Team zur Erhabenheit geführt hat.

Als erstes höre ich sie, ihr pfeifendes Keuchen und den weichen Druck von Pumas auf leichten Matten.

Die Wange immer noch geschwollen vom Sturz am Donnerstag, spult sie eine Übungsroutine ab. Eine Radwende mit Flickflack nach der anderen. Sie müsste gesichert werden, denn ihre Technik ist wie immer waschlappig.

»Pass auf deinen Kopf auf«, rufe ich. »Die Arme an die Ohren!«

Sie hört ungelenk auf, kracht fast gegen die gepolsterte Wand am anderen Ende.

»Feuer, Form, Kontrolle, Perfektion«, zähle ich auf, wie es Coach immer gemacht hat.

»Ist doch egal«, stöhnt Tacy atemlos. »Ich bleib sowieso am Boden. Beth ist wieder da, mein Leben ist praktisch vorbei.«

Sie lässt sich an der Wand herunterrutschen und zieht Wattefäden aus ihrem mit Lipgloss verschönerten Mund. Die gute Tacy, immer komplett geschminkt, auch am Sonntagmorgen, ganz allein in der Schulsporthalle.

»Es ist nur ein Spiel«, sage ich, auch wenn ich weiß, dass es das Endspiel ist, das wichtigste überhaupt. Aber wen interessiert schon Cheerleading in der Baseball-Vorsaison?

»Abgesehen davon«, füge ich hinzu, »was glaubst du, wie lange Beth als Captain durchhält?«

»Ich weiß nicht«, sagt Tacy, die jetzt Watte unter ihren beerenfarben lackierten Fingernägeln herauspult. »Ich denke mal, sie bleibt wahrscheinlich für immer Captain.«

»Wie kommst du darauf?«

»Wegen allem, was gerade los ist«, erwidert sie. »Coach French war die Einzige, die sie jemals aufhalten konnte. Und jetzt ist Coach weg.«

»Sie ist nicht weg, sie ist nur …«

»Sie kommt nicht wieder. Gewöhn dich dran, Addy, für Coach ist es vorbei.« Sie schaut mich an, mit ihrem geschwollenen Gesicht und den Kaninchenbacken. »Was scheiße ist, denn Coach war die Einzige, die was in mir gesehen hat. Mein *Potential*, dass ich *vielversprechend* bin.«

»Slaus, der einzige Grund, warum Coach dich da raufgestellt hat, ist, dass du zweiundvierzig Kilo wiegst und Beths Opfer bist«, sage ich, und am liebsten würde ich ihr ihren Kleinmädchenhals umdrehen. »Wenn dir Coach so verdammt wichtig ist, warum hilfst du Beth dann ständig?«

Sie sieht erschrocken aus, aber zu doof, um erschrocken genug zu sein.

»Ich helfe Beth nicht. Nicht mehr.«

»Hast du aber.«

Sie holt tief Luft.

»Na ja, du weißt nicht, was passiert ist, Addy. Coach hat vielleicht was richtig Schlimmes gemacht«, sagt sie kopfschüttelnd. »Es ist irgendwie Beths Schuld. Aber das ist keine Entschuldigung. Mein Dad sagt, wir sind eine Entschuldigungs-Gesellschaft.«

»Tacy«, sage ich gepresst, »sag mir, was du meinst. Sag mir, was du weißt.«

Ich setze meinen Fuß an ihr Strohhalm-Bein, drücke fest.

Sie sieht mich an wie ein verängstigtes Kaninchen, und ich weiß, ich muss ihr Honig ums Maul schmieren, aber dennoch weiter mit dem Fuß zudrücken. Das liebt sie. Beides gleichzeitig.

»Tacy, ich bin die Einzige, die dir jetzt noch helfen kann«, sage ich. »Die Einzige.«

Tränen steigen ihr in die Augen, und ich kämpfe gegen den Drang an, auf die geschwollenen Hautfalten an ihrem Hals einzuschlagen. Ich kämpfe dagegen an, denn ich werde gleich Gold von ihr bekommen, und sie weiß es noch nicht einmal. Sie glaubt, ihr Tratsch, ihre belanglosen Kränkungen seien wichtig, aber das sind nur winzige Nadelstiche. Das Drumherum allerdings, der Stoff, aus dem Beths Lügengeschichten sind, das ist das Gold.

»Coach hat mit dem Sarge geschlafen«, sagt sie mit Augen wie Unterteller. »Und sie hat ihn geliebt. Und dann hat Coach es herausgefunden. Das mit Beth. Das mit Sarge und Beth.«

Ich lehne an der gepolsterten Hallenwand, und Tacy sitzt immer noch auf dem Boden, die Beine eng angezogen, schaut zu mir herauf und redet, redet, redet.

Sie ist nicht so, wie du denkst, und er war es auch nicht. Das hat Beth gesagt. *Er war nur ein Kerl, so wie sie alle.*

Aber Will, Will und Beth? Es will mir einfach nicht in den Kopf.

»Das war gleich am Anfang, als er erst kurz hier an der Schule war«, erzählt sie. Das erleichtert mich. Vor Coach, vor alledem. Der verlorene, unstete, staunende Will. »Und sie hatten diese Wette, RiRi und sie. Sie wollte RiRi schlagen. Sie sagte, RiRi besteht nur aus Titten und Eyeliner, und sie würde ihr das Herz herausreißen und am Stück herunterschlingen.

Also hat sie eines Tages nach der Schule an seinem Truck auf ihn gewartet. Du weißt, dass er immer hinten geparkt hat, hinter dem Schulparkplatz, an der Ness Street?«

Ich habe Coach immer dorthin begleitet. Coach, die errötete, wenn sie seinen SUV sah, unter einer Eiche, deren ledrige Blätter Schatten auf ihr Gesicht warfen, wenn sie sich zu mir umdrehte, als wollte sie sagen: *Da ist er, Addy, da ist mein Mann.*

»Mein Job war, mit meinem Handy bei dem Baum zu warten«, sagt Tacy jetzt, »damit ich ein Foto machen konnte, um zu beweisen, dass sie es getan hat.«

Ich weiß nicht, was kommen wird, aber mein Magen ist im Aufruhr.

»Also ist sie da draußen und wartet in ihrem Minirock auf ihn«, sagt Tacy. Ihre Finger streifen achtlos meinen Knöchel, als ich über ihr stehe. »Na ja, Beth ist echt heiß, und Sarge war eben ein Kerl, oder?«

Er ist ein Kerl, stimmt.

»Aber er konnte es nicht durchziehen«, seufzt sie und lässt ihre Finger an meinem Knöchel ruhen. »Einfach Kinderkram. Und ich hab nur einen halbwegs brauchbaren Schnappschuss, man konnte nicht viel sehen.«

Ich sage nichts.

»Aber das war eben das Ding«, sagt Tacy und wedelt mit einem Finger. »Beth hat es RiRi nie gezeigt. Vielleicht wusste sie, dass es nicht gereicht hätte, um die Wette zu gewinnen. Am Ende hab ich sie danach gefragt, und sie hat sich das Foto von mir schicken lassen. Hat gesagt, dass sie es aufheben will. Sie hatte es einfach auf ihrem Handy und hat's mir mit Begeisterung immer wieder unter die Nase gehalten.«

Das sieht Beth ähnlich, und ich frage mich, warum sie es mir nie gezeigt hat. Aber ich nehme mal an, ich weiß es sowieso. Als wir das mit Coach und Will herausgefunden hatten, konnte sie nicht mehr mit Sicherheit wissen, wo ich stehe. Sie konnte nicht sicher sein, dass ich in ihrem Team spiele. Und sie hatte recht.

»Dann erzählt sie mir plötzlich, dass was mit ihrem Handy passiert ist«, sagt Tacy, »und dass sie das Foto verloren hätte und ich es ihr noch mal schicken soll.«

Die Erinnerung kommt wieder: Wie Coach Beths quietschrotes Handy die Toilette runterspült.

»Also sage ich, erzähl mir erst, wozu du es brauchst.« Tacy sieht zu mir hoch, ihr Lächeln kommt und geht, während sie versucht, an meinem Gesicht abzulesen, wie ich das Ganze aufnehme und ob ich mit ihr spielen, es ein bisschen genießen will.

»Also *musste* sie es mir verraten«, sagt sie und wippt im Sitzen hin und her, so unbedingt will sie es erzählen, den Moment noch einmal durchleben. »Und da hat sie mir gesagt, sie wollte es benutzen, damit Coach aufhört, ihr das Leben schwer zu machen.«

Ich lehne mich an die Wand, schaue nicht zu Tacy hinunter und rücke von ihr ab, von ihrem heißen Atem an meinen Beinen.

»Und dann hat sie mir von Coach und Will erzählt«, sagt sie. »Musste sie einfach.«

Ich blicke auf sie herab, in ihr Kaninchengesicht voller verschwörerischer Lust, und sage nichts.

»Nachdem ich drei Jahre für diese Oberbitch geschuftet habe, hatte ich jetzt endlich etwas, was Beth wollte«, erklärt Tacy, und ihre Stimme klingt jetzt fast beeindruckend scharf. »Beth hatte die Ware verloren. Sie hatte sich das Bild nicht mal selbst gemailt, um es auf ihrem Computer zu speichern. Sie hält sich für so verdammt schlau. Wie schlau ist das denn? Aber *ich* hab's gemacht. Ich hab das Foto gespeichert. Und jetzt brauchte sie was von mir.«

Das Gefühl kenne ich so gut, es ist, als hätte sie den Fingernagel in mein eigenes schlagendes Herz gebohrt. Deshalb werde ich aber noch lange nicht warm mit ihr.

Du und ich, Tacy? Wir haben nichts gemeinsam.

»Aber dann war ich Flyer, ich war Top Girl«, sagt Tacy. »Beth hat mich gewarnt, dass ich besser tue, was sie sagt, sonst würde sie dafür sorgen, dass es schlecht für mich ausgeht.«

Tacys Stimme wird unheilvoll, in ihren Augen wirbelt wieder die Panik.

»Sie hat gesagt, ich mache sie besser nicht unglücklich, denn ich sollte wissen, dass sie nie allein unglücklich ist.«

Nein, ist sie nicht, oder?

»Also hab ich nachgegeben«, sagt Tacy und seufzt. »Aber Coach tat mir leid. Und dann, als der Sarge gestorben ist, hab ich mich echt mies gefühlt. Ich dachte, Beth hat das Bild vielleicht auf eine böse Art benutzt. Und dass Sarge sich deshalb umgebracht hat. Ist das so passiert, Addy?«

»Ich weiß nicht, was passiert ist«, sage ich schließlich.

Sie starrt mit glasigen Augen zu mir hoch.

»Tacy«, sage ich, »du zeigst mir das Bild besser.«

»Ich hab es gelöscht«, sagt sie, zu schnell.

»Hast du nicht.«

Erneut seufzt sie und zieht ihr winziges, kreischend violettes Handy aus der Yogahose.

Das Foto auf dem Bildschirm sieht aus, als wäre es durch eine fusselige Fliegengittertür geschossen worden.

Man kann Wills Uniform sehen, die grüne Jacke, die schimmernden goldenen Knöpfe, die Tresse am erhobenen Ärmel, und einen Teil seines Gesichts, der Rest wird von einem weiblichen Hinterkopf verdeckt, von einer Flut dunkler Haare und nackten Schulterblättern.

Einen Moment lang denke ich, es ist Coach. Es sieht wirklich sehr nach Coach aus.

Doch dann erkenne ich Beths grünen Hoodie, der heruntergerutscht, seine Hand auf ihrem Rücken.

Wills Blick, wie soll ich es nennen, alles ist in verschwommenes Nichtvorhandensein verpixelt.

Sein Gesicht aber ist das Traurigste, was ich je gesehen habe.

Gleichzeitig verwundet und verzweifelt.

Wie die Fotos von Leuten, wenn sie vor ihren brennenden Häusern stehen, wie das eine von einem Vater mit seiner kleinen Tochter im Nachthemd auf dem Arm, der versucht, ihr den Schuh anzuziehen, und dabei zuschauen muss, wie sein Haus niederbrennt.

Und plötzlich weiß ich, hätte Tacy auf der anderen Seite des Trucks gestanden, hätte ihre Kameralinse stattdessen also Beths Blick eingefangen, wäre dasselbe zu sehen gewesen.

Dieses Bild, ich kann den Blick nicht abwenden. Weil es für mich plötzlich voller Wahrheit ist. Weil es so schön aussieht.

»Ich wollte nie jemanden in Schwierigkeiten bringen«, sagt Tacy. »Aber Beth macht mir Angst. Ich meine, sie war immer furchteinflößend. Aber seit all das passiert ist, ist es anders. Es ist, als wäre sie noch mal drei Stufen furchteinflößender.«

Ich reiße mich von dem Foto los und schaue stattdessen Tacy an.

Langsam setzt sich aus allem ein flimmerndes Bild zusammen.

»Also hast du Beth einfach das Foto gegeben, und das war's?«

»Hab ich doch gesagt.« Tacy dreht sich um, legt sich rücklings auf die Matte. »Oder nicht?«

Auf die Ellbogen gestützt, streckt sie ihre knochigen kleinen Zahnstocherbeine, betrachtet sie, bewundert sich selbst.

Ich blicke auf sie herab und kann nur an die Zeit denken, die sie mich gekostet hat, an die Heimlichkeiten, ihre Schwäche. Die Tatsache, dass diese kleine Tinkerbell zum Top Girl werden konnte.

Irgendwas in ihrem Kugelfischgesicht bringt mich dazu, ich kann es mir nicht verkneifen, den Fuß an ihr Gesicht zu drücken. An ihr kaputtes Kinn, von dem Sturz immer noch rot geädert. Ich drücke hart zu, härter, als ich es wollte, und das weiche Gewebe gibt nach.

»Addy«, stöhnt Tacy, kratzt mich mit ihren Fingern. »Addy, was machst du ...«

»Du hast Mr. French das Foto geschickt, oder?« Meine Stimme ist heiser und überrascht mich.

Ihre Hände fliegen hoch, sie versucht, mein Bein wegzuschieben, kann aber nicht.

»Ja, ja«, winselt sie. Tränen kommen in langen, sirupartigen Streifen.

Ich lasse den Fuß wieder auf den Boden sinken. Und sie erzählt mir den Rest.

Wie Beth sich Matt Frenchs Nummer von Coachs Handy besorgt und Tacy gezwungen hat, es zu schicken, weil sie angeblich noch kein neues Handy hatte.

Und dass Beth den Text selbst geschrieben hat: *Schauen Sie sich an, mit was für einer Frau Sie verheiratet sind. Schauen sie sich den Dreckskerl an, für den sie die Beine breit macht.*

Beth konnte immer gut mit Worten umgehen. Und wusste, wann das Einfachste am besten war.

»Aber das Bild beweist gar nichts«, beharrt Tacy. »Ein dummer Streich. Ich nehme an, Beth dachte wahrscheinlich, Mr. French würde sie zwingen, zu kündigen, oder dass Coach gefeuert wird. Aber wäre es nicht sinnvoller gewesen, es an Mrs. Sheehan, die Rektorin, zu schicken?«

Ich schüttle den Kopf über dieses dumme Mädchen.

Die Handballen an die wimperngetuschten Augen gedrückt, flüstert sie: »Glaubst du, das verschwommene kleine Bild hat vielleicht was mit allem zu tun? Mit Sarge und allem?«

Ich stelle mir vor, wie Matt French den Text liest und sich das Foto anschaut. Ich ahne, was er in Wirklichkeit dachte.

Nicht: *Da ist irgendein Mann mit einer der Cheerleaderinnen meiner Frau.*

Nein, sondern: Da ist irgendein Mann mit *meiner Frau.*

»Und jetzt lässt Beth nicht locker«, sagt sie, die Hand wieder an meinem Knöchel, hält sich daran fest, den Blick geradeaus gerichtet, auf die Tür zur Umkleide. »Sie sagt ständig, ich soll besser niemandem sagen, was wir gemacht haben. Im Training neulich, als ich gestürzt bin, war das so, als hätte sie mir gezeigt, was sie mit mir anstellen kann.«

Ihr Blick, der von der Heizungsluft wild vibriert, ist auf die Tür gerichtet. Sie merkt nicht einmal, wie ich eine Taste auf ihrem Handy drücke und mir das Bild selbst schicke.

»Sie hat es mir wirklich gezeigt«, sagt Tacy. »Aber ich hab es dir trotzdem erzählt, oder nicht? Ich hab es Addy

Hanlon erzählt. Anscheinend bin ich doch nicht so ein Häschen, nicht so eine kleine Pussy, wie sie immer sagt.«

Ihr Kopf sinkt nach vorn, wie von der Last ihres Pferdeschwanzes gezogen, und sie lässt ihren Körper schlaff werden.

»Ich hatte immer Angst vor dir«, sagt sie, fasst sich leicht in den Nacken, mein Schuhabdruck ist noch schwach zu sehen. »Sogar mehr als vor Beth. Ich hab gehört, was du mit ihr gemacht hast. Die Narbe an ihrem Ohr.«

Diesmal stelle ich es nicht richtig. Was ich mit Beth gemacht habe. Was *ich* mit Beth gemacht habe, der furchteinflößendsten knallharten Frau, die wir je gekannt haben.

Ich verschränke die Arme und blicke auf Tacy herab. Sie sieht so klein aus.

»Ich wollte nur Flyer sein«, sagt sie. »Das werde ich auch wieder.«

»Klar wirst du das«, sage ich und gebe ihr ihr Handy zurück.

Sie sieht mich an, als sie es nimmt, und etwas huscht über ihr Gesicht.

Nachdem sie ihr Handy in ihre Tasche geschoben hat, streckt sie ruckartig die Hand hoch, als sollte ich ihr auf die Beine helfen.

»Klar werde ich das«, wiederholt sie, schon fröhlicher. »Ich meine, du machst Beth jetzt fertig, oder?«

Mit einem Lächeln fügt sie hinzu: »Dann werde ich wieder Flyer.«

Ich war da, aber ich habe nichts gemacht. Das hat Coach gesagt.

Ich war bei ihm, aber ich habe ihn auch gefunden. Es ist alles wahr.

Matt Frenchs Handy piepst, er schaut auf den Bildschirm, er sieht dieses Foto, liest diese Worte:

Schauen Sie sich an, mit was für einer Frau Sie verheiratet sind. Schauen sie sich den Dreckskerl an, für den sie die Beine breit macht. Ein Fehler, der zufällig wahr ist.

Matt French sieht also die Militäruniform und geht auf die Jagd. Findet heraus, wer der Rekrutierer ist. Oder er kontrolliert einfach das Handy seiner Frau, ihre E-Mails, irgendwas. Alles Mögliche.

Er findet heraus, wo dieser Rekrutierer wohnt, und er fährt da raus, zu diesem leeren Stahlturm am Rande des Nichts, und findet seine Frau und ihren Liebhaber vor.

Und ... und ...

Und er will, dass ich es weiß.

Und dann ist da Coach, das Alibi, das sie für mich gebaut hat.

»Also warst du letzten Montag mit deinem Coach und ihrem Mann dort?«, hatte die Polizistin gefragt.

»Ja«, sagte ich.

Coach schützt Matt French, Matt French schützt Coach. Die Dinge zwischen ihnen, ihre miteinander verwobene Geschichte, die verborgene Leidenschaft, und so ziehen sie, statt sich gegeneinander zu wenden, die Schutzwälle hoch. Die beiden stecken knietief in einer blutigen Geschichte. Wer weiß, was jetzt zwischen ihnen liegt? Mit gekreuzten Handgelenken, Kopf an Kopf, schließen sie die Reihen, aber sie brauchen mich.

Wirklich.

Und Beth. Da ist noch Beth.

30

MONTAG: ZWOLF STUNDEN BIS ZUM ENDSPIEL

Arbeite hart und glaube an dich. Das erzählen sie dir immer. Aber das ist es eigentlich gar nicht. Das, was du nicht laut sagen kannst. Das Wissen um das, was du tust – hoch hinauf klettern, springen, durch die Luft wirbeln, Arme, Beine verhaken, um etwas zu erschaffen, das mit dem Einknicken eines Knies und durch das Drehen eines Handgelenks zusammenbrechen kann –, das ist es.

Von außen betrachtet – Emily hat ausgesprochen, was du nie sagen solltest – *sieht es aus, als wolltet ihr einander und euch selbst umbringen.*

Das Wissen, dass das, was ihr alle gemeinsam tut, höchst labil ist, zerbrechlich wie mundgeblasenes Glas. Angetrieben von Magie und Hingabe tut dein Körper Dinge, von denen dein Kopf weiß, dass er es nicht kann. Eure Körper verschränken sich, um der Schwerkraft, der Logik, ja, dem Tod selbst zu trotzen.

Wenn sie euch das sagen würden, würdet ihr nie mit dem Cheerleading anfangen. Oder vielleicht doch.

Am Morgen brauche ich lange unter der Dusche, um meinen Kreislauf in Schwung zu bringen. Meine Haut mit Nadelspitzen zum Leben zu erwecken. Meinen Kopf zum Mitmachen zu überreden.

Ich stehe lange unter dem belebenden Strahl, schaue meinen Körper an, zähle jede Schramme. Betaste jede empfindliche Stelle. Beobachte den Wirbel zu meinen Füßen.

Eigentlich versuche ich nur, mein Herz in Gang zu bringen.

Ich denke: *Das ist mein Körper, er macht, was ich will. Ich kann ihn drehen, wirbeln, fliegen lassen.*

Nach der Sturmbö des Föhns nehme ich meine Haare zusammen, stecke eine Haarnadel nach der anderen hinein, bis alles hält. Ich stehe vor dem Spiegel, mein Gesicht nackt, gerötet, straff.

Langsam hebe ich die Hände, wedle mit klebrigen Zerstäubern, staubigen Pinseln, öligen Stäbchen vor meinem Gesicht herum, Streifen in Fuchsia auf meinen Wangen, die Wimpern schwarzglänzend versteift, die Haare starr, schimmernd, festgesteckt.

Der duftende Nebel, zähflüssig in meinem Hals, legt sich.

Ich schaue in den Spiegel.

Und das bin endlich ich, und niemand hat je so ausgesehen.

»Endspiel – Go, Eagles!!«, kreischt das Banner über dem Schultor, dahinter erhebt sich ein Seidenpapier-Adler, die Flügel steif und hoch.

Ich lasse mein Herz mit ihm fliegen.

Der Morgen vergeht, ich sehe Beth nirgends, und Coach hat sich krank gemeldet. Ein anderes Gesprächsthema gibt es nicht.

Sie hat uns doppelt, dreifach im Stich gelassen. Wir haben aufgehört zu zählen.

Wir sind ihr völlig egal.

Sie hasst uns.

»Was haben wir falsch gemacht?«, schluchzt die Kleine aus dem Nachwuchsteam und drückt ihr Gesicht an die Spindtür. »Was haben wir gemacht?«

Der Schultag fliegt vorbei, ohne mich zu berühren, und Tacy, mit bleichem Gesicht, weicht meinem Blick aus.

Ich denke an dies und jenes, an den Abgrund und seinen schmierigen Blick, und dass ich nicht blinzeln werde. Ich kann nicht.

Um Viertel nach drei sind wir in der Sporthalle, springen sehr hoch.

»Der Scout kommt, wir sind bereit!«, brüllt RiRi. »Die wird schon sehen, was wir draufhaben!«

Alle brüllen.

Und es fühlt sich an, als würde ich von Gott berührt. Was würde ich ohne das alles machen, denn hier bin ich, werde in den Himmel katapultiert, die Sohlen auf Mindys knotigen Schultern – oder ich bin auf dem Boden, mit Knien wie Schwämme, wenn ich Brinnie Cox anhebe, ihre flinken Füße in meiner Handfläche, und sie direkt zu Gott hochhebe.

Dieses Gefühl, das ist Gottes größtes Geschenk.

Genau wie Ritalin. Gefunden an diesem Morgen in einer Ecke meiner Hoodie-Tasche, übriggeblieben von einem Akt der Großzügigkeit von Beth vor langer Zeit. Jetzt rauscht es durch mein System, und ich weiß, ich kann alles schaffen.

Wenn du nichts in dir hast, spürst du alles deutlicher, und du hast das Gefühl, du kannst alles kontrollieren.

Mit Jesus in meinem Herzen und mit diesem seismischen Ballern, wer sollte mich aufhalten? Irgendeine von uns?

In der Umkleide, vierzig Minuten vor dem Spiel, sind wir geschmückt wie Vegas-Showgirls. Die Luft ist geschwängert von Schmerzgel und Tigerbalm, von Haarspray und dem süßen Kokosduft gelbbrauner Körpersprays. Man kommt sich vor wie in einem weichen Kokon aus Zucker und Liebe.

RiRi lässt ihren Lockenstab wirbeln wie eine Revolverheldin, bringt ihren federnden Pferdeschwanz mit seinen Helix-Locken in Form.

Paige Shepherd, ein Fake-Tattoo auf ihrem gebräunten Gesicht, wirft ihr Bein hoch in die Luft und dreht sich, lässt sich in Mindys Arme fallen, ihre Handgelenke mit schwarzem Klebeband umwickelt wie die Armmanschetten eines römischen Gladiators.

Cori Brisky reibt sich Flexall-Gel auf ihre taub werdenden Handgelenke. Ihr Lächeln zeigt all ihre Zähne und wie scharf sie sind, und ich weiß, in ihr steckt eine Dschungelprinzessin, die bereit ist für frisches Blut.

Sogar die traumatisierte Emily, unsere gefallene Kameradin, die Finger überzogen mit Icy-Hot-Schmerzgel, streicht damit über Mindys Panzer-Schulterblätter, flüstert ihr etwas ins Ohr.

Und ich. Wenn ihr mich sehen könntet – groß, straff, unbeschwert und kraftvoll, wie ich auf den glitschigen Fliesen meine Back Tucks trainiere, furchtlos gegenüber allem und jedem. Versucht doch, mich aufzuhalten.

Das verstehen die Leute nie: Sie sehen uns als harte, kleine, hübsche Dinger, bunt bemalt und mit Pailletten beklebt, und sie lachen, sie machen sich lustig, sie geilen sich auf. Sie sehen es nicht.

Ihr müsst verstehen: Der Glitter, der Funkelstaub und die Magie, das ist Kriegsbemalung, das sind Federn und Krallen, das sind Blutopfer. Aber wo ist unsere furchterregende Anführerin? Eine von beiden?

Jemand muss diese hektische Energie bündeln, diese pulsierenden Organe zu einem mächtigen, unaufhaltsamen Körper zusammenfügen.

Was, wenn dieser Jemand ich wäre?

Ich gehe von Mädchen zu Mädchen, fange an, Rücken zu streicheln, französische Zöpfe zu flechten, Tigerbalsam aufzutragen, aufmunternde Parolen anzubieten: *Na los, Girls, zeigen wir ihnen, was wir können.*

Ich rede sogar zum ersten Mal überhaupt mit dieser armen Kleinen von der Nachwuchstruppe, die heute Abend fliegen muss, wenn Beth nicht auftaucht, und jetzt zittert wie ein winziges flaumiges Küken.

Ich weiß, ich kann sie in die Luft heben, das kann ich.

Sie ist kein Mädchen, sondern ein Schmetterling auf meinen Fingerspitzen.

Doch dann ist an der Hintertür Gepolter zu hören, ein Durcheinander aus Anfeuerungsrufen und görenhaftem Kreischen, und mit dem Nachwuchsküken unterm Arm drehe ich mich um und weiß, ich werde sie sehen.

Beth.

Sie springt auf die Bank in der Umkleide, die Augenlider mit blauem Glitter bemalt, und lässt ihre kehlige Stimme zur abgehängten Decke schallen.

»Hey, Bitches!«, röhrt sie, wippt mit den Füßen auf der Bank, dass diese bebt. »Unser Scout für die Regionals, ich spüre, dass sie da draußen auf uns wartet. Und Bitches, sie will unbedingt gefickt werden.«

Unser keuchendes Luftschnappen ist laut und euphorisch.

»Ich bin eben mal durch die Halle gegangen, um das Celts-Team abzuchecken, und ich habe noch nie etwas so Mieses gesehen. Anorektische Mädchen mit Akkordeon-

Rippen, ein paar kerlige Ringerinnen mit Beinen wie Baumstämme und Charlie-Brown-Gesichtern. Und die Spieler von den Celts drehen total durch und kreischen, werfen mit ihrem Babyball herum, als wären sie die Könige der Welt. Lächerlich.«

Wir sind alle heiß, wirbeln in ihre Nähe, wie in den alten Zeiten, als sie sich aufgemotzt in alle Richtungen bog, ihre blauen Eagles-Tattoos zeigte, und wir dann schrien: *Gib's uns, Captain, los, rauf!*

»Wisst ihr, wer die Stars sind? Wir! Und warum? Weil wir keinen scheiß Gummiball herumwerfen. Wisst ihr, was wir herumwerfen? Lebendige Mädchen. Wisst ihr, wer fliegt? Wir. Wisst ihr, wen wir bis unter die Deckenbalken werfen? Uns selbst!«

Hinter mir höre ich Emilys zartes Luftschnappen, das Klicken ihrer Beinschiene und den unterdrückten Schrei des Nachwuchs-Flyers.

»Heute Abend müsst ihr ihr Blut vergießen«, sagt sie, ihr erhobener Arm, ihre Schläfe, ihr Hals pulsiert, »oder ich verspreche euch, sie werden eures vergießen.«

Um Beth wabert Dunkelheit, die langsam in uns einsickert. Wir lassen es zu, wir alle.

»Ich will straffe Arme sehen. Stahlharte Beine. Schaut ins Publikum, als würdet ihr ihnen den besten Sex geben, den sie je hatten. Sie müssen es glauben.«

Die Gefühle schießen im Raum herum, sie sind kompliziert und brandgefährlich, und keine von uns, nicht einmal ich, kann sie alle benennen. Alles in Beth, ihre düstere Energie, so abstoßend und so fesselnd zugleich ...

»Bases, Augen auf euren Flyer, sie gehört euch. Ihr schließt sie in euer Herz ein. Wenn ihr sie verliert, ist Blut auf der Matte. Sie gehört euch. Zeigt ihr das.«

All die wirbelnden Pferdeschwänze nicken einmütig, als wüssten sie, als wüsste irgendeine von uns, was Beth mit den prallen Adern an ihren hochgereckten Armen meint oder jedenfalls meinen könnte.

»Kleine«, sagt Beth und richtet ihren Hexenfinger auf den Jährling unter meinem Arm, auch, weil niemand von uns ihren wirklichen Namen kennt. »Wenn du versagst, lässt du uns alle im Stich. Also wirst du nicht versagen.«

Die Kleine schüttelt heftig den Kopf, sieht aus, als würde sie gleich weinen.

»Mädchen, du warst lang genug das Küken. Heute zeigst du mir deinen Eizahn«, sagt sie, schiebt ihr den Finger unters Tanktop, zieht sie zu sich auf die Bank. »Heute ist die Nacht der Nächte, heute knackst du deine Schale.«

Beth zieht das Mädchen unter ihren eigenen gebräunten Arm, starrt ihr fest in die Augen und leckt ihr angedeutet übers Gesicht. »Also macht die Sehnen steif, beschwört das Blut. Wir sind gekommen, um sie zu begraben. Wir sind gekommen, um beim letzten Glockenschlag ihre Knochen umzupflügen.«

Sie stampft mit ihren Pumas auf, bis die Bank rasselt und unsere Körper beben.

»Es ist Erntezeit, Bitches«, sagt sie, ihre Stimme krächzt leicht. »Los, bewegt euch, das Korn ist reif.«

Fast falle ich darauf herein, auf Beths Voodoo-Bombast.

Unser Captain, wie die Beth von früher, unsere noble, stolze, herzensstarke Beth, und auch die jetzige Beth, eine nahezu besiegte Kriegerin, aber nicht ganz, niemals ganz.

Uns wen'ge, uns beglücktes Häuflein Schwestern, würde sie

vielleicht sagen, *denn welche heut ihr Blut mit mir vergießt, wird meine Schwester sein für immer.*

Könnte mir das für diese zwei Stunden nicht einfach reichen?

Doch dann kommt Tacy hereingestolpert, zu spät, ihr Gesicht immer noch blaufleckig, die Augen ohne Glanz, gehetzt. Und mir fällt alles wieder ein.

Auch wie es sich anfühlte, als ich ihr meinen Fuß ans Gesicht gedrückt habe, wozu sie mich gezwungen hat.

Dieses Gefühl, dieses High, ist nicht echt. Es ist diese Jesusliebe, die mich durchflutet, womit ich das Ritalin meine und das Hydroxy-Hot mit Grüntee-Extrakt und den ganzen Tag nichts zu essen außer Hoodia-Lollis.

Und vor allem das High durch Beths düsteres Gerede.

Ich will es nicht.

Zehn Minuten vor Spielbeginn, und kein Coach, um das Team zu stoppen. Alle brechen Regeln und schwirren auf der Jagd nach Scouts um die Zuschauertribünen herum.

Ich sitze in der Umkleide und versuche, meinen Kopf auf das Spiel auszurichten.

SCOUT! 3. Reihe v. oben li. – Frau m. Kappe und Spiegelbrille!, schreibt RiRi.

Ich höre es eine Reihe weiter rascheln, und da ist Beth, die Hände in ihrem Spind, zieht ihre Reihen von Freundschaftsbändchen ab, zurrt ihren geglätteten Pferdeschwanz fester. Den Blick auf sich selbst im Klebespiegel, das Gesicht blau und furchteinflößend.

Hätte ihre Spindtür in einem anderen Winkel gestanden und nicht durch die hohen Fenster die Lichtstreifen vom Parkplatz eingefangen, hätte ich es vielleicht nie gesehen.

Aber ich hab's gesehen.

Das Glühen eines bösen Blicks zwischen einem Haufen Haargummis und Zehensocken.

Ein Hamsa-Armband. Coachs Hamsa-Armband. Mein Hamsa-Armband.

Die Hände an ihren glitschigen, mit Sheabutter eingeschmierten Armen, überrumple ich sie, drehe sie herum.

»Was? Dachtest du, ich tauche nicht auf?«, fragt sie und wird rot. »Ich würde das Team nie im Stich lassen.«

Mir springt fast das Herz aus der Brust, als ich mit einer Hand das Armband packe und sie mit der anderen in die Dusche schubse.

»Du warst das. Du hast es genommen. Das war alles gelogen«, schreie ich in abgehackten Worten, meine Stimme hallt von der schleimigen Decke der Duschen wider. »Es war gar nicht in Wills Wohnung, oder?«

»Nein«, entgegnet sie mit einem merkwürdig stotternden Lachen, »natürlich nicht.«

»Warum hast du mir erzählt, die Polizei hätte es gefunden?«

»Ich wollte, dass du es siehst«, sagt sie. »Sie hat alles vor dir verheimlicht. Du hast ihr nie etwas bedeutet.«

»Aber du hast es geklaut. Du wolltest versuchen, es irgendwo zu platzieren, irgendwas«, sage ich, umklammere sie so fest, dass ich spüre, wie einer meiner Nägel langsam nachgibt. »Mein Gott, Beth.«

»Oh, Addy«, sagt sie, immer noch lachend, und schüttelt den Kopf. »Ich hab es vor langer Zeit mitgenommen. Damals, als wir bei ihr übernachtet haben.«

Jetzt fällt es mir ein. Diese Nacht vor langer Zeit, die Party im Comfort Inn. Beth, das verletzte Katzenbaby.

Diese Stunden, die ich ihr Coachs Sofa überlassen habe, in denen sie frei im Haus herumstreifen konnte, herumkriechen wie eine Viper. Und die ganze Nacht huschten Schatten vorbei.

»Aber das war, bevor alles passiert ist«, sage ich. »Warum?«

»Sie hatte es nicht verdient.« Beths Stimme wird lauter, kehlig, das Lachen ist verschwunden. »Sie hatte es auf die Küchenfensterbank geworfen wie einen alten Schwamm. Sie hatte es nicht verdient.«

Sie windet sich aus meinem Griff, schubst mich, ihr Gesicht ein blauer Klecks.

»Und jetzt ist ihre Zeit abgelaufen«, fährt sie mit heiserer Stimme und todernst fort. »Jetzt wird sie sehen, was ich kann.«

Ihr Gesicht so nah, die aufgemalten Sternschnuppen zerschlitzen ihre Schläfen, sie hat sich selbst aufgepeitscht. Aber ich kann etwas Feuchtkaltes, Moschusartiges an ihr riechen, als hätte sie sich durch lehmige Erde gewühlt. *Als hätte sie nur noch wenig übrig.*

Was bedeutet, das ist mein Moment.

»Du gehst nicht zu den Cops«, sage ich, die Stimme so kalt und hart, wie ich es eben schaffe. »Das hattest du nie vor. Du willst nicht, dass sie herausfinden, was du getan hast.«

Vielleicht dachte ich, ich würde niemals wieder so etwas wie Überraschung auf ihrem Gesicht sehen, aber sie ist da. Es macht mir fast Angst.

»Was *ich* getan habe?«, fragt sie. »Ich hab dir einen beschissenen Tag Zeit gegeben, und du hast ihn dazu genutzt, dir noch mehr Gift von ihr ins Ohr träufeln zu lassen. Wenn ich an die Yogi-Macht denke, die diese

Cheer-Bitch über dich hat, möchte ich nur noch kotzen.«

»Beth, ich weiß jetzt alles.« Ich rücke ihr auf die Pelle, rage über ihr auf. »Du hast Tacy benutzt, um das Foto von dir und Will an Coachs Mann zu schicken. Tacy hat mir alles gesagt.«

Einen Moment lang sehe ich Panik hinter ihren hochgezogenen Augenbrauen aufsteigen, ihr Rücken raschelt an dem Plastikvorhang, und mir wird plötzlich bewusst, dass ich dreizehn Zentimeter größer bin als dieser Zwerg, dieser kleine Napoleon. Ich habe es vorher nur nie richtig wahrgenommen.

»Slaussen. Ich hätte es wissen müssen«, sagt sie mit einem zynischen Lächeln. »Ich hab noch nie gesehen, wie ein Fuchs ein Kaninchen frisst. Würde ich gern mal. Wie hat sie geschmeckt?«

»Dachtest du, Matt French würde sich das Foto anschauen und dich für Coach halten?«

»Mir war egal, was er denkt«, sagt sie, das Kinn gereckt, die Stimme hart. »Ich wollte sie nur loswerden. Jemand musste uns befreien ...«

Irgendwie halte ich plötzlich das Ende ihres Pferdeschwanzes in der Hand, meine Finger klatschen an ihr vernarbtes Ohr.

So ist es manchmal bei mir und Beth, diese Nähe, die davon kommt, Hand in Hand zu gehen, Arm in Arm, Körper an Körper, die andere immer zu sichern. Ich kenne ihren Körper und weiß, wie er sich dreht, wie er sich bewegt und was ihn aus dem Gleichgewicht bringt.

»Du hast mit allem angefangen«, sage ich, packe fest zu. »Das warst du.«

Sie schiebt ihre Finger zwischen meine, wischt meine

Hand aus ihren Haaren und verdreht im Comic-Maßstab die Augen.

»Ach Scheiße, ist mir doch scheißegal, ob Coachs Mann aus Versehen dachte, seine Frau fickt den Rekrutierer von der Nationalgarde. Ach, warte mal«, sagt sie. »Das *hat* sie ja auch.«

»Du hast das alles in Gang gesetzt«, stelle ich fest und spiele noch eine verdeckte Karte aus. »Du wusstest, dass Coach in der Nacht bei Sarge war. Prine hat mir alles erzählt.«

Sie sagt nichts, starrt mich nur an, mit greller blauer Kriegsbemalung.

»Wenn du mich glauben machen wolltest, dass Coach Will umgebracht hat«, sage ich, »warum hast du mir dann nicht gesagt, dass sie dort war?«

Und dann geht mir ein Licht auf. »Du hattest Angst, dass ich es Coach sage. Dass ich sie warne.«

»Ich hatte keine Angst, dass du sie warnen könntest. Ich *wusste*, du würdest es tun. Du bist nur ihre kleine Pussy, warst du immer.«

Ich schubse sie an der Schulter, und sie lacht, ein schmerzliches Lachen, ein Lachen, das ich am besten aus Beths schlimmsten Momenten kenne, aus den schrecklichen Momenten nach schlimmen Nächten mit Jungs oder ihrer Mutter, wenn ich ihr zarte Sachen sagte und sie lachte, was ihre Art zu weinen war.

»Prine wird tun, was ich sage, Addy«, sagt sie, legt die Hand auf meine, drückt sie in ihre knochige Schulter. »Er glaubt, ich zeige ihn an oder schlimmer.«

»Du wusstest es die ganze Zeit.«

Ich spüre, wie ihre Adern unter meiner Hand pulsieren. »All deine Lügen ...«

»Meine Lügen?«, erwidert sie. »Du hast mich die ganze Zeit nur angelogen. Immer. Aber du warst immer der Fuchs. Eiskalt.«

»Ich sage alles, Beth.«

Als hätte ich Fieber im Hirn oder Jesus im Herzen, liegen meine Hände wieder auf ihren, schleudern ihre Schultern rücklings an die Fliesen in der Dusche, ihre Augen blitzen und ihr Mund ist ein schmales Grinsen.

Sie versucht zu lächeln, ja, aber es liegt Grausen darin. *Weiter, immer weiter. Reite die Schlampe.*

»Was kannst du schon sagen? Du hast nur Slaussen. Glaubst du, ich kann mir ihr Hasenherz nicht wieder zurückholen? Ich hab mich mit meinen Schneidezähnen darin verbissen. Ich habe Sachen, die ich über sie erzählen kann, über Coach, über dich …«

Meine Hand peitscht so schnell in ihr Gesicht, dass ich nach Luft schnappe.

Doch sie zuckt nicht mit der Wimper, rutscht nur mit finsterem Blick wieder an die Wand, neigt das Gesicht so, dass es über die beschlagenen Fliesen schmiert. Ihre Glittermaske verwischt blau.

Einen Augenblick lang sagt sie nichts, die Stille hängt schwer über uns, episch. Ich weiß nicht, was ich mit mir anfangen soll, außer meinem eigenen Atem zu lauschen.

»Er hat gesagt, er hasst sich selbst dafür«, sagt sie leise, düster.

Ich brauche kurz, bis mir klar wird, dass sie von Will spricht.

»Als wäre ich irgend so ein Drecksstück, mit dem er rumgemacht hat«, fährt sie fort.

Sie legt die Hand an den Hinterkopf, reibt ihn mit einer unheimlichen Sanftheit, als existierte sie in Zeitlupe. »Wie kommt er dazu, mich schmutzig zu nennen?« Von ihren Wimpern rutscht der Glitter ab.

Ich denke an den Schnappschuss von den beiden, an seinen Blick.

»Du hättest sehen sollen, wie er mich hinterher angesehen hat«, sagt sie. »So, wie du mich jetzt ansiehst.«

Ich weiß nicht, was ich dazu sagen soll.

»Dann hab ich ihn und Coach zusammen gesehen, wie sie mit ihrem Gevögel angegeben haben. So scheiße verzaubert von sich selbst, und du einfach so verzaubert von ihnen. Von ihr.«

In mir gibt es diesen heimlichen Song einer alten Beth, der Schulhof-Beth, der Beth von Spielplätzen, Schlafsäcken und Fahrrädern mit Wimpeln. Die Beth, die nie wollte, dass ich bei Katie Lerner übernachte und die an dem Abend, an dem ich aus den Sommerferien wiederkam, vor meinem Haus wartete. Die Beth, die, mit dem Kinn an meiner Schulter, immer auf mich aufgepasst hat, und ich auf sie. Unsere Körper ineinander verschränkt.

»Aber Beth, du kannst jetzt aufhören«, sage ich kopfschüttelnd. »Du kannst das alles beenden.«

In ihrem Gesicht rührt sich etwas, und sie blickt herunter auf meine verkrampften, mit Glitter überzogenen Hände an ihren Armen.

»Ich hab das für uns alle gemacht«, sagt sie. »Ich hab es für dich gemacht, Addy. Jemand musste es tun. Und das war schon immer ich.«

Ich lasse sie los, starre sie an, weiß nicht recht, was ich tun soll und was sie meint.

»Das Lustige ist, Addy, es hat sich rausgestellt, dass du die Gefährliche warst.« Ihre Stimme ist jetzt ruhiger, kraftvoller.

Sie geht an mir vorbei und fügt, die Hand an ihrem vernarbten linken Ohr, hinzu: »Du warst die Harte, die Grausame. Der Fuchs. Du konntest es nur nicht zugeben. Du hast immer gemacht, was du wolltest. Das warst immer du.«

Und damit ist sie verschwunden.

Ich höre sie in der Umkleide pfeifen und dann ihre Stimme, traurig, aber klangvoll.

»Pfeile im Köcher«, singt sie. »Und Dolche in der Hand.«

31
DAS SPIEL 00:00:00

Wir stehen in geschlossener Viererreihe wie eine Phalanx. Ach, das Gebrüll, wenn ihr es nur hören könntet. Als stündet ihr bis zur Brust in einer Welle und ihre ganze Wucht ginge durch euch hindurch.

Wir sind angetretene Soldaten. Ich lasse den Blick über unsere Reihe schweifen, es ist, als würde man fünfzehn Kopien eines Mädchens mit glänzenden Augen ansehen, mit dunkelblauen Halterneck-Tops und silbern abgesetzten Miniröcken, gespreizten Beinen und weiß gebleichten Turnschuhen, die Haare mit blau schimmernden Schleifen streng zu einheitlichen Pferdeschwänzen gebunden.

Unsere Blicke ruhen auf der Frau mit der roten Mütze und der verspiegelten Sonnenbrille weit oben auf der linken Flanke der Tribüne. Ob sie ein Scout ist oder nicht, wir geben ihr alles.

Die abergläubische RiRi singt leise: *»Jesus on my necklace, glitter on my eyes«*, ihre Fingerknöchel treffen meine.

Wir trampeln mit den Füßen, so hart, dass wir es im ganzen Körper spüren, als wir uns zu einem V formieren.

An der Spitze der Raute steht Beth, indigoblaue Streifen im Gesicht, sieht von weitem mehr denn je aus wie eine wilde Kriegerprinzessin, als besäße sie eine Kette aus Menschenzungen.

»Colts raus«, ruft sie und spreizt die Finger an ihren Hüften, »und Licht aus.« Sie lässt ihren Finger langsam nach unten gleiten, wackelt mit dem Hintern, ihre Beine vibrieren. »Keine von euch kommt hier lebend raus!«

Sie so zu sehen. Wenn ich sie jetzt sehe: leuchtend weiße Sneakers auf dem Boden, Beine und Arme zusammen, das Kinn stolz der Zuschauermenge entgegengereckt, ihr Geheul, das begeisterte Trampeln, die Raserei, dann fühle ich alles Mögliche, was ich nicht benennen kann.

Ihr Gesicht ist so schön, ein makelloses, lebenssprühendes Lächeln wie eingemeißelt, ein Blitz-Tattoo auf einem ihrer hohen Wangenknochen.

Und an ihrem Handgelenk das Hamsa, aufgehoben vom Boden in der Dusche.

Wir marschieren in Formation, straffe Kopfbewegungen, trommelnde Füße, vier-fünf-sechs quer, die Raute teilt sich.

»Sagt es unseren Erben, wir würden für euch sterben.«

»Das heißt aber anders«, quengelt Brinnie Cox, als hätte Beth gerade die Zeile vermasselt.

»Wir würden für euch sterben«, wiederholt Beth.

Ich kenne den Text, aber ich weiß nicht, woher, und es bleibt keine Zeit.

RiRi, Paige und ich rennen zu den Ecken der Matte, überqueren sie mit unseren Handstandüberschlägen, die anderen fegen an mir vorbei, in meinen Ohren rauscht es wie der Ozean.

Und ich lande richtig, und Beth ist da, und ich stütze sie, Mindy und Cori schleudern sie in die Luft, ein Bein nach links, eins nach rechts, ihre Füße in ihren Händen, ihre Arme zum V gespreizt.

Und Beth ruft etwas, und ich schaue zu ihr hoch, ihr Kinn bebt, ihr Hals pulsiert.

Sie weint, aber nur ich kann es sehen. Ich bin die Einzige, die es je gesehen hat. Ihr Gesicht wie ein zerbrochenes Schmuckstück. Ein gesprungener Diamant, die Risse breiten sich aus.

»Da ist Coach«, kreischt Tacy. »Da ist Coach.«

Ich reiße den Kopf herum, ich kann es nicht glauben, doch da sehe ich sie, der weiche Hoodie und die Yogahose aus Hanf, die Haare zu einem strengen Knoten auf ihrem Kopf gebunden.

Coach.

Oh, mein Coach.

Und sie sagt etwas, oder sie sagt überhaupt nichts, aber wir wissen, was zu tun ist, und wir vollführen unsere Back Tucks in perfektem Einklang, symmetrische Soldaten in einer Reihe, dann ertönt der Pfiff, die Jungs kommen aufs Feld gesprungen, und wir laufen zu ihr.

Wir laufen zu ihr.

Und ich sehe Beth und ihr zerbrochenes Gesicht, und ich kann ihr einfach nicht helfen.

Ich kann nicht.

Alles verschwimmt, das donnernde Chaos des Spiels, und Coach ist da, legt uns liebevoll die Hand an den Hinterkopf, zieht sogar, so gar nicht nach Coach-Art, an Mindys goldenen Zöpfen, und als die Hupe zur Halbzeit dröhnt, habe ich Beth vollends verloren.

Dann in der Umkleide, die Luft ist klar, weil Coach mit der langen Eisenstange die hohen Fenster aufgestemmt hat.

Wir liegen nicht wirklich auf den Knien, aber es fühlt sich so an. Es ist, als wären wir auf den Knien, wie fromme Footballspieler aus den Südstaaten.

Innerlich verneigen wir uns alle vor ihr.

Coach, Sie haben uns nicht verlassen.

»Ich bin froh, dass ich in diesem Moment hier bin«, sagt sie, und sie spricht so leise, aber irgendwie können wir sie inmitten des großkotzigen Getöses aus der Halle trotzdem hören, wir hören jeden Pulsschlag.

»Ich habe Glück, dass ich hier mit euch zusammen sein kann«, sagt sie. »Und ich meine euch alle. Ihr großartigen Frauen.«

Etwas bleibt mir im Hals stecken. *Coach.*

Ich spüre eine Hand, die sich um meinen Arm legt, und es ist RiRi, ihre Locken fliegen, und neben ihr Emily, immer noch mit Gips, halb an die Spinde gelehnt, und wir stehen alle da, recken die Hälse, drängen uns um Coachs klaren Blick, ihr klares Gesicht, ihre klare Stimme.

Wie können uns die Dinge, über die wir da draußen lachen, über die wir spotten und die Augen verdrehen, hier drin so tief bewegen? Weil sie Coach ist.

»Wir werden uns alle an diesen Abend erinnern«, sagt sie mit einem so leichten Beben in der Stimme, dass ich mir sicher bin, dass nur ich es hören kann. »Aus den verschiedensten Gründen.«

Wir drängen uns enger um sie, wollen unsere Hände wärmen, unsere Körper.

»Es ist das letzte Spiel der Saison, nach all den Monaten Schweiß und Blut. Und nach alledem möchte ich, dass ihr mit Stolz darüber sprechen, eure Ärmel hochschieben und eure Narben zeigen und davon erzählen könnt, was ihr heute Abend geleistet habt.«

Ihre Worte gehen mir durch und durch, berühren mich im tiefsten Inneren.

»Wenn diese Nacht vorüber ist«, sagt sie, und ihre Stimme wird höher, »wenn ihr euren Abschluss gemacht habt und ins College geht oder wo auch immer ihr hingehen werdet – in zehn Jahren wird euer kleines Mädchen euer verstaubtes Eagles-Jahrbuch aus dem Regal ziehen und fragen, wie ihr in der High School wart.

Ihr werdet nicht hüsteln müssen, den Blick abwenden und sagen: ›Na ja, mein Schatz, deine Mom war in der Französisch-AG und hat im Chor gesungen.‹ Ihr müsst nicht einmal sagen: ›Deine Mom hat mit Pom-Poms gewedelt und den Hintern geschwenkt.‹ Denn ihr werdet für immer wissen, was ihr wart, was ihr seid.

Squad, *merkt euch diesen Moment*, graviert ihn euch in die Herzen.«

Die Stille zwischen uns, das andächtige Schweigen löst sich langsam auf, als wir spüren, wie wir aufgerichtet werden, der Gefühlsüberschwang, das Luftschnappen und Quieken, kehlige Yeahs und Rascheln und Poltern und vor allem das Gefühl der Größe, das sich aus unserem Inneren ausbreitet, die Erhabenheit.

»Ihr werdet eurem kleinen Mädchen in die Augen

schauen und sagen: ›Süße, deine Mom ist bis unter die Deckenbalken geflogen. Deine Mom hat drei Mädchen auf ihren Händen gehalten und die ganze Zeit dabei gelächelt.‹« Unser Stimmengewirr wächst sich zu einem allgemeinen Gebrüll aus.

»›Deine Mom hat Pyramiden gebaut und ist hoch in den Himmel geflogen, und an der Sutton Grove reden sie heute noch von den Wundern, die sie an diesem Abend gesehen haben, dass wir nach den Sternen gegriffen haben, und sie haben es gesehen.‹

Möchtet ihr das nicht sagen können?«

Unser tiefstes Inneres erhebt sich in höchste Höhen, ein Poltern ist zu hören, als ein paar der Mädchen überwältigt kreischend auf die Bänke springen.

Aber ich nicht – ich möchte für immer in der Heiligkeit dieses Augenblicks baden.

»Ihr mögt die Körper junger Mädchen haben«, sagt sie, ihre Stimme tief und weihevoll, »aber ihr habt die Herzen von Kriegerinnen. Zeigt mir heute Abend euer Kriegerinnenherz!

Das war's.«

Und sie dreht sich um und geht in den hell erleuchteten Flur hinaus.

Doch statt sich in Richtung der dröhnenden Halle zu wenden, wo die Raserei an Tollheit grenzt, geht sie auf direktem Weg zur Hintertür und hinaus in die Sternennacht.

Es ist, wie wenn du Fieber bekommst und du weißt nicht, was passiert ist und was all die Stimmen in deinem Kopf sagen wollten, aber das Celts-Team spult seine Halbzeit-

Choreo ab, und ich sehe nur fliegende Körper, höre Schreie, das immer stärkere Gefühl eines Schlachtfeldes voller gefallener Feinde, über das wir marschieren werden.

Und jetzt ist Beth wieder weg, und ich weiß nicht einmal, wer das Top Girl ist.

»Es wird die Kleine, oder?«, flüstert RiRi. »Wir werfen sie hoch, ja?«

Aber es bleibt keine Zeit, und jetzt laufen wir nach draußen, auf diesen Hallenboden, und ich spüre, wie mein Körper einen Flickflack macht, und Brinnie Cox' Beine wirbeln neben mir, und plötzlich sind zwanzig Sekunden vergangen und ich höre mich schreien:

... nonstop,
denn wir sind einfach nur top!

Ich schaue mich nach dem Flyer aus der Nachwuchstruppe um, aber ich sehe sie nicht.

Haut weg, haut weg den Quarterback!
Haut ihn flach, denn er ist schwach!

Ich spüre sie, bevor ich sie sehe.

Die dunklen Haare schimmernd, der Blitz in ihr Gesicht eingebrannt.

Beth, anstelle der Kleinen. Wie sie sich für den Two-Two-One auf den Platz des Top Flyers stellt.

Und falls ihr das kennt und wisst, wie die Zeit stehenbleiben kann: Für mich ist sie stehengeblieben.

Mindy hat ihre Hände an meiner Taille. Ich klammere mich an weiche Schultern, mein Zeh gleitet in die Mulde ihres gebeugten Knies, ich stoße mich mit dem rechten Fuß ab und hebe mein anderes Knie, so hoch ich kann, setze es fest auf ihre Schulter, unter mir Paige als Stütze von vorn, und ich ziehe meinen anderen Fuß hoch.

RiRi und ich stehen uns gegenüber, die Füße stabil auf Mindys und Coris Schultern, ihre Hände fest um unsere Knöchel.

»Wer zählt?«, rufe ich.

Colts raus, Licht aus,
wir hol'n jetzt unsre Colts raus!
Colts raus, Licht aus,
keiner von euch kommt hier lebend raus!

Emily schwingt ihre Beinschiene über die erste Reihe, ihre Augen lodern, ihre Angst ist verschwunden.

»Ich mach's«, schreit sie. »Ich zähle. Niemand kann das besser als ich. Niemand kann ...«

Wir sind jetzt etwas über drei Meter hoch, ich schaue RiRi fest in die wilden grünen Augen, ihr Gesicht ist kobaltblau bepinselt, ekstatisch, tonlos flüstert sie. »B-E-T-H!«

Nonstop, denn wir sind einfach nur top!

»Eins-zwei, drei-vier!« Emilys wilde Stimme beim Einzählen pulsiert in meinem Kopf, hämmert auf mein Herz ein.

Die ganze Pyramide ist ein Gewebe, verschränkt und verbunden wie mit Gummischnüren, wie es sein soll, das

Lebewesen, das schlagende Herz. Unter mir sehe ich Beths schwarze Haare, und sie wirft den Kopf in den Nacken, die Augen zugekniffen.

Ich würde sterben nur für dich.

Das hat sie gesagt, vor langer Zeit, jetzt fällt es mir wieder ein. Mit neun oder zehn, über einem Time-Life-Buch in der Bibliothek meines Vaters, mit dem alten Bild eines japanischen Piloten, der sein Stirnband bindet, der Blick entschlossen, die Zähne zusammengebissen.

Und die Bildunterschrift: »*Ich würde sterben nur für euch.*«

Beth liebte dieses Bild, riss die Seite heraus und klebte das Bild mit Kautschukkleber in ihren Spind, und am Schuljahresende versuchten wir, es abzukratzen, aber es riss in Fetzen, und sie konnte nichts mehr tun.

Ich würde sterben nur für dich.

Sechs Hände an ihr, und sie wird zwischen RiRi und mir nach oben geschleudert.

Flach liegend, die Arme ausgestreckt, und wir richten sie auf, sodass sie steht.

Ich verdränge Emilys düstere Warnungen, wie es von außen aussieht, von der Tribüne aus, wenn sie uns alle in die Luft fliegen sehen, der Schwerkraft trotzend, der Logik, den Gesetzen der Physik, ich weiß, ich darf nur an Beths Handgelenk denken, das ich umklammert halte ...

Eins

Colts raus und Licht aus

muss sie nach vorn balancieren, sie ins Leben zurückschleudern, sie höher stemmen, festhalten, ihre ausgebreiteten Arme halten wie die Spitzen eines Sterns

Zwei

Wir hol'n jetzt unsre Colts raus.

Ich spüre es, die Finger an Beths Handgelenken, ihre pulsierenden Venen, der Puls langsamer, als er sein sollte, und ich denke ...

Drei

Colts raus und Licht aus,

... ihre Pumas balancieren auf den miteinander verbundenen Händen unter uns, ein verschränktes Drahtseil, und sie jubelt, oh, sie jubelt.

Wartet, bis Emily *ACHT* zählt, dann *DEADMAN*, wir lassen Beths Handgelenke los, sie fällt nach hinten, die Gliedmaßen ausgestreckt, in die wartenden Arme ... darum geht es ...

Vier

Keiner von euch kommt hier lebend raus

Sie ist so weit oben, viereinhalb Meter, fünf, eintausend – und die ganze Halle bebt im Siegestaumel, ihr Körper immer noch ein krasser Bogen –, als ich spüre, wie sie mir plötzlich ihr Handgelenk entreißt.

Ich werde nach vorn geschleudert, aber Mindy, mit Entsetzen im Blick, hält mich, und RiRi versucht ungeschickt, Beths anderes Handgelenk nicht loszulassen.

Ich sehe Beth an, denke, dass ich sie rufe, ihr Name bleibt mir in der Brust stecken, aber sie dreht sich nicht um, sie könnte nicht, sonst würde sie ...

Fünf

... und ich weiß es, und ich werde sie nicht aufhalten, sie ist nicht aufzuhalten.

Schließlich will sie es so.

Sechs-und – und zwei Schläge zu früh wirft sie sich mit Wucht nach hinten.

Das Luftschnappen von der Zuschauertribüne peitscht durch die Luft.

Die Macht, mit der sie ihren Körper nach hinten schleudert.

Die Kraft, mit der sie ihren Körper dreht, herumwirbelt, und dann nach hinten tritt.

RiRi und ich schwanken, fallen beinah nach vorn gegeneinander ...

... und all unsere Hände versuchen, sie zu packen, und die Willenskraft, mit der Beth ihren Körper kippt, die Beine so weit nach hinten tritt, so weit nach hinten.

Bis ganz nach hinten.

Mir stockt der Atem, alle Geräusche der Welt sind verstummt.

Wie ihr Körper sich eine Sekunde lang anzuheben scheint, Richtung Decke tanzt, wie sich dann alles verschiebt, wie sich all unsere Körper im Raum neigen, als ich spüre, wie ich falle, als ich spüre, wie Beth fällt.

Es ist, als wöge sie nichts, als schlüge sie niemals auf dem Boden auf, bis sie es doch tut.

Dann das schreckliche Knacken und der Anblick, als ihr Kopf nach hinten schnalzt wie der einer Puppe.

Aber ihr müsst verstehen:

Genau das wollte sie immer, nichts anderes.

Der Abgrund, Addy, er schaut auch in dich hinein.

32
MONTAGABEND

Ich sitze im Ostflügel des Krankenhauses, ein Warteraum hinter einer Wand aus Glasbausteinen.

Beths Mom erscheint kurz nach neun in der Tür, schleudert ihre kamelfarbene Henkeltasche aufs Sofa und bricht in tintenverschmierte Tränen aus, die dann stundenlang in Sturzbächen fließen.

Voller Trauer spricht sie von ihrem Versagen, ihren Schwächen und vor allem davon, wie hart das Leben für hübsche Mädchen ist, die nie wissen, wie gut sie es haben.

Am Ende weint sie sich in den Schlaf, sinkt in ihrem Mantel zusammen wie eine schlummernde Fledermaus.

Ich setze mich drei Plätze weiter weg.

Der plärrende Fernseher in der Ecke spielt immer wieder Aufnahmen von Beth, wie sie auf der Trage weggefahren wird, ein Arm baumelt schlaff.

Dann die Interviews vor laufender Kamera, und da ist Tacy Slaussens Kaninchengesicht.

»Ich möchte nur allen sagen, dass unsere Stunts normalerweise sitzen«, sagt sie, zieht ihren Pferdeschwanz fest und zeigt all ihre Zähne. »Aber seien wir ehrlich: Cheerleading kann gefährlich sein. Ich habe mich erst neulich verletzt. Das hätte da draußen eigentlich ich sein sollen.«

Hinter ihr schluchzt Emily im Hintergrund. »Ich hab richtig gezählt, ganz bestimmt, ich hab's nicht verbockt.«

Ich strecke mich und schalte um, aber Tacy ist auch auf dem nächsten Kanal.

»Aber Beth hat uns immer gesagt, im Leben geht es darum, Risiken einzugehen, und du kannst jeden Moment sterben«, sagt sie mit ihren spitzen Zähnen und glänzender Stirn.

»Wir wissen, worauf wir uns einlassen.«

Und dann Brinnie Cox, weinend, genau wie ein paar Stunden zuvor, als sie einen Chemie-Test verhauen hat, und noch ein paar Stunden davor, als Greg Lurie ihre Brüste als Mäusefäuste bezeichnete.

»Sie ist so talentiert«, heult sie mit Panda-Augen, »und wir zehren alle von ihrer positiven Art.«

Kurz danach sehe ich die Verhaftung in den Nachrichten.

Im Untertitel steht: *Ehemann von Cheerleading-Coach wegen Mordes angeklagt.*

Was so ein einfacher Ausdruck ist für etwas, das ganz und gar nicht einfach ist.

Der Schnappschuss, den sie in den Nachrichten zeigen, wirkt wie aus einer anderen Welt, die ich nicht kenne, Coach und Matt French, die Gesichter euphorisch, ein riesiger Brautschleier weht wie Zuckerwatte um sie herum.

Ich denke an ihn da draußen im Garten neulich, seine Reglosigkeit. Aber war er nicht immer so ruhig, ein Schatten, der an all unserer albernen Energie vorbeischwebte? Ein seltsamer Gedanke, wie viel in ihm gebrodelt haben muss. Was wir für Ausdruckslosigkeit hielten, für Langeweile, für ein Großes Nichts, war am Ende alles. Ein misshandeltes Herz, ein wütendes.

»Was soll das sein, der Cheerleading-Sender?«, brüllt ein müder angehender Vater auf dem Stuhl neben mir, bis er meine Uniform sieht, die Pailletten, die an meinem Bein kleben.

Später kommt Beths Mom von ihrem Gespräch mit der Ärztin zurück, nachdem sie auf dem Parkplatz zwölf Zigaretten geraucht hat.

Sie sagt, es ist ein dreifacher Schädelbruch.

»Ich hab auf sie gewartet.« Das sagte Beth immer wieder, als sie da mit schwarzen Augen auf dem Hallenboden lag. »Wo ist sie hin?«

Auf dem ganzen Weg nach draußen, wie eine Dauerschleife: »Wann kommt sie wieder? Ich hab auf sie gewartet.«

Herumsitzen kommt mir sinnlos vor, deshalb fahre ich um zwei Uhr morgens zur Polizeistation und sitze dort.

Eine Stunde später sehe ich Coach, sie hat sich mit einer Schachtel Kools hinter dem Gebäude verkrochen – jetzt ist nicht der Moment für Nelkenzigaretten –, und ihr Atem bildet drachenhafte Wirbel.

»Hey«, sagt sie, als sie mich entdeckt.

Wir setzen uns in mein Auto. Ihr Blick huscht immer wieder zur Hintertür, als wartete sie darauf, dass die Cops merken, dass sie nicht allein hier draußen sein sollte.

Ich erzähle ihr nichts von Beth, frage nicht, ob sie es weiß.

Jetzt ist sie dran mit dem Reden, und sie tut es.

In dieser Nacht, erzählt sie mir, arbeitete Matt wie in jeder anderen Nacht bis spät, und sie hatte immer noch kein Auto.

Will möchte sie sehen, muss sie sehen, um genau zu sein.

Sagt, er holt sie ab und bringt sie wieder nach Hause. Er will niemals allein sein.

Niemand hat sie je auch nur halb so sehr gebraucht, nicht einmal ihre Tochter. Da ist sie sich sicher.

In seiner Wohnung wirkt alles anders. So war es schon seit einer Weile. Das Gefühl, dass alles zu viel ist und sogar unheimlich, wie er sie so fest in die Arme schließt, dass es wehtut, die ganze Zeit davon redet, dass sie alles ist, was ihn ablenkt von diesem Gefühl, sein Herz pumpe Wasser und ertränke ihn.

So redet er seit einiger Zeit, und das Einzige, was man tun kann, ist, ihn in den Armen zu halten. In manchen Nächten hat sie ihn so fest gehalten, dass sie blaue Flecke an den Handballen hatte.

Sie sind lange im Schlafzimmer, und auf Dauer wird davon nichts besser. Sein Blick hinterher macht ihr Angst.

Sie duscht lange, um ihm Zeit zu geben, sich zusammenzureißen, um die nächtlichen Schrecken seines dunklen Zimmers abzuschütteln.

Doch als sie das Wasser abstellt, hört sie einen Mann laut reden. Er wiederholt etwas immer und immer wieder. Im ersten Moment denkt sie, es ist Will, aber es ist nicht Will.

Immer wieder derselbe Rhythmus und dasselbe Gefühl panischer Wut, wie ihr Dad, als es langsam schieflief für ihn, bei der Arbeit, mit ihrer Mom, mit der Welt, und manchmal war es, als würde er das ganze Haus mit sich reißen, dem Erdboden gleichmachen, in Schutt und Asche legen.

Sie nimmt an, sie hört es durch die Decke, den Boden. Ist das nicht so in Apartments, wo nichts privat oder geheim ist?

Ein paar Sekunden lang ruft sie nicht einmal nach Will, erklärt sich selbst für albern, all die Geräusche, die in diesen riesigen Gebäuden klappern, weil der Ton durch die Rohre trägt.

Doch dann überträgt sich der Ton schnell, klingt jetzt vertraut, nahe genug, um ihn berühren zu können. Da zieht sie ihr T-Shirt an, ihr Körper noch so nass, dass es augenblicklich mit ihr verschmilzt, und geht in die Wohnung.

»Will«, sagt sie. »Will.«

Und sie schüttelt sich das Wasser aus den Haaren. Sie hat den Kopf gesenkt, deshalb sieht sie nicht, wie es angefangen hat.

»Hören Sie zu, bitte beruhigen Sie sich und ...«

Will, ein Handtuch um die Hüften geschlungen, spricht in dem Ton mit jemandem, den sie manchmal bei Caitlin einsetzt, wenn Caitlin sich nachts erschreckt hat, wenn sie Geister unter ihrer Schranktür hindurchschlüpfen sieht.

Und noch eine Stimme, eine, die sie kennt:

»... glaubst, du kannst machen, was du willst. Die Frau eines anderen ...«

Es ist Matt. Doch wie kann Matt hier sein? Sie fragt sich, ob sie immer noch schläft und das Ganze eine Seifenoper ist, in der du aus der Dusche kommst und erfährst, dass alles ein Traum war.

Matt.

Im ersten Moment denkt sie, das wäre ein Handy in seiner Hand, die schwarze Rundung wie ein dunkler Käfer.

Sie erinnert sich, Will sagen zu hören: »Woher haben Sie meine Waffe ...«

Will hatte ihr die Waffe eine Woche vorher gezeigt. Er hatte sie aus der obersten Schreibtischschublade genommen und gesagt: *Soll es darum im Leben gehen?*

Sie hatte auf seinem Schoß gelegen, während er ihr erzählte, wie sehr er die Nationalgarde hasste, alles hasste außer ihr.

Denn so redete er in letzter Zeit, obwohl sie niemanden so reden hören wollte, nicht nach dem, was mit Dad passiert war.

Im Bett mit ihm konnte sie an nichts anderes denken.

Als er schlief, öffnete sie die Schreibtischschublade, nahm die Pistole und steckte sie in ihre Handtasche.

Sie versteckte sie zu Hause in ihrem Aktenschrank, ganz hinten, hinter Hunderten und Aberhunderten von abgehefteten Cheerleading-Choreografien. Sie versuchte, nicht daran zu denken. Aber die Waffe war da, und wenn sie nachts zu schlafen versuchte, konnte sie an nichts anderes denken.

Aber jetzt hat ihr Mann die Pistole, hält sie komisch, als wäre da so ein Ding in seiner Hand, das er nicht wiedererkennt.

Es geht so schnell, Will sagt zu Matt: »Glaubst du, das macht mir was aus? Glaubst du, ich würde dich davon abhalten?«

Will greift nach der Pistole, und Matts Blick erfasst schließlich sie, er sieht sie da stehen, ist schlagartig konzentriert, im Gleichgewicht.

Matt, der plötzlich merkt, was los ist, aber nicht schnell genug ist, um es aufzuhalten.

Die beiden Männer aneinandergedrückt, fast, als umarmten sie sich. Es ist, als würden sie sich umarmen.

Und dann plötzlich schiebt sich die Waffe zwischen ihre Gesichter, und Will kippt nach hinten, die Pistole geneigt – wie wenn man einem Baby die Flasche gibt.

»Das war's«, sagt er. Sagt Will.

Das wird sie nie vergessen.

Und den Knall.

Der Blitz aus Wills Mund.

Wie ein Feuerwerkskörper.

Als würde Wills Gesicht von innen beleuchtet.

Weißglühend.

Und Will gleitet zu Boden.

Es ist so elegant, wie ein Tanz.

Wäre es nicht gewesen, was es war, wäre es schön gewesen.

Danach hat sie kein Zeitgefühl mehr.

Sie erinnert sich hauptsächlich an das hohe, scharfe Pfeifgeräusch, das aus ihr selbst kommt, wie sie schließlich merkt.

Und Matt weint. Sie hat ihn nie weinen sehen, nur als Caitlin geboren wurde und er auf dem Stuhl neben ihrem Krankenbett saß und ihr sagte, er sei noch nie so glücklich gewesen und nichts könne je wieder schlecht sein, er würde es nicht zulassen.

Danach ist alles ein roter Nebel, Matt wischt die Pistole an den Sofakissen ab, wischt seine Fingerabdrücke weg.

Sie erinnert sich, wie sie dachte: *Woher weiß er, dass man das tun muss?* Und dann: *Jeder auf der Welt weiß das.*

Sie erinnert sich, dass er sie in den Armen hielt und mit ihr sprach, wie rot sein Gesicht war und wie leid er ihr tat, so leid.

Sie erinnert sich, wie sie nach unten schaute, seine Manschetten waren rot besprüht.

Er versuchte, sie dazu zu bringen, zusammen mit ihm zu gehen, aber sie weigerte sich. Vielleicht hat er es versucht. Daran erinnert sie sich nicht so genau.

Sie erinnert sich, dass sie eine Weile auf dem Ledersofa saß und in die Nachtschwärze vor den großen Fenstern starrte.

Es konnte nicht sein, aber sie glaubt, Matt wegfahren gehört zu haben, siebenundzwanzig Stockwerke tiefer.

Sie erinnert sich nicht, mich angerufen zu haben.

Sie schaute die ganze Zeit nicht auf den Boden.

Als sie zum Ende kommt, sitzen wir auf einem Bordstein hinter dem Gebäude, und es ist sehr kalt, aber keine von uns will reingehen.

»Ich weiß noch, wie ich hinterher schrie: ›Wie konntest du mir das antun?‹«, sagt sie mit einem fast ironischen Lachen. »Aber welchen von beiden meinte ich damit?«

Wie konntest du mir das antun? Ich frage mich, ob sie weiß, dass sie das im Schlaf immer noch sagt.

»Als ich in der Nacht nach Hause kam, waren alle Schubladen offen, alle Akten lagen auf dem Boden herum. Er hatte alles durchsucht«, sagt Coach. »Aber ich weiß nicht, wie es dazu kam.«

Ich sage nichts.

»Ich glaube nicht, dass er jemals vorhatte, die Pistole zu benutzen«, sagt sie. »So ist er nicht.«

»Aber wenn Matt erklärt, wie es war, wenn ihr beide das tut«, sage ich, werde lauter, »vielleicht lassen sie ihn dann gehen.«

Sie sieht mich müde an, als wollte sie sagen: *Und was dann, Addy? Was dann?*

»Ich hab direkt davor sein Gesicht gesehen«, sagt sie. »Wills Gesicht. Ich habe gesehen, wie er Matt angesehen hat.«

Sie dreht sich zu mir um.

»Mich hat er die ganze Zeit nicht angeschaut.«

Ich stelle mir Will vor, glaube endlich zu sehen, was es war. Ich konnte es vorher nie benennen, wie sein Blick immer abdriftete, nie Kontakt aufnahm. Bei ihm hatte man immer das Gefühl eines Raums, den alle verlassen hatten.

»Heute Abend, direkt bevor sie gekommen sind, um ihn zu verhaften«, sagt sie, »hat Matt gesagt: ›Sie werden niemals glauben, dass er sterben wollte.‹ Er sagte: ›Colette, es kommt mir ungerecht vor, dass ich das wissen darf. Dass ich das verstehe. Aber es stimmt.‹« Sie sieht mich traurig lächelnd an. »Aber weißt du was? Er hat recht. Es ist wirklich ungerecht, dass er das wissen darf.«

Ihr Lächeln wird grimmig. »Denn das hilft mir nicht.«

Wir sitzen lange schweigend da.

»Coach«, sage ich, meine Stimme überrascht mich. Dann frage ich etwas, denn ich habe das Gefühl, es ist meine letzte Chance überhaupt, es zu fragen: »Ich wusste nie, warum Sie es lieben. Das Cheerleading. Wie es dazu kam, dass Sie es lieben.«

Sie streicht mit dem Finger über ihre Oberlippe. »Ich habe es nie geliebt«, sagt sie kopfschüttelnd. »Es war nur irgendwas. Es war mir immer völlig egal.«

Ich glaube ihr nicht.

»Was passiert jetzt?«, frage ich.

Sie sieht mich an und lacht.

Ein paar Tage später schaue ich die Nachrichten, meine neueste Angewohnheit, und sehe den aktuellen Bericht.

»Der Durchbruch war, dass ein Zeuge Matthew French als den Mann identifizierte, den er in der Mordnacht aus dem Apartmentgebäude hatte laufen sehen. Laut Aussage des Zeugen hat es im Licht der Parkplatzbeleuchtung ausgesehen, als sei Frenchs Kleidung blutgetränkt gewesen.«

Geheimnisse bleiben nicht lange geheim, und es ist RiRi, die mir erzählt, wer der Zeuge war.

Jordy Brennan, krumme Nase und Basketballschuhe.

Eine seiner spätnächtlichen Laufrunden führte ihn fast bis nach Wick Park. Als er die helle Parkplatzbeleuchtung von The Towers sah, blieb er stehen, um den perfekten Song für den Lauf nach Hause auszusuchen.

Ich überlege, wie es gewesen sein muss, Matt aus dem Haus rennen zu sehen. Ob Jordy wirklich nah genug war, um überhaupt Blut sehen zu können. Ob er nahe genug war, um Matt Frenchs Gesichtsausdruck erkennen zu können. Manchmal habe ich selbst das Gefühl, ich kann es sehen.

Jordy Brennan. Ich stelle ihn mir da oben vor, wie er in der frostigen Luft lange und tief durchatmet, bevor er Matt French sieht. Nur ein paar hundert Meter von der Stelle entfernt, wo er mich einmal eine halbe Stunde oder länger schlabbrig abgeknutscht hat, die hohlen Augen fest zugekniffen. Und glaubte, das sei irgendein Anfang.

Ich frage mich, ob er in diesen Momenten, als er da oben stand, außer Puste, auf der Suche nach seinem Song, an mich dachte.

Ich besuche Beth ein einziges Mal im Krankenhaus. Es ist sehr spät und schon außerhalb der Besuchszeiten, aber ich will ihre Mom nicht noch mal sehen, auch nicht die anderen aus dem Team, die sich dort immer versammelten, anfangs wie bei einer Totenwache und dann wie bei einer Andacht, in der um Heilung gebetet wird. Ach, sie und ihre Anfälle zu sehen, wie die Hexen von Salem, die sich mit heraushängenden Zungen die Haare ausreißen.

Dann, als der Sensenmann nicht mehr lauerte und keine Rede mehr von intrakraniellen Blutungen und kognitiven Beeinträchtigungen war, gingen sie auf der *Wir vermissen dich, Beth!*-Facebookseite zu epischen Gedichten über, in denen alle ‹3 ‹3 für sie posten und ihr *Gute Besserung, Sista!* wünschen. Außerdem zu stündlichen Lieferungen: Süßigkeitensträuße, kitschige Geschenkkörbe mit Smiley-Cupcakes, Teddybären mit Schwesternhütchen. Alles, was Beth ganz einfach lieben musste.

Also komme ich spät hin, als das Krankenhaus düster und einsam daliegt.

Ich stelle mich an ihr Bett, die Hände am Seitengitter.

Es versetzt mir einen Stich in der Brust, als ich sehe, dass sie wach ist, ihre Augen leuchten im Mondlicht, als hätte sie auf mich gewartet.

Sie sagt mir, sie hätte nicht gedacht, dass ich kommen würde, dass alle gekommen seien außer mir.

»Sogar mein Dad«, sagt sie und lächelt schwach. »Er will Klage einreichen. Kannst du dir das vorstellen?«

Ich erzähle ihr, dass Coach aus der Stadt weggezogen ist, Caitlin zu ihrer Mutter gebracht hat und nur zur Gerichtsverhandlung zurückkommen wird.

Aber sie sagt nichts, und es dauert eine Weile, bis sie wieder das Wort ergreift.

Als sie es tut, beginnt sie in der träumerischen Mitte von etwas, die Worte kommen ihr nur schwer über die Lippen.

»Ich werde nie vergessen, wie ich es gesehen habe. Wie sie eines Tages kam und ich gesehen habe, dass sie es trägt«, sagt sie vorwurfsvoll mit belegter Stimme. »Ich konnte es nicht glauben, als ich es gesehen habe. Das war das Schlimmste, schlimmer als alles andere.«

Ich weiß nicht, was sie meint, und frage mich, was in ihrem Kopf vorgeht.

»Ich konnte es nicht glauben«, sagt sie. »Du hast es ihr geschenkt, genau das.«

Sie sieht mich unverwandt an, in ihrem Blick ein kaum eingedämmtes Feuer.

»Wie konntest du ihr das Armband schenken, Addy?«

Das Armband. Ich fasse es nicht, dass wir nach allem, was passiert ist, wieder bei dem Hamsa-Armband sind. Die Flüssigkeit, die auf Beths Schädel drückt, das ist es. Wie als es passiert ist und sich das schwarze Blut in ihrem Ohr gesammelt hat.

Ich schüttle den Kopf. »Es war nur ein Armband, Beth. Ich weiß nicht mal mehr, woher ich es hatte ...«

»Ich meine, das war das Schlimmste daran«, sagt sie. »Wirklich.«

Da fällt es mir wieder ein.

Ein Geschenk für dich, hatte Beth gesagt, als sie es mir vor einem Jahr oder länger gab. *Das sollst du für immer tragen.* Genau, was ich mir für Coach gewünscht habe, denke ich.

»Ich hab's vergessen«, sage ich. Was eine Lüge ist,

aber es gehört zu den Puzzlestücken, die ich mir nicht anschaue. Wie Beth immer sagt: Ich entscheide, was ich mir anschaue. Ich entscheide, woran ich mich erinnere. Beth ist mein Gedächtnis, sie erinnert sich für mich.

»Du hast mir massenhaft Armbänder geschenkt. Das tun wir alle«, sage ich. »So sind wir eben.«

Es ist furchtbar, das zu sagen, aber ich schäme mich.

»Ich hätte es nicht behalten sollen«, erklärt sie. »Ich hätte es in die Schlucht werfen sollen. Unten auf den Grund der Schlucht, zu den Apache-Jungfrauen.«

»Ich kann nicht fassen, dass ich das vergessen habe«, sage ich jetzt leiser.

Ihre Augen werden glasig, sie dreht sich weg.

»Wir haben zusammengehört, Addy.«

In mir zupft etwas, tief unten und fast vergessen.

»Addy, sollen wir ewig so tun, als wäre nichts? Ich weiß, dass du dich erinnerst«, sagt sie mit dem Rücken zu mir.

Aber natürlich erinnere ich mich. Ich weiß genau, woran sie sich klammert.

Vor einem Jahr, zum Frühlingsanfang, um Mitternacht oben auf dem Grat. Wir blickten betrunken in den Himmel, und es war kalt genug, dass wir unsere Atemwolken sehen konnten, Beth ohne Top, mit weißen Streifen. Wie ich hinter ihr herhüpfte, mit dem Fuß auf nassem Laub ausrutschte, meine Hand an ihrem Rücken, der sich ganz warm anfühlte.

Wie wir auf den bemoosten Boden fielen, mit dem Rücken einsanken, die Gesichter dem Himmel zugewandt. Sie ist gerade zurück von zwei Wochen mit ihrer Mutter in Baja und hat etwas für mich. Sie bittet mich, die Hand quer auf ihren Bauch zu legen und die Augen zu schließen. Das Gefühl des weichen Leders an meinem Handgelenk, das kalte Amulett, der Anhänger in Form einer Hand der Fatima.

Und sie erzählte mir die Geschichte von Fatima, wie sie in einem Topf rührte, als ihr Mann mit einer neuen Frau nach Hause kam. Mit gebrochenem Herzen ließ sie die Schöpfkelle aus den Fingern gleiten und rührte mit der Hand weiter, ohne den Schmerz zu bemerken.

»Die Hand beschützt dich«, sagt sie. »Jetzt kann dir niemand mehr etwas anhaben. Uns.«

Wir reckten die Arme in die Luft und hielten unsere Handgelenke aneinander, das Funkeln der glänzenden Hand, ihr Versprechen auf Schutz.

Mit diesem Armband fühlte ich mich stark und sicher. Mächtig. Ich fühlte mich damit wie sie.

Als wir da so lagen, die kurzen Hosen hochgerutscht, verglichen wir die pflaumenfarbenen Blutergüsse, die wir beide an der rechten Hüfte hatten, die gleichen Daumenabdrücke, wo Mindy, Cori und andere Mädchen fest zudrückten, wenn sie sich für ihre Stunts abstießen.

Sie drückte meine, und ich pikte auf ihre, und wir zuckten zusammen und drückten trotzdem weiter, der Schmerz mysteriös, beruhigend und seltsam.

Wie ist es passiert, wir beide als Knäuel aufeinander?

Mein Atem an ihrem Hals, mein Mund an ihrem Ohr. Ich habe damit angefangen, aber ich weiß nicht mehr, warum oder wie. Wir zogen unsere Shorts nicht ganz herunter, und wir taten nicht, was wir hätten tun können, aber wenn ich es zulasse, kann ich immer noch meine Wange an ihrer Kniescheibe spüren, ihre Hände an meinen Schenkeln. Mein Mund auf ihrem Mund, ihr Lachen.

Wir haben nie darüber gesprochen, und danach war vielleicht alles anders. Vielleicht fühlte ich mich anders.

Dann endete die Spielsaison, und es gab den einen oder anderen Jungen und das Cheer-Camp, und ich teilte mir ein Stockbett mit Casey Jaye und trug den Liebesknoten, den mir Casey schenkte, und alles ging den Bach runter und war nie wieder wie vorher. Und als sie Casey und mich mit baumelnden Beinen auf dem oberen Stockbett lachen sah – ihr Gesichtsausdruck und meiner. Ich kann mir vorstellen, wie meiner aussah.

Nein, ich denke nie daran, an die Nacht mit Beth hoch oben auf dem Grat.

Es hatte etwas Wundersames, und wer muss über solche Wunder reden? Wir verstauen sie tief in der Wut in unserem Inneren, wo wir Dinge gut geschützt festhalten können, und genießen sie heimlich als ganz spezielle Gedanken, die wir einmal hatten und dann wegpacken mussten.

»Du konntest dich nie selbst sehen, Addy«, sagt sie. »Was du wolltest, was du tun würdest, um es zu bekommen. Aber jetzt bist du hier.«

Jetzt bin ich hier.

»Du hast es gewollt. Jetzt gehört es dir«, sagt sie. »Du warst es immer.«

33
AUGUST: DIE NEUE SAISON

»Das einzig Großartige an der Highschool war und ist für mich das Cheerleading.«

Wer da am ersten Tag des Cheer-Sommercamps in der episch heißen Sporthalle vor den fünfzehn angehenden Junior - Mädchen auf und ab geht und diese Ansprache hält, das bin ich. Und es ist alles wahr und echt.

»Manche sagen, es sei nicht cool«, fahre ich fort, »sie machen sich darüber lustig, aber mir war das immer egal. Ich weiß, sie haben nicht das, was ich habe.«

Sie sitzen auf den langen Matten, mit ihren niedlichen Gesichtern, die Augen aufgerissen wie Cartoon-Figuren, und schauen mich an, als hätte ich ihnen alle Weisheit der Welt zu bieten, was auch so ist.

»Cheerleading hat mir einen Sinn im Leben gegeben. Es hat mir einen harten Körper und einen starken Geist beschert. Und ich habe Freundschaften fürs Leben geschlossen.«

Mit RiRi an meiner Seite marschiere ich an der Matte entlang, der Rücken gerade, das Kinn hoch erhoben.

»Möchtet ihr das nicht auch sagen können?«, frage ich. »Falls ja, müsst ihr mit euren Girls durch dick und dünn gehen.«

Sie alle nicken stumm.

»Wenn ihr einander nicht traut«, sage ich, »wird diese Matte zu eurer Planke.«

Jetzt wird es sogar noch stiller. Ich schwinge meine Pfeife, und außer dem leisen Rascheln, als sie an meiner Jogginghose streift, ist nichts zu hören.

Emily reiht sich neben mir ein, ihr geheiltes Bein ist wieder in Kampfform, ihre Psyche frei von allen Kassandra-Schrecken. Mit all dem ist sie fertig. Ich weiß es. Ich habe ihr gezeigt, wie es geht.

Sie stützt den Ellbogen auf meiner Schulter ab, das Kinn gereckt. Sie und RiRi, meine Vizes, meine bösen Stellvertreterinnen.

»Wir haben fünf Wochen, bis die neue Trainerin anfängt«, sage ich, »aber ich habe nicht vor, diese Wochen zu vertrödeln. Ihr?«

Entschlossen beißen sie die Zähne zusammen, ihre Pferdeschwänze wippen, als sie in ihren indisch anmutenden Posen wippen. Ihre Gummibeine warten darauf, geformt zu werden. Aus der Mittelmäßigkeit geholt. Gerettet.

»Ich habe vor zu siegen und nicht nur, dabei zu sein – und ihr?

Ich will Veränderungen sehen, keine Ausreden – und ihr?

Motiviert sein, nicht manipuliert werden.

Nützlich sein, nicht benutzt werden.«

Beth könnte diesen Herbst wiederkommen, oder nicht?, fragt Emily ständig. *Sie ist wieder zu Hause, sie hat ihre Abschlussprüfungen gemacht, ich hab sie sogar in ihrem Auto gesehen.*

Aber ich weiß, das wird sie nicht. Sie wird nie wiederkommen. Ich habe ihr etwas weggenommen und schaue nicht einmal hin. Ich werde nicht ...

»Ich will selbst über mein Leben entscheiden«, sage ich, »nicht dem Zufall folgen – und ihr?«

Ihre Finger suchen die Hände der anderen. Sie sehen zu mir hoch, zu RiRi und ihrem herrlichen Körper und zu Emily mit ihrem glückseligen Lächeln. Zu uns allen.

»Cheerleading hat mich gelehrt, darauf zu vertrauen, dass mich meine Girls auffangen, wenn ich falle«, sage ich, *und es ist Beths Gesicht, nicht das von Coach, das ich sehe, wenn ich an ihnen vorbei auf die leeren Zuschauerränge schaue. Es ist Beths Gesicht, all die Dunkelheit, der Mutwille, das Chaos und darunter das schlagende Herz.*

Ich drehe mich von der Tribüne weg zu meinen Mädchen um und sammle alles in meiner Brust. Ich halte es dort fest. Ich darf es nicht entkommen lassen. Das habe ich gelernt.

Ich atme tief durch.

»Cheerleading hat mich gelehrt, eine Anführerin zu sein.«

Danksagung

Meine außerordentliche Dankbarkeit gebührt der unschätzbaren Reagan Arthur und ihrem genialen Team, allen voran Miriam Parker, Theresa Giacopasi, Peggy Freudenthal und Sarah Murphy, in deren Schuld ich immer stehen werde.

Tiefsten Dank schulde ich außerdem der wunderbaren Kate Harvey und Emma Bravo bei Picador UK und Angharad Kowal, Maja Nikolic und Stephen Barr bei Writers House. Sowie vor allem dem unschätzbaren Dan Conaway.

Für die anhaltende, niemals versiegende Unterstützung und Liebe geht mein Dank an Phil und Patti Abbott, Josh, Julie und Kevin, Jeff, Ruth und Steve, Darcy Lockman, Christine Wilkinson – und an meine Blutsschwestern Alison Quinn und Sara Gran.

Zur Übersetzerin:

Karen Gerwig studierte Angewandte Sprach- und Kulturwissenschaften in Germersheim und Rennes (Frankreich). Seit 2004 arbeitet sie hauptberuflich als Literaturübersetzerin für Französisch, Englisch und Portugiesisch. Sie lebt in München und besitzt zu ihrem Leidwesen keinen Zweitwohnsitz in Frankreich.

Zum Lektorat:

Peter Hammans, geboren 1954, Studium der Anglistik/Amerikanistik, Politikwissenschaft und Pädagogik, Promotion in Politischer Theorie und Ideengeschichte, arbeitete 35 Jahre als Lektor in unterschiedlichen Publikumsverlagen mit einem Schwerpunkt auf Spannungsliteratur und betreute dort u.a. zahlreiche Bestsellerautoren aus GB und den USA wie etwa Michael Connelly, John Katzenbach, Val McDermid und Joyce Carol Oates. Seit 2020 selbstständiger Lektor und Übersetzer.

PULP 63
Megan Abbott

HÜTE DICH VOR DER FRAU

9783946582243,
Deutsche Erstausgabe,

€ 16,00

in Vorbereitung

Frisch verheiratet, begeben sich die schwangere Jacy und ihr Mann Jed auf ihren ersten gemeinsamen Roadtrip, um Dr. Ash, Jeds Vater, auf Michigans entlegener Upper Peninsula inmitten der urtümlichen Wälder zu besuchen. Jacy fühlt sich von dem warmherzigen und gastfreundlichen Dr. Ash umschwärmt, weniger jedoch von seiner Hausverwalterin, der rätselhaften Mrs. Brandt. Doch ihr Aufenthalt in Eden nimmt eine plötzliche Wendung, als bei Jacy unerwartet Blutungen einsetzen. Plötzlich dringen auf unheimliche Weise Gerüchte über Jeds längst verstorbene Mutter und die komplizierte Familiengeschichte in die Gegenwart vor, und Jacy fühlt sich in dem geräumigen Blockhaus mehr und mehr gefangen. Die dichten Wälder rund um das Anwesen sind voller Gefahren, aber lauern die größeren Gefahren womöglich im Inneren?

Mit kraftvoller Prosa und einem perfekten Tempo taucht der Roman auf provokante Weise tief in die Welt des Begehrens, der Liebe und der Geschlechterpolitik ein. Ein moderner Schauerroman – unheimlich, fiebrig, surreal.

PULP 58
Megan Abbott

AUS DER BALANCE

ISBN 9783946582243,
Deutsche Erstausgabe,

€ 16,00

lieferbar

Deutscher Krimipreis 2023
2. Platz

Dara hat ihr Leben im Schatten ihrer glamourösen Mutter verbracht. Zusammen mit ihrer Schwester Marie und ihrem Ehemann Charlie – dem ehemaligen Starschüler ihrer Mutter – leitet Dara jetzt die Ballettschule, die ihre Mutter einst gründete. So kultiviert ihre geschlossene Welt auch sein mag, ist sie doch auch geprägt von rücksichtslosem Ehrgeiz und einem intensiven Wettbewerb, den die Schwestern zwischen ihren Elevinnen und Eleven befördern. Als nach einem Brand ein Bauunternehmer in ihr Leben tritt, um die Sanierung vorzunehmen, überwindet er die sorgsam bewachten Grenzen dieser Welt und setzt eine Kettenreaktion aus Verlangen, Verführung und Verrat in Gang.

Mit allen Mitteln des Schauerromans beschwört Megan Abbott die Atmosphäre eines Unheils in Rosé — Neid und Eifersucht, sexuelles Verlangen und Erniedrigung — und entwickelt eine Geschichte verhängnisvoller Familienbande und des psychosozialen Netzes aus Macht und Weiblichkeit dahinter.

PULP 61
Megan Abbott
QUEENPIN

ISBN 9783946582205,
Deutsche Erstausgabe

€ 15,00

in Vorbereitung

Die berüchtigte Mafia-Koryphäe Gloria Denton nimmt eine junge Frau unter ihre Fittiche, die für einen heruntergekommenen Nachtclub die Bücher frisierte. Die skrupellose Gloria zeigt ihrer ehrgeizigen, jungen Assistentin, wo es langgeht, und führt sie in die Glitzerwelt der Casinos, Rennbahnen, Wettsalons und des ganz großen Geldes ein. Plötzlich liegt der namenlosen Antiheldin die Welt zu Füßen – solange sie kein Risiko eingeht und sich zum Beispiel nicht in den falschen Mann verliebt.

Megan Abbott mixt hier den Stil reißerischer Hardboiled-Romane mit Motiven des Film noir und dem schrillen Glamour späterer Mafia-Epen zu einer extravagant sinnlichen Noir-Coming-of-Age-Geschichte; nur eben mit Frauen in den Hauptrollen.

Megan Abbott – Aus der Balance
„Intensität und Präzision" Spiegel Online
Tom Franklin – Wilderer
„auf Political Correctness wird nicht sonderlich geachtet." FAZ
Ted Lewis – Schwere Körperverletzung
„gilt als dessen bester Roman" FAZ
Garry Disher – Moder
„schönes Beispiel für die moderne Kriminalliteratur" BAZ
Garry Disher – Hitze
„neue Folge einer einzigartigen Reihe" Stern
Jim Nisbet – Welt ohne Skrupel
„ein herrlich vergiftetes Abschiedsgeschenk." Rolling Stone
Tom Franklin – Krumme Type, krumme Type
„große Literatur. Punkt." DIE ZEIT
Tom Franklin – Smonk
„die Beschwörung eines Albtraums." Rhein-Zeitung
Dave Zeltserman – Small Crimes
„... mehr noir geht kaum." FAZ
Les Edgerton – Der Vergewaltiger
„Gipfel der radikalen Verachtung." Berliner Zeitung
Gerald Kersh – Die Toten schauen zu
„Ja, es ist furchtbar. Und furchtbar grandios geschrieben." FR
Seamus Smyth – Spielarten der Rache
„Roh, hart, gnadenlos, eiskalt und jenseits aller Moral." WDR
Dave Zeltserman – Killer
„Keine Frage: So geht noir." Stuttgarter Zeitung
Jim Nisbet – Der Krake auf meinem Kopf
„Der Meister des intellektuellen Schundromans." FAZ
Garry Disher – Dirty Old Town
„Der Gangsterroman fürs 21. Jahrhundert!" KrimiZeitSpezial
L.R. Carrino – Der Verstoß
„Hardboiled trifft Hardcore." Tagesspiegel
Dave Zeltserman – Paria
„Brillanter neo-noir" WDR5
Jim Nisbet – Tödliche Injektion
„grausame Poesie von einem der ganz Großen." Buchkultur
Rick DeMarinis – Götterdämmerung in El Paso
„Ein großer amerikanischer Erzähler!" BR
Buddy Giovinazzo – Cracktown
„ein radikales Buch" literaturkurier
Angelo Petrella – Nazi Paradise
„Memoiren eines Neofaschisten" Krimiwelt-Bestenliste

Jim Nisbet – Dunkler Gefährte
„eine literarische Lehrstunde in Dramaturgie" Berliner Zeitung
Thor Kunkel – Kuhls Kosmos
„ein Werk der Nostalgie" SZ
Buddy Giovinazzo – Piss in den Wind
„der beste Titel des Jahres" TAZ
Paul Freeman – Laster und Tugend
„Ausbeuten und Ausgebeutet werden." Watching the detectives
Gerald Kersh – Ouvertüre um Mitternacht
„Hitler, Freud, Sadomaso und wirre Träume" Financial Times
Garry Disher – Niederschlag
„schonungslos und bewegend" 3Sat
Rick deMarinis – Kaputt in el Paso
„ein schwarzer Gesellschaftsroman" FAZ
Paul Freeman – Die Legenden von Ophir
„ein flott geschriebener Thriller" Berliner Literaturkirtik
Charles Willeford – Die Schwarze Messe
„eine großartige Kriminalgroteske" WDR
Charles Willeford – Ketzerei in Orange
„Weltklasse" CRIME CORNER
Garry Disher – Port Vila Blues
„ein komplex konstruierter Spannungsroman" SPIEGEL SPEZIAL
Markus Starck – SexDotCom
„Ein schnörkelloser, brutaler Kriminalroman" WDR
PJ Wolfson – Geißel der Niedertracht
„eine Wiederentdeckung, und was für eine." FR
Garry Disher – Willkür
„Immer wieder eine Bereicherung" PERLENTAUCHER
Buddy Giovinazzo – Potsdamer Platz
„Pulp-Fiction für Fortgeschrittene" POLYLUX
Gerald Kersh – Nachts in der Stadt
„ein heimlicher Klassiker" WDR
Garry Disher – Hinterhalt
„Das liest man gern" FR
Garry Disher – Dreck
„der eiskalte Engel Wyatt als letzter Gentleman" ZEIT
Frank Nowatzki (Hrsg.) – Antihero
„Nix für schwache Nerven" LIT4U
Derek Raymond – Ich war Dora Suarez
„Ein gewaltgeladener Schocker" EKZ
Buddy Giovinazzo – Broken Street
„einfach, geradeaus und streetwise" Pots.NN

Garry Disher – Gier
„Gier ist fatal, Gier ist tödlich." NEUE WESTFÄLISCHE
Joe R. Lansdale – Akt der Liebe
„gnadenlos gut" kultur SPIEGEL
Buddy Giovinazzo – Poesie der Hölle
„Opfer oder Täter, alles wird eins" SPIEGEL
Joe R. Lansdale – Drive-In
„So sieht also der Weltuntergang aus" PRINZ
Graziano Rocchigiani (Hrsg.) – TKO
„wie ein guter Aktionfilm" KREUZER
Paul Cain – Totschlag
„näher an Musil und Doderer als an Hammett oder Cain", SZ
Derek Raymond – Roter Nebel
„Ein düsterer Abgesang", Nürnberger Nachrichten

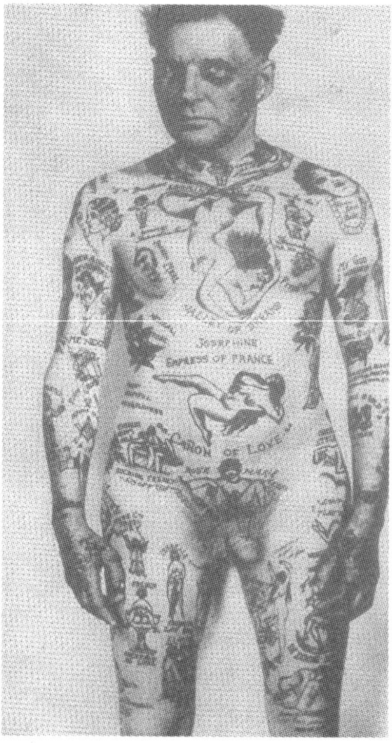

»Die außergewöhnlichste Krimireihe des Landes.«
Hannes Hintermeier, FAZ

»Pulp Master ist definitiv das härteste und schönste und unverbrüchlichste Label der Zunft.«
Tobias Gohlis
Krimitagebuch

»Als Label für Endeckungen hat Pulp Master fulminante Bedeutung.«
KrimiZEIT-Bestenliste.

Pulp 47

Gerald Kersh
**HIRN UND ZEHN FIN-
GER**

ISBN 9783927734975,
€ 12,00, ca. 120 S.
Deutsche Erstausgabe
in Vorbereitung

Jugoslawien, 1943. Eine kleine versprengte Truppe wacher, verzweifelter Männer flieht in den Wald, nachdem sie ein Munitionsdepot der italienischen Besatzer überfallen hat. Ihre Beute: Dynamit und Zünder für den Widerstand. Einer stirbt für den anderen, damit der Rest an einem anderen Tag weiterkämpfen kann. Darunter ist der junge Andrej, dessen Dorf in Slowenien von den Faschisten dem Erdboden gleichgemacht wurde und der hier in ebenfalls versprengten Serben und Kroaten Gleichgesinnte gefunden hat. Doch die rettende Holzbrücke wurde vom Hochwasser fortgerissen und die Verfolger sind nicht mehr weit …

Nach dem kurzen, mächtigen Roman über das Massaker von Lidice verneigt sich Kersh nun vor den Menschen des Widerstands, vor aufrechten Menschen, denen ein inneres Licht innewohnt, das in der Dunkelheit sichtbar wird und zur Hoffnung der Menschheit gerät.

Pulp 48
Dave Zeltserman
ALLES ENDET HIER

ISBN 97839277349824
€ 15,00
Deutsche Erstausgabe
in Vorbereitung

Dan Selby und seine Frau Rachel müssen hilflos mitansehen wie sich ihre finanzielle Situation weiter zuspitzt. Sie haben ihre gut bezahlten Jobs aufgeben und ihre gesamten Ersparnisse in ein kleines vielversprechendes Software-Start-up investiert, das Dan mit seinem Freund Warren Costas gegründet hatte. Doch Costas ist nach Meinungsverschiedenheiten inzwischen auf einem anderen Trip und will die gemeinsame Firma zerstören. Als einer von Dans Freunden betrunken einen Russen erwähnt, der weiß, wie man Probleme wie Warren löst, öffnet Dan eine Tür, die man besser nicht öffnen sollte ....

Ein weiterer düsterer Thriller aus dem Hause Zeltserman über den langen Prozess der Selbsterkenntnis in den Zwängen einer kalten Gesellschaft, in der man zum Erfolg verdammt ist.

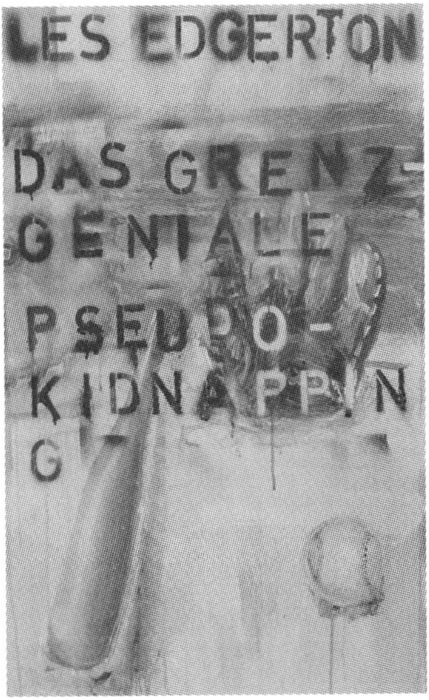

Pulp 52

Les Edgerton
DAS GRENZGENIALE PSEUDO-KIDNAPPING

ISBN 9783946582052,
€ 15,00, ca. 320 S.
Deutsche Erstausgabe
in Vorbereitung

Wegen illegaler Sportwetten wird Baseballspieler Pete Halliday aus der Profiliga verbannt. Er strandet in New Orleans. Der ewige Sommer, das gute Essen und die leichten Mädchen haben es ihm angetan. Nachdem er hohe Wettschulden bei seinem italienischen Buchmacher angehäuft hat und die Luft dünner wird, lässt er sich mit Tommy LeClerc ein, einem zwielichtigen Cajun mit einem Hauch indigenen Blutes, der sich für eine echte „Rothaut" hält. Seine Coups scheitern zwar heillos, doch für den ganz großen Zahltag kann er Pete zu einer grenzgenialen Entführung überreden: Sie wollen den Boss der Cajun-Mafia kidnappen! Um das Chaos perfekt zu machen, verliebt sich Pete auch noch in die Teilzeit-Nutte und Kellnerin Cat Duplaisir, bei der er untertauchen kann, während sowohl der Cajun-Mob als auch die italienische Mafia hinter ihm her sind …
US-Autor Les Edgerton ist ein an Überraschungen reiches Potpourri aus düsterer Krimikomödie und Pulp-Parodie gelungen, ein rasanter Trip durch die Unterwelt des Big Easy, wo jeder jeden übers Ohr hauen will.

PULP MASTER

www.pulpmaster.de